आपका बंटी

मन्नू भंडारी

राधाकृष्ण प्रकाशन

ISBN : 978-81-7119-863-4

आपका बंटी

पहला संस्करण : 1971
तीसवाँ संस्करण : 2025

मूल्य : ₹695

प्रकाशक
राधाकृष्ण प्रकाशन प्राइवेट लिमिटेड
जी-17, जगतपुरी, दिल्ली-110 051
शाखाएँ : अशोक राजपथ, साइंस कॉलेज के सामने, पटना-800 006
पहली मंजिल, दरबारी बिल्डिंग, महात्मा गांधी मार्ग, प्रयागराज -211 001
1, अनमोल सोराबजी सन्तुक लेन, धोबी तलाव, मरीन लाइंस, मुम्बई-400 002
वेबसाइट : www.radhakrishnaprakashan.com
ई-मेल : info@radhakrishnaprakashan.com

मुद्रक
बी.के. ऑफसेट
नवीन शाहदरा, दिल्ली-110 032

AAPKA BANTI
Novel by Mannu Bhandari

राजेंद्र के लिए

जन्मपत्री : बंटी की

मन्नू भंडारी का वक्तव्य

वह बांकुरा की एक साँझ थी !

अचानक ही पी. का फ़ोन आया—"तुमसे कुछ बहुत ज़रूरी बात करनी है, जैसे भी हो आज शाम को ही मिलो, बांकुरा में।" मैं उस ज़रूरी बात से कुछ परिचित भी थी और चिंतित भी। रेस्त्राँ की भीनी रोशनी में मेज़ पर आमने-सामने बैठकर, परेशान और बदहवास पी. ने कहा—"समस्या बंटी की है। तुम्हें शायद मालूम हो कि बंटी की माँ (पी. की पहली पत्नी) ने शादी कर ली। मैं बिलकुल नहीं चाहता कि अब वह वहाँ एक अवांछनीय तत्त्व बनकर रहे, इसलिए तय किया है कि बंटी को मैं अपने पास ले आऊँगा। अब से वह यहीं रहेगा।" और फिर वे देर तक यह बताते रहे कि बंटी से उन्हें कितना लगाव है, और इस नई व्यवस्था में वहाँ रहने से उसकी स्थिति क्या हो जाएगी। मैंने उनकी भावना, चिंता उद्विग्नता को समझते हुए अपनी पहली प्रतिक्रिया व्यक्त की—"आप ऐसा नहीं सोचते कि यह ग़लत होगा ? मुझे लगता है कि उसे अपनी माँ के पास ही रहना चाहिए क्योंकि साल में दो-एक बार मिलने के अलावा उसके साथ आपके आसंग नहीं हैं। जबकि माँ के साथ वह शुरू से रह रहा है, एकछत्र होकर रहा है। इस नाजुक उम्र में वहाँ से वह उखड़ जाएगा और संभवतः यहाँ जम नहीं पाएगा।" लंबी बातचीत के बाद तय हुआ कि बंटी अभी कुछ दिनों के लिए वहीं रहे। लेकिन उस दिन लौटते हुए सचमुच बंटी कहीं मेरे साथ चला आया। आकर डायरी में मैंने बंटी की पहली जन्मपत्री बनाई। उस रात बंटी की विभिन्न स्थितियों के न जाने कितने कल्पना-चित्र बनते-बिगड़ते रहे। मुझे लगा, बंटी अपनी नई माँ के घर आ गया है।

नई माँ और पिता के बीच एक बालिका। लगभग छः महीने बाद की घटना है। ड्राइंग रूम में अनेक बच्चे धमा-चौकड़ी मचाए हैं—उन्मुक्त और निश्चिंत। बारी-बारी से सब सोफ़े पर चढ़कर नीचे छलाँग लगा रहे

हैं। उस बच्ची का नंबर आता है। सोफ़े पर चढ़ने से पहले वह अपनी नई माँ की ओर देखती है। माँ शायद उसकी ओर देख भी नहीं रही थी, पर उन अनदेखी नज़रों में भी जाने ऐसा क्या था कि सोफ़े पर चढ़ने के लिए बच्ची का ऊपर उठा हुआ पैर वापस नीचे आ जाता है। बच्ची सहमकर पीछे हट जाती है। अनायास ही मेरे भीतर छः महीने पहले का बंटी उस वातावरण में व्याप्त एक सहमेपन के रूप में जाग उठता है। खेल उसी तरह चल निकला है, लेकिन अगर कोई इस सारे प्रवाह से अलग हटकर सहमा हुआ कोने में खड़ा है, तो वह है बंटी। रात में सोई तो लगा छः महीने पहले जिस बंटी को अपने साथ लाई थी, वह सिर्फ़ एक दयनीय मुरझायापन बनकर रह गया है।

एक और चित्र—सिर्फ पुरानी माँ और बंटी।

मैं कमरे में प्रवेश करती हूँ तो चौंकानेवाला दृश्य सामने आता है। टूटी हुई प्लेटें, बिस्कुट और टोस्ट बिखरे पड़े हैं और बंटी माँ के शरीर पर लगातार मुक्के मार रहा है, "...तुम कहाँ गई थीं...किसके साथ गई थीं...क्यों गई थीं...?" मेरी उपस्थिति के बावजूद यह दृश्य थोड़ी देर तक चलता रहा। माँ तिलमिलाहट, गुस्से और दुख को दबाकर मेरे सामने सहज होने की बहुत कोशिश करती है, लेकिन उस वातावरण के दमघोटू तनाव में वहाँ फिर कुछ भी सहज नहीं हो पाता।

घर लौटकर मैंने पाया कि बंटी एक आकार ग्रहण करने लगा है।

मुझे लगा कि बंटी किन्हीं दो-एक घरों में नहीं, आज के अनेक परिवारों में साँस ले रहा है—अलग-अलग संदर्भों में, अलग-अलग स्थितियों में। लेकिन एक बात मुझे इन बच्चों में समान लगी और वह यह कि ये सभी फ़ालतू, ग़ैर-ज़रूरी और अपनी जड़ों से कटे हुए हैं। किसी एक व्यक्ति के साथ घटी घटना दया, करुणा और भावुकता पैदा कर सकती है, लेकिन जब अनेक ज़िंदगियाँ एक जैसे साँचे में ही सामने आने लगती हैं तो दया और भावुकता के स्थान पर मन में धीरे-धीरे एक आतंक उभरने लगता है। मेरे साथ भी यही हुआ। बंटी के इन अलग-अलग टुकड़ों ने उस समय मुझे करुणा-विगलित और उच्छ्वसित ही किया था, लेकिन जब सब मिलाकर बंटी मेरे सामने खड़ा हुआ तो मैंने अपने-आपको आतंकित ही अधिक पाया, समाज की दिनों-दिन बढ़ती हुई एक ऐसी समस्या के रूप से, जिसका कहीं कोई हल नहीं दिखाई देता। यही कारण है कि बंटी मुझे तूफ़ानी समुद्र-यात्रा में किसी द्वीप पर छूटे हुए अकेले और असहाय बच्चे की तरह नहीं वरन् अपनी

यात्रा के कारणों के साथ और समानांतर जीते हुए दिखाई दिया। इसके बाद ही स्थितियों को देखने का सारा धरातल बदल गया। भावना के स्तर पर उद्वेलित और विगलित करनेवाला बंटी जब मेरे सामने एक भयावह सामाजिक समस्या के रूप में आया तो मेरी दृष्टि अनायास ही उसे जन्म देने, बनाने या बिगाड़नेवाले सारे सूत्रों, स्रोतों और संदर्भों की खोज और विश्लेषण की ओर दौड़ पड़ी। संदर्भों से काटकर किया हुआ बंटी का अध्ययन शरत्चंद्रीय भावुकता भले ही जगा दे, उसे एक वैचारिक धरातल नहीं दे सकता।

बंटी के तत्काल संदर्भ अजय और शकुन हैं। दूसरे शब्दों में वे संदर्भ अजय और शकुन के वैवाहिक संबंधों का अध्ययन और उसकी परिणति के रूप में ही मेरे सामने आए। यहाँ मुझे भारतजी की बात सही लगी कि जैनेंद्रजी ने स्त्री-पुरुष के संबंधों को जिस एकांतिक दृष्टि से देखा है, उसका एक अनिवार्य आयाम बंटी भी है क्योंकि शकुन-अजय के संबंधों की टकराहट में सबसे अधिक पिसता बंटी ही है। शकुन और अजय तो आपसी तनाव की असहनीयता से मुक्त होने के लिए एक-दूसरे से मुक्त हो जाते हैं, लेकिन बंटी क्या करे ? वह तो समान रूप से दोनों से जुड़ा है, यानी खंडित-निष्ठा उसकी नियति है। चूँकि वह शकुन के साथ रहता है इसलिए बंटी को उसकी समूची स्थिति के साथ समझने के लिए माँ-बेटे के आपसी संबंधों के विश्लेषण के साथ ही कुछ गरिमामयी मिथ्या धारणाएँ और सदियों पुरानी 'मिथ' टूटने लगीं। शकुन चक्की पीस-पीसकर बेटे का जीवन बनाने में अपने-आपको स्वाहा कर देनेवाली माँ नहीं थी; बल्कि स्वतंत्र व्यक्तित्व, आकांक्षाएँ और आजीविका के साधनों से दृप्त माँ थी। इस नारी और माँ के आपसी द्वंद्व का अध्ययन ही शकुन को उसका वर्तमान रूप देता है। आज तो लगता है कि कहानी में बिखरी लोक-कथाएँ अनायास ही नहीं आ गई हैं, वे शकुन के जीवन की दो नितांत विरोधी स्थितियों, मिथ और वास्तविकता के अंतर्विरोध को उजागर करती हैं। अगर माँ की ममता के मारे उस राजकुमार की कहानी है, जो सात-समुद्र पार करके अपनी निष्ठा प्रमाणित करता है तो सोनल रानी की भी कहानी है, जो भूख लगने पर रूप बदलकर अपने ही बेटे को खा जाती है। शकुन बंटी को माध्यम बनाकर अजय से प्रतिशोध लेती हो या बंटी में तन्मय होकर अपनी सार्थकता तलाश करती हो, उसे कभी हथियार के रूप में इस्तेमाल करती हो या कभी अपने एकाकी जीवन के आधार के रूप

में...मुझे तो सभी कुछ को निहायत तटस्थ होकर एक मानवीय धरातल पर देखना-समझना था। ज़िंदगी को चलाने और निर्धारित करनेवाली कोई भी स्थिति कभी इकहरी नहीं होती, उसके पीछे एक साथ अनेक और कभी-कभी बड़ी विरोधी प्रेरणाएँ निरंतर सक्रिय रहती हैं। शकुन और बंटी—दोनों के चरित्रों की वास्तविकता इन्हीं अंतर्विरोधों में जीने की वास्तविकता है। परोक्ष रूप में अजय के जीवन की वास्तविकता भी यही है।

शायद यही कारण है कि मैं इस त्रिकोण की किसी एक भुजा को न अस्वीकार कर सकी, न ही ग़लत सिद्ध कर सकी। पात्र अपनी-अपनी दृष्टि, संवेदना की सीमाओं में एक-दूसरे को ग़लत-सही कहते रह सकते हैं, लेकिन देखना यह ज़रूरी होता है कि लेखकीय समझ किसी के प्रति पक्षपात तो नहीं कर रही ? ग़लत और सही अगर कोई हो सकते हैं तो वे अजय, शकुन और बंटी के आपसी संबंध। इस पूरी स्थिति की सबसे बड़ी विडंबना ही यह है कि इन संबंधों के लिए सबसे कम ज़िम्मेदार और सब ओर से बेगुनाह बंटी ही इस ट्रैजडी के त्रास को सबसे अधिक भोगता है। शकुन-अजय के संबंधों का तनाव और चटख बंटी की नस-नस में ही प्रतिध्वनित होती है। स्थिति की इस विडंबना ने ही मेरे मन में एक आतंक जगाया था। शकुन-अजय के आपसी संबंधों में बंटी चाहे कितना ही फ़ालतू और अवांछनीय हो गया हो, परंतु मेरी दृष्टि को सबसे अधिक उसी ने आकर्षित किया। वस्तुतः उपन्यासकार के लिए अप्रतिरोध चुनौती, सहानुभूति और मानवीय करुणा के केंद्र सिर्फ़ वे ही लोग हो पाते हैं, जो कहीं न कहीं फ़ालतू हो गए हैं।

बहरहाल, बंटी की यह यात्रा चाहे परिवार की संश्लिष्ट इकाई से टूटकर क्रमशः अकेले, जड़हीन, फ़ालतू और अनचाहे होते जाने की रही हो; लेकिन मेरे लिए यह यात्रा भावुकता, करुणा से गुज़रकर मानसिक यंत्रणा और सामाजिक प्रश्नाकुलता की रही है। जीते-जागते बंटी का तिल-तिल करके समाज की एक बेनाम इकाई-भर बनते चले जाना यदि पाठक को सिर्फ़ अश्रुविगलित ही करता है तो मैं समझूँगी कि यह पत्र सही पतों पर नहीं पहुँचा है।

—मन्नू भंडारी

एक

ममी ड्रेसिंग टेबुल के सामने बैठी तैयार हो रही हैं। बंटी पीछे खड़ा चुपचाप देख रहा है। ममी जब भी कॉलेज जाने के लिए तैयार होती हैं, बंटी बड़े कौतूहल से देखता है। जान तो वह आज तक नहीं पाया, पर उसे हमेशा लगता है कि ड्रेसिंग टेबुल की इन रंग-बिरंगी शीशियों में, छोटी-बड़ी डिबियों में ज़रूर कोई जादू है कि ममी इन सबको लगाने के बाद एकदम बदल जाती हैं। कम से कम बंटी को ऐसा ही लगता है कि उसकी ममी अब उसकी नहीं रहीं, कोई और ही हो गईं।

पूरी तरह तैयार होकर, हाथ में पर्स लेकर ममी ने कहा "देखो बेटे, धूप में बाहर नहीं निकलना, हाँऽ।" फिर फूफी को आदेश दिया। "बंटी जो खाए वही बनाना, एकदम बंटी की मर्ज़ी का खाना, समझीं।"

चलने से पहले ममी ने उसका गाल थपथपाया। बालों में उँगलियाँ फँसाकर बड़े प्यार से बाल झिंझोड़ दिए। पर बंटी जैसे बुत बना खड़ा रहा। बाँह पकड़कर झूला नहीं, किसी चीज़ की फरमाइश नहीं की। ममी ने खींचकर उसे अपने पास सटा लिया। पर एकदम चिपककर भी बंटी को लगा जैसे ममी उससे बहुत दूर हैं। और फिर वे सचमुच ही दूर हो गईं। उनकी चप्पल की खटखट जब बरामदे की सीढ़ियों पर पहुँची तो बंटी कमरे के दरवाज़े पर आकर खड़ा हो गया। और ममी जब फाटक खोलकर, सड़क पार करके, घर के ठीक सामने बने कॉलेज में घुसीं तो बंटी दौड़कर अपने घर के फाटक पर खड़ा हो गया। सिर्फ़ दूर जाती हुई ममी को देखने के लिए। वह जानता है, ममी अब पीछे मुड़कर नहीं देखेंगी। नपे-तुले क़दम रखती हुई सीधी चलती चली जाएँगी। जैसे ही अपने कमरे के सामने पहुँचेंगी चपरासी सलाम ठोंकता हुआ दौड़ेगा और चिक उठाएगा। ममी अंदर घुसेंगी और एक बड़ी-सी मेज़ के पीछे रखी कुर्सी पर बैठ जाएँगी। मेज़ पर ढेर सारी चिट्ठियाँ होंगी। फाइलें होंगी। उस समय तक ममी एकदम बदल चुकी होंगी। कम से कम बंटी को उस कुर्सी पर बैठी ममी कभी अच्छी नहीं लगीं।

पहले जब कभी उसकी छुट्टी होती और ममी की नहीं होती, ममी उसे भी अपने साथ कॉलेज ले जाया करती थीं। चपरासी उसे देखते ही गोद में उठाने

लगता तो वह हाथ झटक देता। ममी के कमरे के एक कोने में ही उसके लिए एक छोटी-सी मेज़-कुर्सी लगवा दी जाती, जिस पर बैठकर वह ड्राइंग बनाया करता। कमरे में कोई भी घुसता तो एक बार हँसी लपेटकर, आँखों ही आँखों में ज़रूर उसे दुलरा देता। तब वह ममी की ओर देखता। पर उस कुर्सी पर बैठकर ममी का चेहरा अजीब तरह से सख़्त हो जाया करता है। लगता है, मानो अपने असली चेहरे पर कोई दूसरा चेहरा लगा लिया हो। ममी के पास ज़रूर एक और चेहरा है। चेहरा ही नहीं, आवाज़ भी कैसी सख़्त हो जाती है ! बोलती हैं तो लगता है जैसे डाँट रही हों। बंटी को ममी बहुत ही कम डाँटती हैं। बस, प्यार करती हैं इसीलिए यों सख़्त चेहरा लिए डाँटती, प्रिंसिपल की कुर्सी पर बैठी ममी उसे कभी अच्छी नहीं लगतीं।

वहाँ उसके और ममी के बीच में बहुत सारी चीज़ें आ जाती हैं। ममी का नक़ली चेहरा, कॉलेज, कॉलेज की बड़ी-सी बिल्डिंग, कॉलेज की ढेर सारी लड़कियाँ, कॉलेज के ढेर सारे काम ! थोड़ी-थोड़ी देर में बजनेवाले घंटे, घंटा बजने पर होनेवाली हलचल...इन सबके एक सिरे पर वह रहता है चुपचाप, सहमा-सा और दूसरे पर ममी रहती हैं—किसी को आदेश देती हुईं, किसी के साथ सलाह-मशवरा करती हुईं, किसी को डाँटती हुईं। और इसीलिए उसने कॉलेज जाना छोड़ दिया। घर में चाहे वह अकेला रह ले, पर वहाँ नहीं जाता। वहाँ किसके पास जाए ? ममी तो वहाँ रहती नहीं। रहती हैं बस एक प्रिंसिपल, जिनके चारों ओर बहुत सारे काम, बहुत सारे लोग रहते हैं। नहीं रहता है तो केवल बंटी।

थोड़ी देर तक बंटी गेट पर खड़े-खड़े आने-जानेवालों को यों ही देखता रहा। फिर लोहे के फाटक पर झूलने लगा। सामने से दो लड़के साइकिल पर बातें करते हुए गुज़र गए तो उसने सोचा, थोड़ा और बड़ा हो जाएगा तो वह भी दो पहिए की साइकिल खरीदेगा। वह जानता है, ममी उसे कभी बाहर निकलकर साइकिल नहीं चलाने देंगी। जाने क्यों, उन्हें हमेशा यही डर लगा रहता है कि वह बाहर निकला और एक्सीडेंट हुआ। हुँह ! वह ज़रूर बाहर चलाएगा। पुलिया पर जब बिना पैडिल मारे ही फर्राटे से साइकिल उतरती है तो कैसा मज़ा आता होगा ?

उसके बाद आँखों के सामने वे बड़े-बड़े मैदान तैर गए जो स्कूल जाते समय बस में से दूर-दूर दिखाई देते हैं। मैदान के दूसरे सिरे पर बनी हुईं पहाड़ियाँ, जिनके पीछे से सूरज निकल-डूबकर दिन और रात करता है। कौन जाने उन पहाड़ियों की तलहटी में कोई साधू बैठा हो, जिसके पास जादू की खड़ाऊँ हों, जादू का कमंडल हो। एक बार जाकर ज़रूर देखना चाहिए, पर जाए कैसे ? साइकिल मिलने से जाया जा सकता है। बस, किसी को बताए नहीं और चलता जाए, चलता चला जाए तो पहुँच ही सकता है। पर ममी को मालूम पड़ जाए तो...बाप रे...

ममी उसे बहुत ज़्यादा घर से बाहर नहीं जाने देती हैं। पर ममी को पता ही नहीं चल पाता है कि पलंग पर उनकी बगल में लेटे-लेटे वह उन साधुओं की तलाश में कहाँ-कहाँ घूमता है ? अनदेखे-अनजाने पहाड़ों में, जंगलों में...घाटियों में...

अब छुट्टी के दिन समझ ही नहीं आता, वह क्या करे ? एक बार यों ही बगीचे का चक्कर लगाया। मोगरे खूब महके हुए थे। एक-एक पौधे को उसने खूब प्यार से छुआ। फिर गिनकर देखा, कितनी नई कलियाँ खिली हैं। हर एक पौधे की फूल-पत्तियों का हिसाब-किताब उसके पास है। एक-दो पौधे की पत्तियाँ गंदी लगीं तो जल्दी से पाइप लेकर उनको धोया। कुछ इस ढंग से जैसे ममी सवेरे-सवेरे उसका मुँह धुलाती हैं।

"बस, हो गए साफ़। चलो, अब हवा में झूलो।"

भीतर आया तो कमरे में घुसते ही नज़र ड्रेसिंग-टेबुल पर गई। वही रंग-बिरंगी शीशियाँ ! और ममी का वही सख़्त चेहरा याद आ गया...रूखा-रूखा और एकदम बदला हुआ। कैसे बदल जाता है चेहरा ? और तब न जाने कितनी बातें एक साथ दिमाग़ में घुमड़ने लगीं।

"तुम यहाँ खड़े-खड़े क्या कर रहे हो बंटी भय्या ? चलकर नहा काहे नहीं लेते ?" हाथ में झाड़ू लिए-लिए फूफी घुसी तो बंटी ने झाड़ू छीन लिया और उसके हाथ पर झूलता हुआ बोला, "फूफी, वह कहानी सुनाओ तो सोनल रानी की, जो सचमुच में डायन थी और रानी बनकर रहती थी।"

"एल्लो, और सुनो ! यह कहानी कहने-सुनने का बखत है ! काम सारा पड़ा है, और तुम्हें कहानी सूझ रही है। कहानी रात में सुनी जाती है, दिन में नहीं।"

"नहीं मैं अभी सुनूँगा। कोई काम-वाम नहीं।" फिर आँखों में जाने कितना कौतूहल भरकर पूछा, "अच्छा फूफी, वह डायन से रानी कैसे बन जाती थी ? उसके पास जादू था ?"

"और क्या तो ? डायन थी, सारे जादू बस में कर रखे थे। बस, जो चाहती बन जाती। मन होता वैसा भेस धर लेती।"

"क्यों फूफी, आदमी भी चाहे तो ऐसा कर सकता है ?"

"कइसे कर लेगा आदमी ? आदमी के बस में क्या जादू होता है ?"

"तुमने डायन देखी है फूफी ? कैसी होती होगी ? जब आदमी के भेष में होती होगी तब तो कोई पहचान भी नहीं सकता होगा।" बंटी की आँखों में जाने कैसे-कैसे चित्र तैरने लगे।

"अरे, हमने नहीं देखी कोई डायन-वायन, तुम चलकर नहा लो।"

"नहीं, अभी नहीं नहाता।" और बंटी पीछे के आँगन में आया तो झम-झम

करती सोनल रानी भी साथ आ गई। सतमंज़िले महल में रहनेवाली, सात सौ दास-दासियों से घिरी सोनल रानी। ऐसा रूप कि न लोगों ने देखा, न सुना। राजा तो जैसे प्राण देते। कोई भला देखता भी कैसे ? वह रूप क्या कोई आदमी का था ? वह तो डायन का जादू था।

फिर धीरे-धीरे कहानी की एक पूरी की पूरी दुनिया खुलती चली जाती। भेड़ बनाकर रखे हुए राजकुमार...मैना बनाकर रखी हुई राजकुमारी...ऐसा कुछ होता ज़रूर है, जिससे आदमी भेष बदल लेता है।

बंटी फिर भीतर गया। चुपचाप ड्रेसिंग टेबुल के पास जाकर शीशियों को उठा-उठाकर देखने लगा। एक बार मन हुआ अपने मुँह पर भी लगा देखे। क्या उसका चेहरा भी ममी की तरह बदल जाएगा ?

"यह क्या ? फिर तुम ड्रेसिंग-टेबुल पर पहुँच गए ?" फूफी खड़ी हँस रही थी। बंटी एकदम सकपका गया।

"हम कहते हैं, यही सौख रहे तुम्हारे तो बड़े होकर तुम ज़रूर लड़की बन जाओगे।"

"मारूँगा मैं, फिर वही गंदी बात कही तो !" बंटी हाथ उठाकर अपनी झेंप गुस्से में छिपाने लगा।

फूफी भी अजब है ! ममी कभी प्यार करते हुए उसे गोद में बिठा लेंगी या अपने साथ लिटाकर कहानी सुनाएँगी...तो हमेशा उसे ऐसे ही चिढ़ाएँगी...

"तुम अभी तक माँ की गोद में चिपककर बैठते हो ? छिः-छिः, तुम तो एकदम लड़की हो बंटी भय्या !"

"देख लो ममी, यह फूफी..."

पर ममी है कि फूफी को कुछ नहीं कहतीं। बस, हँसती रहती हैं, क्योंकि उस समय घर में जो रहती हैं ममी ! वह भी एकदम ममी बनी हुई। कॉलेज में हो तो पता लगे इस फूफी को। ऐसी घुड़की मिले कि सारा चिढ़ाना भूल जाए।

"मेरा तो बेटा भी यही है और बेटी भी यही है।" हँसती हुई ममी उसे अपने से और ज़्यादा सटा लेती हैं।

उस समय फूफी के सामने माँ की बाँहों से छूटकर भागने के लिए वह ज़रूर कसमसाता रहता है, पर यों उसे ममी की गोद में बैठना, उनके साथ सटकर सोना अच्छा लगता है। सोने से पहले ममी उसे रोज़ कहानी सुनाती हैं...राजा-रानी की, परियों की। ऐसे-ऐसे राजकुमारों की, जो अपनी माँ को बहुत प्यार करते थे और अपनी माँ के लिए बड़े-बड़े समुद्र तैर गए थे, ऊँचे-ऊँचे पहाड़ पार कर गए थे।

फिर ममी उसके गाल सहलाते हुए पूछतीं, "अच्छा, बता तू मेरे लिए इतना सब करेगा बड़ा होकर या कि निकाल बाहर करेगा...हटाओ बुढ़िया को, बोर

करती है।''

''धत्, ममी को कभी नहीं छोड़ूँगा।''

तब ममी निहाल होकर उसे बाँहों में भर लेतीं और उसके गालों पर ढेर सारे किस्सू देतीं। फिर पता नहीं छत में क्या देखने लगतीं। बस, फिर देखती ही रह जातीं और उसे लगता जैसे उसके और ममी के बीच में फिर कहीं कोई आ गया है। पर कौन ? यह वह न समझ पाता। ममी के चेहरे पर गहराती हुई उदासी की परतें उसे कहीं हलके-से बेचैन कर देतीं। उसका मन करता कि ममी को पक्की तरह समझा दे कि वह उन्हें कब्भी-कब्भी नहीं छोड़ेगा। पर कैसे ? और जब कुछ भी समझ में नहीं आता तो वह ममी के गले में हाथ डालकर लिपट जाता।

तभी फूफी की बात याद आ जाती है। हुँह ! फूफी बकवास करती है। कहीं ममी को प्यार करने से या कि ममी के साथ सोने से कोई लड़का लड़की बन जाता होगा भला !

''तुम नहा लो बंटी भय्या ! कहो तो हम नहला दें ?''

''नहीं, अपने-आप नहाऊँगा। बड़ी आई नहलानेवाली !'

''तो जाओ अपने आप नहाओ। हम कपड़ा-वपड़ा निकालकर रख देते हैं।'

''अभी नहीं नहाता, जब मर्ज़ी आएगी नहाऊँगा।'' फूफी को लेकर अभी भी गुस्सा भरा हुआ है।

बंटी ने अपनी अलमारी खोली। ममी के खरीदे हुए और पापा के भेजे हुए खिलौनों से अलमारी भरी हुई है। उसने नई वाली बंदूक निकाली, खूब बड़ी-सी। और एकदम आँगन में झाड़ू लगाती हुई फूफी की पीठ में नली लगा दी। बोला, ''अब कहेगी कभी लड़की, कर दूँ शूट ? गोली से उड़ा दूँगा, हाँ, याद रखना !''

बंटी जब बहुत लाड़ में होता है या बहुत नाराज़ तो फूफी को तू ही कहता है।

''और क्या, अब तुम बंदूक ही तो मारोगे...इसी दिन के लिए तो पाल-पोसकर बड़ा किया है।''

तब पता नहीं क्यों ममी की कोई बात याद आ गई और बंटी का हाथ अपने-आप हट गया।

ख़याल आया, उसने अपनी बंदूक टीटू को तो दिखाई ही नहीं। उसके मुकाबले में टीटू के पास बहुत कम खिलौने हैं, फिर भी ऐसी शान लगाता है जैसे लाट साहब हो। उस दिन कैरम-बोर्ड दिखा-दिखाकर कितना इतरा रहा था। वह ममी से कहकर अपने लिए भी कैरम-बोर्ड खरीदेगा। और नहीं तो इस बार पापा आएँगे तो उनसे लेगा।

पिछली बार पापा जिस दिन आए थे, उसी दिन उसका रिज़ल्ट निकला था।

कितने खुश हुए थे पापा उसका रिज़ल्ट देखकर ! खूब प्यार किया था, शाबाशी दी थी और ढेर सारी चीज़ें दिलवाई थीं।

इस बार कब आएँगे पापा ?

"यह किधर चले ?" उसे पिछले दरवाज़े से बाहर जाते देख फूफी चिल्लाई।

"मैं टीटू के यहाँ जा रहा हूँ, अभी आ जाऊँगा।"

"वहीं मत खेलने बैठ जाना, ममी गुस्सा होंगी नहीं तो। नहाया-धोया कुछ नहीं है।"

बंटी दूर निकल आया। फूफी की तो आदत है, कुछ न कुछ बकते रहने की।

टीटू के घर के दरवाज़े पर आकर एक मिनट को झिझका। कहीं सबसे पहले टीटू की अम्मा ही न मिल जाए। कैसे बोलती हैं वे भी। एक दिन इसी तरह छुट्टी के दिन सवेरे-सवेरे आ गया था तो बोलीं, "आ गए बंटी। छुट्टी के दिन तो तुम्हारा सूरज भी इसी घर में उगता है और इसी घर में डूबता है।" तो मन हुआ था कि उलटे पैरों लौट जाए।

ममी तो टीटू को कभी ऐसे नहीं कहतीं, चाहे वह सारे दिन रह ले। उसका बस चले तो वह कभी टीटू के घर नहीं जाए। वैसे भी उसे अपने ही घर में खेलना अच्छा लगता है। फूफी कहती है—घर में काहे नहीं अच्छा लगेगा ? ऐसी लाट साहबी करने को और कहाँ मिलती है बच्चों को !

टीटू से कितना कहा कि तू ही आ जाया कर छुट्टी के दिन, पर शाम के पहले वह कभी आता ही नहीं। घर में ही खेलता रहता है...बिन्दा है, शन्नो है...हुँह। कहने दो कहती हैं तो। बंदूक दिखाकर अभी लौट भी जाऊँगा। मैं वहाँ रुकूँगा ही नहीं। और सूरज तो अब कभी का उग गया।

बरामदे में ही टीटू की अम्मा बैठी तरकारी काट रही हैं। क्षण-भर को पाँव ठिठक गए। न भीतर को जाते बना, न लौटते।

"कौन, बंटी ! आओ। अरे बड़ी ज़ोरदार बंदूक ले रखी है। इत्ती बड़ी किसने दिलवाई ?"

"पापा ने।"

"ऐं ! आए थे क्या पापा ?"

"नहीं, किसी के साथ भिजवाई थी।" एकाएक स्वर की खुशी जैसे बुझ गई। मन हुआ अम्मा के सीने में ही दाग दे बंदूक। जब देखो तब वही बात।

बंटी भीतर दौड़ गया।

टीटू शन्नो के साथ बैठा-बैठा कैरम खेल रहा था। बंटी ने चुपचाप उसकी पीठ पर बंदूक की नली लगाई और ज़ोर से चिल्लाया, "हैंड्स अप !" टीटू एकदम डर गया तो बंटी खिलखिला पड़ा..."कैसा डराया !"

"अरे, इतनी बड़ी बंदूक, देखूँ ज़रा।" टीटू इतनी बड़ी बंदूक देखकर एकाएक उत्साह में आ गया।

"चल, बाहर चलकर निशाना लगाएँगे।" आज वह भी आसानी से बंदूक नहीं देगा। उस दिन कैरम को लेकर कैसा इतरा रहा था...हटो, हटो, तुम्हें खेलना नहीं आता।

"ऐ टीटू ! पहले खेल पूरा करके जाओ। हार रहा है तो कैसा भागने लगा।" जीतती हुई शन्नो ने कुरता पकड़कर उसे खींचा।

"ले खेल, और खेल।" टीटू ने दोनों हथेलियों से सारी गोटों को इधर-उधर छितरा दिया और बंटी को लेकर बाहर भाग गया।

"हारू-हारू..." खिसियाई-सी शन्नो चीखती रही।

मुग्ध भाव से बंदूक पर हाथ फेरते हुए टीटू ने कहा, "दिखा तो यार, ज़रा !"

"खाली देखने से काम नहीं चलेगा। समझना पड़ता है। यह कोई आठ आनेवाला तमंचा नहीं है, जो हर कोई चला ले।" बंटी अपने को महत्त्वपूर्ण महसूस करने लगा।

"अभी ख़रीदी है ?" बड़ी ललचाई-सी नज़रों से देखते हुए टीटू ने पूछा।

"नहीं, पापा ने भिजवाई है।" बड़े रौब से बंटी ने जवाब दिया और उसी रौब के साथ वह उसमें कारतूस भरने लगा।

"चल, तेरे पापा साथ नहीं रहते तब भी तेरे लिए चीज़ें तो खूब भेजते रहते हैं।"

"और क्या ? इस बार आएँगे तो मेरे लिए बड़ावाला मैकेनो लाएँगे। मैं तो ममी से जो माँगता हूँ, ममी भी झट दिलवा देती हैं।"

बंदूक हाथ में मिल जाती तब तो टीटू फिर भी बंटी के इस रौब को जैसे-तैसे झेल जाता। पर खाली बातों का रौब...

"क्यों रे बंटी, तेरा मन नहीं होता कि पापा तेरे साथ रहें ?" बंटी का कमज़ोर हिस्सा वह जानता है।

बंटी चुप। बस, बंदूक के घोड़े को ऊपर-नीचे करता रहा।

"जब यहाँ आते हैं तो तू कहता क्यों नहीं ?... पर अब शायद रह नहीं सकते !"

बंटी ने बड़े प्रश्नवाचक भाव से टीटू की ओर देखा।

"तेरे ममी-पापा में तलाक जो हो गया है।"

न चाहते हुए भी बंटी पूछ बैठा, "तलाक ? तलाक क्या होता है ?"

"तू नहीं जानता ? बुद्धू कहीं का। ममी-पापा की जो लड़ाई होती है न, उसे तलाक कहते हैं।"

"तुझे कैसे मालूम ?"

"मेरी अम्मा बता रही थीं, पापा बता रहे थे।"

बंटी तब भीतर ही भीतर कहीं अपमानित हो आया।

ठाँय ! ठाँय ! वह हवा में बंदूक दागने लगा। और टीटू को अपनी बंदूक से पूरी तरह चकित करके, बिना एक बार भी उसे चलाने का अवसर दिए वापस लौट आया।

मन में जाने कैसा गुस्सा उफन रहा था। उसके ममी-पापा की बात उसे नहीं मालूम और टीटू को मालूम ! पापा साथ नहीं रहते तो क्या हुआ, वे तो शुरू से ही साथ नहीं रहते। वह तो हमेशा से ही ममी के पास रहता है। उसकी ममी कोई ऐसी-वैसी हैं ? कॉलेज की प्रिंसिपल हैं, आते-जाते लोग कैसे सलाम ठोंकते हैं। करेगा कोई ऐसे सलाम इनकी अम्मा को ?

और पापा पास नहीं रहते तो क्या हुआ ? उसे प्यार तो ख़ूब करते हैं। टीटू के पापा तो जब देखो तब डाँटते ही रहते हैं। उस दिन उसके सामने ही कैसा कान उमेठा था कि पें बोल गई। सारा चेहरा सुर्ख़ हो आया। अच्छा है, पापा के साथ रहो, डाँट खाओ, पिटो और कान खिंचवाओ।

पर ममी को तो ऐसा नहीं करना चाहिए न ? ममी उसे पापा की बात बताती क्यों नहीं हैं ? कितनी ही बार उसने ममी से यह बात करनी चाही, पर जब भी वह ऐसी बात करता है, ममी का चेहरा जाने कैसा-कैसा हो जाता है। उसे डर-सा लगने लगता है। फिर उससे कुछ भी नहीं पूछा जाता।

इस बार पापा आएँगे तो वह पापा से पूछेगा कि वे दोनों दोस्ती क्यों नहीं कर लेते ? पापा तो उसकी बात बहुत मानते हैं; जहाँ कहता है, वहीं घुमाने ले जाते हैं। जो माँगता है, वही दिला देते हैं। यह बात नहीं मानेंगे ! अब तो वह बड़ा हो गया है, पापा को समझा सकता है।

पर ममी-पापा की लड़ाई क्यों हुई ? ममी कभी पापा की बात नहीं करतीं। पापा आते हैं तो सरकिट हाउस में ठहरते हैं। ममी को बुलाते भी नहीं, ममी की बात भी नहीं करते। क्या इतने बड़े-बड़े लोग भी लड़ते हैं ? ऐसी लड़ाई, जिसमें कभी दोस्ती ही न हो। क्या ममी को पापा की याद नहीं आती होगी ?

शाम को ममी लॉन में पलंग डालकर लेटी हैं। मौसम में हलकी-सी ठंडक है, पर फिर भी बाहर खूब अच्छा लग रहा है। ममी की छाती पर एक खुली हुई किताब उलटी रखी है। आसमान में जाने क्या देख रही हैं ममी ! बंटी दौड़-दौड़कर क्यारियों में पानी डाल रहा है ! टीटू पाइप लेकर पौधे धो रहा है। धुलकर पत्तियाँ कैसी चटकीली हो उठती हैं। रातरानी की महक धीरे-धीरे चारों ओर फैलने लगी

है। हर पौधे, हर फूल और हर गंध के साथ बंटी का जैसे बड़ा गहरा संबंध है।

पानी दे चुकने के बाद बंटी ने एक बड़ा-सा मोगरे का फूल तोड़ा। इस बगीचे में से फूल तोड़ने का अधिकार केवल बंटी का है क्योंकि यह बगीचा केवल उसी का है। बिना उससे पूछे तो ममी भी नहीं तोड़ सकतीं।

फूल लेकर वह चुपचाप गया और लेटी हुई ममी के बालों में खोंस दिया। ममी बड़ा मीठा-सा मुसकराईं और पकड़कर उसे अपने पास खींच लिया।

"लाड़ कर रहा है ममी का ?" और बैठकर फूल को ठीक से पीछे की ओर लगा लिया।

इस समय ममी कितनी अच्छी लग रही हैं। वैसे तो शाम के समय ममी बिलकुल उसकी अपनी हो जाती हैं। बालों की खूब ढीली-ढाली चोटी और चेहरा भी एकदम मुलायम-सा। कोई तनाव नहीं, कोई सख़्ती नहीं। हमेशा ही इस समय बंटी को ममी बहुत अच्छी लगती हैं। बहुत सुंदर भी। कभी-कभी वह ममी की नज़र बचाकर एकटक ममी को देखता रहता है। ममी की ठोड़ी का तिल उसे बहुत अच्छा लगता है। रात में पास लेटता है तो अकसर उस पर धीरे-धीरे उँगली फिराता रहता है।

उसे आज भी याद है। पहली बार जब उसने ऐसा किया था तो ममी जैसे चौंक गई थीं। एकदम उसका हाथ हटा दिया था और बड़ी देर तक उसके चेहरे पर जाने क्या देखती रही थीं। अजीब-अजीब नज़रों से। फिर एक गहरी साँस छोड़कर वे छत की ओर देखने लगी थीं। उनका चेहरा न जाने क्यों बड़ा उदास और बेजान हो आया था। वह जैसे भीतर ही भीतर सहम गया था। उसकी समझ में ही नहीं आया कि आख़िर उसने ऐसा क्या कर दिया, जो ममी इतनी उदास हो गईं और उसने तय कर लिया कि अब वह कभी तिल पर हाथ नहीं रखेगा।

पर तीन-चार दिन बाद ममी ने ख़ुद ही उसकी उँगली लेकर तिल पर रख दी, "फिरा, मुझे अच्छा लगता है।" और हँसने लगीं।

ममी भी सचमुच अजीब हैं, इन्हें कभी-कभी कुछ हो जाता है।

आज रात में तिल पर उँगली फेर-फेरकर ही बात करेगा, पापावाली बात। अब वह सब समझता है। हिस्ट्री में रामायण-महाभारत की लड़ाई की बात समझ ली, ममी-पापा की लड़ाई की बात नहीं समझ सकता ? ममी बताएँ तो ! टीटू के अम्मा-पापा उसे सब बता सकते हैं और ममी उसे नहीं बता सकतीं ?

सवेरे की कचोट जैसे फिर ताज़ी हो गई। टीटू को दिखाते हुए बंटी ममी के गले से झूम गया। लो, देख लो, ममी कैसा दुलार करती हैं मेरा। तुम झूमो तो ज़रा अपनी अम्मा के गले में। न झटककर अलग कर दें तो। न रहें पापा उसके पास, उससे क्या ? ममी अकेली जितना प्यार करती हैं उसे, तुम्हारे अम्मा-पापा

मिलकर भी उतना प्यार नहीं कर सकते।

और उसकी आँखों के सामने खटिया पर नंगे-बदन बैठे, कभी खाँसते तो कभी पेट पर हाथ फेरते टीटू के पापा और हल्दी के दागों से भरी साड़ी पहने अम्मा घूम गईं।

तब मन एक गर्वयुक्त तृप्ति से भर गया। हुलसकर उसने कहा, "ममी, आज बहुत-बहुत लंबीवाली कहानी सुनाओ।"

कहानी चल रही है, सात भाई चम्पा की। सौतेली माँ ने कैसे सातों लड़कों को मरवाकर गड़वा दिया। जहाँ-जहाँ बच्चे गाड़े गए वहाँ-वहाँ चम्पा का एक-एक पेड़ उग आया।

"सौतेली माँ बहुत बुरी होती है ममी ?"

"हाँ और नहीं तो क्या ? मारकर गड़वा देती है।"

"बच्चों के पापा ने क्यों नहीं कुछ कहा ?"

"सौतेली माँ ने उन्हें पता ही नहीं लगने दिया।"

"हुँह ! ऐसा भी कभी हो सकता है ? झूठ ! सात बच्चे गायब हो जाएँ और पापा को पता ही नहीं लगे !"

"हाँ होता है ऐसा। पापा कोई ऐसा-वैसा आदमी था ? राजा था। उसके पास राज्य के बहुत सारे काम थे...बच्चों का ख़याल ही नहीं रहा। पापा लोग ऐसे ही होते हैं। उन्हें बच्चों का ख़याल कभी रहता ही नहीं। यह तो माँ ही होती है, जो..."

और ममी एकाएक चुप हो गईं। उसने ममी की ओर देखा। ममी वैसे ही आसमान की ओर देख रही हैं। क्या देखती रहती हैं ममी आँखें गड़ाकर—कभी आसमान में, कभी छत में ? उसे तो वहाँ कभी कुछ नहीं दिखाई देता। एकाएक ख़याल आया, पापा की बात पूछ ले।

"ममी !"

"हूँ !"

बंटी पसोपेश में। कैसे पूछे ? ममी ने कहीं डाँट दिया या कि ममी बहुत उदास हो गईं तो ? शाम और रात में ही तो वह ममी के बहुत-बहुत पास हो जाता है। सवेरे तो इन्हीं ममी में से एक और ममी निकल आती हैं।

उसने एक बार फिर ममी की ओर देखा। आँखें आसमान पर टिकी हुईं। लटें चेहरे पर बिखरी हुईं। सचमुच ममी सुंदर हैं। वह बेकार ही क्यों डरने लगता है ममी से ! उसने हिम्मत जुटाकर कहा, "ममी, ममी !"

इस बार ममी ऐसे चौंककर बोलीं जैसे कहीं और चली गई थीं, "चल, तू बहुत

बहस करता है, मैं नहीं सुनाती तुझे कहानी।''

''ममी, पापा हम लोगों के साथ क्यों नहीं रहते ?''

ममी चुप !

''आज टीटू कह रहा था...''

''क्या कह रहा था टीटू ?'' ममी एकदम बंटी पर झुक आईं। आवाज़ की सख़्ती से बंटी जैसे एक क्षण को सहम गया।

''बता क्या कह रहा था टीटू ?...''

''टीटू कह रहा था कि तेरे ममी-पापा का तलाक हो गया है। अब पापा कभी हमारे साथ नहीं रह सकते।'' बंटी ने जैसे-तैसे कह दिया।

''क्यों रे, तू और टीटू ये ही सब बातें करते रहते हो ?'' ममी की आवाज़ में गुस्सा था या दुख, पता नहीं चला।

''मैं नहीं करता ममी, टीटू ही कह रहा था। मुझे तो तलाक का मतलब भी नहीं मालूम। उसी ने बताया कि ममी-पापा की लड़ाई को तलाक कहते हैं। जब देखो, उनके घरवाले पापा की बात ज़रूर करते हैं।''

बंटी रुआँसा हो आया।

ममी एकाएक ढीली हो आईं। ठंडी साँस खींचकर बोलीं, ''करने दो। इन लोगों के पास ये बातें न हों तो ये जिएँ कैसे बेचारे ?'' फिर बंटी को अपने पास खींचती हुई बोलीं, ''पापा नहीं रहते तो क्या, मैं तो हूँ तेरे पास।''

और उसके बाद बंटी से कुछ भी नहीं पूछा गया, कुछ भी नहीं कहा गया। ममी उसे कितना ही प्यार करें फिर भी वह ममी से कहीं डरता ज़रूर है। कितनी बातें सोची थीं उसने आज कहने के लिए। दिन में कई बार दोहरा-दोहराकर भी देख लिया था। पर हमेशा की तरह बात बीच में ही टूट गई।

ममी चुप-चुप उसके बालों और गालों पर उँगलियाँ फिराने लगीं। दोनों चुप हो गए तो दूर लेटी फूफी की आवाज़ ही हवा में थिरकती रही। उखड़ा-बिखरा स्वर, ''मेरे तो गिरधर गोपाल, दूसरा न कोई...''

''हवा में ठंडक बढ़ गई, चल, भीतर चल !'' और बंटी ममी के पीछे-पीछे अंदर चला गया।

बाहर था तो जैसे मन के सारे प्रश्न चारों ओर फैले हुए थे। कमरे में आते ही सब सिमटकर मन में समा गए और बंटी को एक अजीब-सी बेचैनी होने लगी।

कैसे पूछे वह ? क्यों नहीं बतातीं ममी उसे कुछ ?

अच्छा, ममी को क्या कभी भी पापा की याद नहीं आती ? वह तो टीटू या कुन्नी से अगर लड़ाई कर लेता है तो दो-तीन दिन तो बिना बोले रह लेता है।

अकेला-अकेला खेलता रहता है, पर उसके बाद तो ऐसा जी घबराने लगता है कि बोले बिना रहा ही नहीं जाता। कुछ न कुछ बहाना निकालकर फिर दोस्ती कर लेता है। अकेला-अकेला खेले भी कितने दिन तक आख़िर ?

पर ममी तो हमेशा से ही अकेली रह रही हैं। तलाक में फिर क्या दोस्ती हो ही नहीं सकती ? किससे पूछे ?

कल टीटू से ही पूछेगा। टीटू अगर तलाक की बात जानता है तो तलाक की दोस्ती की बात भी ज़रूर जानता होगा।

दो

शनिवार को ममी लंच के बाद कॉलेज नहीं जातीं।

खाना खाकर ममी उठीं और सोने के कमरे के सारे परदे खींच दिए। कमरे में हलका-सा अँधेरा हो गया। अभी तो उतनी गरमी नहीं है, वरना ममी रोशनदानों में भी काले या भूरे काग़ज़ चिपकवा देती हैं। गरमी में उन्हें रोशनी बिलकुल अच्छी नहीं लगती। और बंटी है कि उसका अँधेरे में जैसे जी घबराता है।

अँधेरा यानी कि सोओ। रात-भर अँधेरा रहता है और रात-भर वह सोता भी है। अब दिन में भी अँधेरा कर दोगे तो कोई रात थोड़े ही हो जाएगी। और रात नहीं तो सोए कैसे ? पर ममी सुनती हैं कोई बात ?

"बंटी, चलो सोओ !" और पकड़कर पलंग पर डाल देती हैं।

बंटी जानता है कि कुछ भी कहना-सुनना बेकार है, इसलिए जैसे ही ममी ने परदे खींचे, चुपचाप आकर पलंग पर लेट गया। जब तक आँखें खुली हैं, नज़र कमरे की दीवारों में कैद है, पर आँख बंद करते ही जैसे सारी सीमाएँ टूट जाती हैं और न जाने कहाँ-कहाँ के जंगल, पहाड़ और समुद्र तैर आते हैं आँखों के सामने। परीलोक की परियाँ और पाताललोक की नाग-कन्याएँ तैरती हुईं उसके सामने से निकल जाती हैं।

अच्छा, अगर कोई उसे जादू के पंख या उड़नेवाला घोड़ा दे दे तो वह क्या करे ? एकदम पापा के पास चला जाए और उन्हें चौंका दे। अचानक उसे आया देख पापा कितने खुश हो जाएँगे। इधर ममी ढूँढ़-ढूँढ़कर परेशान। बाहर देखेंगी, टीटू के घर में जाएँगी, कुन्नी के घर जाएँगी, फूफी सारे में दौड़ती फिरेगी और वह जादू की टोपी पहने सबकुछ देखता रहेगा...परेशान होती ममी को, इधर-उधर दौड़ती हुई बौखलाई-सी फूफी को। और जब ममी रो पड़ेंगी तो झट से टोपी उतारकर उनके गले में लिपट जाएगा।

पर ये सब चीज़ें मिलती कहाँ हैं ? सारी कहानियों में इनकी बातें हैं, पर किसी ने भी यह नहीं लिखा कि ये मिलती कहाँ हैं। कोई साधू मिल जाए तो बता सकता है या उसके पास भी ऐसी चीज़ें हो सकती हैं।

ममी सो गईं। एक क्षण बंटी ममी को देखता रहा...कहीं पलकें हिल तो नहीं रहीं। तभी ख़याल आया, सोती हुई ममी कितनी अच्छी लगती हैं। अच्छा, ममी तरह-तरह की कैसे हो जाया करती हैं ? टीटू की अम्मा को तो कभी भी जाकर देख लो, हमेशा एक-सी रहती हैं, फूफी भी।

बंटी दबे पाँव पलंग से उतरा। धीरे से कमरे के बाहर निकला और दौड़कर करोंदे की झाड़ियों के पास पहुँच गया। कुन्नी ने कहा था कि बंटी अगर उसे खूब सारे करोंदे तोड़कर देगा तो वह बंटी को करोंदे की माला बनाकर देगी, खूब सुंदर-सी।

टीटू भी आ जाता तो दोनों मिलकर तोड़ते, पर वह बुलाने तो नहीं ही जाएगा। वहाँ उसकी अम्मा मिल गईं तो बस, कबाड़ा। कोई बात नहीं, वह अकेला ही तोड़ेगा।

अचानक लोहे का फाटक बजा तो बंटी घूम पड़ा, "अरे, वकील चाचा !" पसीने में सराबोर वकील चाचा एक तरह से हाँफते हुए अपनी पतली-सी छड़ी हिलाते हुए चले आ रहे थे।

चिपचिपाते हाथों को कमीज़ से ही पोंछता हुआ बंटी दौड़ा और वकील चाचा की बाँह से झूल गया।

"आप कब आए चाचा ?"

"क्यों रे, तू ऐसी भरी धूप में यहाँ करोंदे तोड़ रहा है ?"

"धूप ! कहाँ, मुझे तो नहीं लग रही।" बंटी दुष्टता से हँस रहा है।

"हाँ, धूप कहाँ, यह तो चाँदनी है न ? शैतान कहीं का ! शकुन घर में है या कॉलेज ?"

"शनिवार को तो एक बजे ही छुट्टी हो जाती है कॉलेज की। भीतर सो रही हैं।" और फिर 'ममी—ओ ममी, वकील चाचा आए हैं' के बिगुल नाद के साथ ही बंटी चाचा को लेकर भीतर घुसा।

भरी नींद में से ममी उठीं और वकील चाचा को सामने देखकर जैसे एकदम सिटपिटा गईं। साड़ी ठीक करके उठती हुई बोलीं, "अरे आप कब आए ?"

"यह बंटी वहाँ करोंदे तोड़ रहा था ऐसी धूप में।"

"ममी पूछ रही हैं, आप कब आए ? पहले उनकी बात का तो जवाब दीजिए।"

"तू बड़ा तेज़ हो गया है।" वकील चाचा ने अपनी टोपी उतारकर मेज़ पर रखी और ठीक पंखे के नीचे बैठे गए। अभी तो ज़रा भी गरमी नहीं है और चाचा के इतना पसीना ! "तुम्हारे यहाँ आज आया हूँ तो समझ लो शहर में आज ही आया हूँ।"

"क्यों रे, तू उठकर फिर करोंदे तोड़ने चला गया। तुझे नींद नहीं आती तो फिर पढ़ता क्यों नहीं ? इम्तिहान नहीं पास आ रहे ! आँख लगी नहीं कि गायब !"

ममी सचमुच ही गुस्सा होने लगीं। पर बंटी है कि अभी भी हँस रहा है। चाचा इस समय कवच की तरह उसके सामने बैठे हैं। ममी का गुस्सा बेकार।

"चाचा, आपको जितनी गरमी लग रही है, उससे तो लगता है कि आप ठंडा ही पिएँगे, बोलिए क्या लाऊँ ?"

चाचा की आँखों में एकाएक लाड़ उमड़ आया, "बड़ी ख़ातिर करना सीख गया। तू तो एकदम ही बड़ा और समझदार हो गया लगता है।"

"मैं अभी आई।" कहकर ममी अंदर चली गईं। शायद मुँह धोने या चाचा के लिए कुछ लाने !

बंटी धीरे-से सरककर चाचा के पास आया और उनकी कुर्सी के हत्थे पर बैठता हुआ बोला, "चाचा, पापा कब आएँगे इस बार ?"

इस प्रश्न में पापा के बारे में जानने की इच्छा भी थी, साथ ही यह उत्सुकता भी कि पापा ने कुछ भेजा हो चाचा के साथ तो चाचा निकालें।

पता नहीं क्यों चाचा एकटक उसका चेहरा ही देखने लगे। घनी भौंहों के नीचे, कुछ अंदर को धँसी आँखें जाने कैसी गीली-गीली हो गईं। बड़े दुलार से, पीठ पर हाथ फेरते हुए बोले, "पापा की याद आती है बेटे ?"

झेंपते हुए बंटी ने गरदन हिला दी।

बंटी को लगा जैसे चाचा कहीं उदास हो गए हैं। पीठ सहलाता हुआ उनका हाथ उसे काँपता-सा लगा। पापा की बात कहकर उसने कहीं ग़लती तो नहीं कर दी ? पता नहीं, जब भी वह पापा की बात करता है, सब कुछ गड़बड़ा जाता है। किससे करे वह पापा की बात ? किससे पूछे उनके बारे में ?

"पापा भी आएँगे बेटा, मैं जाकर उन्हें भेजूँगा।" चाचा का स्वर इतना बुझा-बुझा क्यों है ? वे तो हमेशा इतने ज़ोर-ज़ोर से बोलते हैं जैसे क्लास में पढ़ा रहे हों।

"मैं तो इस बार मिलकर भी नहीं आ सका, वरना ज़रूर तेरे लिए कुछ भेजते।"

और चाचा बड़े प्यार से उसकी पीठ सहलाने लगे। मानो कुछ न लाने की कमी वे प्यार से ही पूरी कर देंगे।

चाचा कुछ लाए भी नहीं, इस सूचना ने बंटी को और भी खिन्न कर दिया, वरना जब भी चाचा आते हैं, पापा उसके लिए ज़रूर कुछ न कुछ भेजते हैं और

शायद यही कारण है कि उसे चाचा अच्छे लगते हैं, चाचा का आना अच्छा लगता है।

"जो बंदूक तुम्हारे लिए भेजी थी, वह तुम्हें पसंद आई ?"

"बहुत अच्छी, बहुत ही अच्छी। आपने देखी थी ?" बंदूक के नाम से ही जैसे मरा हुआ उत्साह एक क्षण को जाग उठा।

"हमने साथ ही जाकर तो ख़रीदी थी।"

फिर चाचा यों ही कमरे में इधर-उधर देखने लगे।

"ये चित्र तुमने बनाए हैं ?"

दीवारों पर ममी ने उसकी पेंटिंग्स गत्ते पर चिपका-चिपकाकर लटका रखी हैं। तीन शीशे के फ्रेम में मढ़वा रखी हैं।

"हाँ।" बड़े गर्व से बंटी ने कहा, "स्कूल में मेरी और भी अच्छी-अच्छी रखी हैं। आर्ट-क्लब का चीफ़ हूँ..."

"अच्छा !" चाचा ने शाबाशी देते हुए उसकी पीठ थपथपाई और फिर जैसे कहीं से उदास हो गए। पर यह भी कोई उदास होने की बात हुई भला !

इतने में ममी घुसीं। हाथ में ट्रे लिए हुए। लगा, वह मुँह भी धोकर आई हैं। यों भी सोकर उठती हैं तो ममी का चेहरा बहुत ताज़ा-ताज़ा लगता है। चाचा को गिलास पकड़ाकर ममी सामनेवाली कुर्सी पर बैठ गईं।

"तुम्हारा बेटा तो बड़ा गुनी है शकुन। कलाकार बनेगा। देखो न, इस उम्र में ही बड़ी अच्छी पेंटिंग्स बना रखी हैं।"

ममी ने उसे देखा क्या, जैसे लाड़ में नहला दिया। बंटी सोच रहा था, ममी उसकी तारीफ़ में कुछ और कहेंगी, पर फिर सब चुप हो गए।

हमेशा बोलते रहनेवाले चाचा भी चुप और चाचा के सामने चुप रहनेवाली ममी भी चुप। अँधेरा-अँधेरा कमरा और भीतर बैठे लोग चुप। जैसे एक अजीब-सी उदासी वहाँ उतर आई हो। चाचा कभी एक घूँट पीते हैं, कभी उसकी ओर देखते हैं तो कभी खिड़की की ओर। पर खिड़की तो बंद है, उस पर परदा पड़ा है। वहाँ तो देखने को कुछ है ही नहीं। ममी एकटक ज़मीन ही देखे जा रही हैं और वह है कि कभी ममी को देखता है तो कभी चाचा को।

"चाचीजी अच्छी हैं, बच्चे ?" आख़िर ममी ने पूछा।

"हूँ, ठीक हैं सब।" कुछ इस भाव से कहा मानो उन्हें इन सबमें कोई दिलचस्पी ही न हो।

"तुम गर्मियों की छुट्टियों में कहीं बाहर नहीं जा रहीं इस बार ?"

"नही, एक तो पहले से ही कहीं जगह का इंतज़ाम नहीं किया, यों भी इस बार यहीं रहने का इरादा है।"

ममी पापा की बात क्यों नहीं पूछ रहीं ? लड़ाई में क्या बात भी नहीं पूछते हैं ?

''कलकत्ते में तो अभी से गरमी शुरू हो गई होगी ? यहाँ शाम को तो अभी भी बहुत अच्छा रहता है और रात को ठंड रहती है।''

बातें कर रहे हैं, पर बंटी तक को लग रहा है कि जैसे कमरे का मौन नहीं टूट रहा है। उदासी नहीं छँट रही है। यह चाचा को क्या हो गया है ? वैसे तो चाचा जब भी आते हैं, उन्हें ममी से बहुत-बहुत बातें करनी रहती हैं। शाम को या दोपहर को आएँगे तो रात के पहले कभी नहीं जाएँगे और जब तक बैठेंगे लगातार कुछ न कुछ बोलते ही जाएँगे। अगर ममी थोड़ी देर को उठकर चली भी जाएँ तो चाचा उससे बातें करने लगेंगे। और कुछ नहीं तो उसका टेस्ट ही ले डालेंगे। टेबल पूछेंगे, स्पेलिंग पूछेंगे। चुप तो चाचा रह ही नहीं सकते। उन्हें इस तरह लगातार बोलते देखकर बंटी को ख़याल आता, अगर इन्हें कभी क्लास में बैठना पड़े तो ? बाप-रे-बाप ! सारा दिन सज़ा खाते ही बीते। मुँह पर उँगली रखे खड़े हैं या कि मुँह पर डस्टर बाँधे बैठे हैं।

उसने पिछली बार यह बात ममी को बताई तो हँसते हुए उसका कान खींचकर कहा था, ''यही सब सोचता रहता है बड़ों के बारे में ?...और फिर देर तक हँसती रही थीं। मुँह पर डस्टर बँधे चाचा की कल्पना में वह ख़ुद हँस-हँसकर दोहरा होता रहा था।

वही चाचा आज चुप हैं। चुप ही नहीं, उदास भी हैं।

''आप कितने दिन हैं यहाँ पर ?''

''परसों की तारीख़ है। बस उसी दिन शाम को चला जाऊँगा।'' फिर एक क्षण ठहरकर बोले, ''तुमसे कुछ बातें करनी थीं, तो सोचा कि एक दिन हाथ में होगा तो ठीक रहेगा।''

ममी की आँखें चाचा के चेहरे पर टिक गईं। हज़ारों सवाल उन आँखों में झलक आए। चेहरे पर एक अजीब-सा तनाव आने लगा। बंटी के मन में जाने कैसा-कैसा डर-सा समाने लगा।

पहले वह कुछ भी जानता-समझता नहीं था। जानने-समझने की कोई इच्छा भी नहीं थी। पर अब जानने लगा है। और जितना जानता है, उससे बहुत ज़्यादा जानने की इच्छा है, बल्कि सब कुछ जान लेने की इच्छा है। उसे मालूम है कि चाचा पापा के पास से आते हैं, और आने पर पापा की ही बातें करते हैं। क्या बातें करते रहे हैं, उसे नहीं मालूम। उसने कभी सुनने की कोशिश ही नहीं की। पर इस बार ज़रूर सुनेगा।

हाँ, इतना उसे ज़रूर मालूम है कि चाचा एक-दो दिन के लिए आकर ममी

को दस-बारह दिनों के लिए बदल जाते हैं। कभी-कभी तो ममी इतनी उदास हो जाया करती थीं कि उनसे बात करना भी बंद कर देती थीं। साथ सुलाकर भी न उसे प्यार से सहलातीं, न कहानी सुनातीं।

पर पिछली बार ममी बहुत खुश हुई थीं, इतनी खुश कि बिना बात ही उसे बाँहों में भर-भरकर प्यार करती रही थीं।

तब बंटी को शक हुआ था कि चाचा की छड़ी में तो कोई जादू नहीं है ! ममी पर फेरकर चले गए और ममी बदल गईं। तब उसने चुपचाप छड़ी को अपने ऊपर फिराकर देखा था, फूफी पर भी फिराकर देखा था, पर उनको तो कुछ नहीं हुआ। नहीं, छड़ी में नहीं, चाचा की बात में ही कुछ होता है।

आज पता नहीं कैसी बात करेंगे ? उसके बाद ममी खुश होंगी या उदास ? इस बार वह सारी बात ध्यान से सुनेगा।

उसने एक उड़ती-सी नज़र ममी पर डाली। ममी की आँखें वैसे ही चाचा पर टिकी हुई हैं। आँखों में वैसे ही सवाल झूल रहे हैं। पर चाचा हैं कि चुप। बोलते क्यों नहीं ? बात करनी है तो करें बात। वहाँ खिड़की में क्या देखे जा रहे हैं ? बात वहाँ तो लिखी हुई नहीं है।

"शकुन !" चाचा बोले नहीं, जैसे शब्दों को किसी तरह ठेला। कैसी मरी-मरी आवाज़ निकल रही है आज उनकी।

टकटकी लगाए-लगाए ममी की आँखें जैसे पथरा गई हैं। बस मूर्ति की तरह वे बैठी हैं, मानो साँस भी नहीं ले रही हों।

"वह चाहता है कि अब इस सारी बात की कानूनी कार्यवाही भी कर ही डाली जाए।" चाचा का स्वर कैसा बिखर-बिखर रहा है।

यही बात कहनी थी चाचा को ? पर इसका मतलब ? 'वह' तो पापा हैं, बात भी पापा की ही है, पर क्या है, कुछ भी समझ में नहीं आया।

"तो क्या इसीलिए आपको यहाँ भेजा है ?" ममी का चेहरा ही नहीं, उनकी आवाज़ भी सख़्त हो गई है, वही प्रिंसिपलवाला चेहरा।

"नहीं-नहीं, मैं तो अपने काम से आया था। पर जब आने लगा तो उसने मुझे तुमसे इस विषय में बात करने को कहा था। मैं नहीं आता तो वह ख़ुद शायद तुम्हें लिखता।

इसका मतलब चाचा मिलकर आए हैं पापा से और अभी-अभी उससे कहा था कि आने से पहले मिला नहीं। चाचा इतने बड़े होकर भी झूठ बोलते हैं। उसे बड़ों की बात के बीच में नहीं बोलना चाहिए, वरना वह अभी पूछता।

चाचा ने शरीर ढीला छोड़कर पीठ कुर्सी पर टिका दी और आँखें मूँद लीं, जैसे बहुत-बहुत थक गए हों।

बस, हो गई बात, इतनी-सी बात करने आए थे ? हुँह ! यह भी कोई बात हुई भला !

"आप कुछ देर आराम कर लीजिए। रात के सफ़र की थकान भी होगी। बाकी बातें शाम को हो जाएँगी। ऐसी कौन-सी नई बात करनी है।" वाक्य का अंतिम हिस्सा ममी ने जैसे अपने-आपसे कहा और बिना चाचा का उत्तर पाए ही अलमारी खोलकर एक चादर निकाली और ड्राइंग-रूम के दीवान पर बिछा दी।

"चलिए, जाकर लेट जाइए।" ममी ने ऐसे कहा जैसे बंटी को कह रही हों। और चाचा भी बिलकुल चुपचाप उठकर चले गए। पता नहीं वे सचमुच ही थके हुए थे या पता नहीं वे जैसे बात टालना चाह रहे थे।

"और तू सोता क्यों नहीं है ? यहाँ बैठकर गुटर-गुटर बातें सुन रहा है। भरी दोपहर में भी तुझे नींद नहीं आती।"

बंटी उछलकर पलंग में दुबक गया। पर नींद का कोई प्रश्न ही नहीं। ममी की ओर देखकर पूछा, "चाचा क्या कहते थे ममी ?"

ममी ने ऐसी चुभती नज़रों से उसे देखा कि वह भीतर तक सहम गया और खट से उसने आँखें बंद कर लीं। पर बंद आँखों से भी वह उस चुभन को महसूस करता रहा। फिर बंद आँखों से ही उसने जाना कि ममी भी उसकी बग़ल में आकर लेट गई हैं। अब सबको सुलाकर ममी जागती रहेंगी।

चाचा की कही हुई बात क्या बहुत बुरी थी ? अनायास ही ममी की उँगलियाँ उसके बालों को सहलाने लगीं, काँपती-थिरकती उँगलियाँ। उन उँगलियों के पोरों में से झर-झरकर जाने कैसा स्नेह बंटी की नसों में दौड़ने लगा कि मन में थोड़ी देर पहले जो भय समाया था, वह अपने-आप ही धीरे-धीरे बह गया। स्पर्श से ही वह जान गया कि अब तक ममी के चेहरे की वह सख़्ती भी ज़रूर पिघल गई होगी।

उसने धीरे-से आँखें खोलीं। ममी हमेशा की तरह छत की ओर देख रही थीं। आँख से शायद अभी-अभी झरा आँसू कनपटी को भिगोता हुआ बालों की लट में लटका था। ममी का आँसू। ममी को उसने उदास होते देखा है, गुस्सा होते और डाँटते हुए भी देखा है, पर रोते हुए कभी नहीं देखा।

चाचा ने शायद कोई बहुत ही खराब बात कह दी है। चाचा को लेकर उसके मन में एक अजीब तरह का आक्रोश घुलने लगा। एक तो कुछ लाए नहीं, फिर झूठ बोला और अब कोई गंदी-सी बात कहकर ममी को...

ममी शायद बहुत दुखी हैं। जैसे भी होगा वह ममी के दुख को दूर करेगा। ये लोग सारी बात बताएँगे तो ठीक है, नहीं तो ख़ुद पता लगाएगा। माँ का दुख दूर करनेवाले राजकुमार तो कैसे कठिन-कठिन काम करते थे।

वह सरककर ममी से और सट गया। फिर अपनी छोटी-सी बाँह ममी के गले

में डालकर बोला, बहुत आग्रह के साथ, बहुत मनुहार के साथ, "मुझे बताओ न ममी, चाचा ने क्या कहा ?"

"तू सोएगा नहीं बंटी !" उदासी में भी ममी ने ऐसे कड़ककर कहा कि बंटी ने चुपचाप आँखें मूँद लीं।

ढेर-ढेर प्रश्नों का, ढेर-ढेर कौतूहल का सागर उसके चारों ओर उमड़ने लगा, जिसमें वह डूबता ही चला गया, गहरे और गहरे। और फिर पता नहीं उसे कब नींद आ गई।

धूप ढल गई तो ममी और चाचा लॉन में आ बैठे। वह जब से जगा है इन लोगों के आसपास ही मंडरा रहा है। आज जैसे भी हो उसे सारी बात जाननी है, पर चाचा उस तरह की कोई बात ही नहीं कर रहे। उसकी पढ़ाई की बात, ममी के कॉलेज की बात और दुनिया-भर की बातें कर रहे हैं, पर जो बात करने आए हैं, बस वही नहीं कर रहे। शायद वह बैठा है, इसलिए, पर वह जाएगा भी नहीं, बैठे रहें रात तक। रात को वह आँख मूँदकर सोने का बहाना करके पड़ा रहेगा और सारी बातें सुन लेगा।

"बंटी बेटे, तुम शाम को खेलते-वेलते नहीं हो ? अच्छा ज़रा बताओ तो, कौन-कौन से खेल आते हैं तुम्हें ?"

खेल-वेल ! सीधे से क्यों नहीं कहते कि यहाँ से चलते बनो। ठीक है, मैं चला ही जाता हूँ। मेरा क्या है, मत बताओ मुझे। ममी भी ऐसे देख रही हैं, मानो मेरे जाने का इंतज़ार कर रही हों।

बंटी बिना एक शब्द भी बोले भीतर आ गया। पर मन उसका जैसे वहीं अटका रह गया। नहीं, वह ज़रूर सुनेगा।

मेहंदी की मेड़ के किनारे-किनारे घुटनों के बल चलकर वह फिर वहीं आ गया। चाचा की कुर्सी के पीछे मोरपंखी का जो पौधा है, उसके पीछे दुबककर बैठ जाए तो कम से कम चाचा की बात तो सुन ही सकेगा। बात तो उन्हें ही करनी है। कहीं ममी या चाचा ने देख लिया तो ? बाप रे ! इस बात से ही मन भीतर तक काँप गया। तभी भीतर से मन ने धिक्कारा—बस, इसी बूते पर कुछ करना चाहते हो। राजकुमार तो राक्षसों के महलों तक में घुस गए, बड़ी-बड़ी मुसीबतें उठा लीं और तुम कुर्सी के पीछे तक नहीं जा सकते। आख़िर हिम्मत करके, बिना ज़रा भी आवाज़ किए, पहले मोरपंखी के घने-घने पौधों के पीछे आया और फिर सरककर चाचा की कुर्सी के पीछे। कुछ बड़ा काम कर डालने का संतोष भी मन में था और कुछ बुरा काम करने का डर भी पर नहीं, ममी का दुख दूर करने के लिए शायद सभी को सभी तरह के काम करने पड़ते हैं। यह ममी का काम है,

अच्छा काम !

ममी कुछ बोल रही हैं शायद ! कितना धीरे बोलती हैं ममी ! कुछ भी तो सुनाई नहीं दे रहा। नहीं, शायद कोई कुछ बोल ही नहीं रहा। अजीब बात है !

"शकुन !" ठीक है, खूब साफ़ सुनाई दे रहा है। पर चाचा रुक क्यों गए ? फिर सब चुप !

"शकुन ज़िंदगी चाहने का नाम नहीं..." लो अब आवाज़ इतनी धीरे कर दी कि ठीक से कुछ सुनाई नहीं दे रहा। बार-बार ज़िंदगी-ज़िंदगी कर रहे हैं, पापा की बात ही नहीं कर रहे।

बंटी थोड़ा और पास सरका। अब शायद ममी बोल रही हैं। खूब धीरे बोल रही हैं फिर भी सुनाई दे रहा है। अपनी ममी की तो धीरे से धीरे कही हुई बात भी वह सुन सकता है, समझ सकता है। "उम्मीद का तो प्रश्न ही नहीं उठता वकील चाचा। उम्मीद तो न पहले थी, न अब है।"

"नहीं ! ऐसी बात नहीं है। शुरू के तीन-चार साल तक तो मुझे बहुत उम्मीद थी, ख़ासकर बंटी के प्रति उसका रुख़ देखकर। बच्चे..."

पता नहीं बीच-बीच में क्या बोलते जा रहे हैं। मेरे बारे में बोलते-बोलते सीमेंट की बात करने लगे। एकाएक ख़याल आया टीटू को ले आता, वह शायद सारी बात समझ लेता। पर नहीं, अपने घर की बात सबको नहीं बतानी चाहिए।

"मीरा के साथ तो उसका खूब अच्छा है। यू नो शी इज़..."

अब बीच में पता नहीं यह किसकी बात घुसा दी। चाचा को कभी इम्तिहान देना हो तो एकदम अंडा। लिखना है कुछ और आप इधर-उधर का लिख रहे हैं।

ममी तो शायद कुछ बोल ही नहीं रहीं। ये बोलने ही नहीं देंगे। दोपहर में तो गरमी और थकान के मारे शायद बोलती बंद हो रही थी...अब तो फिर पहले की तरह चालू हो गए। भले ही बोलें, पर ऐसी बात तो बोलें, जो समझ में आए।

तभी ममी की आवाज़ सुनाई दी। बात तो कुछ समझ में नहीं आ रही, बस, यह पता लग रहा है कि आवाज़ खूब सख़्त है ! चेहरा भी ज़रूर सख़्त हो गया होगा। मन हुआ एक बार देख ही ले। पीछे बैठते समय जो डर लग रहा था वह धीरे-धीरे दूर हो गया था और अब जैसे हौसला बढ़ रहा था। वह कुर्सी से एकदम सट गया।

"मैं क्या जानता नहीं, इसीलिए तो कह भी दिया। कोई और होता तो कभी बीच में नहीं पड़ता। अजय ने दस्तख़त करके फार्म दे दिया है। कल तुम भी उस पर दस्तख़त कर देना। मैं कचहरी में जमा करके जल्दी ही कोई तारीख़ देने के..."

धत्तेरे की ! ये वकील चाचा भी एक ही घनचक्कर हैं। पापा-ममी की बात

के बीच में भी अपनी कचहरी-तारीख़ ज़रूर लगाएँगे। वकील की दुम !

लो, अब कोई कुछ बोल ही नहीं रहा। दोनों गुमसुम होकर बैठ गए। बंटी का मन हुआ, वहाँ से सरक ले। ऐसे तो कुछ भी समझ में नहीं आएगा, जो कुछ पूछना है ममी से पूछेगा।

"क्या बताएँ कुछ भी समझ में नहीं आता। लगता है, जब एक बार धुरी गड़बड़ा जाती है तो फिर ज़िंदगी लड़खड़ा ही जाती है...फिर कुछ नहीं होता...कुछ भी नहीं..." और जाने कैसे अचानक चाचा का लंबा-सा हाथ पीछे को लटका और बंटी के सिर से टकरा गया। बंटी एकदम सकपका गया। ये चाचा भी अजीब हैं। बात करनी है, सीधी तरह से करो। इतना हाथ-पैर नचाने की क्या ज़रूरत है ?

"अरे यह क्या, बंटी ! तुम यहाँ क्या कर रहे थे ?"

बंटी को काटो तो खून नहीं।

"छिपकर बातें सुन रहे थे ?" चाचा ममी की ओर इस तरह देख रहे हैं जैसे बंटी नहीं, ममी चोरी करते हुए पकड़ ली गई हों।

बंटी ने नज़रें झुका लीं। ज़रूर ममी भी वैसी सख़्त नज़रों से उसे देख रही होंगी। उसकी हिम्मत नहीं हो रही है कि आँख उठाकर एक बार देख भी ले। उसकी आँखें ही नहीं, उसका सारा शरीर भी जैसे जहाँ का तहाँ जम गया। भीतर से बस एक धिक्कार उठ रही है, पता नहीं अपने लिए, पता नहीं चाचा के लिए।

"अच्छा है चाचा, मैं तो ख़ुद चाहती हूँ कि यह अब सब कुछ जान ले। आख़िर कब तक इससे छिपाकर रखा जा सकता है ! अब इसके मन में यह बात बहुत घुमड़ने लगी है आजकल !"

बंटी जैसे उबर आया। मन हुआ दौड़कर ममी के गले से लिपट जाए, कह दे चाचा को कि ममी तो उसे सब कुछ बताएँगी, क्या कर लेंगे आप।

"हाँ-हाँ, बताने-जानने को कौन मना करता है, पर ठीक से जाने। मेरा मतलब था, यह छिपकर सुनने की आदत ठीक नहीं है।" फिर आवाज़ को बहुत मुलायम बनाकर बोले, "बंटी बेटे, जाओ खेलो, अच्छे बच्चे हर समय बड़ों के बीच में नहीं बैठते और बंटी तो बहुत अच्छा...क्लास में इतने अच्छे नंबरों से पास होता है, इतनी बढ़िया ड्राइंग करता है !"

बंटी ने फिर ममी की ओर देखा। शायद वे उसे अपने पास बैठने को ही कह दें।

"टीटू के साथ खेलने नहीं जाएगा बंटी ?" ममी ने बहुत धीमे से पूछा। ममी का चेहरा ही नहीं, ममी की आवाज़ भी बहुत उदास हो गई लगती है।

"मैं तो अपने पौधों को पानी दे रहा था, ममी !" रुआँसी-सी आवाज़ में बंटी ने एक बार जैसे अपने यहाँ रहने की सफ़ाई दी।

"अच्छा, पानी देते हो अपने पौधों को ? बहुत अच्छे बच्चे हो, शाबाश ! अब खेलने जाओ, अपने टीटी-वीटी के साथ खेलो।"

बंटी ने मन ही मन जीभ चिढ़ाया चाचा को। हुँह ! नाम तक तो लेना आता नहीं। टीटी हो गया।

और फिर वहाँ से तीर की तरह भाग गया, कुछ इस भाव और फुर्ती के साथ मानो उसे वहाँ बैठने की या कि उन दोनों के बीच की बातचीत सुनने-जानने की कोई इच्छा नहीं है, वह तो बस यों ही बैठ गया था। रखें, अपनी बात अपने पास।

दौड़ते हुए ही चाचा के अंतिम वाक्य को याद किया, "जब धुरी गड़बड़ा जाती है तो ज़िंदगी लड़खड़ा जाती है।" ज़रूर इस धुरी में ही कोई बात है, तभी तो उसे भगा दिया। धुरी का मतलब क्या होता है ? किससे पूछे ? टीटू से ही पूछेगा। टीटू सचमुच बहुत सारी ऐसी बातें जानता है, जो वह नहीं जानता। उसके अम्मा-पापा उसके सामने ही तो सारी ऐसी बातें करते हैं, इसलिए सब जानता भी है। धुरी भी ज़रूर जानता होगा।

टीटू गुलेल में कंकड़ लगाकर पेड़ पर बने घोंसले का निशाना साध रहा था।

"क्या कर रहा है ?"

"पापा ने कहा है, मुझे भी तेरे जैसी बंदूक दिलवा देंगे। बस, पहले मैं निशाना लगाना सीख जाऊँ। निशाना तो गुलेल से भी सीखा जा सकता है।"

"मैं तुझे अपनी बंदूक ही दे दूँगा, सीख लेना।" इस समय कुछ अतिरिक्त रूप से उदार हो रहा है बंटी का मन।

"दे देगा ? चल तो ले आएँ।" टीटू ने गुलेल में फँसे कंकड़ को लापरवाही के साथ तड़ाक से ज़मीन पर ही उछाल दिया।

"अभी नहीं। वकील चाचा आए हैं। ममी और उनमें कोई बात हो रही है, ज़रूरीवाली। अभी बच्चों को उधर नहीं जाना चाहिए।" बड़े बुजुर्गी अंदाज़ में बंटी ने कहा।

"ऐ टीटू, एक बात बताएगा ?"

"क्या ?"

"धुरी का क्या मतलब होता है रे ? तू जानता है ?"

"धुरी ?" टीटू सोचने लगा। फिर पूछा, "पर क्यों ?"

"एक बात है। पर तू पहले मतलब बता। कोई बहुत गड़बड़ मतलब होना चाहिए।" और बंटी की आँखों के सामने ममी का उदास चेहरा घूम गया। लगा जैसे जो कुछ गड़बड़ है, वह यहीं है और जैसे भी हो इसका मतलब जानना ही है।

"शब्द-अर्थ की कापी लाऊँ, शायद उसमें कहीं लिखा हो।" फिर एकाएक बोला, "बताऊँ, याद आ गया।" बंटी की आँखें खुशी से चमक उठीं।

"वह एक लाइन है न यार—सब धन धूरि समान।"

"कौन-सी लाइन, मुझे तो नहीं मालूम !"

"तुझे कैसे मालूम होगा। तू जब चौथी में आएगा, तब तो पढ़ेगा !"

"तो मतलब क्या हुआ ?" बंटी जैसे कहीं से खिन्न हो आया।

"धूरि यानी धूल—मिट्टी समझा। एक बार पढ़ी हुई बात मैं कभी नहीं भूलता हूँ।"

पर टीटू के इस आत्मसंतोष से बंटी का मन हलका नहीं हुआ। मन ही मन दुहराया, जब एक बार धूल गड़बड़ा जाती है तो...धत् ! यह नहीं, कुछ और होना चाहिए।

"बात क्या है, तू बता न ?"

बंटी ने एक बार इधर-उधर देखा। फिर ज़रा पास सरककर बोला, "जब एक बार धुरी गड़बड़ा जाती है तो ज़िंदगी ही लड़खड़ा जाती है।" और फिर कुछ इस भाव से देखने लगा मानो कह रहा हो समझ लो, इतनी बड़ी बात है। बता सकते हो इसका अर्थ ?

"यह क्या हुआ ! धत् पागल है तू तो।"

"नहीं, पागल नहीं हूँ। बहुत बड़ी बात होती है यह। इतनी बड़ी कि मैं और तू तो समझ ही नहीं सकते। ममी-पापा लोगों की बात होती है। शायद उनकी लड़ाई की बात।"

और रात में जब सोया तो बार-बार मन हो रहा था कि ममी से इस बात का अर्थ पूछे। चाचा क्या बात कर गए हैं, सब पूछे। ममी ने तो ख़ुद बताने को कहा था। पर कुर्सी के पीछे छिप करके बैठने की हरकत से वह कहीं भीतर ही भीतर इतना सहमा हुआ था कि पूछने का साहस ही नहीं हुआ। सब कुछ जानने का यह कौतूहल उसके अपराध को और पुख़्ता ही करेगा। नहीं, उसे कुछ भी नहीं जानना।

पर बिना कुछ पूछे और जाने भी उसे बराबर लग रहा है कि कोई एक बहुत बड़ी गड़बड़ी है, जो उसके चारों ओर है, जो ममी के चारों ओर है, उस गड़बड़ी की बात बताने के लिए ही चाचा कलकत्ते से यहाँ आए हैं, ममी इतनी उदास हैं, पर अब किससे पूछे !

उसके पास भी जादू का लैंप होता तो घिसकर जिन्न को बुलाता और सब पूछ लेता। कैसे मिल सकता है जादू का लैंप !

और फिर धीरे-धीरे कहानियों का जादुई माहौल उसकी पलकों पर उतरने लगा और वह सो गया।

तीन

शकुन के लिए समय जैसे एक लंबे अरसे से ठहर गया था। यों घड़ी की सुई तो बराबर ही चलती थी। रोज़ सवेरे पीछे के आँगन से घुसकर धूप सारे घर को चमकाती-दमकाती दोपहर को लॉन में फैल-पसरकर बैठ जाती और शाम को बड़ी अलसायी-सी धीरे-धीरे सरकती हुई पीछे की पहाड़ियों में छिप जाती। एक-दूसरे को ठेलते हुए मौसम भी आते ही रहे। फिर भी शकुन को लगता था कि समय जैसे ठहरकर जम गया है और जमे हुए समय की यह चट्टान न कहीं से पिघलती थी, न टूटती थी। बस, टूटती रही है तो शकुन—धीरे-धीरे, तिल-तिल। यों तो पिछले दो-तीन सालों से ही ठहराव का यह एहसास बराबर ही होता रहा है, पर इधर एक साल से तो यह एहसास तीखा होते-होते जैसे असह्य-सा हो गया था।

सामने खड़ी लंबी छुट्टियाँ और गरमी के बेहद लंबे अलस और उदास दिन ! कॉलेज क्या बंद हो जाएँगे जैसे समय गुज़ारने का एक अच्छा-ख़ासा बहाना ख़त्म हो जाएगा। वरना उसके नितांत घटनाहीन जीवन में मात्र कॉलेज जाना भी एक घटना की ही अहमियत रखता है। कॉलेज, और कॉलेज के साथ जुड़ी अनेक समस्याओं की आड़ में वह कम से कम किसी में व्यस्त रहने का संतोष तो पा लेती है। वरना उसकी अपनी ज़िंदगी में कुछ भी तो ऐसा नहीं है, जो क्षण-भर को भी उत्तेजना पैदा कर सके। बंटी यदि सिर के बल खड़ा हो गया, तो उसी को लेकर वह उत्तेजित-सा महसूस करती रहती है। यदि उसने ठीक से खाना नहीं खाया या कि वह किसी बात पर ज़िद करके रो दिया या कि उसने कोई ऐसी बात पूछ ली, जो इस उम्र के बच्चे को नहीं पूछनी चाहिए तो वह उत्तेजित होने की स्थिति तक परेशान हो जाया करती है। हालाँकि भीतर ही भीतर वह भी कहीं जानती है कि इनमें से कोई भी बात उसे सही अर्थों में उत्तेजित करके नहीं थकाती, वरन् सही अर्थों में उत्तेजित होने के प्रयत्न में ही वह थक जाती है। केवल थक ही नहीं जाती, एक प्रकार से टूट जाती है।

पर कल वकील चाचा ने उसके सामने जो प्रस्ताव रखा और आज जिसके लिए वे फिर आनेवाले हैं, उसने उसे भीतर से जैसे पूरी तरह झकझोर दिया।

हालाँकि वह समझ नहीं पा रही है कि आख़िर कल की बात में ऐसा नया क्या था, जिसे लेकर वह इतनी परेशान या विचलित हो रही है। एक बहुत-बहुत पुरानी, समाप्तप्राय-सी कहानी की पुनरावृत्ति ही तो है ! फिर ? फिर भी कुछ है कि सारी बात को वह बहुत सहज ढंग से नहीं ले पा रही है। लग रहा है जैसे उसे पूरी तरह मथ दिया गया है।

वकील चाचा जब भी आते हैं, एक बार वह पूरी तरह मथ जाती है। बाहर से तो तब भी कुछ घटित नहीं होता, एक पत्ता तक नहीं हिलता, पर मन के भीतर ही भीतर उसे जाने कितने आँधी-तूफ़ानों को झेलना पड़ता है। उसने झेले हैं।

अजय के किसी के साथ संबंध बढ़ने की सूचना और फिर उसके साथ सैटल हो जाने की सूचना ने उसे कितना तिलमिला दिया था। अकेले रहने के बावजूद तब एक बार फिर नए सिरे से अकेलेपन का भाव जागा था, बहुत तीखा और कटु होकर। अपमान की भावना ने उस दंश को बहुत ज़्यादा बढ़ा दिया था।

और कोई एक साल से ऊपर हुआ, चाचा ने ही आकर कहा था, "क्या बताएँ, कुछ समझ में नहीं आता। बंटी को लेकर उसके मन में एक कचोट है और यही कचोट कभी-कभी..." तो वह ऊपर से नीचे तक क्रूर संतोष से भर गई थी। न चाहते हुए भी आशा की एक हलकी-सी किरण मन में कौंधी थी। कौन जाने बंटी ही...

चाचा ने बंटी के लिए खिलौने दिए तो जाने क्यों लगा था कि ये मात्र बंटी के लिए ही नहीं हैं। बंटी को माध्यम बनाकर उस तक भी कुछ भेजा गया है। उसके बाद अजय स्वयं आया था। हमेशा की तरह अलग ही ठहरा, अलग ही रहा और केवल बंटी को बुलवाया। उससे तो मुलाक़ात तक नहीं की, फिर भी शकुन को लगता रहा था कि न मिलकर भी अजय जैसे कहीं फिर से उससे जुड़ गया है। उस दिन अजय के पास से लौटने पर वह बड़ी देर तक बंटी को दुलारती-पुचकारती रही थी, मानो बंटी वहाँ से अकेला नहीं लौटा हो, अपने साथ अजय को भी ले आया हो।

पर धीरे-धीरे वह कचोट भी शायद समाप्त हो गई, कम से कम यह तो स्पष्ट हो गया कि उसे लेकर कुछ भी आशा करना एकदम व्यर्थ है। और उसके बाद से बराबर यह लगता रहा है कि अब सबकुछ समाप्त हो गया है, अंतिम और निर्णयात्मक रूप से। और तब से समय उसके लिए जम गया था, शिला की तरह।

चाचा ने कल बात शुरू करने से पहले कहा था, "अब तो कोई उम्मीद नहीं है।" तो उसे यही लगा था कि उम्मीद तो उसे न अब है, न पहले कभी थी। फिर किस बात की उम्मीद ? फिर से साथ रहने की कोई चाहना उसके मन में नहीं थी। उसने कई बार अपने और अजय के संबंधों के रेशे-रेशे उधेड़े हैं—सारी

स्थिति में बहुत लिप्त होकर भी और सारी स्थिति से बहुत तटस्थ होकर भी, पर निष्कर्ष हमेशा एक ही निकला है कि दोनों ने एक-दूसरे को कभी प्यार किया ही नहीं।

शुरू के दिनों में ही एक ग़लत निर्णय ले डालने का एहसास दोनों के मन में बहुत साफ़ होकर उभर आया था, जिस पर हर दिन और हर घटना ने केवल सान ही चढ़ाई थी। समझौते का प्रयत्न भी दोनों में एक अंडरस्टैंडिंग पैदा करने की इच्छा से नहीं होता था, वरन् एक-दूसरे को पराजित करके अपने अनुकूल बना लेने की आकांक्षा से। तर्कों और बहसों में दिन बीतते थे और ठंडी लाशों की तरह लेटे-लेटे दूसरे को दुखी, बेचैन और छटपटाते हुए देखने की आकांक्षा में रातें। भीतर ही भीतर चलनेवाली एक अजीब ही लड़ाई थी वह भी, जिसमें दम साधकर दोनों ने हर दिन प्रतीक्षा की थी कि कब सामनेवाले की साँस उखड़ जाती है और वह घुटने टेक देता है, जिससे कि फिर वह बड़ी उदारता और क्षमाशीलता के साथ उसके सारे गुनाह माफ करके उसे स्वीकार कर ले, उसके संपूर्ण व्यक्तित्व को निरे एक शून्य में बदलकर। और इस स्थिति को लाने के लिए सभी तरह के दाँव-पेंच खेले गए थे—कभी कोमलता के, कभी कठोरता के। कभी सबकुछ लुटा देनेवाली उदारता के, तो कभी सबकुछ समेट लेनेवाली कृपणता के। प्रेम के नाटक भी हुए थे और तन-मन को डुबो देनेवाले विभोर क्षणों के अभिनय भी। पता नहीं, उन क्षणों में कभी भावुकता, आवेश या उत्तेजना रही भी हो, पर शायद उन दोनों के ही शंकालु मनों ने कभी उन्हें उस रूप में ग्रहण ही नहीं किया। दोनों ही एक-दूसरे की हर बात, हर व्यवहार और हर अदा को एक नया दाँव समझने को मजबूर थे और इस मजबूरी ने दोनों के बीच की दूरी को इतना बढ़ाया, इतना बढ़ाया कि फिर बंटी भी उस खाई को पाटने के लिए सेतु नहीं बन सका, नहीं बना।

साथ रहने की यंत्रणा भी बड़ी विकट थी और अलगाव का त्रास भी। अलग रहकर भी वह ठंडा युद्ध कुछ समय तक जारी ही नहीं रहा, बल्कि अनजाने ही अपनी जीत की संभावनाओं को एक नया संबल मिल गया था कि अलग रहकर ही शायद सही तरीके से महसूस होगा कि सामनेवाले को खोकर क्या कुछ अमूल्य खो दिया है। और वकील चाचा की हर ख़बर, हर बात इन संभावनाओं को बनाती-बिगाड़ती रही थी।

सामनेवाले को पराजित करने के लिए जैसा सायास और सन्नद्ध जीवन उसे जीना पड़ा उसने उसे खुद ही पराजित कर दिया। सामनेवाला व्यक्ति तो पता नहीं कब परिदृश्य से हट भी गया और वह आज तक उसी मुद्रा में, उसी स्थिति में खड़ी है—साँस रोके, दम साधे, घुटी-घुटी और कृत्रिम !

सात वर्षों में विभागाध्यक्ष से प्रिंसिपल हो जाने के पीछे भी कहीं अपने को

बढ़ाने से ज़्यादा अजय को गिराने की आकांक्षा ही थी। वह स्वयं कभी अपना लक्ष्य रही ही नहीं। एक अदृश्य अनजान-सी चुनौती थी, जिसे उसने हर समय अपने सामने हवा में लटकता हुआ महसूस किया था और जैसे उसका मुकाबला करते-करते, उससे जूझते-जूझते ही वह आगे बढ़ती चली गई थी।

पर इतने पर भी जब सामनेवाला नहीं टूटा तो उसकी सारी प्रगति उसके अपने लिए ही जैसे निरर्थक हो उठी थी।

कल पहली बार मन में आया कि यदि वह अपनी दृष्टि अजय की जगह अपने ही ऊपर रखती तो शायद इतनी मानसिक यातना तो नहीं भोगती। तब उसका हर बढ़ता हुआ क़दम, उसकी हर उपलब्धि उसे कुछ पाने का एहसास तो कराती। पर अब नहीं, अब और नहीं।

बीच में मेज़ पर दस्तख़त किए हुए काग़ज़ एक गिलास के नीचे दबे हुए फड़फड़ा रहे हैं। मेज़ के इस ओर शकुन बैठी है और दूसरी ओर वकील चाचा।

कितने दिनों के बाद उसने अजय के हस्ताक्षर देखे थे और देखकर एक अजीब-सी अनुभूति हुई थी, पर चाहकर भी वह उसे नाम नहीं दे पाई।

एक अध्याय था, जिसे समाप्त होना था और वह हो गया। दस वर्ष का यह विवाहित जीवन—एक अँधेरी सुरंग में चलते चले जाने की अनुभूति से भिन्न न था। आज जैसे एकाएक वह उसके अंतिम छोर पर आ गई है। पर आ पहुँचने का संतोष भी तो नहीं है, ढकेल दिए जाने की विवश कचोट-भर है। पर कैसा है यह छोर ? न प्रकाश, न वह खुलापन, न मुक्ति का एहसास। लगता है जैसे इस सुरंग ने उसे एक दूसरी सुरंग के मुहाने पर छोड़ दिया है—फिर एक और यात्रा—वैसा ही अंधकार, वैसा ही अकेलापन।

उसके अपने ही मन में जाने कितने-कितने प्रश्न तैर रहे हैं। क्या ख़ुद उसे अजय का संबंध भारी नहीं पड़ने लगा था ? क्या वह ख़ुद भी उससे मुक्त होना नहीं चाहती थी ? तो फिर ? कैसा है यह दंश ? क्या वह आज तक अजय से कुछ अपेक्षा रखती आई है ?

नहीं, अजय से कुछ न पा सकने का दंश यह नहीं है, बल्कि दंश शायद इस बात का है कि किसी और ने अजय से वह सब कुछ क्यों पाया, जो उसका प्राप्य था। या कि इस बात का था कि वह सब कुछ तोड़-ताड़कर निकलती और अजय उसके लिए दुखी होता, छटपटाता। साथ नहीं रह सकते थे, इसलिए साथ नहीं रह रहे हैं, स्थिति तब भी वैसी ही रहती, पर फिर भी कितना कुछ बदल गया होता ! यदि अजय के साथ मीरा न होती बल्कि उसके अपने साथ कोई होता...सच पूछा जाए तो अजय के साथ न रह पाने का दंश नहीं है यह, वरन् अजय को हरा न

पाने की चुभन है यह, जो उसे उठते-बैठते सालती रहती है।

इन फरफराते पन्नों ने उसके और वकील चाचा के बीच अनजाने ही शायद बहुत बड़ी खाई खोद दी है, तभी तो चाचा अस्वाभाविक रूप से चुप हो आए हैं। वरना इतनी देर तक चुप रहना चाचा के लिए संभव नहीं।

दोनों के बीच जबरदस्ती घिर आए इस मौन ने सारी स्थिति को जैसे कहीं और अधिक जटिल बना दिया। शकुन ने काग़ज़ों को उठाया और तह करके चाचा की ओर बढ़ाते हुए बोली, "इन्हें रख लीजिए। आप इतने चुपचाप क्यों हो गए ?"

अपने स्वर की सहजता से वह स्वयं चौंकी। कहीं यह भाव भी जागा कि ऐसी स्थिति में भी बहुत सहज-स्वाभाविक बने रहने की क्षमता उसमें है ?

चाचा ने इतनी गहरी साँस ली मानो बहुत देर से वे साँस रोके हुए ही बैठे थे।

"आख़िर यह काम भी मेरे ही हाथों होना था। लोग जोड़ते हैं, मैं तोड़नेवाला बना। पता नहीं। तुम भी क्या सोच रही होगी।"

स्वर की व्यथा शकुन को ऊपर से नीचे तक सहला गई। कोई बहुत ही मीठी-सी बात कहकर चाचा को आश्वस्त करने का मन हुआ।

"आया तो था कि आज तुमसे बहुत बातें करूँगा, तुम्हें समझाऊँगा, पर क्या बताऊँ शकुन, कुछ कहते ही नहीं बन रहा है।" उनका स्वर एकदम भर्राया हुआ था।

सीधे-सच्चे मन से निकली हुई चाचा की इन बातों में उसे कहीं भी बनावटीपन या कृत्रिमता की बू नहीं आ रही।

"आप क्यों इतना गिल्टी फ़ील कर रहे हैं...? इसमें नया तो कुछ नहीं हुआ ? जो था उसे ही तो कानूनी रूप दिया जा रहा है।" और कहने के साथ ही उसे लगा, काश ! वह अपने मन को भी ऐसे ही समझा पाती।

दोनों के बीच फिर मौन घिर आया। वे दोनों और आस-पास का सारा माहौल कुछ अजीब तरह से स्तब्ध था। केवल पास में पलंग पर सोया बंटी रह-रहकर हाथ-पैर चलाता या करवट ले लेता।

और फिर एकाएक चाचा ने बात शुरू कर दी, बिना किसी भूमिका के। शायद शकुन की बात ने, उसके स्वर ने उन्हें आश्वस्त कर दिया था या कि उस संकोच को तोड़ दिया जिसके नीचे दबे-दबे वे कुछ बोल नहीं पा रहे थे।

"हो सकता है तुम्हें मेरी कल की बात का बुरा लगा हो। रात में भी मैं इसी बात पर सोचता रहा था। पर बंटी को तुम्हें हॉस्टल भेज ही देना चाहिए।"

चाचा फिर अपने फ़ॉर्म में आ गए थे, पर शकुन का मन सशंकित हो आया। शकुन जानती है कि हॉस्टल का आग्रह चाचा के अपने मन की उपज नहीं, वे

उसे कलकत्ते से ढोकर लाए हैं। यह एक आदेश है जो सुझाव के खोल में लपेटकर उसके पास भेजा गया है और इसीलिए वह बहुत कटु हो आई।

"सात साल से मैं अकेली ही तो बंटी को पाल रही हूँ। उसका हित-अहित मैं दूसरों से ज़्यादा जानती हूँ।"

"तुम मुझे दूसरों में गिनने लगी हो ? कब से ? यह सही है कि मैं अजय का मित्र हूँ, कलकत्ते रहता हूँ, पर तुम्हारे लिए भी मेरे मन में कम स्नेह नहीं। पक्षपात की शिकायत भी करना चाहोगी तो एक बात तक तुम्हें ढूँढ़े नहीं मिलेगी।"

शकुन एक क्षण को भीतर ही भीतर कहीं लज्जित हो आई।

"नहीं, मेरा यह मतलब नहीं, आप ग़लत समझ गए। मैं तो..."

"ख़ैर छोड़ो !" शकुन को अब सुनना है, बोलने वे नहीं देंगे।

"तुम यह मत सोचो कि केवल अजय ही ऐसा चाहता है, मुझे ख़ुद ऐसा लगता है कि बंटी को तुम्हें एकदम हॉस्टल भेज देना चाहिए। इट इज़ ए मस्ट !" शकुन चुप।

"तुम भी जानती हो, मैं बहुत साफ़ और दो टूक बात कहनेवाला आदमी हूँ। ज़रा सोचो, स्कूल के अलावा बंटी सारे दिन तुम्हारे साथ रहता है या तुम्हारी उस फूफी के साथ। तुम्हारे यहाँ अधिकतर महिलाएँ ही आती होंगी। यानी इसकी क्या कंपनी है ? बहुत हुआ पड़ोस के एक-दो बच्चों के साथ खेल लिया। पर एक आठ-नौ साल के ग्रोइंग बच्चे के लिए यह तो कोई बात नहीं हुई न। ही शुड ग्रो लाइक ए बॉय, लाइक ए मैन।"

शकुन चुपचाप चाचा का मुँह ताकती रही और जानने की कोशिश करती रही कि इसमें से कितनी बातें चाचा की अपनी हैं और कितनी को वे केवल उस तक पहुँचा रहे हैं।

पर एकाएक अजय बंटी को हॉस्टल भेजने को इतने उत्सुक क्यों हो गए ? उसे सारी बात में एक अजीब-सी गंध आने लगी। पहले अजय ने अपने को काटा, अब क्या बंटी को भी शकुन से काटना चाहते हैं। जाने कैसी कड़वाहट-सी उसके तन-बदन में घुलने लगी।

"बोलो, मैं ग़लत कह रहा हूँ ? कल मैं देख रहा था कि किस कदर वह अभी भी तुमसे चिपका-चिपका रहता है। यह सब बहुत नार्मल नहीं है। अपनी उम्र के बच्चों का साथ उसके लिए बहुत ज़रूरी है। और वह तो उसे इस घर में मिल नहीं सकता।"

थोड़ी देर पहले चाचा के चेहरे पर जो उदासी थी, गिल्ट का जो बोझ था, वह सब पता नहीं कब बह गया। पर शकुन के मन की टूटन...रोम-रोम को

सालता वह दंश तो अभी भी जैसे का तैसा बना हुआ है। ऊपर से वे सारी बातें ? वकील चाचा को क्या एक बार भी इस बात का ख़याल नहीं आ रहा कि कितना सह सकती है आख़िर शकुन ?

"अच्छा बताओ, बंटी जिस तरह पल रहा है तुम उससे संतुष्ट हो ?" और जैसे पहली बार उसका उत्तर सुनने के लिए वे चुप हुए।

"मैं जितना भी संभव हो सकता है, उसके लिए करती हूँ। कॉलेज के बाद का सारा समय एक तरह से उसी पर देती हूँ, और कर ही क्या सकती हूँ ?"

"ओफ्फोह ! बात तुम्हारे करने की तो नहीं है। इससे किसको इंकार है कि तुम बहुत करती हो, बल्कि जितना नहीं करना चाहिए उतना करती हो। पर उसे तुम हमउम्र बच्चों की कंपनी तो नहीं दे सकती हो न ?"

और उन्होंने नज़रें शकुन के चेहरे पर गड़ा दीं। एक बार शकुन का मन हुआ कि वह एक शब्द भी नहीं बोले, ढीठ बनकर सब सुनती चली जाए—देखें, कहाँ तक बोलते हैं ? क्यों सुने वह अब इन लोगों की बातें ? क्यों माने इन लोगों के सुझाव ? अपने और बंटी के बारे में वह पूरी तरह स्वतंत्र है, कुछ भी सोचने के लिए, कुछ भी करने के लिए।

"बोलो !"

"बंटी को हॉस्टल भेजने की बात तो आपने कह दी, पर कभी यह भी सोचा है कि उसे हॉस्टल भेजकर मैं कितनी अकेली हो जाऊँगी।" और उसका स्वर जैसे एकाएक ही बिखर गया। वह कहीं से भी अपनी दुर्बलता नहीं दिखाना चाहती थी, पर जाने कैसे गला भिंच-सा गया।

चाचा की नज़रों की चुभन और भी तीखी हो गई। शकुन को लगा जैसे बात कहने के पहले या तो वे अपनी बात का वज़न तौल रहे हैं या शकुन के सहने का सामर्थ्य। वह भीतर ही भीतर कहीं से बेचैन होने लगी। साथ ही मन में एक आक्रोश भी घुलने लगा। बंटी उसके अधिकार की सीमा है, जिसमें वह किसी को नहीं आने देगी। अपने चेहरे पर नज़रें टिकाए चाचा उसे बड़े घाघ लगे। एक क्षण को इच्छा हुई, ऊपर से ओढ़ी हुई इस सद्भावना के रेशे-रेशे बिखेर दे और वात्सल्य में छिपी उस मक्कारी को उघाड़कर रख दे। कौन-सा दाँव अब चलेंगे...वह अपने को पूरी तरह तैयार करने लगी।

"मुझे डर है शकुन, कहीं तुम अपना अकेलापन ख़त्म करने के चक्कर में बंटी का भविष्य ही न ख़त्म कर दो ! तुम्हारा यह अतिरिक्त स्नेह उसे बौना ही न छोड़ दे।"

शकुन ऊपर से नीचे तक तिलमिला गई। पर फिर भी उससे एक शब्द तक नहीं कहा गया।

चाचा धीरे-धीरे और सँभल-सँभलकर बोल रहे थे। शायद शकुन के चेहरे की प्रतिक्रिया भी उन्होंने समझ ली थी और स्थिति की नाज़ुकता भी।

"चीज़ों को सही तरीके से लेना सीखो, शकुन ! मैं जानता हूँ कि तुम्हें इस बात में तरह-तरह की गंध आ रही होगी। जिस स्थिति में तुम हो, उसमें यह बहुत स्वाभाविक भी है। जब आदमी एक जगह धोखा खाता है तो उसे लगता है, सब जगह धोखा ही धोखा है। पर ऐसा होता नहीं है।"

शकुन चुपचाप पैर के नाखून से धरती कुरेदती रही। उसे कुछ नहीं कहना, बस वह करेगी वही, जो उसे ठीक लगेगा।

"बात बंटी के हित की है और सच पूछो तो बंटी से भी ज़्यादा तुम्हारे हित की है। तुम मानोगी नहीं और कहना भी बड़ा अजीब लगता है, पर मेरे सामने इस समय तुम्हारी बात ही सबसे प्रमुख है।"

शकुन चौंकी। अब यह कोई नया दाँव है क्या ? अँधेरे में चाचा का चेहरा बहुत साफ़ नहीं दिखाई दे रहा, पर स्वर में कहीं भी किसी तरह के दाँव-पेंच की गंध नहीं थी। क्या भरोसा, वकील आदमी ठहरे !

"ज़रा आज से आठ-नौ साल बाद की बात सोचो जब बंटी की अपनी ज़िंदगी होगी, अपने स्वतंत्र संबंध होंगे, अपनी इच्छाएँ और अपनी महत्त्वाकांक्षाएँ होंगी, तब तुम्हारा कितना अस्तित्व होगा उसकी ज़िंदगी में ?"

चाचा एक क्षण को रुके। मानो बात को धीरे-धीरे कहकर उसके एक-एक पहलू के महत्त्व को समझा देना चाहते हों।

"और इस स्थिति की दो ही परिणतियाँ हो सकती हैं...होंगी। या तो तुम उसके स्वतंत्र अस्तित्व को समाप्त करके उस पर हावी होने की कोशिश करोगी और या फिर अपने को बहुत ही उपेक्षित और अपमानित महसूस करोगी। उस समय तुम्हें यही लगेगा कि जिसके पीछे तुमने अपनी सारी ज़िंदगी बरबाद की, वह अब तुम्हें ही भूलकर अपनी ज़िंदगी जीने की बात सोच रहा है। उस समय तुम्हें बुरा लगेगा। आज अजय को लेकर तुम्हारे मन में जो कटुता है, हो सकता है कि वही फिर बंटी को लेकर हो...और आज से दस गुना ज़्यादा हो..."

शकुन को लगा जैसे कोई पूरे होश-हवास में उसे आरी से चीरे जा रहा है। एक बहुत ही कटु और वीभत्स सच्चाई है, जिसे उसके पूरे नंगेपन में चाचा उसके सामने रखना चाहते हैं। पर क्यों...क्या वह यह सब नहीं जानती ? या कि उसने इस सब पर नहीं सोचा है ? दिनों, हफ्तों, महीनों सोचा है। रात-रात-भर जागकर सोचा है, पर यह सोचना उसे कहीं उबारता नहीं, केवल डुबोता है, गहरे में, और गहरे में।

एक क्षण को कहीं बहुत गहरे में डूबी-डूबी-सी शकुन को चाचा की आवाज़

बड़ी अस्वाभाविक-सी लगी। वह एकटक चाचा के चेहरे को देखकर भी जैसे कुछ नहीं देख रही थी।

''जो होना था सो तो हो ही गया, और चलो अच्छा ही हुआ। सारी ज़िंदगी उस तनाव में काटने की अपेक्षा तो उससे मुक्त होना लाख गुना अच्छा था। यह क़ानूनी कार्यवाही हो जाएगी सो भी अच्छा ही रहेगा। यह संबंध ही ऐसा है कि लाख लड़ भिड़ लो, अलग रहने लगो, पर कहीं न कहीं आशा का एक तंतु जुड़ा ही रह जाता है। वह आशा चाहे ज़िंदगी-भर पूरी न हो...होती भी नहीं है...फिर भी मन है कि इधर-उधर नहीं जाता, बस उसी में अटका रह जाता है।''

शकुन का मन हुआ कि साफ़ कह दे कि उसके मन में आशा का कोई भी तंतु-वंतु नहीं है, पर इतना बड़ा झूठ उससे नहीं बोला गया, सो भी वकील चाचा के सामने। उम्र और अनुभवों ने सान चढ़ाकर जिनकी नज़रों को बहुत पैना बना दिया है। ''पर मैं चाहता हूँ कि अब तुम अपने बारे में सोचना शुरू करो, बिलकुल नए ढंग से, एकदम व्यावहारिक स्तर पर।''

शकुन की आँखों में एक बड़ा असहाय-सा भाव उतर आया। क्या रखा है सोचने के लिए अब उसके पास ?

''तुम सोच रही होगी कि पहले इन काग़ज़ों पर दस्तख़त करवाए, फिर बंटी को अलग करने की बात शुरू कर दी, कितना क्रुएल हूँ मैं, क्यों ? यही सोच रही थी न ?''

''नहीं तो...मैंने तो ऐसा कुछ नहीं सोचा।'' झूठ बोलते समय उसका अपना स्वर शायद बहुत काँप-सा रहा था, कम से कम उसे ऐसा ही लगा।

''सोचा भी हो तो मैं बुरा नहीं मानूँगा। पर मैं तुम्हें तकलीफ़ देने के लिए बंटी को अलग नहीं करना चाहता, बिना बंटी को अलग किए भी तुम सोच सको तो अच्छा है। पर इतना ज़रूर कहूँगा कि तुम केवल बंटी की माँ ही नहीं हो, इसलिए केवल बंटी की माँ की तरह ही मत जियो, शकुन की तरह भी जियो।''

चाचा का अभिप्राय वह समझ भी रही थी और नहीं भी समझ रही थी।

''ठीक है, जो कुछ भी हुआ, वह बहुत सुखद नहीं है, पर वह अंतिम भी नहीं है। कम से कम तुम जैसी औरत के लिए वह अंतिम नहीं हो सकता, नहीं होना चाहिए।''

और एकाएक ही शकुन को वह रात याद आ गई, जब इसी तरह आमने-सामने बैठकर चाचा उसे समझा रहे थे—दो जने साथ रहते हैं तो एडजस्ट तो करना ही पड़ता है शकुन, अपने को कुछ तो मारना ही पड़ता है। और जब उनके सारे हथियार चुक गए थे तो बड़े हताश स्वर में बोले थे, ''यदि ऐसा ही है तो फिर अच्छा है कि तुम लोग अलग हो जाओ। संबंध को निभाने की ख़ातिर अपने को

ख़त्म कर देने से अच्छा कि संबंध को ख़त्म कर दो।''

विवाह के बाद से ही उसके जीवन के हर महत्त्वपूर्ण मोड़ के साथ चाचा किसी न किसी रूप से जुड़े ही हुए हैं। अब फिर किस महत्त्वपूर्ण दिशा की ओर संकेत कर रहे हैं ये ?

''अगर अजय अपनी ज़िंदगी की नई शुरुआत कर सकता है तो तुम क्यों नहीं कर सकती ? क्यों अपने को इतना बाँध-बाँधकर रखती हो ? आख़िर प्रिंसिपल होने के नाते यहाँ के भद्र समाज में तुम्हारा उठना-बैठना होगा ही, इस दृष्टि से कभी...'' इस बार शकुन एकाएक जैसे चौंकी। क्या चाचा डॉक्टर जोशी की ओर संकेत कर रहे हैं ? पर नहीं, जिस बात को पूरी तरह उभरने के पहले ख़ुद उसने मन ही मन में दबा दिया, उसे चाचा जान ही कैसे सकते हैं ? फिर भी वह हलके से सावधान हो आई।

''तुममें क्या नहीं है ? बुद्धिमान हो, पढ़ी-लिखी हो, प्रिंसिपल हो, सारे शहर में तुम्हारा मान-सम्मान है।'' फिर एक क्षण को ठहरकर हलके से विनोद के साथ बोले, ''परिस्थितियों ने चाहे तुम्हें जितना तोड़ा हो, समय को तुमने अपने ऊपर हाथ नहीं रखने दिया। रियली यू सीम टू बी एज-प्रूफ।''

और इस वाक्य के साथ ही वातावरण जैसे हलका हो आया। सारी बात को और अधिक सहज बनाने के लिए उन्होंने फिर कहा, ''जो कुछ हो गया उसे भूल जाओ। बीती बातों को कातते रहना बूढ़ों का स्वभाव होता है। पर तुम तो...''

पास सोये बंटी ने करवट ली और एकदम पलंग की पाटी पर आ गया। शकुन झटके से उठी और उसे गिरने से बचाया।

''इतना लोटता है कि अगल-बगल में रुकावट न हो तो रात में पाँच-दस बार तो नीचे ही गिरे।'' फिर धीरे से बीच में करके उसे बड़े स्नेह से थपकने लगी।

चाचा ने मेज़ पर से टोपी उठाकर सिर पर रखी और उठने की मुद्रा में बोले, ''अरे, अब छोड़ो ये रुकावटें लगाना। गिरता है तो गिरने दो। कुछ नहीं होता इस तरह गिरने से। गिर-गिरकर ही बच्चे बड़े होते हैं, बनते हैं।'' और वे उठ खड़े हुए।

''इस सिलसिले में मुझे एक अमरीकन की बात याद आती है। वह कुछ महीनों यहाँ रहा था और देखने-सुनने के बाद बोला था कि हिंदुस्तानी लोग बच्चों से प्रेम नहीं करते, उन्हें बच्चों से मोह होता है, अंधा मोह। सच कहता हूँ तब मुझे बड़ा ताव आ गया था उस पर, पर बाद में सोचा, वह ठीक ही कहता था। एक आम हिंदुस्तानी बच्चे की सही ढंग से परवरिश करना जानता ही नहीं। प्यार और देखभाल के नाम पर माँ-बाप ही अपने को इतना थोपे रहते हैं बच्चे पर कि कभी वह पूरी तरह पनप ही नहीं पाता।''

और अपनी छड़ी उठाकर वे एकदम खड़े हो गए। उनसे दुगुनी उनकी छाया लॉन में लेट गई।

"यह क्या आप एकदम ही चल दिए ?"

"और नहीं तो क्या ? साढ़े दस तो बज गए। वैसे भी आज सवेरे का निकला हुआ हूँ।"

"कल तो चले जाएँगे न ?"

"बस, कल कूच !"

"अगला चक्कर कब लगेगा अब आपका ?" साथ-साथ चलते हुए ही शकुन ने पूछा।

"अपना आना अपने मुवक्किलों के हाथ है, जब भी किसी की तारीख़ पड़ जाए।"

आगे बढ़कर शकुन ने फाटक खोला। चाचा घूमकर खड़े हो गए। "देखो शकुन, मेरी बातों पर ज़रा गंभीरता से सोचना, जो कुछ मैंने कहा, वह महज तसल्ली देने के लिए नहीं, बल्कि आई मीन इट !" और उन्होंने बड़े स्नेह से शकुन का कंधा थपथपाया तो शकुन भीतर तक भीग आई। फिर एक क्षण रुककर बोले, "देखो, अब जब भी तारीख़ पड़ेगी अजय आ जाएगा, बस एक दस मिनट के लिए कोर्ट जाना होगा। इस किस्से को भी ख़त्म ही करो। अच्छा !"

और वे घूम पड़े। अँधेरे में तेज़-तेज़ कदमों से चलता हुआ उनका आकार छोटे-से-छोटा होता चला गया और फिर मोड़ पर जाकर अदृश्य हो गया। पर शकुन जहाँ की तहाँ खड़ी रही।

चाचा की उपस्थिति के, स्वर की आत्मीयता के और लाजवाब तर्कों के जादू ने उसके मन की सारी शंकाओं और संदेह को दूर कर दिया था। मंत्रविद्ध-सी उसने चाचा की एक-एक बात पर विश्वास कर लिया था और उसे चाचा की सारी बातों में अपना हित ही नज़र आया था, पर चाचा के अंतिम वाक्य ने जैसे एक झटके-से सारा जादू तोड़ दिया।

कुछ नहीं, वे केवल उससे हस्ताक्षर करवाने आए थे...कहीं वह अड़ ही जाती तो अजय के लिए एक संकट पैदा हो सकता था। 'मीरा इज़ एक्सपेक्टिंग' चाचा के शब्द उभरे। तो इसीलिए यह सारा जाल रचा गया था। यह बात तो अजय भी लिख सकता था, पर शायद इसीलिए चाचा को भेजा गया कि कोई रास्ता बाकी न रह जाए शकुन के बच निकलने के लिए। तारीख़ भी जल्दी ही डलवानी है, बच्चा होने से पहले सारा रास्ता साफ़ कर ही लेना है।

वह फिर छली गई, वह फिर बेवकूफ बनाई गई। उसका रोम-रोम जैसे

सुलगने लगा।

वे बंटी को हॉस्टल भेजना चाहते हैं, शायद उसे भी धीरे-धीरे कब्जे में कर लेना चाहते हैं। पर वह बंटी को कभी भी हॉस्टल नहीं भेजेगी। वह जानती है, अजय बंटी को बहुत प्यार करता है, पर अब से वह बंटी को मिलने भी नहीं देगी। बंटी से न मिल पाने की वजह से अजय को जो यातना होगी उसकी कल्पना मात्र से उसे एक क्रूर-सा संतोष मिलने लगा।

मरे-मरे हाथों से शकुन ने गेट बंद किया और किसी तरह अपने को घसीटती हुई पलंग तक लाई। बंटी सोया था, बेख़बर और निश्चिंत। ज़रूर किसी राजा-रानी और परियों के सपनों में खोया होगा। रोज़ कहानी सुनता है, पढ़ता है और फिर ऐसे ही सपने देखता है।

उसने झुककर उसे एक बार प्यार किया। उसके माथे पर बालों की जो लटें छितरा आई थीं, उन्हें समेटकर पीछे किया। लगा, बंटी का शरीर एकदम ठंडा हो आया है। बाहर ठंडक बहुत ज़्यादा बढ़ चुकी थी, अपने में ही डूबे-डूबे उसे पता ही नहीं लगा। उसने जल्दी में बंटी को गोद में उठाकर साड़ी का पल्ला उसके चारों ओर लपेट दिया और उसे भीतर ले आई।

बहुत ही धीरे-से सँभालकर उसने उसे पलंग पर सुला दिया...जैसे कुछ बहुत ही अमूल्य, बहुत ही क़ीमती हो।

और तब एक अजीब-सी भावना मन में आई—बंटी केवल उसका बेटा ही नहीं है, वह हथियार भी है, जिससे वह अजय को टारचर कर सकती है, करेगी।

और जब वह ख़ुद पलंग पर लेटी तो सबसे पहला चेहरा डॉक्टर जोशी का ही उभरा—वह चेहरा, जो एक समय बार-बार उभरने लगा था अपनी अनेक-अनेक मुद्राओं के साथ। पर जिसको उसने बरबस ही अपने से परे हटा दिया था। इधर चार-पाँच महीनों से कोई पता ही नहीं।

एक तो शहर का सबसे बड़ा डॉक्टर, फिर शकुन का निहायत ही सर्द और जड़ व्यवहार। आज अचानक फिर से सब कुछ याद हो आया। पिछली सर्दियों में बंटी बीमार हो गया था तो कितनी आत्मीयता और एहतियात से सँभाला था उसे। केवल बंटी को ही नहीं, बुखार के बढ़ते हर पाइंट के साथ हौसला खोती और घबराती शकुन को भी सँभाला था।

बीमारी के कारण ही दोनों का परिचय हुआ था। धीरे-धीरे कारण हट गया, बस परिणाम बाकी रह गया। वह पति से अलग होकर रहती है, यह शायद सारा शहर जानता है, इसलिए एक बार भी बंटी के पापा के बारे में नहीं पूछा था। हाँ, अपनी पत्नी की मृत्यु का समाचार ज़रूर दे दिया था और फिर बिना कुछ कहे

ही बहुत-कुछ कह दिया था।

शायद ऐसी बातें कभी शब्दों की मुहताज नहीं रहतीं।

जब-तब बंटी के समाचार जानने या कि 'ऐसे ही इधर से जा रहा था' का सहारा लेकर आते रहे थे। चाय-पानी होता था, बातचीत होती थी, पर शकुन उन सारे संकेतों के प्रति उसी उत्साह या ललक के साथ रिएक्ट नहीं कर पाती थी।

और फिर शकुन की उदासी के कारण ही सब कुछ समाप्त हो गया। शायद शुरू होने से पहले ही। किशोर उम्रवाली भावुकता तो थी नहीं कि आदमी खाना-सोना तक भूल जाए।

बड़े नामालूम-से ढंग से सब शुरू हुआ था और वैसे ही ख़त्म भी हो गया। बस एक हलका-सा अक्स उसके मन पर कहीं रह गया था, आज अनजाने ही वकील चाचा उस पर से समय की धूल पोंछ गए।

चेहरा उभरने के साथ ही पहली बात मन में आई—अजय के मुकाबले में जोशी कैसे हैं? और दूसरी बात आई—मीरा के मुकाबले में कैसे हैं ? मीरा को उसने नहीं देखा। बस सुना है उसके बारे में। अनेक काल्पनिक चेहरे भी उभरे हैं मन में। पहले वह उन काल्पनिक चेहरों की तुलना अपने से किया करती थी। वह तुलना बहुत स्वाभाविक भी थी। पर जोशी और मीरा के मुकाबले की क्या तुक भला ? फिर भी मन है कि बार-बार कुछ तौल-परख रहा है। उसे याद है, पहले भी जब-जब उसने जोशी के बारे में कुछ सोचा था, अनजाने और अनचाहे ही हमेशा अजय आकर उपस्थित हो गया था...केवल अजय ही नहीं, कहीं मीरा भी आकर उपस्थित हो जाती थी। उसे साफ़ लगता था कि जोशी या किसी का भी चुनाव उसे करना है तो जैसे अपने लिए नहीं करना है, अजय को दिखाने के लिए करना है...मीरा की तुलना में करना है। पर जब-जब यह भावना उठी उसने स्वयं अपने को बहुत धिक्कारा, अपनी भर्त्सना की। क्यों नहीं वह अपने लिए जीती है, अपने को लक्ष्य बनाकर जी पाती।

पर आज फिर अजय आकर खड़ा हो गया, अनदेखी मीरा आकर खड़ी हो गई। उसने अभी-अभी हस्ताक्षर करके दिए हैं, कम से कम अब तो वह इन सबसे मुक्त हो जाए। उसे मुक्त होना ही है, एक नई ज़िंदगी की शुरुआत करनी ही है।

पर फिर मन में कहीं तैर ही गया। अजय को उसे दिखा ही देना है कि वह अगर एक नई ज़िंदगी की शुरुआत कर सकता है तो वह भी कर सकती है। नहीं, उसे किसी को कुछ नहीं दिखाना है। जो कुछ भी करना है, अपने लिए करना है। और तब उसने बरबस ही सब चेहरों को परे धकेल दिया...

केवल जोशी का चेहरा बड़ी देर तक आँखों के सामने टँगा रहा।

चार

आज पापा आनेवाले हैं।

दस बजे बंटी को सरकिट हाउस पहुँच जाने को लिखा है। ममी हैं कि पता नहीं कैसा मुँह लिए घूम रही हैं। न हँसती हैं, न बोलती हैं। बस गुमसुम। इस बार वकील चाचा के जाने के बाद से ही ममी ऐसी हो गई हैं। वकील चाचा भी एक ही हैं बस। ख़ुद तो बोल-बोलकर ढेर कर देंगे और ममी बेचारी की बोलती बंद कर जाएँगे। पता नहीं क्या हो गया है ममी को ? उसे देखना शुरू करेंगी तो देखती ही रहेंगी, ऐसे मानो उसके भीतर कुछ ढूँढ़ रही हों। रात को कहानी भी नहीं सुनातीं। ज़्यादा कहो तो कह देती हैं, 'सो जा, कल सुनाऊँगी।' वह तो सो ही जाता है, पर ममी को ऐसा करना चाहिए ?

उस दिन रात में पता नहीं कब बंटी की नींद खुल गई। देखा, दूर पेड़ के नीचे कोई खड़ा है। डर के मारे उससे तो चीख़ा तक नहीं गया था, बस साँस जैसे घुटकर रह गई थी। और वे ममी निकलीं। उसके बाद कितनी देर तक ममी उसे थपकती रहीं, दिलासा देती रहीं, पर भीतर दहशत जैसे जमकर बैठ गई थी। आधी रात को ऐसे कहीं घूमा जाता होगा ? चाचा जो कह गए थे गड़बड़ होने की बात। वह बिलकुल ठीक है। ज़रूर कुछ गड़बड़ हुआ है। ममी पहले तो ऐसी नहीं थीं। पर वह क्या करे ? ममी जब चुप-चुप हो जाती हैं तो उसका मन बिलकुल नहीं लगता।

परसों ही तो पापा की चिट्ठी आई थी। लिफ़ाफ़े पर ममी का नाम लिखा था। पिछली बार तो लिफ़ाफे पर भी उसका नाम था। अंदर भी दो काग़ज़ निकले, एक ममी ख़ुद पढ़ने लगीं, दूसरा उसे पकड़ा दिया। तो क्या ममी के पास भी पापा की चिट्ठी आई है ? ममी-पापा क्या दोस्ती करनेवाले हैं ? उसने अपनी चिट्ठी पढ़ ली और फिर ममी की ओर ध्यान से देखने लगा। ममी क्या ख़ुश नज़र आ रही हैं ? कहीं कुछ नहीं, बस वैसे ही चुप बैठी हैं, मानो पापा की कोई चिट्ठी ही नहीं आई हो। एक बार उसकी चिट्ठी पढ़ने तक के लिए नहीं माँगी। पिछली बार तो केवल उसी के पास चिट्ठी आई थी और उसे पढ़कर ही ममी कितनी

प्रसन्न हुई थीं। पापा के पास भेजने से पहले उसे अपनी बाँहों में भरकर इतना प्यार किया था, इतना प्यार किया था, मानो वह कहीं भागा जा रहा हो। और जब वह लौटकर आया था तो ममी उससे सवाल पर सवाल पूछे जा रही थीं... 'और क्या कहा और क्या कहा'... के मारे परेशान कर दिया था।

ममी से छिपकर उसने ममीवाला पत्र उठाकर देखा, घसीटी हुई अंग्रेज़ी की चार-छह लाइनें थीं, वह कुछ भी समझ नहीं सका। उसका पत्र हिंदी में था और बड़े-बड़े साफ़ अक्षरों में।

परसों रात को जब वह सोया तो बराबर उम्मीद कर रहा था कि ममी ज़रूर पहले की तरह प्यार करेंगी, कुछ कहेंगी। पर उन्होंने कुछ नहीं कहा, सिर्फ़ पूछा, 'तू जाएगा पापा के पास ?' यह भी कोई पूछने की बात थी भला ! पापा आ रहे हैं और वह जाएगा नहीं ? उसके बाद ममी बोली नहीं।

इस समय ममी उदास बिलकुल नहीं हैं। ममी की उदासी वह खूब पहचानता है। बिना आँसू के भी आँखें कैसी भीगी-भीगी हो जाती हैं।

अच्छा है, बैठी रहें ऐसी ही। वह तब पापा के पास जाकर खूब घूमेगा, चीज़ें ख़रीदेगा, हाँ, नहीं तो।

वह जल्दी-जल्दी तैयार हो रहा है और मन ही मन कहीं उन चीज़ों की लिस्ट तैर रही है जो उसे माँगनी है। कैरम-बोर्ड ज़रूर लेगा, एक व्यू मास्टर भी।

"दूध-दलिया खा लो।" फूफी अलग ही अपना मुँह फुलाए घूम रही है। पिछली बार भी पापा आए थे तो यह ऐसे ही भन्ना रही थी, जैसे इसकी भी पापा से लड़ाई हो।

"मैं नहीं खाता दूध-दलिया। बस रोज़ सड़ा-सा दूध-दलिया बनाकर रख देती है।"

"बंटी, क्या बात है ?" कैसी सख़्त आवाज़ में बोल रही हैं ममी। बंटी भीतर ही भीतर सहम गया। धीरे-से बोला, "हमें अच्छा नहीं लगता दूध-दलिया।"

"क्यों, दूध-दलिया तो तुझे खूब पसंद है। एक दिन भी न बने तो शोर मचा देता है। आज ही क्या बात हो गई ?"

"पसंद है तो रोज़-रोज़ वही खाओ, एक ही चीज़ बस। मैं नहीं खाता।"

"देख रही हूँ जैसे-जैसे तू बड़ा होता जा रहा है, वैसे ही वैसे ज़िद्दी और ढीठ होता जा रहा है। अच्छा है, भद्द उड़वा सबके बीच मेरी।"

कैसे बोल रही हैं ममी ! इसमें भद्द उड़वाने की क्या बात हो गई ! वह नहीं खाएगा दूध-दलिया, बिना नाश्ता किए ही चला जाएगा।

वह मेज़ से उठ गया तो ममी ने एक बार भी नहीं कहा कि कुछ और बना दो ! न कहें, उसका क्या जाता है ?

हीरालाल को कल ही कह दिया था कि ठीक नौ बजे आ जाना। साढ़े नौ बज रहे हैं, पर उसका पता नहीं। बंटी बेचैनी से इधर-उधर घूम रहा है। थोड़ी-थोड़ी देर में घड़ी देख लेता है। ममी किताब लेकर ऐसे बैठ गई हैं, जैसे समय का उन्हें कुछ होश ही नहीं हो। वह बताए कि साढ़े नौ बज गए। पर क्या फ़ायदा, कह देंगी अभी आता होगा।

वह सब समझता है। अब उतना बुद्धू नहीं है। ममी को शायद अच्छा नहीं लग रहा है कि बंटी पापा के पास जा रहा है। पर क्यों नहीं लग रहा है ? उसकी तो पापा से लड़ाई नहीं है। पर ऐसा होता है शायद !

एक बार क्लास में विभू से उसकी लड़ाई हो गई थी तो उसने अपने सब दोस्तों की विभू से कुट्टी नहीं करवा दी थी ? शायद ममी भी चाहती हैं कि वह भी पापा से कुट्टी कर ले। तो ममी उसे कहतीं। अच्छा मान लो ममी उससे कहतीं तो वह कुट्टी कर लेता ? और उसके मन में न जाने कितनी चीज़ें तैर गईं—कैरम-बोर्ड, व्यू-मास्टर...मैकेनो...ग्लोब...

तभी हीरालाल की छोटी लड़की आई, "बापू को ताप चढ़ा है, वे नहीं आ सकेंगे।"

"क्या हो गया ?" ममी की आवाज़ में ज़रा भी परेशानी नहीं है। हाँ, उनका क्या बिगड़ता है। वे तो चाहती ही हैं कि मैं नहीं जाऊँ। मैं ज़रूर जाऊँगा, चाहे कुछ भी हो जाए।

"भोत ज़ोर का ताप चढ़ा है, सीत देकर। वे तो गुदड़े ओढ़कर पड़े हैं, मुझे इत्तिला देने को भेजा है।" और वह चली गई।

"अब ?" बंटी रोने-रोने को हो आया।

ममी एक क्षण चुप रहीं। फिर फूफी को बुलाकर कहा तो फूफी अलग मिज़ाज दिखाने लगी, "बहूजी, मैं नहीं जाऊँगी वहाँ।"

"क्यों ? बस तुम ही मुझे छोड़कर आओगी।" बंटी फूफी का हाथ पकड़कर झूल आया, "जल्दी चलो, अभी चलो।"

"छोड़ आओ फूफी, वरना कौन ले जाएगा ?" कैसी ठंडी-ठंडी आवाज़ में बोल रही हैं। जैसे, कहना है, इसलिए कह रही हैं बस। ले जाए, न ले जाए, कोई फ़रक नहीं पड़ेगा।

फूफी एकदम बिफर पड़ी, "कोई नहीं है ले जानेवाला तो नहीं जाएगा। मिलने की ऐसी ही बेकली है तो ख़ुद आकर ले जाएँगे। इस घर में आ जाने से तो कोई धरम नहीं बिगड़ जाएगा। आप जो चाहे सज़ा दे लो बहूजी, मैं वहाँ नहीं जाऊँगी। मुझसे तो, आप जानो..."

और बड़बड़ाती हुई फूफी चली गई। ममी ने कुछ भी नहीं कहा। ममी का अपना काम होता तो कैसे बिगड़तीं। अब फूफी को कहो न कि बिगड़ती जा रही है, ढीठ होती जा रही है। बस डाँटने के लिए मैं ही हूँ। ठीक है कोई मत ले जाओ मुझे। और बंटी एकदम वहीं पसरकर रोने लगा।

"रो क्यों रहा है ? यह भी कोई रोने की बात है भला ? ठहर जा, कॉलेज के माली को बुलवाती हूँ।"

ममी माली को समझा रही हैं, "देखो, कह देना कि आठ बजे तुम लेने आओगे इसलिए जहाँ कहीं भी हों, आठ बजे तक सरकिट हाउस पहुँच जाएँ। तू भी कह देना रे। आठ से देर नहीं करें, समझे !" कैसी सख़्त-सख़्त आवाज़ में बोल रही हैं, एकदम प्रिंसिपल की तरह।

रास्ते में भी बंटी सोचता गया कि बहुत सारी बातें हैं जो वह पापा से पूछेगा। ममी से पूछी नहीं जातीं। कभी शुरू भी करता है तो या तो ममी उदास हो जाती हैं या सख़्त। उदास ममी बंटी को दुखी करती हैं और सख़्त ममी उसे डराती हैं। और इधर तो ममी को पता नहीं क्या कुछ होता जा रहा है। पास लेटी ममी भी उसे बहुत दूर लगती हैं। उसके और ममी के बीच में ज़रूर कोई रहता है। शायद वकील चाचा की कही हुई कोई बात, शायद कोई गड़बड़ी। उसे कोई कुछ नहीं बताता, वह अपने-आप समझे भी क्या ? ममी की बात तो पापा से भी नहीं पूछी जा सकती है।

पर एक बात वह ज़रूर पूछेगा कि क्या तलाकवाली कुट्टी में कभी अब्बा नहीं हो सकती ? अगर पापा भी साथ रहने लगें तो कितना मज़ा आए ! पर ऐसी बात पूछने पर पापा ने डाँट दिया तो ?

पापा बाहर ही मिल गए। बंटी देखते ही दौड़ गया और पापा ने उठाकर छाती से लगा लिया, "बंटी बेऽटा !" और दोनों गालों पर ढेर सारे किस्सू दे दिए।

"इतनी देर क्यों कर दी, हम तो कब से राह देख रहे हैं तुम्हारी।"

"हीरालाल बीमार पड़ गया, कोई लानेवाला ही नहीं था।"

माली ने आठ बजेवाली बात कही तो पापा बड़ी लापरवाही से बोले, "हाँ-हाँ, ठीक है, आ जाना आठ बजे !" और बंटी को लेकर भीतर आ गए।

कुछ किताबें, एक मैकेनो और टाफ़ी का एक डिब्बा बंटी के सामने फैले पड़े हैं।

"पसंद हैं सब ?"

"मुझे कैरम-बोर्ड और व्यू-मास्टर चाहिए।" बड़े शरमाते हुए बंटी ने कहा।

"अरे, तो तुम हमको लिख भेजते। तुम तो हमें कभी चिट्ठी ही नहीं लिखते।

अच्छा कोई बात नहीं, अगली बार दिलवाएँगे।"

बंटी का मन हुआ कि यहीं से दिलवाने को कह दें। पर कहा नहीं गया। ममी होतीं तो ज़िद करके ले लेता।

"तुम तो इस बार बहुत बड़े हो गए।" पापा उसे एकटक देख रहे हैं। वह झेंप गया। पापा हैं कि एक के बाद एक प्रश्न पूछे जा रहे हैं।

"पढ़ाई कैसी चल रही है ? अच्छे नंबर लाते हो न ?"

"कल हमारे यहाँ इन्स्पेक्शन था। मैंने खूब अच्छे जवाब दिए तो इन्स्पेक्टर साहब ने मुझे शाबाशी दी और सर ने भी।"

"शाबाश ! लो हमने भी शाबाशी दे दी !" और पापा ने उसकी पीठ थपथपा दी।

"और खेल कौन-कौन से खेलते हो ?"

"ताश, लूडो, कैरम..."

"क्या कहा, ताश लूडो, कैरम—धत्तेरे की ! यह भी कोई खेल हुए, लड़कियों के। क्रिकेट खेलो, हॉकी खेलो, कबड्डी खेलो, लड़कोंवाले खेल खेलो। घर से बाहर निकलकर भागने-दौड़नेवाले...

"अच्छा, पेड़ पर चढ़ सकते हो ?"

"नहीं, ममी डाँटती हैं, कहती हैं, गिर जाएगा !"

"तैरना सीखा ? तैरने की कोई जगह है ?"

"पता नहीं।"

"साइकिल चलाना आता है छोटी, दो पहिएवाली ?"

"ममी कहती हैं, जब दस साल का हो जाऊँगा तब दिलवाएँगी।"

"दोस्त कितने हैं ?"

"टीटू !"

"कौन है टीटू ?"

"घर के पास रहता है। हमारे स्कूल में पढ़ता है, पर मुझसे एक क्लास आगे है। और कुन्नी है।"

"कुन्नी कौन ?"

"शर्मा साहब की लड़की है, मेरी दोस्त। उनका घर भी उधर ही है। हमारे घर के पीछे चलिए, फिर इधर को मुड़िए, फिर थोड़ा-सा चलिए, बस उनका घर आ जाता है।"

इतनी अच्छी तरह समझाया फिर भी पापा हँस रहे हैं।

"और कौन दोस्त है ?"

"कोई नहीं।"

''बस, कुल दो दोस्त !''

''नहीं, स्कूल में तो बहुत सारे हैं। पर उनके घर तो दूर-दूर हैं।''

''तुम्हारा मन कैसे लगता है सारे दिन ? बच्चों को तो खूब दोस्तों के साथ रहना चाहिए, खूब खेलना चाहिए।''

''लग जाता है। ममी खूब कहानियाँ सुनाती हैं, खूब ! ताश भी खेलती हैं। फिर मैं किताबें पढ़ता हूँ। ड्राइंग बनाता हूँ। खूब सारी पेंटिंग बना रखी हैं मैंने। अच्छी-अच्छी तो ममी ने कमरे में लगा दीं।''

''अच्छा, इस बार हमारे लिए भी एक बनाना। हम भी अपने कमरे में लगाएँगे।''

तो एक क्षण को बंटी पापा का चेहरा देखता रहा। कह दे कि पापा हमारे साथ क्यों नहीं रहते ? इस घर में तो मेरी पेंटिंग लगी ही हुई हैं। पापा इसी घर को अपना घर क्यों नहीं बना लेते ? अलग घर में क्यों रहते हैं ? इस घर में मेरा बगीचा भी तो है—खूब सुंदर-सा।

''इस बार छुट्टियों में कलकत्ता चलोगे हमारे साथ ?''

बंटी ने बड़ी सशंकित-सी नज़र से पापा की ओर देखा। उसे साथ चलने को क्यों कह रहे हैं, पहले तो कभी नहीं कहा ?

''बहुत मज़ा आएगा, खूब घूमेंगे। बोलो ?''

''ममी चलेंगी तो चलूँगा।''

''छी-छी, इतने बड़े होकर भी ममी के बिना नहीं रह सकते। यह गंदी बात है बेटे ! अब तुम्हें ममी के बिना रहने की आदत डालनी चाहिए। तुम क्या लड़की हो जो ममी से चिपटे-चिपटे फिरते हो ?''

बंटी बहुत संकुचित हो आया। भीतर ही भीतर कहीं गुस्सा भी आने लगा। फूफी ऐसा कहती तो मज़ा चखा देता। पापा से क्या कहे ? पर पापा ऐसी बात कहते ही क्यों हैं ? ख़ुद तो ममी के साथ नहीं रहते, चाहते हैं वह भी नहीं रहे। बहुत चालाक हैं। एकाएक उसके मन में सामने बैठे पापा के लिए गुस्सा उफनने लगा। बहुत मन हुआ पूछे, आप ममी को भी साथ लेकर क्यों नहीं चलते ? उसने एक उड़ती-सी नज़र डाली। पता नहीं पापा उसकी बात से कहीं नाराज़ हो जाएँ तो ? वह पापा को जानता ही कितना है ? ममी की तो हर बात का उसे पता है, पर पापा...

''बोलो, इस बार छुट्टियों में तुम्हें वहाँ बुलवाने का इंतज़ाम करें ? छुट्टियाँ ख़त्म हो जाएँगी तो वापस भिजवा देंगे। नई-नई चीज़ें देखोगे—विक्टोरिया मेमोरियल, बोटेनिकल गार्डेंस, लेक्स, ज़ू...।''

और पापा एक-एक चीज़ के बारे में विस्तार से बताने लगे। बड़ा शहर, बड़े

शहर की बड़ी-बड़ी इमारतें, बड़ी-बड़ी बातें। और थोड़ी देर पहले समाया हुआ बंटी के मन का संकोच और भय इन बातों के बीच घुलने लगा। एक-एक जगह के कई-कई चित्र उसकी आँखों के सामने बनने-बिगड़ने लगे।

मन में एक साथ ही जाने कितना उत्साह और कौतूहल जाग उठा।

"वहाँ सब बँगला में बोलेंगे तो मैं क्या करूँगा ?"

"वहाँ सब मछली-भात खाते हैं ? तब तो सारे शहर में मछली की बदबू ही आती रहती होगी !"

"तेरह-चौदह तल्ले का मकान कितना ऊँचा होगा ?" और वह नज़र ऊँची करके अंदाज़ लगाने लगा।

"हुगली में जहाज भी तो चलते हैं ? हम देख सकते हैं भीतर तक जाकर ?"

"पी.सी. सरकार भी तो वहीं रहता है ? आपने जादू देखे हैं उनके ? कमाल ? सात बौनोंवाली कहानी के जादूगर जैसा है पी.सी. सरकार। अच्छा पापा, बंगाल की जादूगरनियाँ देखी हैं आपने, जो आदमी को भेड़ बनाकर रख लेती हैं ? जादू के ज़ोर से आदमी वेश बदल सकता है ?"

और हर उत्तर के साथ उसके सामने कौतूहल-भरी एक नई दुनिया खुलती जा रही है। वह मुग्ध-सा सुन रहा है और कल्पना की आँखों से बहुत कुछ देख भी रहा है।

पर 'बोलो आओगे छुट्टियों में ?' के साथ ही सारा जादू एक झटके के साथ टूट गया। नहीं बिना ममी के वह नहीं जाएगा, जा ही नहीं सकता।

खाना खाकर पापा ने कहा, "चलो, थोड़ी देर सो लेते हैं। शाम को फिर घूमने चलेंगे। दोपहर में तो सोते हो न ?"

उसने यों ही सिर हिला दिया। पापा ने उसे पलंग पर लिटा दिया और खुद नीचे लेट गए। ममी होतीं तो साथ ही सुला लेतीं। लेटते ही पापा को नींद आ गई। बंटी क्या करे, उसे नींद ही नहीं आती। यहाँ से तो निकलकर भी नहीं जा सकता। थोड़ी देर तो वह चुपचाप लेटा-लेटा कलकत्ता ही देखता रहा, फिर एकाएक उसे घर की याद आने लगी। ममी की याद आने लगी। वह शाम को आता तभी ठीक था।

लो, पापा की तो नाक भी बजने लगी–घुर्ऽऽऽ खूँ, घुर्ऽऽऽ खूँ।

बंटी को हँसी आने लगी। वह एकटक पापा के चेहरे की ओर देखने लगा। बिना चश्मे के कैसा लग रहा है पापा का चेहरा ? उसे ख़याल आया उसने इतने ग़ौर से तो पापा का चेहरा कभी देखा ही नहीं।

ममी के चेहरे की तो एक-एक लाइन उसकी जानी-पहचानी है। पापा के हाथों में बाल कितने बड़े-बड़े हैं। और तभी आँखों के सामने ममी की चूड़ीवाली कलाई

उभर आई। बंटी बहुत ऊबने लगा तो पापा की लाई हुई किताबों में से एक किताब शुरू कर दी।

शाम को ताँगे में बिठाकर पापा ने उसे घुमाया। आइसक्रीम खिलाई, चाट खिलाई। गन्ने का रस पिलाया। बंटी सोच रहा था कि पापा शायद कुछ चीज़ें और दिलवाएँगे। लेकिन उन्होंने कुछ नहीं दिलवाया तो बंटी को थोड़ी-सी निराशा हुई। पर फिर भी उससे माँगा नहीं गया। खा-पीकर, घूम-फिरकर शाम को वे लोग वापस आ गए। ताँगे से उतरकर बंटी भीतर जाने लगा कि एकदम पापा की चिल्लाहट सुनाई दी। मुड़कर देखा। पापा ताँगेवाले को डाँट रहे थे। पता नहीं ताँगेवाले ने क्या कहा कि पापा और ज़ोर से चिल्लाए, ''झूठ बोलते हो ? घड़ी देखकर ताँगा किया था। मैं एक पैसा भी ज़्यादा नहीं दूँगा।''

बंटी सहमकर जहाँ का तहाँ खड़ा हो गया।

ताँगेवाले ने कुछ कहा और कूदकर ताँगे से नीचे उतर आया। पापा एकदम चीख पड़े, ''यू शट अप ! ज़बान सँभालकर बात करो। जितना रहम खाओ उतना ही सिर पर चढ़े जा रहे हैं, जूते की नोक पर ही ठीक रहते हैं ये लोग...'' पापा का चेहरा एकदम सुर्ख़ हो रहा था और आँखों से जैसे आग बरस रही थी। बंटी की साँस जहाँ की तहाँ रुक गई। चपरासी और दरबान ने बीच-बचाव करके ताँगे को रवाना किया।

पापा अभी भी जैसे हाँफ रहे थे और बंटी सहमा हुआ था। उसने पापा को कभी गुस्सा होते हुए तो देखा ही नहीं। एकाएक ख़याल आया, कभी इस तरह उस पर गुस्सा हों तो ? वह भीतर तक काँप गया। एकाएक उसे बड़ी ज़ोर से ममी की याद आने लगी। अब वह एकदम ममी के पास जाएगा। माली आया या नहीं ?

तभी चपरासी ने कहा, ''बाबा को लेने के लिए आदमी आया था। आधा घंटे तक बैठा भी रहा, अभी-अभी गया है, बस आपके आने के पाँच मिनट पहले ही।''

बंटी की आँखों में आँसू आ गए। किसी तरह उन्हें आँखों में ही पीता हुआ वह बड़ी असहाय-सी नज़रों से पापा की ओर देखने लगा। मन में समाया हुआ एक अनजान डर जैसे फैलता ही जा रहा था।

पापा ने एक बार घड़ी की तरफ़ नज़र डाली, ''चपरासी चला गया तो ? यह भी अच्छा तमाशा है, घड़ी देखकर घर में घुसो। जो समय उधर से दिया गया है उसी में घूमो-फिरो और लौट आओ। नॉनसेंस !''

एकाएक ही बंटी की छलछलाई आँखें बह गईं। पता नहीं माली के लौट जाने

की बात सुनकर या पापा का गुस्सा देखकर या कि इस भय से कि पापा कहीं रात में यहीं रहने को न कह दें। दो दिन से पापा को लेकर जो उत्साह मन में समाया हुआ था, वह एकदम बुझ गया और सामने खड़े पापा उसे निहायत अजनबी और अपरिचित-से लगने लगे।

"अरे तुम रो क्यों रहे हो ? रोने की बात क्या हो गई ?"

"माली चला गया, अब मैं घर कैसे जाऊँगा ?" सिसकते हुए बंटी ने कहा।

"पागल कहीं का ! यहाँ क्या जंगल में बैठा है ? मैं नहीं हूँ तेरे पास ?"

"ममी के पास जाऊँगा।" रोते-रोते ही बंटी ने कहा।

"हाँ-हाँ, तो मैंने कब कहा कि ममी के पास नहीं जाओगे।"

"पर माली तो चला गया ?"

"चला गया तो क्या ? मैं तुम्हें छोड़कर आऊँगा, बस।"

बंटी ने ऐसे देखा जैसे विश्वास नहीं कर रहा हो। कहीं उसे बहका तो नहीं रहे। अभी चुप करने के लिए कह दें और फिर कहने लगें कि सो जाओ।

पापा ने पास आकर उसका माथा सहलाया, गाल सहलाए तो टूटा विश्वास जैसे फिर जुड़ने लगा। पापा फिर अपने लगने लगे।

"पागल कहीं का ! इतना बड़ा होकर रोता है ममी के लिए।" तो अँसुवाई आँखों से ही बंटी हँस दिया। भीतर ही भीतर बड़ी शरम महसूस हुई अपने ऊपर। सचमुच उसे इतनी जल्दी रोना नहीं चाहिए। बच्चे रोया करते हैं बात-बात पर तो, वह तो अब बड़ा हो गया है। अब कभी नहीं रोएगा इस तरह।

बंटी पापा के साथ ताँगे में बैठा तो मन एकदम हलका होकर दूसरी ओर को दौड़ गया। पापा को देखकर ममी को कैसा लगेगा ? एकदम ख़ुश हो जाएँगी। वह खींचकर पापा को अंदर ले जाएगा और ममी का हाथ, पापा का हाथ मिला देगा—चलो कुट्टी ख़तम। फिर ममी और वह मिलकर पापा को जाने ही नहीं देंगे। सोते, घूमते-फिरते कितनी बार मन हुआ था कि ममी की बात करे। पापा से वह सब पूछे, जो ममी से नहीं पूछ पाता है। पर पापा का चेहरा देखता और बात भीतर ही घुमड़कर रह जाती। पर पापा को साथ लाकर और दोस्ती की बात सोच-सोचकर उसका मन थिरकने लगा।

जाने कैसे-कैसे चित्र आँखों के सामने उभरने लगे। पापा, ममी और वह घूमने जा रहे हैं। वह पापा के साथ मिलकर ममी को चिढ़ा रहा है या कभी ममी के साथ मिलकर पापा को।

अजीब-सा उत्साह है, जो मन में नहीं समा रहा है। कहानियों के न जाने कितने राजकुमार मन में तैर गए, जो अपनी-अपनी माँ के लिए समुद्र तैर गए थे या पहाड़ लाँघ गए थे। वह भी किसी से कम नहीं है। माँ के लिए पापा को ले

आया। अब दोस्ती भी करवा देगा। वरना कोई ला सकता था पापा को ? अब चिढ़ाए फूफी कि बंटी लड़की है। अब ममी कभी उदास नहीं होंगी। लेटे-लेटे छत या आसमान नहीं देखेंगी। टीटू की अम्मा यह नहीं पूछेंगी, "आते हैं तुम्हारे पापा यहाँ ?"

उसने बड़े थिरकते मन से पापा की ओर देखा। पापा एकदम चुप क्यों हैं ? अँधेरे में चेहरा ठीक से नहीं दिखाई दे रहा है। वह चाहता है, पापा कुछ बोलते चलें, कलकत्ता चलने की बात ही कहें या कि उसे लड़केवाले खेल खेलने की बात ही कहें, पर कुछ तो कहें। बोलते हुए पापा उसे अपने बहुत पास लगने लगते हैं। चुप हो जाते हैं तो लगता है जैसे पापा कहीं दूर चले गए। जैसे उसके और पापा के बीच में कोई और आ गया।

उसी निकटता को महसूस करने के लिए उसने अनायास ही पापा का हाथ पकड़ लिया।

पर पापा हैं कि बिलकुल चुप ! पापा की चुप्पी से बंटी के मन में अजीब तरह की बेचैनी घुलने लगी। कहीं दोस्ती की बात करते ही पापा चिल्लाने लगें आँखें लाल-लाल करके तो ? पापा का वही चेहरा उभर आया। ऐसे चिल्लाते होंगे तभी शायद ममी ने कुट्टी कर ली होगी। बंटी ने फिर एक बार पापा की ओर देखा। अँधेरे में पापा का चेहरा दिखाई नहीं दे रहा।

"बस, बस यहीं घर है, बाईं तरफ़वाला।" कॉलेज के पास आते ही ताँगा थम गया था। बंटी ने कहा तो ताँगेवाले ने बाईं तरफ़ को लगा दिया।

बंटी ने हाथ और कसकर पकड़ लिया। हाथ पकड़े-पकड़े ही वह ताँगे से नीचे उतरा और एक तरह से पापा को खींचता हुआ गेट की तरफ़ चला। उसे लग रहा था कि यदि उसकी पकड़ ज़रा भी ढीली हुई तो पापा छूटकर चल देंगे।

सड़क पर से वह चिल्लाया, "ममी, पापा आए हैं।"

लॉन में से एक छायाकृति तेज़-तेज़ क़दमों से फाटक की ओर आई। फाटक खुला और ममी सामने आ खड़ी हुईं। ममी को देखते ही बंटी का हौसला बढ़ गया। लगा, जैसे वह अपनी सुरक्षित सीमा में आ गया है। पापा के हाथ को पूरी तरह खींचता हुआ बोला, "भीतर चलिए न पापा ? मैं अपना बगीचा दिखाऊँगा। मोगरा खूब फूला है।"

पर ममी और पापा जहाँ के तहाँ खड़े हुए हैं, चुप और जड़ बने हुए।

"मैंने आदमी भेजा था। आपको शायद लौटने में देर हो गई। सो वह राह देखकर चला आया। आपको तकलीफ़ करनी पड़ी।"

"कोई बात नहीं।" बंटी ने चौंककर पापा की ओर देखा। यह पापा बोले थे ?

एकदम बदला हुआ स्वर। न प्यारवाला, न गुस्सेवाला। पता नहीं उस स्वर में ऐसा क्या था कि बंटी की पकड़ ढीली हो गई। फिर भी उसने कहा, ''पापा, एक बार भीतर चलिए न ! ममी, तुम कहो न !'' बंटी रुआँसा हो आया।

''कुछ देर बैठ लीजिए। बच्चे का मन रह जाएगा।'' ममी कैसे बोल रही हैं ? किसी को ऐसे कहा जाता होगा ठहरने के लिए ?

''रात हो गई है, फिर लौटने में बहुत देर हो जाएगी।''

''इसी ताँगे को रोक लीजिए, अभी कहाँ देर हुई है, चलिए न !'' हाथ पर झूलते हुए बंटी ने पापा को भीतर खींच ही लिया।

पापा भीतर आए। लॉन में ही ममी-पापा आमने-सामने कुर्सी पर बैठ गए। बंटी पुलकित। उसे समझ ही नहीं आ रहा था कि क्या करे और कैसे करे।

''कल दस बजे ही पहुँच जाना। दूसरा ही नंबर है, पंद्रह-बीस मिनट में नंबर आ ही जाएगा। अपने-आप आ सकोगी न ?''

''हाँ, पहुँच जाऊँगी।''

अँधेरे में दोनों के चेहरे नहीं दिखाई दे रहे, पर आवाज़ें कैसी बदली हुई हैं। पापा ने कहाँ आने को कहा है ? मन हुआ पूछे, पर हिम्मत नहीं हुई। ममी-पापा की कोई बात है, उसे बीच में नहीं बोलना चाहिए।

तभी एकदम दौड़कर गया। रात में पौधे सोते हैं, उन्हें छूने से भी पाप लगता है और अगर फूल-पत्ता तोड़ो तब तो बहुत बड़ा, कालावाला पाप लगता है, यह बात अच्छी तरह जानते हुए भी बंटी अपने को रोक नहीं सका। चार-पाँच पत्तियों के बीच में तीन बड़े-बड़े मोगरे सवेरे ही खिले थे, उन्हें ही लंबी डंडी के साथ तोड़ लिया।

''कहाँ लगाऊँ, बुश्शर्ट में कहीं फूल लगेगा ?'' उसकी समझ में नहीं आ रहा था, कैसे ख़ातिर करे वह पापा की !

''लाओ, हाथ में दे दो।'' पापा उठ खड़े हुए।

''यह मेरा बोया हुआ मोगरा है, मैं ही इन्हें सींचता हूँ रोज़। दिन में आकर देखिए।''

बंटी ने फिर हाथ पकड़ लिया। वह जैसे पापा को जाने नहीं देना चाहता है।

ममी भी साथ-साथ चलीं। फाटक पर आकर पापा ने एक बार उसके गाल थपथपाए, पीठ पर हाथ फेरा और फिर धीरे-से हाथ छुड़ाकर ताँगे में जा बैठे। ताँगा चल दिया।

बंटी सन्न-सा रह गया। ममी का चेहरा नहीं दिख रहा, पर उसकी अपनी आँखों में आँसू आ गए और आँसुओं के साथ-साथ थोड़ी देर पहले ममी-पापा के साथ रहने के जो चित्र मन में बने थे, सब बह गए। वह और ममी—पहले की

तरह, बिलकुल अकेले-अकेले।

उसने बड़ी ही निरीह-बेबस नज़रों से ममी को देखा। ममी शायद उधर देख रही थीं, जिधर ताँगा गया था। फिर धीरे-से घूम गईं।

"चल, भीतर चलकर कपड़े बदल।" मरी-मरी-सी आवाज़ में ममी ने कहा और उसकी पीठ पर हाथ रखकर उसे सहारा देती-सी भीतर ले चलीं। ममी का हाथ उसकी पीठ पर रखा था, फिर भी किसी स्पर्श का एहसास उसे नहीं हो रहा था, कम से कम ममी के स्पर्श का नहीं।

तो क्या ममी उससे नाराज़ हैं ? सवेरे की अनमनी ममी उसकी आँखों के सामने एक बार फिर घूम गईं।

उसने कुर्सी पर रखे डिब्बे और किताबें उठाईं और ममी के साथ-साथ भीतर आया। कमरे में पहुँचकर जैसे ही बत्ती जलाई, बंटी ने देखा ममी की आँखें लाल हैं। तो ममी रोई हैं, शायद बहुत ज़्यादा रोई हैं। जाने क्यों उसका अपना मन रोने-रोने को हो आया। एक अजीब-सी अपराध भावना मन में घुलने लगी। जैसे वह कोई बहुत ही ग़लत काम करके आ रहा हो। वह ममी को छोड़कर क्यों गया ? सचमुच अब ममी की तरफ़ देखने की हिम्मत भी नहीं हो रही।

ममी कुछ बोल भी तो नहीं रहीं। बस, चुपचाप कपड़े निकालकर दे दिए और ऐसे ही बाहर देखने लगीं। शायद नहीं चाहतीं कि बंटी उनकी ओर देखे। एक बार उसका मैकेनो तो देखतीं। कित्ता बड़ा है !

"बदल लिए कपड़े ? बस्ता भी अभी से जमाकर रख ले, सवेरे फिर जल्दी नहीं उठा गया तो ?"

"कल छुट्टी नहीं है, इन्स्पेक्शन की !"

"ओह ! मैं भूल गई थी।"

ममी ने जल्दी से बत्ती बुझा दी और उसे लेकर बाहर आ गईं। बंटी और ममी के पलंग पास-पास बिछे हुए हैं। पर बंटी हमेशा पहले ममी के पलंग पर ही सोता है। ममी कहानी सुनाती हैं। फिर दोनों दुनिया-भर की बातें करते हैं, उसके बाद बंटी अपने पलंग पर जाता है। कभी-कभी तो वह कहानी सुनते-सुनते ममी के पलंग पर ही सो जाता है, ममी बाद में उसे उसके पलंग पर लिटा देती हैं।

पता नहीं क्यों उसे लग रहा है कि आज वह जैसे ही ममी के पलंग पर सोएगा ममी मना कर देंगी। कहेंगी, अपने ही पलंग पर सोओ, इतने बड़े हो गए, अभी तक ममी के साथ सोते हो, या ऐसे ही कुछ भी। एक क्षण वह दुविधा में खड़ा रहा, फिर धीरे से अपने ही पलंग पर लेट गया, इस आशा के साथ कि ममी उसे अपने पास बुलाएँगी। उससे कुछ तो बात करेंगी। आज सारे दिन उसने क्या-क्या

किया, कहाँ घूमा, क्या खाया !

पर ममी चुप !

ममी शायद मुझसे नाराज़ हैं तो डाँट क्यों नहीं लेतीं ? मैं क्या मना करता हूँ ? पर कुछ तो बोलें।

वह तो पापा और ममी की दोस्ती कराने की बात सोच रहा था, अब तो ममी ने भी उससे कुट्टी कर ली। उसकी आँखों में आँसू आ गए। पर ममी उससे नाराज़ क्यों हैं ? और उस 'क्यों' का बोझ लिए-लिए ही सारे दिन के थके-माँदे बंटी की आँखें झपकने लगीं—और वह सो गया। गाल पर बह आए आँसू भी धीरे-धीरे सूख गए।

पाँच

सवेरे चिड़ियों की चहचहाहट से ही बंटी की नींद उचटी। आँखें बंद किए-किए ही उसने करवट बदली। बिस्तर के अनछुए हिस्से की नमी-भरी ठंडक, सारे शरीर में एक फरहरी-सी दौड़ाती हुई, उसे ऊपर से नीचे तक ताज़गी से भर गई। नींद की दुनिया से वह असली दुनिया में आया तो कल का सारा दिन एक क्षण को खुमारी-भरी आँखों के सामने कौंध गया—पापा के साथ बिताया हुआ दिन। और साथ ही ख़याल आया ममी का ! ममी की उदास, सूजी-सूजी-सी आँखें। बिना एक शब्द भी बोले उसे चुपचाप सुला देना। न एक बार भी अपने पलंग पर आने को कहा, न प्यार किया, न सारे दिन के बारे में कुछ पूछा, पर क्यों ?

और कल की बात के साथ ही कल का 'क्यों' भी उसके सामने आकर खड़ा हो गया। उसने करवट बदली। अधमुँदी आँखों से ही ममी के पलंग की ओर देखा। पलंग खाली था। तो ममी उठकर चली गईं। एक बोझ जैसे उस पर से उतर गया। वरना ममी के सामने वह कैसे आँखें खोलता ? कल वापस लौटने के बाद से बराबर ही लग रहा था, जैसे उससे कुछ गुनाह हो गया, कुछ ग़लत हो गया। नहीं भेजना था तो ममी मना कर देतीं। इतना नाराज़ होने और रोने की क्या ज़रूरत थी ?

अब वह भीतर जाएगा तो अभी भी ममी उससे नहीं बोलेंगी ? ममी नहीं बोलेंगी तो कैसे रहेगा ? अब इम्तिहान भी तो शुरू होनेवाले हैं, कौन पढ़ाएगा उसे ? एकाएक बंटी का मन रोने को हो आया। वह उठा। देखता हूँ, कैसे नहीं बोलेंगी। मैं क्या कर सकता था, पापा ने जो बुलाया था।

कमरे में घुसते ही नज़र पापा की दी हुई चीज़ों पर पड़ी। एक बार इच्छा हुई मैकेनो को खोलकर देखे। पर नहीं, अभी नहीं, वह दबे पैरों गया और सब चीज़ें उठाकर सोफ़े के पीछे रख दीं। ममी कॉलेज चली जाएँगी तब खोलेगा, उसकी तो आज छुट्टी है।

फिर दौड़कर वह पीछेवाले आँगन में आया, जैसे सीधा बाहर से ही आ रहा हो। ममी अख़बार पढ़ रही हैं। दरवाज़े की ओर पीठ है, इसलिए चेहरा नहीं दिखाई

दे रहा। अच्छा ही है। हमेशा की तरह बंटी गया और पीठ पर लदकर गले में झूल गया।

"उठ गए ?" ममी ने उसको अलग करते हुए पूछा।

पर बंटी पीठ पर लदा रहा। अपनी तरफ से वह पूरी तरह सुलह कर लेना चाहता है। अब ममी को एक मिनट के लिए भी नाराज़ नहीं रहने देगा, दुखी भी नहीं रहने देगा। ममी नहीं चाहेंगी तो वह कहीं नहीं जाएगा, कुछ भी नहीं करेगा।

"जा, ब्रश करके आ बेटा ! फूफी दूध गरम कर रही है।" लगा स्वर हमेशा की तरह मुलायम ही था। बंटी हलके से आश्वस्त हुआ और दौड़ता हुआ बाथरूम की ओर चला गया।

लौटा तो मेज़ पर ममी की चाय और उसका दूध रखा हुआ था। ममी अख़बार पढ़ने के साथ-साथ चाय पी रही थीं। वह आया तो उसका दूध उसके सामने रख दिया, उसके टोस्ट पर मक्खन लगा दिया।

"ममी !" जैसे भीतर से हिम्मत जुटाकर बंटी बोला।

"हूँ ?"...अख़बार पर नज़र गड़ाए-गड़ाए ही ममी ने पूछा। बंटी को लगा जैसे ममी उससे नज़र नहीं मिला रहीं। आँखें शायद अभी सूजी हुई हैं। ममी क्या बहुत तकलीफ़ में हैं ? बंटी भीतर ही भीतर ममी के दुख से कातर होने लगा।

"ममी, तुम मुझसे गुस्सा हो ?" उसकी आवाज़ रुआँसी-सी हो गई।

ममी ने अख़बार हटाकर भरपूर नज़रों से उसकी ओर देखा और देखती ही रहीं। बंटी को लगा—ममी की आँखें, ममी का चेहरा जैसे पिघलकर एकदम नरम-नरम हो गया।

"पागल कहीं का ! किसने कहा मैं तुझसे नाराज़ हूँ ?" और आँखों में वही प्यार उमड़ आया—माँ वाला प्यार।

बंटी का मन हुआ दूध-टोस्ट रखकर ममी के गले से लिपट जाए, पर वह हिला नहीं। बस, ममी की आँखों के उस लाड़ को रोम-रोम में महसूस करता बैठा रहा। लगा मन पर एक बहुत बड़ा बोझ था, वह उतर गया।

ममी फिर अख़बार पढ़ने लगीं। धीरे-धीरे उनके चेहरे पर फिर वही उदासी फैल गई।

ममी उदास होती हैं तो सारा घर कैसा उदास हो जाता है ? कमरे, कमरे की हर चीज़। हमेशा बकर-बकर करनेवाली फूफी भी जाने कैसे-कैसे हो जाती है।

बंटी बोले तो किससे बोले, करे तो क्या करे ? तभी आँखों के सामने मैकेनो का वह डिब्बा घूम गया। नहीं, अभी बिलकुल नहीं।

ममी ने हीरालाल को बुलाकर कहा, "हीरालाल, आज हम कॉलेज नहीं आ पाएँगे।

मिसेज़ कौशिक से कहना ज़रा देख लेंगी।"

"जी, बहुत अच्छा सरकार।" हीरालाल ने सलाम ठोंका और चला गया।

ममी को तैयार होता देख बंटी ने पूछा, "ममी, तुम कहाँ जा रही हो ?" एक क्षण को बिंदी लगाता हुआ ममी का हाथ जहाँ का तहाँ रुक गया। माथे पर बल पड़े, चेहरे पर एक अजीब-सी उलझन आई। फिर धीरे-से बोलीं, "ज़रा काम से बाहर जाना है।"

पापा ने दस बजे ममी को पहुँचने के लिए कहा था। पर कहाँ ? ममी पापा के पास जा रही हैं तो उसे क्यों नहीं ले जा रहीं ? पूछ ले।

"तुम पापा के पास जा रही हो, ममी ?"

ममी फिर एक क्षण को रुकीं। फिर थोड़ी सख़्त आवाज़ में कहा, "कहा न, काम से जा रही हूँ।"

हूँऽऽ ! न ले जाना चाहती हैं तो न ले जाएँ, झूठ क्यों बोलती हैं ? कल उसके सामने ही तो पापा ने कहा था कि दस बजे पहुँच जाना। मत बताओ, मेरा क्या जाता है।

सवेरे मन में जो एक अपराध-बोध था, भय था, वह धीरे-धीरे ग़ुस्से में बदलने लगा। अच्छा है, कोई कुछ मत बताओ। मेरा क्या जाता है। मैं भी अपनी कोई बात नहीं बताऊँगा। इम्तिहान होगा तो यह भी नहीं बताऊँगा कि कैसा करके आया हूँ। तब पता लगेगा।

फूफी से बात करके ममी चली गईं। बंटी ने मुड़कर देखा भी नहीं। ममी के पास भी नहीं गया। हालाँकि मन में बराबर उम्मीद थी कि जाते-जाते एक बार ममी ज़रूर बुलाएँगी...कुछ कहेंगी पर ममी चली गईं। दूर होती घोड़े के घुँघरुओं की आवाज़ से ही बंटी ने जाना कि ममी का ताँगा चला गया।

फनफनाता हुआ वह फूफी के पास गया, "फूफी बताओ तो ममी कहाँ गई हैं ?"

"गई हैं भाड़ झोंकने !" बंटी अवाक्-सा उसका मुँह देखता रह गया।

"क्या बक रही है ?"

"हम कहते हैं, तुम यहाँ से चले जाओ बंटी भय्या। हमारे तन-बदन में आग लगी हुई है इस बख़त। बहू को ले जाकर थाना-कचहरी में खड़ा करेंगे। मर्दानगी दिखाएँगे। अरे हाथ पकड़कर निभाने की मर्दानगी जिनमें नहीं होती, वह ऐसे ही मर्दानगी दिखाते हैं। अनबन किसमें नहीं होती, तो क्या ब्याही औरत को यों छोड़ दिया जाता है ?"

"तब से तुम बकर-बकर किए जा रही हो। बताती क्यों नहीं कि ममी कहाँ गई हैं ?"

"हमें नहीं मालूम कहाँ गई हैं ? पूछ लिया होता न अभी ! तुम हमारे सामने से चले क्यों नहीं जाते हो ? नहीं, हम चार बात अभी तुम्हें भी सुना देंगे, समझे !"

"हैंऽ सुना देंगे ! बड़ी आई है सुनानेवाली ! कोई मत बताओ मुझे कि क्या बात है।" गुस्से से भन्नाता हुआ बंटी कमरे में आया।

ब्याही औरत छोड़ने की बात का अर्थ तो फिर भी उसकी समझ में आ गया था, पर थाना-कचहरी की क्या बात है ? एकाएक चाचा की कुछ बातें मन में उभरीं। यह सब चाचा का ही चलाया हुआ चक्कर है। वकील हैं तो यही सब करेंगे। थाना-कचहरी में ममी को पुलिस ने ही रख लिया तो ? एक अजीब-सी दहशत उसके मन में भरने लगी।

सब-कुछ जान लेने की आतुरता और कुछ भी न जान पा सकने की विवशता से बंटी को रोना आ गया।

मैं भी पापा के खिलौने से खेलूँगा, ज़रूर खेलूँगा। जिसको गुस्सा होना हो, होए गुस्सा। बंटी ने सोफ़े के पीछे से सब चीज़ें निकालीं और मैकेनो का डिब्बा खोलकर बैठ गया। अच्छा है ममी आकर देखें।

"चलकर नाश्ता कर लो।"

लो, अब ये फूफी भी रोकर आई है। अच्छा है, सब रोओ, खूब रोओ। पर उसे कुछ मत बताना। वह होता ही कौन है किसी का ?

मेज पर दूध-दलिया और एक सेब कटा हुआ रखा था। देखते ही बंटी फिर भभक उठा—"फिर वही दूध-दलिया। मैं नहीं खाता रोज़-रोज़ सड़ा दलिया।" और ग़ुस्से में आकर बंटी ने दूध-दलिये की कटोरी उछाल दी। झन्नऽऽ की आवाज़ कमरे में गूँजती हुई सारे घर में फैल गई। अजीबोगरीब क़िस्म के नक्शे बनाता हुआ दलिया सारे कमरे में यहाँ से वहाँ तक बिखर गया।

पूरी तरह तैयार होने के बावजूद, एक क्षण को बंटी जैसे अपने किए पर सहम गया।

"फेंको, खूब फेंको, सारी चीज़ें उठाकर फेंक दो। आख़िर तुम किसी से कम हो ? यह तो एक बहूजी हैं जो तुम्हारे पीछे जान हलकान किए रहती हैं। नहीं तो..."

"चोऽप कर !" बंटी पूरी ताकत लगाकर चीखा।

"चुप करे वह जिसके जीभ नहीं है। आने दो ममी को, यों का यों पड़ा रहने दूँगी यह सारा दलिया। देखें तो तुम्हारे कारनामे। अभी से तुम्हारा यह हाल है तो बड़े होकर पता नहीं क्या सुख दोगे अपनी महतारी को !"

बंटी ने अपनी बंदूक उठाई और फूफी को यों ही बकता छोड़कर बगीचे में आकर दनादन दागने लगा...ठाँऽय, ठाँऽय...

पेड़ों पर बैठे कौवे और चिड़िया उड़ गए और चारों ओर कुछ भी समझ में न आनेवाली आवाज़ों का शोर फैल गया।

कमरे के एक कोने में ममी खड़ी हैं, दूसरी ओर फूफी और बंटी। बीच में दलिया फैला पड़ा है। एक ओर को कटोरी लुढ़की पड़ी है।

"बंटी !"

बंटी चुप। जमीन में आँखें गड़ाए, पत्थर की तरह खड़ा है।

"बंटी !" आवाज़ में न सख़्ती है न नरमी। जैसे कोई बटन दबा दिया हो और आवाज़ निकल गई।

बंटी टस से मस नहीं हुआ। जहाँ का तहाँ पत्थर का बना खड़ा रहा। उसने एक बार आँख तक उठाकर नहीं देखा। ज़मीन पर नज़रें टिकाए-टिकाए ही उसने जान लिया कि ममी चलकर उसके पास आ रही हैं। क्षणांश को वह सकपका गया। कहीं आते ही एक चाँटा नहीं जड़ दें। ठीक है, खा लेगा वह चाँटा भी, मारें तो सही। अब यहाँ कुछ भी हो सकता है। हमेशा ममी के गुस्से से या डाँट से बचानेवाली फूफी अगर बकर-बकर करके शिकायत कर सकती है तो ममी भी मार सकती हैं।

"बंटी !"

बंटी फिर भी चुप।

"तू सुन नहीं रहा बेटा, मैं क्या कह रही हूँ ?" और ममी का हाथ बंटी की पीठ सहलाने लगा। इस अप्रत्याशित स्नेह के लिए तो बंटी बिलकुल तैयार नहीं था। पर मिला तो जैसे वह एकाएक पिघल गया। इतनी देर का गुस्सा, खीझ, दुख और भी जाने क्या-क्या जमा हुआ था मन में, सब आँखों के रास्ते बह निकलने को अकुलाने लगा।

"रोज़-रोज़ दलिया बनाकर रख देती है, हमसे नहीं खाया जाता। सवेरे-से गंदी-गंदी बातें बक रही है। तुम इसे कुछ नहीं कहतीं। पूछो तो इससे क्या-क्या कह रही थी..." और बंटी का गला भिंच गया।

ममी ने जैसे ही बड़े प्यार से उसे अपने से सटाया कि बंटी एकदम फूट पड़ा। बस फिर रोता ही रहा। रोते-रोते जैसे हिचकियाँ बँध गईं।

"जब कल इसने कह दिया था कि दलिया अब इसे अच्छा नहीं लगता तब तुमने आज फिर क्यों दलिया बनाया फूफी ? तुम इसका इतना भी ख़याल नहीं रख सकतीं ?"

"मत इतना सिर चढ़ाओ बहूजी, हम अभी से कहे देते हैं, नहीं फिर आप ही दुखी होंगी।"

"तुम गई हो तब से ऐसी ही गंदी-गंदी बातें कर रही है। और भी बहुत गंदी-गंदी बातें।"

ममी ने उसके आँसू पोंछे तो आने के बाद पहली बार उसने भरपूर नज़र से ममी को देखा। और उसकी रोई-रोई आँखें ममी के चेहरे पर जैसे चिपक गईं। तभी ख़याल आया ममी थाना-कचहरी से लौटी हैं। वहाँ ममी के साथ क्या हुआ ? और खराब काम करने पर भी प्यार करनेवाली ममी के लिए उसके अपने मन में ढेर सारा प्यार भर गया।

लगता है, ममी बहुत परेशान हैं, शायद दुखी भी।

ममी बाथरूम में गईं तो वह कमरे में आ गया। पलंग पर फैला हुआ मैकेनो उसने जल्दी से समेटा और सोफ़े के पीछे छिपा दिया। अब वह ममी को बिलकुल भी दुखी नहीं करेगा।

ममी शायद सिर में भी पानी डालकर आई हैं। उन्होंने जूड़ा खोला और गीले बालों की एक ढीली-सी चोटी बना ली। बंटी छिपी-छिपी नज़रों से देख रहा है, उनका चेहरा, उनके हाव-भाव, उनका हर काम, और अपने हिसाब से सब कुछ समझने की कोशिश कर रहा है।

"बाहर गरमी बहुत तेज़ थी, माथे में जैसे गरमी चढ़ गई।" ममी ने कहा और पलंग पर सीधे लेटकर बाँह आँखों पर रख ली। ममी का आधे से ज़्यादा चेहरा ढक गया।

ममी शायद नहीं चाहतीं कि बंटी उनका चेहरा देखे। कल से ही तो कितनी उदास हैं ममी ! और ममी की उदासी से बंटी ख़ुद भीतर ही भीतर कहीं बड़ा उदास और दुखी हो आया है। क्या करे ममी के लिए वह ? सारे घर में एक चक्कर लगा आया। पर कुछ भी तो समझ में नहीं आया। लौटकर फिर कमरे में आया। ममी वैसे ही लेटी हैं। दबे पाँव उसने सोफ़े के पीछे से पापा का दिया सामान निकाला और धीरे-से अलमारी खोलकर उसमें बंद कर दिया।

अब ?

एकाएक ख़याल आया ममी के लिए शिकंजी बनाकर ले आए। वह दौड़ा-दौड़ा गया। नहीं, फूफी से वह बिलकुल बात नहीं करेगा। उस पर सवेरे से भूत चढ़ा हुआ है। अपने हाथ से शिकंजी बना लेगा। जाने कैसी फुर्ती आ गई है उसके हाथों में। स्टूल पर चढ़कर चीनी उतारी, नीबू काटा, बरफ़ निकाली। फूफी कैसे देख रही है उसकी तरफ़ ! बोले तो सही अब कुछ।

"ममी !" सारी मिठास घोलकर उसने धीरे-से पुकारा।

ममी चुप। क्या सो गई ? नहीं शायद रो रही हैं। वह ग़ौर से देखने लगा कहीं से बदन थिरक रहा है। पर नहीं, ममी एकदम निस्पंद लेटी थीं।

"ममी, यह शिकंजी लो। मैं बनाकर लाया हूँ।" और उसने एक हाथ से खींचकर उनका हाथ हटा दिया।

बंद आँखें और ऐसा कातर चेहरा कि बंटी भीतर तक पिघल गया। क्या हो गया ममी को !

"ममी, शिकंजी पिओ न !" बड़े अनुरोध-भरे स्वर में उसने कहा, पर अंत तक आते-आते उसका अपना स्वर जैसे बिखर गया।

ममी उठीं। उसके हाथ से गिलास लेकर बोलीं, "तू बनाकर लाया है शिकंजी, ममी के लिए ? मेरा राजा बेटा !" और बंटी को इस तरह एकटक देखने लगीं कि उनकी आँखों में पानी छलछला आया।

उन्होंने एक घूँट में गिलास खाली करके नीचे सरका दिया और बंटी को अपने पास खींचकर दोनों गालों पर एक-एक किस्सू दिया। बंटी जैसे निहाल हो गया। मन हुआ वह भी ममी के गले में बाँहें डालकर खूब प्यार करे।

अब ममी ज़रूर उसे अपने पास लिटाएँगी और सारी बातें बताएँगी। जो बच्चा माथे में गरमी चढ़ जाने पर अपने हाथ से शिकंजी बनाकर ला सकता है वह ममी की और बात नहीं समझ सकता ?

पर ममी ने इतना ही कहा, "जो भी तुझे पसंद हो, फूफी से कहकर बनवा ले और खा ले बेटा, मैं थोड़ा सोऊँगी।"

ममी लेट गईं और बंटी वहीं खड़ा रह गया—अपमानित सा, उपेक्षित-सा। ममी उसे बताती क्यों नहीं कि क्या हुआ है ?

दोपहर में बारिश हुई थी और नहाया-धोया लॉन बड़ा ताज़ा-ताज़ा लग रहा था। आज क्यारियों को सींचने की ज़रूरत नहीं है। बंटी माली के साथ-साथ पौधों के पास उग आई घास को उखाड़-उखाड़कर फेंक रहा है। लॉन के एक सिरे पर बैठी ममी को रह-रहकर देख लेता है। जब से ममी जागी हैं, वह उन्हीं के इर्द-गिर्द घूम रहा है। इस उम्मीद में कि शायद ममी कभी उसे बुला ही लें। या कि शायद उन्हें कभी उसकी ज़रूरत ही पड़ जाए। वह आज टीटू के यहाँ भी नहीं गया, न टीटू को ही यहाँ बुलाया। होगा टीटू समझदार, पर क्या वह यह समझ सकता है कि आज का दिन हल्ला-गुल्ला करनेवाला नहीं है। यह तो केवल बंटी ही समझता है कि उसके घर में कुछ बड़ी बात है। ममी बहुत उदास हैं, इसलिए उसे भी उदास रहना चाहिए। आज क्या खेल-कूद हो सकता है यहाँ ?"

घास उखाड़ते-उखाड़ते वे दोनों ममी के पास आ पहुँचे। उसी कोने में बंटी ने कुछ दिनों पहले आम की गुठलियाँ बोई थीं, जो अब एक-दो बारिश के बाद छोटे से पौधे के रूप में फूट आई थीं। बंटी रोज़ उन्हें देखता और प्रसन्न होता।

आज उनमें और दो-चार नई पत्तियाँ फूटी हुई थीं। बंटी ने बड़े दुलार से तांबई रंग की उन कोंपलों को छुआ–नरम-नरम, मुलायम-मुलायम। फिर सारी पत्तियों को गिना।

"माली दादा, अच्छा बताओ तो कितने दिनों में वह पौधा बन जाएगा बड़ा पेड़ जिसमें आम लगने लगें ?"

माली ने अपना झुर्रियोंवाला चेहरा ऊपर को उठाया, फिर अपनी गिजगिजी-सी आँखों को मिचमिचाते हुए बोला, "हमारे बंटी भैया बच्चे तो उनका पौधा भी बच्चा। बंटी भैया जब जवान होंगे तो पौधा पेड़ हो जाएगा। फिर बंटी भैया का ब्याह होगा, बहुरिया आएगी, बाल-बच्चे होंगे तो पेड़ में भी बौर फूटेगा, कोयल कूकेगी, आम लटकेंगे। बंटी भैया के ब्याह में इसी आम की बंदनवार बाँधूँगा। समझे !" फिर ममी की ओर देखकर बोला, "सुन रही हैं बहूजी, बहुत बड़ी बख्शीश लूँगा बंटी भैया के ब्याह में। आशीर्वाद दीजिए कि आपका यह बूढ़ा माली ज़िंदा रह जाए तब तक।"

"धत्, बेकार की बातें करते हो।" बंटी झेंप गया, फिर उसने छिपी नज़रों से ममी की ओर देखा। एक बड़ी फीकी पर मोहक-सी मुसकान ममी के चेहरे पर लिपटी हुई थी। तो क्या माली की बात से ममी खुश हुईं ?

"बताओ न, कब होगा यह पेड़ ?"

"बताया तो, अब तुम नहीं मानते तो बहूजी से पूछ लो।"

आख़िर क्यारी साफ़ करके माली हाथ झाड़कर खड़ा हो गया, "आप ही बताओ बहूजी, आम का पौधा बंटी भैया के साथ ही जवान नहीं होगा ? मैं क्या झूठ कहता हूँ ?"

"तुम बताओ ममी !" और वह ममी की कुर्सी के हत्थे पर जा बैठा। यह बात ही शायद ममी और उसके बीच सेतु बन जाए। वह ममी से बोलना चाहता है, कुछ भी, किसी भी विषय पर, ममी जो भी कहें, वह सुनेगा, पर ममी कहें तो।

"आम के पेड़ को बहुत साल लगते हैं बेटे, शायद दस साल।"

"बाऽप रे, दस साल !" बहुत ही जल्दी दूसरी बात नहीं पूछेगा तो ममी चुप हो जाएँगी और उसे जैसे कोई बात ही समझ में नहीं आ रही है। बिना ज़रूरत के तो सैकड़ों बात दिमाग़ में आएँगी और इस समय...

"अच्छा ममी, कुछ-कुछ कहानियों में ऐसे पेड़ होते हैं न, जिनमें चाँदी की पत्तियाँ होती हैं, सोने के फल और फलों के अंदर मोतियों के दाने निकलते हैं। ऐसे पेड़ हम नहीं उगा सकते ?"

"नहीं रे, वे सब तो कहानियों की बातें होती हैं।"

"पर अगर ऐसा होता नहीं है तो कहानी में कैसे आ जाता है ? कहानी तो

आदमी ही बनाता है, जिस चीज़ को आदमी ने कभी देखा ही नहीं, वह बात उसके दिमाग़ में आती ही कैसे है फिर ? ज़रूर कभी ऐसा रहा होगा...''

पता नहीं बंटी ने ऐसा क्या कह दिया कि ममी एकटक उसका चेहरा देखने लगीं और छलछलाई आँखों ने उनके चेहरे की उदासी को और गहरा दिया।

''ऐसा नहीं होता, मैंने कुछ ग़लत कहा है ममी ?'' बंटी ने इस तरह कहा जैसे कोई अपराध हो गया हो उससे।

''होता होगा, मुझे नहीं मालूम।'' और बात का सूत्र फिर टूट गया। बात को जोड़ने के प्रयत्न में बंटी का अपना मन जैसे कहीं से बिखरता जा रहा है।

रात को हाथ-मुँह धोकर, नाइट-सूट पहनकर, बिना एक बार भी 'नहीं' किए दूध पीकर एकदम राजा बेटा बना हुआ वह ममी के पास आया। लेकिन ममी ने फिर भी उसे अपने पास सोने के लिए नहीं कहा। थोड़ी देर वह इस प्रतीक्षा में खड़ा रहा, फिर बिना कहे ही वह ममी के पलंग पर बगल में लेट गया। मन हुआ ममी के तिल पर धीरे-धीरे उँगली फेरे, उनके गले में बाँहें डाल दे, पर आज जैसे उससे कुछ भी करते नहीं बन रहा था। बस, सवेरे से वह टुकुर-टुकुर ममी को देखता रहा है और प्रतीक्षा करता रहा है कि अब कुछ हो, अब कुछ हो। होना क्या था, यह शायद उसे भी नहीं मालूम था। पर फिर भी जैसे 'कुछ होने' की उसने हर क्षण प्रतीक्षा ज़रूर की है।

''—बंटी !'' एकाएक ममी ने उसकी ओर करवट करके बहुत धीमी आवाज़ में कहा और अनायास ही उनकी उँगलियाँ उसके बालों को सहलाने लगीं।

''हाँ, माँ !'' बहुत लाड़ में आकर वह ममी को माँ ही कहता है, एक बार ममी ने कहा भी था, तेरा 'माँ' कहना मुझे बहुत प्यारा लगता है।

''कल पापा के साथ क्या-क्या किया बेटा ?''

एक क्षण को बंटी समझ नहीं पाया कि कल की बात में से कौन-सी बात बतानी चाहिए और कौन-सी नहीं।

''कुछ नहीं, पहले पापा बातें करते रहे, फिर घुमाने ले गए, खिलाया-पिलाया, चीज़ें दिलवाईं और बस।'' बात से भी ज़्यादा स्वर और लहजे को सहज बनाकर बंटी ममी को यह विश्वास दिला देना चाहता है कि कल कुछ ऐसा नहीं हुआ जिससे ममी नाराज़ हों या दुखी।

''जब बाहर से लौटकर वापस आए और देखा कि चपरासी वापस चला गया है तो मैंने पापा से कह दिया कि मैं यहाँ बिलकुल नहीं रहूँगा, घर ही जाऊँगा, ममी के पास। रात में मैं ममी के बिना रह नहीं सकता।'' और इतना कहकर बंटी ने बाँह ममी के गले में डाल दी।

''क्या-क्या बातें करते रहे तुमसे ?''

"बहुत सारी। पढ़ाई की, खेल-कूद की, दोस्तों की, कलकत्ता की।" फिर एकाएक जैसे कुछ याद आ गया हो, इस तरह बोला, "पता है ममी, पापा क्या कह रहे थे ?" और वह एकदम कोहनियों के बल उठ आया।

"क्या ?"

"कह रहे थे तुम इस बार छुट्टियों में कलकत्ता आना। खूब घुमाएँगे-फिराएँगे, छुट्टियाँ ख़त्म होने पर फिर वापस छोड़ जाएँगे।"

इस वाक्य से ही ममी की जड़ता एकाएक जैसे टूट गई। अपने चेहरे पर गड़ी हुई नज़रों के तीखेपन को बंटी ने भीतर तक महसूस किया। अब इस बात से वह सचमुच ममी को जीत लेगा, उनकी सारी नाराज़गी दूर कर देगा, ममी पहले ही पूछतीं तो वह सब बता देता। बिना कुछ जाने-पूछे बेकार ही सवेरे से नाराज़-नाराज़ घूम रही हैं। अब जानें सारी बात और देखें उसकी समझदारी।

"फिर तूने क्या कहा ?"

"मैं क्या कहता, मना कर दिया। कह दिया कि मैं तो ममी के बिना कहीं जाता ही नहीं।" बंटी एकाएक उत्साह में आ गया। अब तो ममी जान लें कि पापा के बुलाने से उनके पास हो आया तो क्या, वह बेटा तो ममी का ही है।

"अच्छा किया।" ममी का स्वर भीगा हुआ और आवाज़ रुँधी हुई-सी थी।

"मैं क्यों जाऊँगा, अकेला तो मैं कब्भी जा ही नहीं सकता।"

"बंटी बेटा, तू मेरे ही पास रहना।" और उसके बाल सहलाती हुई ममी फिर जैसे अपने में ही खो गईं।

तो ममी को यह डर है कि पापा उसे अपने साथ ले जाएँगे। इसीलिए शायद सवेरे से ही नाराज़ थीं। पर पापा उसे क्यों ले जाएँगे भला ? वह तो शुरू से ही ममी के पास रहा है। कैसी लड़ाई है यह, ममी-पापा की ?

तभी मन में एक बात टकराई। याद आया एक बार उसकी और टीटू की लड़ाई हो गई थी, धुआँधार, घूँसे, मुक्के, मार-पीट, सभी कुछ हुआ था। फूफी ने बीच-बचाव करके टीटू को उसके घर भेज दिया था। वह रोता हुआ चला गया था और थोड़ी देर बाद ही शन्नो आई थी—'बंटी, टीटू की सारी चीज़ें दे दो, वह अब तुमसे कभी नहीं बोलेगा। पक्की कुट्टी कर ली है उसने।' कर ली है तो कर ले। हमारी भी पक्की कुट्टी है। उसने कहा, पहले हमारी चीज़ें दे जाएगा, फिर अपनी ले जाएगा। हमें नहीं चाहिए, सड़ी-सड़ी चीज़ें। हुँऽ—घमंडी, कटखना कहीं का...

और फिर दोनों ने अपनी-अपनी चीज़ें वापस ले ली थीं और दूसरे की लौटा दी थीं। घंटे-भर के भीतर-भीतर सारे हिसाब-किताब साफ़ कर लिए थे। लड़ाई में शायद ऐसा ही होता है।

पर वह भी किसी की चीज़ है क्या ? है तो किसकी ? ममी की या पापा की ? नहीं, वह ममी का है, ममी के ही तो पास रहता है। पापा उसे प्यार करते हैं, वह भी पापा को प्यार करता है, पापा उसे अच्छे भी लगते हैं, पर पापा उसे लेना क्यों चाहते हैं ? लेकिन पापा लड़े तो नहीं, उसने मना किया कि मैं वहाँ नहीं रहूँगा, घर जाऊँगा तो चुपचाप यहाँ छोड़ गए। यहाँ तो दोनों बिलकुल नहीं लड़े।

ममी-पापा की लड़ाई शायद ऐसी ही होती होगी, चुपचापवाली। कहीं ऐसा तो नहीं है कि सवेरे पापा ने ममी को बुलाकर कुछ कहा हो, और इसीलिए ममी इतनी उदास हों। उसने एक बार ममी को देखा। फिर हिम्मत करके पूछा, "ममी, आज सवेरे तुम पापा के पास गई थीं। वहाँ क्या हुआ ?"

"अब होने को बाकी ही क्या रह गया था ? बस, अब से तू मेरा बेटा है, केवल मेरा। भूल जा कि तेरे पापा..." और ममी का स्वर भिंच गया। उनसे फिर कुछ भी बोला नहीं गया।

ममी के रुँधे हुए स्वर और अँसुवाई आँखों ने बंटी को भीतर तक दहला दिया। पर ममी के प्रति सारे लाड़-प्यार और उनके दुख में दुखी होने के बावजूद एक क्षण को मन में यह बात ज़रूर आई—पापा को वह कैसे भूलेगा ? पापा तो उसे बहुत अच्छे लगते हैं।

कि एकाएक ममी फूट-फूटकर रो पड़ीं। तकिए में मुँह गड़ा लिया। सवेरे से जिस आवेग को रोके बैठी थीं, अचानक ही वह जैसे सारे बाँध तोड़कर बह निकला। बंटी बुरी तरह सकपका गया। ममी को उसने रोते देखा है, पर उसके सामने कभी रोती नहीं, इस तरह तो कभी रोती ही नहीं।

बंटी को कुछ भी समझ में नहीं आया कि वह क्या करे, कैसे ममी को चुप कराए। और जब कुछ भी समझ में नहीं आया तो ममी के गले से लिपटकर ख़ुद भी फफक-फफककर रो पड़ा। "मत रोओ ममी—रोओ मत—"

छः

ममी का रोना बंटी को एकाएक बड़ा बना गया। बड़ा और समझदार। ममी की पापा से लड़ाई हो गई है, पक्कीवाली ! दोस्ती तो अब हो ही नहीं सकती। ममी ने ख़ुद उसे बताया। बिलकुल ऐसे, जैसे बड़ों को बताया जाता है। साथ ही यह भी कि अब ममी के लिए जो भी है, बंटी ही है।

और ममी के एकमात्र सहारे बंटी के ऊपर जैसे हज़ार-हज़ार ज़िम्मेदारियाँ आ गई हैं ममी को प्रसन्न रखने की। हर काम में ममी की मदद करने की। कोई भी ऐसा काम न करने की, जिससे ममी दुखी और परेशान हों। वह सब करेगा, करता भी है। पर बस, न चाहते हुए भी पापा की याद उसे आ जाती है। लेकिन नहीं, अब वह उनके दिए हुए खिलौनों से नहीं खेलता। कभी उनकी बात भी नहीं करता। ममी को शायद अच्छा न लगे। रैक पर रखी हुई पापा की एकमात्र तसवीर को भी उसने एक दिन चुपचाप उठाकर खिलौनों की अलमारी में बंद कर दिया—ममी से लड़ाई कर ली तो अब बैठो यहाँ, और क्या ? सारे दिन ममी को उदास रखनेवाले, रुलानेवाले पापा की यही सज़ा है, बस ! और उसे लगा जैसे ममी की ओर से उसने पापा के ख़िलाफ़ एक बहुत बड़ा क़दम उठाया है।

ममी ने खाली रैक देखा और बंटी को देखने लगीं। एकटक। वह नीचे नज़रें झुकाए खड़ा रहा। पता नहीं कहीं नाराज़ ही न हो जाएँ। पर ममी ने उसे पकड़कर अपने पास खींच लिया। फिर प्यार किया। बहुत हलके मुसकराईं भी, शायद उसकी समझदारी पर। पर न जाने क्यों उनकी आँखें नहीं मुसकरा पाईं, बल्कि उदास हो गईं। बिना आँसू के भी जैसे रोई-रोई हो जाया करती हैं, वैसी ही। तब वह एक क्षण को समझ ही नहीं पाया कि उसने ठीक किया है या ग़लत। तसवीर हटने से ममी ख़ुश हैं या उदास। क्योंकि ममी के होंठ तो मुसकराए पर आँखें उदास हो गईं।

कोई बात नहीं, धीरे-धीरे वह इन बातों को भी समझ लेगा। जितनी समझ आ गई है, वही क्या कम है ?

बाहर निकलकर आम के पौधों को देखता—बस कुल दो नई पत्तियाँ, कुल

चार पत्तियाँ, और लगता, वह तो उसके मुकाबले में बहुत-बहुत बड़ा हो गया है।

माली दादा कहते थे तुम्हारे साथ-साथ बड़ा होगा। कैसे होगा मेरे साथ-साथ बड़ा ? कोई आसान है इतनी जल्दी-जल्दी बड़ा होना, कोई हो सकता है ?

पापा ने इस बार उसे चिट्ठी लिखने को कहा था। पर उसने नहीं लिखी। लिखना तो ख़ूब अच्छी तरह जानता है, लिख भी सकता है। पापा से कहा भी था कि अब वह ज़रूर बराबर चिट्ठियाँ लिखा करेगा। पर तब वह सारी बात समझता कहाँ था ? तब तो उसे यह भी नहीं मालूम था कि ममी-पापा की पक्कीवाली कुट्टी हो गई है। पर अब कैसे लिख सकता है भला ! वह पूरी तरह ममी की तरफ़ है और ममी से उनकी कुट्टी है तो फिर बंटी से भी है। ऐसा ही तो होता है।

फिर भी जब ममी इधर-उधर होती हैं तो वह चुपचाप अलमारी खोलकर उस किताब को निकालकर देखता है, जिसके पीछे के कवर पर पापा अपना पता लिख गए थे। अब तो उसे मुँहज़बानी याद भी हो गया है—8ए, एलगिन रोड। पता पढ़ने के साथ ही उसके मन में पापा के घर के नक़्शे उभरने लगते हैं, ख़ूब-ख़ूब ऊँचा मकान। एलगिन रोड के नक़्शे उभरते हैं, कलकत्ते के नक्शे उभरते हैं—हावड़ा ब्रिज, जू, लेक्स, बोटेनिकल गार्डेंस, बिना तने का खूब बड़ा-सा बड़ का पेड़। पी.सी. सरकार का जादू—और फिर इन सबको दबोचती हुई, कुचलती हुई समझदारी उभरती है कि नहीं, उसे इन सबके बारे में सोचना भी नहीं है। पर इन सबको कुचलने के साथ उसके भीतर जाने क्या कुछ कुचलता रहता है। तब वह अपने-आपसे प्रॉमिस करता कि कभी भी पापा की बात नहीं सोचेगा। मन ही मन किए हुए प्रॉमिस पर जब पूरी तरह भरोसा नहीं हो पाता तब ज़ोर-ज़ोर से बोलकर प्रॉमिस करता है। अपनी ही आवाज़ सुनकर उसके भीतर एक नया आत्मविश्वास जागता।

ममी आजकल पहले की तरह सारे दिन उदास नहीं रहतीं। वह बहुत अच्छा बन गया है शायद इसीलिए। वह बड़ा होकर और भी अच्छा बन जाएगा तो फिर बहुत ख़ुश रहने लगेंगी। आजकल शाम को कभी-कभी बाहर भी जाती हैं। वह कभी मना नहीं करता। पूरी तरह आश्वस्त कर देता है, "ममी जाओ, मैं पीछे पढ़ूँगा। फूफी से खाना लेकर खा लूँगा। बिलकुल भी तंग नहीं करूँगा।" फिर ममी उससे पूछतीं, "अच्छा बता तो बंटी, कौन-सी साड़ी पहनूँ ?" तब बिलकुल बड़ों की तरह वह सलाह देता। बिना सोचे-समझे नहीं, सारी साड़ियाँ देखकर, ख़ूब सोच-समझकर।

और ममी जब वही साड़ी पहन लेतीं तो फिर अपनी ही नज़रों में वह बहुत महत्त्वपूर्ण हो उठता। मन में कहीं ममी की मदद करने का संतोष भर जाता।

फिर जब ममी उसकी ओर देखती हैं तो उनकी आँखों से कैसा प्यार झरता रहता है।

वह ममी को जाने के लिए कह तो देता है पर ममी जब चली जाती हैं तो घर जैसे और भी ज़्यादा खाली-खाली हो जाता है। सारे दिन बोर होते बंटी की बोरियत और ज़्यादा बढ़ जाती है। स्कूल खुला होता तो समझदार बनकर रहना कितना सरल हो जाता। आधा दिन स्कूल में कट जाता, आधा दिन समझदार होकर रह लिए। अब छुट्टियों में सारे दिन क्या करे वह ? आख़िर पढ़े भी कब तक ? कभी फूफी से बतियाता रहता, कभी टीटू के घर चला जाता। या फिर घर के लोहे के फाटक पर झूलता या खड़ा-खड़ा सड़क ही देखता रहता। पर सड़क भी तो ऐसी है कि बहुत कम लोग इधर आते-जाते हैं। शहर से कटी-छँटी, बिलकुल एक तरफ़ को है वह जगह। थोड़ी दूर और आगे तो बस्ती बिलकुल ही ख़त्म हो जाती है। बस, सड़क बनी हुई है और दोनों ओर के दूर-दूर तक फैले ऊबड़-खाबड़ मैदान। और फिर उन मैदानों की सरहदें बनाती हुई पहाड़ियाँ। खड़ा वह फाटक पर रहता है पर मन उसका दूर-दूर दौड़ता रहता है। इन पहाड़ियों के पार क्या होगा, फिर उसके आगे क्या होगा, फिर उसके भी आगे ? मन में तरह-तरह के चित्र उभरते हैं, डरावने भी और रंगीन भी। राक्षसों की डरावनी गुफाएँ, परियों के सोने-चाँदी के महल।

और फिर इन सबके बीच में से उभर आता है—कलकत्ता किस तरफ़ होगा ? कितनी दूर होगा यहाँ से ?

तब खट से उँगलियों का क्रास बन जाता। प्रॉमिस टूटने का पाप न लगे !

ममी की बगल में लेटा बंटी आसमान देख रहा है। झिलमिल-झिलमिल करते तारे छिटके हैं आसमान में। सप्तऋषि मंडल है, वह आकाश-गंगा है, वह तेज़-तेज़ चमकनेवाला ध्रुवतारा है। इस तारे को दिखा-दिखाकर ही तो ममी ने उसे बालक ध्रुव की कहानी सुनाई थी।

पाँच साल के बच्चे ने तपस्या की थी। इतनी सारी तपस्या कि भगवान भी ख़ुश हो गए।

कैसे करते होंगे तपस्या ? उसने ममी के पास सरककर पूछा, "ममी, तपस्या कैसे करते हैं ?"

"तपस्या ? क्यों ?"

"बताओ न ममी, मैं जो पूछ रहा हूँ।"

"अपने मन को मार लो, बस यही सबसे बड़ी तपस्या है।" ममी ने जैसे

टालने के लिए कह दिया।

"बालक ध्रुव ने तो जंगल में जाकर तपस्या की थी, न ?"

"की होगी रे !" और ममी ने तकिए में इस तरह मुँह गड़ा लिया जैसे वे अब और बात नहीं करना चाहती हों।

मन को मारना भी तपस्या करना हो सकता है क्या ? मन तो आजकल वह भी कितना मारता है अपना, तो क्या वह भी तपस्या कर रहा है ? एक अजीब-सी पुलक उसके मन में जागी। एक अजीब-सा आत्मविश्वास। कौन ख़ुश होगा उसकी तपस्या से ? भगवान...पापा...

खट से उँगलियों का क्रास बन गया। पर नहीं, वह पापा को याद थोड़े ही कर रहा है। वह तो केवल सोच रहा है कि ख़ुश होकर पापा फिर से उनके साथ रहने लग जाएँ तो ? यह तो ममी की बात हुई, ममी की ख़ुशी की। इससे प्रॉमिस थोड़े ही टूटेगा। मन को तसल्ली हुई।

ममी से पूछे ? पर नहीं, ऐसी बात भी ममी से नहीं पूछनी चाहिए।

हूँऽ। न हों पापा ख़ुश। वह ममी को ही ख़ुश करेगा। ख़ुश नहीं, सुखी करेगा। उसके सिवाए ममी का है ही कौन ? उसने ममी की ओर देखा। ममी ने तकिए में मुँह गड़ा रखा है। सचमुच उसकी ममी दुखी हैं।

जब भी वह ममी को लेकर आगे की बात सोचता, उसे हमेशा लगता जैसे ममी पर दुख ही दुख टूटे पड़ रहे हैं और वह अपने नन्हे-नन्हे हाथों से उन्हें दूर किए जा रहा है। कैसे दुख हैं सो नहीं जानता। उन्हें कैसे दूर कर रहा है यह भी नहीं जानता। बस, ममी दुखी हैं वह ममी का अकेला बेटा उन्हें दूर कर रहा है।

कई बार मन होता ममी को यह बात बताए। पर कैसे ? अच्छा, क्या तपस्या से पक्की कुट्टी को ख़त्म नहीं किया जा सकता ?

"ममी ?" उसने धीरे से पूछा।

"हूँ।"

"ममी, तपस्या करके ममी-पापा की कुट्टी नहीं ख़त्म की जा सकती ?"

ममी ने सिर उठाया और एक क्षण उसका चेहरा देखती रहीं। फिर बाँह में भरकर उसे अपने में भींच लिया।

पापा की बात करके ग़लती तो नहीं कर दी उसने ?

"तू पापा के साथ रहना चाहता है ?"

"नहीं ममी, मैं पापा के साथ नहीं रहना चाहता। मैं तो.."

बंटी ने इस तरह कहा जैसे ममी कहीं उसे ग़लत न समझ लें।

"क्यों बेटा, तुझे पापा चाहिए ? मन करता है कि पापा हों।"

बंटी एक क्षण असमंजस में रहा। हाँ कहने से कहीं ममी नाराज़ न हो जाएँ।

पर झूठ बोलने से तपस्या जो बिगड़ जाएगी। उसने धीरे से 'हाँ' कह दिया।

मम्मी उसके बाल सहलाती रहीं। पता नहीं उसमें 'पापा मिल जाएँगे' का आश्वासन था या 'पापा तो नहीं मिल सकते' की मजबूरी।

आज ममी का कॉलेज खुल गया। ममी ख़ुश-ख़ुश कॉलेज चली गईं। उनकी तो बोरियत जैसे ख़त्म हुई। गरमी की छुट्टियों के ये लंबे-लंबे दिन दोनों ने एक-दूसरे को सहारा दे-देकर ही काटे हैं। सारे दिन ममी के साथ ही रहता था।

हाँ, कभी-कभी जब शाम को ममी बाहर जातीं तो वह ज़रूर थोड़ी देर अकेला हो जाया करता था। पर आज तो जैसे दिन भी उसे अकेले ही काटना है। उसका स्कूल खुलने में तो अभी चार दिन बाकी हैं।

चलने से पहले ममी ने फूफी को समझाया, "चार बजे के करीब सब लोग चाय पीने यहीं आएँगी। दही-पकौड़ी और आलू की टिकिया तुम घर में बना लेना। चिवड़ा और मिठाई मैं चपरासी के हाथ भिजवा दूँगी। मदद की ज़रूरत हो तो उसे रोक भी लेना। चार बजे तक सब कुछ तैयार रहे हाँऽ !"

"मैं सब देख लूँगा ममी, तुम जाओ। चपरासी क्या करेगा, मैं मदद करवा दूँगा फूफी की।"

"मेरा राजा बेटा !" ममी ने प्यार से गाल थपथपाया और चली गईं।

"बताओ फूफी, क्या करना है ?"

"एल्ले, अभी से क्या करना है ? कुछ नहीं, जाओ खेलो ! घर तो साफ़ कर लूँ पहले।"

ममी की टीचर्स की पार्टी है। 'आज तो उसे बहुत काम करना है' के भाव से बंटी सफ़ाई में जुट गया। कपड़ा लेकर टेबुल-कुर्सी पोंछ डाली। अपनी बुद्धि के हिसाब से जितनी साज-सज्जा कर सकता था, वह भी कर दी।

"अरे, तुम इतने समझदार कइसे हो गए, बंटी भय्या ! आजकल न ज़िद करते, न झगड़ा करते, न रोते। कहाँ से आ गई इतनी अक्किल तुम में ?"

"आएगी क्यों नहीं ? अब क्या मैं बच्चा हूँ ?" अपनी समझदारी का ठप्पा पड़ते देख बंटी कहीं भीतर ही भीतर पुलकित हो आया। मन हुआ फूफी को तपस्यावाली बात भी बता दे। यों भी फूफी उसके अकेलेपन की साथी है। वह उससे लड़ता भी है, उसे तंग भी करता है, उस पर रौब भी जमाता है। ज़मीन में चॉक या कोयले से शतरंज बनाकर चंगा-अंटा-पौ भी खेलता है। तो कभी उसकी गोद में सिर रखकर कहानियाँ सुनता है। फिर एक कहानी के साथ हज़ार प्रश्न।

तब फूफी बिगड़ पड़ती, "तुम इतनी बहस काहे करते हो ? कहानी है सो

है। बिना बोले सुनोगे तो सुनाएँगे, हाँऽ ! खाली हुँकारा दो, बस !''

''अच्छा फूफी, बालक ध्रुव ने जो तपस्या की थी...''

''ल्लो, फिर तुम्हारा कहानी-किस्सा शुरू हुआ। हम एक बात भी नहीं करेंगे इस बख़त।''

फूफी चली गई। बुद्धू कहीं की। सोच रही है, मैं ध्रुव की कहानी सुनूँगा, जैसे मुझे आती ही नहीं है।

बंटी अपनी छोटी-छोटी हथेलियों में उबले हुए आलू की गोल-गोल टिकिया बनाता जा रहा है। जैसी फूफी ने बताई ठीक वैसी ही। और कहानी चल रही है। वही सोनल रानी वाली।

रानी हँसे तो फूल झरे और रोए तो मोती झरे। राजा रानी के पीछे प्राण दे। रानी अपने हाथ से सोने के बरक में लपेटकर राजा को छप्पन मसालोंवाला, सुगंध से भरपूर पान खिलाती और मंद-मंद मुसकाती। मुसकान ऐसी कि राजा पागल। राजा के बीस रानियाँ और थीं। बीस रानियों के सौ बच्चे। सोनल बच्चों के पीछे प्राण देती। बच्चे खाएँ तो रानी खाए। बच्चे सोएँ तो रानी सोए। बच्चों का सिर दुखे तो रानी पीर से छटपटाए। बच्चों के चोट लगे तो रानी के फूल जैसे शरीर से खून झरे। कोई नहीं पतियाये तो आकर देख ले। माएँ लोगों ने बहुत देखीं पर ऐसी माँ तो देखी न सुनी। अपने और सौतेले बच्चों में कोई भेद ही नहीं। देखते-सुनते भी कैसे ? कोई सचमुच की औरत तो थी नहीं। डायन थी, सारे जादू बस में कर रखे थे। जैसा चाहती वैसा स्वाँग धर लेती।

''और जब अमावस्या के दिन रात अँधेरी घुप्प हो जाती तो वह अपने असली रूप में आती। काली भूत। अँधेरे में ऐसी घुल-मिल जाती कि पता ही नहीं लगता। फिर सबको जादू के बस में किया और एक बच्चा हड़प।''

बंटी की साँस जहाँ की तहाँ रुक जाती।

सवेरे मरे बच्चे की हड्डियों से चिपट-चिपटकर ऐसा रोती, ऐसा रोती कि चेत ही नहीं रहता। नौकर-चाकर दौड़ पड़ते। कोई गुलाब-जल छिड़कता, कोई केवड़ा-जल। राजा ख़ुद फूलों के पंखे से हौले-हौले बयार करते, बेटे का ग़म भूल, रानी की चिंता में परेशान हो जाते। रानी होश में आती तो चीख़ती, 'मेरे बच्चे को लाओ...नहीं मैं प्राण दे दूँगी।' इतना बड़ा राज्य, इतना बड़ा राजा फिर भी कोई पता ही नहीं...

''वह अपने बच्चों को भी खा जाती थी फूफी ?'' उस डायन के आतंक से पूरी तरह आतंकित बंटी बड़ी-बड़ी आँखें करके पूछता।

''और क्या ! डायन बनने के बाद क्या उसे होश रहता कि किसका बच्चा है ? बस भूख लगी, खाओ !''

"भूख लगे तो बच्चे को ही खा जाओ !"...उस मरे बच्चे के प्रति मन कैसा भीग-भीग आता बंटी का।

"भूख में आदमी तक को होश नहीं रहता—बस खाने को चाहिए, जो भी हो, जैसे भी हो, फिर वह तो डायन थी ! अपनी भूख की चिंता करती या बच्चों की ?"

"तो वह और किसी को खा लेती, नौकर-चाकरों या जानवरों को खा लेती।"

"काहे खा लेती ? बच्चों के कोमल मांस जैसा और कहाँ मिलता !"

"तो कभी दूसरे बच्चों को क्यों नहीं खाती, केवल राजकुमारों को ही क्यों खाती ?"

"खाएगी क्यों नहीं ? छप्पन भोग खाए राजकुमारों की देही में जैसा मांस, वैसा और कहाँ मिलता !"

"तो धीरे-धीरे राजा के सब बच्चे खा गई ?"

"और क्या, खा गई। सुंदर कोमल बच्चे हड्डी की ठठरियाँ बन गए। बस उन ठठरियों को देख-देखकर रोने का नाटक करती रहती..."

घिन और डर के मिले-जुले भाव से बंटी की आँखों में आँसू आ जाते। फूफी ने देखा तो प्यार से झिड़कते हुए बोली, "ऐल्लो, तुम आँसू टपकाने लगे। अरे ये तो क़िस्सा-कहानी है। कहीं सच में ऐसा थोड़े ही होता है। सब झूठ, मनगढ़ंत ! इन बातों से कहीं रोया जाता है, सुनो और भूल जाओ। नहीं हम आगे से कभी नहीं सुनाएँगे। हाँ।"

और उसने झट दूसरी कहानी शुरू कर दी—चार मूर्खों की। तो थोड़ी देर में ही बंटी खिलखिलाने लगा।

दौड़-दौड़कर बंटी ने मेज़ लगा दी और खड़ा होकर ममी की राह देखने लगा। अपनी सारी टीचर्स को लिए ममी आ रही हैं, हँसती हुईं, बतियाती हुईं। दीपा आंटी तो सबके बीच जैसे छिप ही गईं।

"कहो बंटी, कैसे हो ?"

"हैलो बंटी, कैसे हो ?" कइयों ने एक साथ पूछा।

"पहले से लंबा हो गया।" तो बंटी ने जैसे मन ही मन उसे सुधारा, "लंबा नहीं, बड़ा हो गया हूँ।"

"थोड़े मोटे भी होओ, वरना सींकिया पहलवान लगोगे।"

"बंटी ने मौका ताका और दीपा आंटी की बाँह से झूल गया। ममी की सारी टीचर्स में एक यही तो पसंद है, बाकी तो सब बेकार।

आप छुट्टियों में एक बार भी घर क्यों नहीं आईं आंटी ?

"छुट्टियों में हम यहाँ थे ही नहीं, बताओ कैसे आते ? हर साल बंटी बाहर

जाता था, इस बार हम बाहर चले गए।''

घसीटता हुआ वह दीपा आंटी को लॉन की तरफ़ ले गया अपने पौधे दिखाने के लिए।

''कहाँ गई थीं आप ?''

''कलकत्ता।''

कलकत्ता ? बंटी जैसे एक क्षण को पुलक आया। एक उड़ती-सी नज़र ममी की ओर डाली। वे सबको लिए बरामदे की सीढ़ियाँ चढ़ रही थीं।

''आपने क्या-क्या देखा वहाँ ? कैसा है कलकत्ता, आंटी ?''

''बहुत बड़ा और बहुत गंदा।''

''एलगिन रोड देखी आपने ?''

''नहीं तो !''

''लीजिए, एलगिन रोड भी नहीं देखी ?''

''मैं क्या वहाँ सड़कें देखने गई थी ? क्या है एलगिन रोड में ?''

''कुछ नहीं, वैसे ही पूछ लिया था।'' बंटी पापा की बात नहीं बताएगा। किसी को बताना भी नहीं चाहिए उसे। अब तो वह सब समझता है।

दीपा आंटी अंदर जाने लगीं तो उसने जल्दी-से मोगरे के दो-तीन फूल तोड़े और बोला, ''नीचे झुकिए, मैं आपके जूड़े में लगाऊँगा।''

हँसती हुई दीपा आंटी झुक गईं, ''लगाना आता भी है ?''

''और नहीं तो क्या, ममी के बालों में रोज़ मैं ही तो फूल लगाता हूँ। यह सब पौधे भी तो मैंने ही लगाए हैं।'' अपने पौधों की बात करते समय बंटी के मन में उत्साह और गर्व जैसे छलका पड़ता है।

बंटी ला-लाकर सबको खिला रहा है। मना करने पर मनुहार भी करता है... ''एक तो लीजिए...ज़रा-सी और...यह गरमवाली टिकिया...'' सब लोग खाने और बतियाने में समान रूप से जुटी हुई हैं।

कितना बोलती हैं ये सब लोग ? जब से आई हैं लगातार चकर-चकर किए जा रही हैं। लड़कियों को कैसे चुप रखती होंगी ? अच्छा, उनके स्कूल के सर लोग भी जब आपस में मिलकर बैठते होंगे तो इस तरह बातें करते होंगे ? बच्चों को तो सब लोग कैसा डाँटते हैं—चुप रहो—शोर मत करो। क्या क्लास को भाजी-मार्केट बना रखा है ?

उसने कभी भाजी-मार्केट देखा नहीं...शायद बहुत शोर की जगह होती होगी ! जितना शोर यहाँ हो रहा है, उससे भी ज़्यादा ?

''भई बंटी तो बहुत समझदार हो गया है।''

''एकदम राजा बेटा की तरह काम कर रहा है।''

"हमारी पिंकी तो लड़की है। पर एक भी काम तो करवा लो ज़रा। एक बात कहो कि दस जवाब हाज़िर हैं।"

"अरे मिसेज़ बत्रा का बेटा है आख़िर। होशियार नहीं होगा।" मोटी मिसेज़ सक्सेना बोलीं।

हूँ, मक्खनबाज़ कहीं की। वह जानता है, कोई उसकी तारीफ़ नहीं कर रहीं, सब ममी को मक्खन लगा रही हैं। एक बार कॉलेज गया था तो यही मोटी बड़े गाल सहला-सहलाकर कहती रहीं—"हाऊ स्वीट, जानती हो कितना इंटेलिजेंट है यह ?" और जैसे ही वह पीछे मुड़ा धीरे से बोलीं—अरे मिसेज़ बत्रा ने बिगाड़कर धूल कर रखा है, इतना ज़िद्दी और सिर-चढ़ा लड़का है कि बस। प्रिंसिपल का लड़का है सो कोई कुछ कहता नहीं—मोटी चापलूस कहीं की। माथे पर बिंदी इतनी बड़ी लगाएँगी जैसे पैसा ही चिपका लिया हो। बस, एक दीपा आंटी अच्छी हैं, जो न कभी इस तरह की तारीफ़ करती हैं न बुराई। मौक़ा मिले तो उसके साथ खेलती भी हैं।

चाय समाप्त हुई तो सब लोग बाहर के कमरे में आ गईं। वह दीपा आंटी की कुर्सी पर ही बैठ गया। उनसे सटकर, एक तरह से उन पर लदकर। ममी ने पास के रैक पर से फ़ाइल उठाई, बीच की मेज़ अपनी तरफ खींचीं और ढेर सारे काग़ज़ फैला लिए।

"दीपा आंटी, आप गाना नहीं सुनाएँगी ?"

"देखो बच्चा, ममी अब मीटिंग कर रही हैं, समझे ?" लाड़ में वे उसे हमेशा बच्चा ही कहती हैं।

"ममी, हम दीपा आंटी का गाना सुनेंगे, आंटी को गाना सुनाना ही होगा।" और वह पूरी तरह दीपा आंटी की गोद में ही लद गया, कुछ इस विश्वास के साथ कि ममी उसकी बात टाल ही नहीं सकती हैं। इतना काम उसने आज किया है, अब तो वैसे भी उसका अधिकार हो गया है।

"बंटी बेटा, अब हम लोग ज़रा काम की बात करेंगे, कॉलेज की; तुम बाहर जाकर खेलो तो !"

ममी की बात बंटी को जैसे कहीं से चीर गई। एक क्षण वह ममी को इस तरह देखता रहा जैसे विश्वास नहीं कर पा रहा हो कि ममी ने उसे ही बाहर जाने को कहा है।

फिर धीरे से उठा और बाहर आ गया, अपमानित-सा, आहत-सा। तो उसकी इच्छा से भी ज़्यादा ज़रूरी काम ममी के पास है। कॉलेज की बात कॉलेज में कर लेतीं, घर में तो कम से कम उसकी बात ही माननी चाहिए। वह तो कब से सोच रहा था कि शाम को दीपा आंटी का गाना सुनेगा फिर अपनी कविताएँ सुनाएगा,

चुटकले सुनाएगा, पहेली पूछेगा। ऐसी-ऐसी पहेलियाँ उसे आती हैं कि कोई बता ही नहीं सकता। लड़कियों को पढ़ाना आसान है, पहेली क्या हर कोई बता सकता है ? पर अब कुछ नहीं...ममी को ऐसे तो नहीं करना चाहिए था न ? और न चाहते हुए भी ममी को लेकर जाने कितना-कितना गुस्सा मन में उफनने लगा।

पर तभी सारे गुस्से और दुख को ठेलती हुई समझदारी आई—ममी प्रिंसिपल हैं, कितने ज़रूरी-ज़रूरी काम उनको रहते हैं, उसे इस तरह गुस्सा नहीं होना चाहिए। कुछ नहीं, दो महीने से ममी सारे दिन घर जो रहती थीं, सो वह कॉलेज की, कॉलेज के काम की बात भूल ही गया था इसीलिए तो गुस्सा भी आ गया वरना तो इसमें गुस्से की कोई बात ही नहीं है। कॉलेज खुल गया है तो कॉलेज का काम भी होगा ही। टीटू के पापा नहीं ऑफ़िस की फ़ाइलें लेकर घर में बैठे रहते हैं। फिर उस कमरे में कोई घुस तो जाएँ देखें ? ऐसा फटकारते हैं कि बस ! ममी ने तो कितने प्यार से कहा। उसके पापा भी फ़ाइलें लेकर आते होंगे ?

खट् से उँगलियों का क्रास बन गया। फिर भी कहीं एक धुँधली-सी तसवीर उभर ही आई...फ़ाइलों में डूबे हुए पापा।

"नहीं-नहीं..." उसने अपने मन को समझाया।

सब लोगों को विदा करके ममी जल्दी से तौलिया लेकर बाथरूम में घुस गईं।

अब वह ममी के साथ खेलेगा। फिर रात में कहानी सुनेगा, ख़ूब लंबीवाली। आज कितना काम किया है उसने। ममी जब कॉलेज का काम करने लगीं तो बाहर भी आ गया। अब न कॉलेज है न कॉलेज का काम। अब ममी फिर उसकी हो गई हैं, बिलकुल उसकी। पता नहीं क्यों ममी और उसके बीच में कोई भी आता है तो उसे अच्छा नहीं लगता।

कॉलेज के दिनों में तो वैसे भी शाम को ही ममी उसकी हुआ करती हैं। बालों की ढीली-ढीली चोटी और मुलायमवाला चेहरा।

ममी मुँह पोछती हुई कमरे में आईं।

"लो, बातों ही बातों में टाइम का कुछ अंदाज़ ही नहीं रहा। सात बजे पहुँचना था और पौने सात तो यहीं बज गए।"

"तुम कहीं जा रही हो ममी ?" अपने को रोकते-रोकते भी बंटी रुआँसा हो आया।

"बेटे, एक बहुत ज़रूरी काम से जाना है, बहुत ही ज़रूरी।" ममी के सधे हुए हाथ खटाखट जूड़े में पिनें खोंसते जा रहे हैं।

"वाह ! मैं अभी भी अकेला रहूँ। आज तो सारे दिन बिलकुल अकेला रहा हूँ ममी।" गुस्से में भरा बंटी का स्वर भर्रा गया।

एक क्षण को ममी का हाथ जहाँ का तहाँ रुक गया। बंटी की ओर देखा, बहुत प्यार से। फिर अपने पास खींचकर दुलारती हुई बोलीं, "मेरा राजा बेटा, अकेला क्यों रहेगा ? टीटू को बुला लेना या उसके यहाँ चले जाना। बस थोड़ी देर में तो आ ही जाऊँगी।"

"टीटू बुलाने से भी आता है इस समय कभी ? इस समय वहाँ जाओ तो उसकी अम्मा..."

"न हो तो साथ ले जाओ न बहूजी।" दरवाज़े पर बैठी सुपारी काटती हुई फूफी ने कहा। "सवेरे से तो अकेला डाँव-डाँव डोल रहा है। आपके साथ थोड़ा टहल आएगा तो मन बहल जाएगा बच्चे का।"

बंटी ने बड़ी आशा-भरी नज़र से देखा। शायद फूफी की सिफारिश ही काम आ जाए।

"कहा न, मैं काम से जा रही हूँ फूफी। वहाँ कहाँ ले जाऊँगी ?" जल्दी-जल्दी साड़ी पहनते हुए ममी ने कहा।

"काम से जा रही हो तो क्या हुआ ? बच्चा होगा तो क्या फेंक जाएँगे ? दो मिनट में तैयार किए देती हूँ।"

"नहीं, बंटी मेरा ख़ूब समझदार है। मेरे काम के बीच में वह क्यों जाएगा ? एक साल से तो कभी कॉलेज भी नहीं जाता। वह क्या समझता नहीं कि बड़ों के बीच में नहीं जाना चाहिए।"

फिर गाल पर एक ज़ोर का किस्सू देकर पूछा, "है न बेटा समझदार !" ममी चली गईं। लोहे के फाटक पर खड़ा-खड़ा बंटी जाती हुई ममी को देखता रहा, आँखों में भर आए आँसुओं को भीतर ही भीतर पीता रहा।

और तब पहली बार बंटी ने महसूस किया कि समझदार बनना कितना मुश्किल है। ममी की नज़रों में समझदार होकर रहने का मतलब है, कुछ भी मत कहो, कुछ भी मत करो। दूध उसे पसंद नहीं, फिर भी बिना चूँ किए पी लेता है। जो खाने को दो, खा लेता है। जो कुछ करने को कहा जाता है, कर लेता है।

पर ममी भी तो बड़ी हैं, समझदार हैं। उन्हें भी तो वही सब करना चाहिए तो बंटी चाहता है। नहीं क्या ?

अनमना-सा बंटी भीतर आया। बरामदे में ही फूफी ज़मीन पर पसरी पड़ी है।

"ऐसे क्यों लेटी हो फूफी, क्या हो गया।"

"अरे, हम थक गए भय्या, ज़रा कमर सीधी कर लें तो बरतन धोकर चौका साफ़ करें।"

बंटी को लगा जैसे ममी फूफी को थकाकर ख़ुद चली गईं। फूफी, फूफी की थकान उसे कहीं अपने बहुत करीब लगी।

"मैं पैर से कमर दबा दूँ ? अभी ठीक हो जाएगी।"

फूफी उठकर बैठ गई। एकदम बंटी को देखते हुए बोली, "अरे, तुम्हें हो क्या गया है बंटी भय्या ? और सुनो, तुम चले काहे नहीं गए ममी के साथ ? पहले तो कभी अइसे छोड़कर जाने की बात करतीं तो जाने देते तुम ? सारे आँगन में लोट-लोटकर अपना और ममी का जी हलकान कर देते। यह उमिर से पहले बूढ़ा होना हमें अच्छा नहीं लगता तुम्हारा, समझे ? जाओ, खेलो-कूदो। सेवा-चाकरी करने को तुम्हीं रह गए हो हमारी ?"

तो एकाएक बड़ी ज़ोर से मन हुआ बंटी का कि सारे आँगन में लोट-लोटकर रोए—ख़ूब रोए बिलकुल पहले की तरह और जब तक ममी न आ जाएँ रोता ही रहे। ममी चुप करा-कराकर थक जाएँ, तब भी चुप न हो।

रात में जब ममी डॉक्टर जोशी की कार से उतरीं तो बंटी लोहे के फाटक पर खड़ा मन ही मन कहीं रो ही रहा था।

"कैसे हो बंटी ?" कार में बैठे-बैठे ही डॉक्टर साहब ने पूछा।

"मैं बिलकुल ठीक हूँ। मुझे तो कुछ भी नहीं हुआ।" उसने कुछ इस भाव से कहा मानो पूछ रहा हो, "आप यहाँ क्यों आए ?" डॉक्टर साहब की लगाई हुई सुइयों का दर्द और डर मन में फिर ताज़ा होकर उभर आया।

अँधेरे में ही ममी को देखा। वे भी बिलकुल ठीक लगीं। तब ? और रात में जब वह ममी की बगल में लेटा तो बराबर प्रतीक्षा करता रहा कि ममी कुछ कहेंगी। उसने आज जितना काम किया उसके बारे में ही। पर ममी तो इतनी चुप हैं मानो उन्हें पता ही न हो कि बंटी भी उनके पास लेटा है।

ममी उसके पास लेटी बाल सहला रही हैं। पर उसे लग रहा है कि ममी उसके बाल नहीं सहला रहीं। ममी उसे देख रही हैं, पर नहीं, ममी उसे देख भी नहीं रहीं।

"ममी !"

"हूँ !"

"तुम तो बहुत ही ज़रूरी काम से गई थीं, फिर..."

"था रे, एक काम।"

ममी तो शायद उससे बोल भी नहीं रहीं। और तब बंटी का मन हुआ कि फूट-फूटकर रो पड़े।

सात

बंटी का स्कूल क्या खुला, उसका बचपन लौट आया।

लंबी छुट्टियों के बाद पहले दिन स्कूल जाना कभी अच्छा नहीं लगता। पर आज लग रहा है। अच्छा ही नहीं, ख़ूब अच्छा लग रहा है। सवेरे उठा तो केवल हवा में ही ताज़गी नहीं थी, उसका अपना मन जाने कैसी ताज़गी से भरा-भरा थिरक रहा था।

'ममी, मेरे मोज़े कहाँ हैं...लो दूध लाकर रख दिया। पहले कपड़े तो पहन लूँ, देर नहीं हो जाएगी...बैग तो ले जाना ही है, किताबें जो मिलेंगी' के शोर से तीनों कमरे गूँज रहे हैं।

बहुत दिनों से जो बच्चा घर से गायब था जैसे आज अचानक लौट आया हो।

जल्दी-जल्दी तैयार होकर उसने बस्ता उठाया। बस्ता भी क्या, एक कापी-पेंसिल डाल ली। कौन आज पढ़ाई होनी है ! बस के लिए सड़क पार करके वह कॉलेज के फाटक पर खड़ा हो गया। ममी उसे घर के फाटक तक छोड़कर वापस लौट रही हैं। बरामदे की सीढ़ियाँ चढ़कर ममी अंदर गुम हो गईं तो सामने केवल घर रह गया। छोटा-सा बँगलानुमा घर जो उसका अपना घर है, जो उसे बहुत अच्छा लगता है।

और एकाएक ही ख़याल आया, इसी घर में पता नहीं क्या कुछ घट गया है इन छुट्टियों में। उसने जल्दी से नज़रें हटा लीं। तभी दूर से धूल उड़ाती हुई बस आती दिखाई दी। बंटी ने खट से बस्ता उठाया और बस के रुकते ही लपककर उसमें चढ़ गया। दौड़ता हुआ टीटू चला आ रहा है, लेट-लतीफ।

''बंटी, इधर आ जा, यहाँ जगह है।'' जगह बहुत सारी थी, पर कैलाश ने एक ओर सरककर उसके लिए ख़ास जगह बनाई।

''बंटी यार, इधर ! इधर आकर बैठ।'' विभू उसे अपनी ओर खींच रहा है। बंटी अपने को बड़ा महत्त्वपूर्ण महसूस करने लगा। और बैठते ही उसका अपना चेहरा बच्चों के परिचित, उत्फुल्ल चेहरों के बीच मिल गया।

बस चली तो सबके बीच हँसते-बतियाते उसे ऐसा लगा जैसे सारे दिन ख़ूब सारी पढ़ाई करके घर की ओर लौट रहा है। तभी ख़याल आया—धत्, वह तो स्कूल जा रहा है।

बस, जैसे भाजी-मार्केट। बातें...बातें। कौन कहाँ-कहाँ गया ? किसने क्या-क्या देखा ? छुट्टियों में कैसे-कैसे मौज उड़ाई। अनंत विषय थे और सबके पास कहने के लिए कुछ न कुछ था।

बंटी क्या कहे ? वह खिड़की से बाहर देखने लगा। शायद कोई उससे भी पूछ रहा है। हुँह ! कुछ नहीं कहना उसे।

"मेरे मामा आए थे एक साइकिल दिला गए दो पहिएवाली !"

"हम तो दिल्ली में कुतुबमीनार देखकर आए..."

तब न चाहते हुए भी मन में कहीं पापा, पापा का मैकेनो, कलकत्ता, कलकत्ते का काल्पनिक चित्र उभर ही आए।

"क्यों रे बंटी, तू कहीं नहीं गया इस बार ? पिछली बार तो मसूरी घूमकर आया था।"

"नहीं।" बंटी ने धीरे-से कहा।

"सारी छुट्टियाँ यहीं रहा ?"

"हाँ। ममी ने खस के पर्दे लगा-लगाकर सारा घर ख़ूब ठंडा कर दिया था। मसूरी से भी ज़्यादा। बस फिर क्या था।"

और खस के उन पर्दों की ठंडक, जिसने शरीर से ज़्यादा मन को ठंडा कर रखा था, फिर मन में उतर आई।

बंटी फिर बाहर देखने लगा। पर बाहर सड़कें, सड़कों पर चलते हुए लोगों के बीच कभी वकील चाचा दिखाई देते तो कभी ममी का उदास चेहरा। कभी पापा दिखाई देते तो कभी भन्नाती हुई फूफी।

कितनी बातें हैं उसके पास भी कहने के लिए, पर क्या वह सब कही जा सकती हैं ? मान लो वह किसी को बता भी दे तो कोई समझ सकता है ? एकदम बड़ी बातें। यह तो वह है जो एकाएक समझदार बन गया। ये विभू, कैलाश, दीपक, टामी...कोई समझ तो ले देखें।

पर अपनी इस समझदारी पर उसका अपना ही मन जाने कैसा भारी-भारी हो रहा है।

बस जब स्कूल के फाटक पर आकर रुकी तो एक-दूसरे को ठेलते-ढकेलते बच्चे नीचे उतरने लगे। नीचे खड़े सर बोले—"धीरे बच्चो, धीरे ! तुम तो बिलकुल पिंजरे में से छूटे जानवरों की तरह..."

तो बंटी को लगा जैसे वह सचमुच ही किसी पिंजरे में से निकलकर आया

है। बहुत दिनों बाद ! सामने स्कूल का लंबा-चौड़ा मैदान दिखाई दिया तो हिरन की तरह चौकड़ी भरता हुआ दौड़ गया। गरमियों का सूखा-रेतीला मैदान इस समय हरी-हरी घास के कारण बड़ा नरम और मुलायम हो रहा है, जैसे एकदम नया हो गया हो।

नई क्लास, नई किताबें, नई कापियाँ, नए-नए सर...इतने सारे नयों के बीच बंटी जैसे कहीं से नया हो आया। नया और प्रसन्न। हर किसी के पास दोस्तों को दिखाने के लिए नई-नई चीज़ें हैं। जैसे ही घंटा बजता और नए सर आते, उसके बीच में खटाखट चीज़ें निकल आतीं। प्लास्टिक के पजल्स, तसवीरोंवाली डायरी, तीन रंगों की डाट-पेंसिल...और 'ज़रा दिखा तो यार'—'बस, एक मिनट के लिए' का शोर यहाँ से वहाँ तक तैर जाता।

"मेरे पास बहुत बड़ावाला मैकेनो है। इतना बड़ा कि स्कूल तो आ ही नहीं सकता। कलकत्ते से आया है। कोई भी घर आए तो वह दिखा सकता है।"

एक क्षण को उँगलियाँ एक-दूसरी पर चढ़ीं और फिर झट से हट भी गईं। हुँह, कुछ नहीं होता। कोई पाप-वाप नहीं लगता। कोई उसके घर आएगा तो वह ज़रूर बताएगा मैकेनो। सब लोग अपनी चीज़ों को दिखा-दिखाकर कैसा इतरा रहे हैं, शान लगा रहे हैं और वह बात भी नहीं करे।

"विभू, तू शाम को आ जा अपने भैया के साथ। बहुत चीज़ें बनती हैं उसकी—पुल, सिगनल, पनचक्की, क्रेन..."

ख़याल आया, उसने भी तो अभी तक सब कुछ बनाकर नहीं देखा। विभू आ जाए तो फिर दोनों मिलकर बनाएँगे। और विभू नहीं भी आया तो वह ख़ुद बनाएगा। यह भी कोई बात हुई भला !

स्कूल की बातों से भरा-भरा बंटी घर लौटा। खाली बस्ता भी नई-नई किताबों से भर गया था।

ममी अभी कॉलेज में हैं। उसके आने के एक घंटे बाद घर आती हैं। बंटी दौड़कर फूफी को ही पकड़ लाया।

"अच्छा, एक बार इस बस्ते को तो उठाकर देखो।"

"क्या है बस्ते में ?"

"उठाकर तो देखो।" एकदम ललकारते हुए बंटी ने कहा।

फूफी ने बस्ता उठाया, "एल्लो, इतना भारी बस्ता ! ये अब तुम इत्ता बोझा ढो-ढोकर ले जाया करोगे ? तुमसे ज़्यादा वज़न तो तुम्हारे बस्ते में ही है।"

बंटी के चेहरे पर संतोष और गर्व-भरी मुसकान फैल गई। "चलो हटो।" और फिर खट से बस्ता उठाकर, सैनिक की मुद्रा में चार-छह कदम चला और फिर

बोला, "रोज़ ले जाना पड़ेगा। अभी तो ये बाहर और पड़ी हैं। चौथी क्लास की पढ़ाई क्या यों ही हो जाती है ? बहुत किताब पढ़नी पड़ती हैं।" फिर एक-एक किताब निकालकर दिखाने लगा।

"यह हिस्ट्री की है। कब कौन-सा राजा हुआ, किसने कितनी लड़ाइयाँ लड़ीं, सब पढ़ना पड़ेगा। समझी ! और हिस्ट्री के राजा कहानियों के राजा नहीं होते हैं, झूठ-मूठवाले। एकदम सच्ची-मुच्ची के, राजा भी सच, लड़ाइयाँ भी सच... और यह ज्योग्रफ़ी है...यह जनरल साइंस...यह एटलस है। हिंदुस्तान का नक़्शा पहचान सकती हो ? लो, अपने देश को भी नहीं पहचानती ! देखो, यह सारी दुनिया का नक़्शा है...इसमें जो यह ज़रा-सा दिख रहा है न, यही हिंदुस्तान है। इसी हिंदुस्तान में अपना शहर है और फिर उस शहर में अपना घर है और फिर उस घर में अपनी रसोई है और फिर उस रसोई में एक फूफी है...हा-हा..." बंटी ज़ोर-ज़ोर से हँसने लगा।

बंटी को यों हँसते देख, फूफी एकटक उसका चेहरा देखने लगी, कुछ इस भाव से जैसे बहुत दिनों बाद बंटी को देख रही हो। फिर गद्‌गद स्वर में बोली, "हाँ भय्या, मेरी तो रसोई ही मेरा देश है। और देश-दूष मैं नहीं जानती। हुए होंगे राजा-महाराजा, मेरा तो बंटी भय्या ही राजा है।"

"बुद्धू कहीं की ! देख, यह डिक्शनरी है। शब्द-अर्थ समझती है ? किसी शब्द का अर्थ नहीं आए तो इसमें देख लो। चौथी क्लास में एटलस और डिक्शनरी भी रखनी पड़ती है।"

"अब इस बूढ़े तोते के दिमाग़ में कुछ नहीं घुसता भय्या, तुम काहे मगज़ मार रहे हो। चलो हाथ-मुँह धोकर कुछ खा-पी लो। मुँह तो देखो, भूख और गरमी के मारे चिड़िया जैसा निकल आया है।"

बंटी खाता जा रहा है और उसका उपदेश चालू है। "तुम कहती थीं न फूफी कि रात-दिन भगवान करते हैं। पानी भगवान बरसाता है। सब झूठ। जनरल साइंस की किताब में सारी सही बात लिखी हुई है। अभी पढ़ी नहीं है। जब पढ़ लूँगा तो सब तुम्हें बताऊँगा।"

"तो हम कौन इसकूल में पढ़े बंटी भय्या ! बस, अब तुमसे पढ़ेंगे। इंगरेज़ी भी पढ़ाओगे हमें..."

बंटी फिर खीं...खीं...करके हँस पड़ा। फूफी और अंग्रेज़ी। और फिर फूफी जितना भी बातें करती रही, बंटी हँसता रहा...खिल-खिलाकर। फूफी उसे देखती रही गद्‌गद होकर।

जब ममी आईं तो बंटी ने वे ही सारी बातें दोहराईं। उतने ही उत्साह और जोश के साथ। स्कूल में क्या-क्या हुआ ? नए सर कैसे-कैसे हैं ? "जो सर क्लास

टीचर बने हैं न ममी, उनकी मूँछें ऐसी अकड़कर खड़ी रहती हैं जैसे उनमें कलफ लगा दिया हो। मैंने उनकी शक्ल बनाई और लंच में दिखाई तो सब ख़ूब हँसे, बड़ा मज़ा आया। तुम्हें बताऊँ ममी ?"

विभू ने दिल्ली में जाकर क्या-क्या देखा ? ममी उसे कब ले जाकर दिखाएगी और फिर उसी झोंक में कह गया, "मैंने सबको अपने मैकेनो के बारे में बता दिया। यदि शाम को विभू आया तो उसे दिखाऊँगा भी..." फिर एक क्षण को ममी की ओर देखा, ममी वैसे ही मंद-मंद मुसकरा रही हैं। कुछ भी नहीं, वह बेकार डरता रहा इतने दिनों। खेलने से क्या होता है भला !

"ममी, अब अपना काम सुन लो।" आवाज़ में आदेश भरा हुआ है। "आज ही सारी किताबों और कापियों पर कवर चढ़ जाना चाहिए, ब्राउनवाला। नहीं तो कल सज़ा मिलेगी, हाँ। तुम सब काम छोड़कर पहले मेरे कवर चढ़ा देना। फिर सफ़ेद लेवल काटकर चिपकाने होंगे। उन पर नाम और क्लास लिखना होगा। ख़ूब सुंदरवाली राइटिंग में जमा-जमाकर लिखना, समझीं।"

और फिर उसी उत्साह और जोश में भरा-भरा वह टीटू के यहाँ दौड़ गया। आज जाने कितनी बातें हैं उसके पास करने के लिए। टीटू को कौन-कौन से सर पढ़ाएँगे...उसे कौन-कौन-सी किताबें मिली हैं।

बंटी टीटू के यहाँ से लौटा तो अँधेरा हो चुका था। हाथ में पेड़ की एक टूटी हुई टहनी है, जिससे वह हवा में तलवार चला रहा है। फूफी आँगन में लेटी-लेटी पंखा झल रही है, "यह बरसात की गरमी तो मार के रख देती है आदमी को। हवा का नाम नहीं है कहीं—एक बार ज़ोर से बरसे तो..."

"बरसो राम धड़ाके से, फूफी मर गई फाके से..."

"हाँ, अब तुम हमें मारोगे ही तो।"

"ममी !" बिना कुछ भी सुने-बोले बंटी अपनी ही धुन में भीतर आया तो देखा मेज़ पर सारी किताबें-कापियाँ ज्यों की त्यों पड़ी हैं, बिना कवर के। खाली बस्ता मेज़ के नीचे पड़ा है।

"ममी !" बंटी लॉन की ओर दौड़ पड़ा। लॉन में ममी डॉक्टर साहब के साथ बैठी हैं। बीच की मेज़ पर चाय के खाली बरतन रखे हैं। दनदनाता हुआ बंटी आया। "मेरे कवर नहीं चढ़ाए ममी ?"

"बंटी, नमस्ते करो डॉक्टर साहब को।" ममी ने उसकी बात का जवाब न देकर अपनी बात कही तो बंटी भन्ना गया। दोनों हाथ कुछ इस तरह जोड़े मानो कह रहा हो—जान बख़्शो।

"तुमने मेरे कवर क्यों नहीं चढ़ाए, कल सज़ा नहीं मिलेगी मुझे ?"

"अरे बंटी, बड़े नाराज़ हो रहे हो बेटे ! क्या बात है ?"

'हाँ, हो रहे हैं नाराज़, आपका क्या जाता है ? जब देखो तब आकर बैठ जाएँगे या ममी को ले जाएँगे। बड़ी अपनी मोटर की शान लगाते हैं। अब आकर बैठ गए तो ममी कवर नहीं चढ़ा सकीं न ? और ममी कह नहीं सकती थीं कि उन्हें बंटी का काम करना है। अब उन दोनों का क्या जाएगा, सज़ा तो उसे मिलेगी' वह मन ही मन भनभनाने लगा।

बिना एक शब्द भी बोले बंटी ने हाथ पकड़कर ममी को खींचा, "तुम चलकर पहले कवर चढ़ाओ। एकदम उठो।" डॉक्टर साहब की तरफ उसने देखा भी नहीं।

"बंटी, क्या कर रहे हो बेटा ? इतने बड़े होकर इस तरह करते हैं ! तू तो बहुत समझदार है..."

पर बंटी हाथ खींचता ही रहा। कोई समझदार-वमझदार नहीं है। पहले तो कोई उसका काम मत करो और फिर कह दो समझदार हैं...

"चलो न ! इतनी देर तो हो गई। फिर कब चढ़ाओगी ?" बंटी रोने-रोने को हो आया।

"मैंने कहा न मैं चढ़ा दूँगी।" ममी जैसे झुँझला आई थीं। उन्होंने अपना हाथ खींच लिया।

एकाएक डॉक्टर साहब उठ खड़े हुए, "चलो, तुम बंटी का काम करो। मैं तो वैसे भी चलने ही वाला था। साढ़े आठ बजे, एक जगह पहुँचना भी है।"

सब लोग ममी को आप-आप कहकर बोलते हैं और ये कैसे तुम कह रहे हैं। इतना भी नहीं मालूम कि ममी प्रिंसिपल हैं। प्रिंसिपल को आप कहा जाता है कि नहीं।

ममी ने एक-दो बार ठहरने का आग्रह किया। पर वे चल पड़े। ममी उन्हें छोड़ने के लिए मोटर तक गईं।

बंटी जानता है कि ममी आते ही उसे डाँटेंगी—ऐसे बोलते हो, ऐसे करते हो...तमीज़ कब आएगी—वह आजकल कुछ कहता नहीं तो ममी ने उसकी बात सुनना ही छोड़ दिया। न कभी साथ लेकर जाती हैं, न कहानी सुनाती हैं—पहले की तरह उसके साथ खेलती भी नहीं। पर ये सारे के सारे तर्क मिलकर भी, उसके अपने ही मन में अभी की हुई बदतमीज़ी को कम नहीं कर पा रहे थे।

जैसे ही ममी लौटकर आई, बंटी ने रोना शुरू कर दिया। ज़ोर-ज़ोर से— "इतनी देर तो हो गई, अब कब चढ़ेंगे कवर ?" दोषी ममी को ही बनाकर रखना है।

"चल, कवर चढ़ाती हूँ।" इसके अलावा ममी ने एक शब्द भी नहीं कहा तो बंटी को ख़ुद एक अजीब तरह की बेचैनी होने लगी। डाँट खानेवाले काम पर भी

ममी का यों चुप रह जाना उसे डाँट से भी ज़्यादा कष्ट देने लगा। डाँट देतीं तो उनकी डाँट से उसकी सारी बदतमीज़ी कट जाती, हिसाब बराबर पर अब तो सारा दोष जैसे उसी के सिर।

कुछ ग़लत कर डालने के बोझ से दबा-दबा, सहमा-सा वह भीतर आया। ममी ने सारी कापियाँ-किताबें नीचे उतारीं और बोलीं, ''ला ब्राउन पेपर कहाँ है ?''

''मेरे पास कहाँ है ब्राउन पेपर ?''

''तब कैसे चढ़ाऊँगी कवर ?'' और ममी हाथ पर हाथ धरकर बैठ गईं।

''मैं क्या जानूँ ? तुम्हें मँगवाकर नहीं रखना चाहिए था, मैंने तो आते ही कह दिया था बस !''

बंटी को जैसे अपने व्यवहार के लिए फिर एक सहारा मिल गया और मन में फिर ढेर-ढेर सारा गुस्सा उफनने लगा।

ममी चुप।

''तुम्हें मेरी बिलकुल परवाह नहीं रह गई है। मत करो मेरा कोई भी काम। बस, डॉक्टर साहब के पास बैठकर चाय पियो। तुम्हारा क्या है, सज़ा तो मुझे मिलेगी। मैं अब स्कूल ही नहीं जाऊँगा, कभी नहीं जाऊँगा, कभी भी...'' और बंटी फूट-फूटकर रोने लगा।

ममी ने पकड़कर उसे अपनी ओर खींचा, ''पागल हो गया है। एक दिन कवर नहीं चढ़ेंगे तो क्या हो गया ? कोई सज़ा नहीं मिलेगी, मैं चिट्ठी लिख दूँगी सर के नाम, चुप हो जा...''

''नहीं, मैं कोई चिट्ठी-विट्ठी नहीं ले जाऊँगा। मैं स्कूल भी नहीं जाऊँगा...गंदी कहीं की...'' और कहने के साथ ही बंटी ने ममी की ओर देखा—लो, अब डाँटो, मुद्रा में।

पर फिर भी ममी ने नहीं डाँटा। बस, ममी समझाती रहीं और बंटी उफन-उफनकर रोता रहा। उसे ख़ुद लग रहा है कि यह रोना केवल कवर न चढ़ने का रोना नहीं है। पता नहीं क्या है कि उसे फूट-फूटकर रोना आ रहा है। बहुत दिनों से जैसे मन में कुछ जमा हुआ था, जो एक हलके से झटके से बह आया।

बेबस और अपराधी-सी ममी हाथ पर हाथ धरे बैठी हैं और ज़मीन में पसरकर, पैर फैला-फैलाकर बंटी रो रहा है—मत करो मेरा काम...घूमने जाओ...बातें करो...मैं भी सारे दिन टीटू के यहाँ रहूँगा...पेड़ पर चढ़ूँगा..बिलकुल नहीं पढ़ूँगा...

आँसुओं से सारा चेहरा भीग गया था पर वेग था कि थामे नहीं थम रहा था।

फूफी आई और हाथ पकड़कर उठाने लगी तो बंटी ने हाथ झटक दिया, ''मत उठाओ मुझे, रोने दो बस...''

"कइसा ख़ुश-ख़ुश आया था बच्चा स्कूल से। बहुत दिनों बाद तो चेहरे पर ऐसी हँसी देखी थी...आने के बाद दस बार तो कहा था कि कागद चढ़ा देना, पर आपको तो आजकल..." ममी की तरफ़ नज़र पड़ते ही फूफी का उलाहना अधूरा रह गया और बात जहाँ की तहाँ टूट गई।

बंटी रोता रहा, फूफी समझाती रही, और ममी चुप-चुप बैठी दोनों को देखती रहीं। ममी समझा भी सकती थीं, पर समझाया नहीं। डाँट भी सकती थीं, पर डाँटा भी नहीं। और ममी का यों चुप-चुप बैठना ही बंटी को और रुला रहा था।

एकाएक जैसे कुछ ख़याल आया हो। ममी उठीं। दराज़ में से चाबियों का गुच्छा निकाला और फूफी को देते हुए बोलीं, "फूफी, कॉलेज के चपरासी से कहना, स्टील की अलमारी में कुछ भूरे काग़ज़ होंगे, निकालकर दे दे।"

और जब काग़ज़ आ गए और ममी उसी तरह चुपचाप चढ़ाने लगीं तो ममी का सारा दोष जैसे बंटी के अपने सिर पर आ चढ़ा। कम से कम बंटी को ऐसा महसूस हुआ। ममी से नज़रें बचाए-बचाए वह ख़ुद भी चढ़ाने में मदद करने लगा। बीच-बीच में छिपकर ममी की ओर देख भी लेता। ममी नाराज़ हैं ? पर कुछ भी तो पता नहीं लगता। आजकल ममी की कोई भी बात तो समझ में नहीं आती। पहले ममी का चेहरा, ममी की आँखें देखकर ही ममी के मन की बात जान लेता था, ममी की ख़ुशी, ममी की उदासी, ममी की नाराज़गी सब उसे पता था। पर अब ?

"तू जाकर खाना खा ले और सो जा। फिर सवेरे उठा नहीं जाएगा।"

"तुम भी तो चलकर खाना खाओ।" स्वर में कहीं क्षमा माँगने का-सा भाव उभर आया।

ममी ने एक क्षण को उसकी ओर देखा, फिर धीरे-से बोलीं, "नहीं, मैं बाद में खा लूँगी।"

एक क्षण को बंटी दुविधा में रहा, उठे या नहीं। फिर धीरे-से उठ गया। कम से कम इस समय वह ममी की किसी भी बात का विरोध नहीं करेगा।

जाते-जाते बोला, "सफ़ेद लेबिल चिपकाकर नाम भी लिखने हैं।"

"हाँ-हाँ, मैं सब कर दूँगी। तू जाकर सो जा।"

खाना खाकर बंटी बाहर आया तो लगा जैसे भीतर बैठा था तो एक बोझ-सा उस पर लदा था। पता नहीं वह बोझ कवर न चढ़ने का था कि ममी के नाराज़ होने का था या कि अपने ही व्यवहार का था। जो भी हो, बाहर आते ही वह बहुत हलका हो आया और बिस्तर पर लेटते ही सो गया।

सवेरे उठकर बंटी भीतर आया तो देखा सारी किताबें-कापियाँ जमी हुई रखी हैं। कवर चढ़ी हुईं, लेबिल लगी हुईं। सब पर सुंदर अक्षरों में उसका नाम और

क्लास लिखा हुआ है...उसने सबको छूकर देखा, हाथ फेरकर। और मन पुलक आया। पर साथ ही एक क्षण को मन में कल का सब कुछ तैर गया। जैसे भी होगा ममी को ख़ुश करेगा। वह दौड़कर आँगन में आया। ममी बैठी अख़बार पढ़ रही हैं। गले में हाथ डालकर वह झूल गया। ममी मेरी...उसकी समझ में नहीं आ रहा था कैसे अपनी ख़ुशी ज़ाहिर करे, कैसे ममी का गुस्सा दूर करे। और जब कुछ भी समझ में नहीं आया तो ममी के गाल पर एक किस्सू दे दिया।

ममी ने खींचकर उसे अपने सामने किया। उसके दोनों कंधों पर हाथ रखे उसे देखती रहीं। बस, देखती रहीं। न कुछ कहा, न प्यार दिया। क्या था उन नज़रों में ? गुस्सा, फटकार, प्यार, ख़ुशी—बंटी कुछ भी तो नहीं समझ पाया।

"जा, जल्दी से जाकर तैयार हो जा। देर नहीं हो जाएगी स्कूल में ?" ममी ने बिना एक बार भी प्यार किए उसे भगा दिया।

तैयार होते-होते बंटी के दिमाग़ में यही एक बात घूमती रही। ममी ने उसे एक बार भी प्यार नहीं किया। पहले कभी वह ममी के गाल पर किस्सू देता तो फिर ममी बदले में ढेर सारे किस्सू देतीं...बाँहों में भरकर ख़ूब-ख़ूब प्यार करतीं। ममी क्या उससे नाराज़ हैं ?

नहीं, नाराज़ भी तो नहीं लगतीं। पता नहीं ममी बदल ही गई हैं। पहले की तरह तो बिलकुल ही नहीं रहीं।

और थोड़ी देर पहले की अपराध भावना और पश्चाताप फिर गुस्से में घुलने लगा। पर इस बार का गुस्सा ममी की जगह डॉक्टर जोशी के लिए था। क्यों आते हैं यहाँ इतना ?

बंटी बड़ी ख़ुशी-ख़ुशी तैयार हो रहा है। आज कितने दिनों बाद ममी ने उसे बाहर ले जाने के लिए कहा है। कॉलेज से आते ही बोलीं, "बंटी, तैयार हो जाना, आज घूमने चलेंगे।" तो एक क्षण को तो वह ममी को ऐसे देखता रहा, मानो विश्वास ही नहीं हो रहा हो। इधर तो ममी ने एक तरह से उसे घुमाना ही छोड़ दिया। कभी-कभी जाती हैं तो अकेले। उससे पूछतीं तक नहीं। बस कह देती हैं, मैं जा रही हूँ। ऐसा करना चाहिए ममी को ? उसका क्या है, मत पूछो ! वह भी टीटू के यहाँ खेलने चला जाता है, फूफी को लेकर कुन्नी के यहाँ चला जाता है। अपने खिलौने निकाल लेता है, पापावाले।

"ऐसे क्या देख रहा है ? बता तो कहाँ चलेगा आज ?"

"कंपनी बाग ?"

"क्या पहनेगा ? अच्छे-से कपड़े निकाल ले।" ममी बहुत ख़ुश लग रही हैं आज। आजकल पहले की तरह उदास तो नहीं ही रहतीं।

वह ख़ुद तैयार हो गया, अब ममी का तैयार होना देख रहा है। एक-एक शीशी खुलती है और चेहरे पर चढ़ती हर परत के साथ ममी का चेहरा जैसे नया होता जा रहा है। पाउडर की सफ़ेदी और होंठों की लाली के बीच में ठुड्डी का तिल कैसा चमक रहा है। एकाएक मन हो आया, ममी का तिल छू ले। कितने दिनों से उसने ममी का तिल ही नहीं छुआ। सजती हुई ममी उसे सुंदर लग रही हैं, पर हिम्मत नहीं हो रही कि पास जाए, पता नहीं, आजकल उसके और ममी के बीच कुछ हो गया है।

आज वह ममी के साथ ख़ूब घूमेगा, ख़ूब खेलेगा। ममी को ख़ूब हँसाएगा भी। फिर रात में बिना कहे ही ममी के पलंग में घुस जाएगा और उनके तिल पर हाथ फेरकर कहानी सुनेगा। बस, एक भी बहाना नहीं सुनेगा।

ममी ने अलमारी खोलकर एक डिब्बा निकाला और उसमें से बैंगनी रंग की साड़ी निकालकर पहनने लगीं। सुंदर और एकदम नई।

"यह कौन-सी साड़ी है ममी ?" ममी की एक-एक चीज़ से वह बहुत परिचित है।

"है एक, नई है।"

"कब लाईं, मुझे नहीं बताई ?" शिकायत के स्वर में बंटी ने कहा।

ममी का साड़ी बाँधता हाथ रुक गया। कुछ क्षण को उनकी नज़रें बंटी के चेहरे पर टिक गईं। ममी कभी-कभी उसकी तरफ़ इस तरह देखती हैं कि लगता है मानो उसको नहीं देख रहीं, उसके चेहरे में कुछ और देख रही हों। फिर हँसकर बोलीं, "मैं जो कुछ करूँ, तुझे बताना ज़रूरी है ? तू तो अभी से अपने..." और वे फिर साड़ी बाँधने लगीं।

मत बताओ, मेरा क्या है ? मैं भी कोई चीज़ लाऊँगा तो नहीं बताऊँगा—कुछ भी करूँगा तो नहीं बताऊँगा। नहीं बताना कोई अच्छी बात है ?

तभी बाहर गाड़ी का हार्न भी सुनाई दिया। लो, ये डॉक्टर साहब आ गए तो अब ममी जाएँगी भी नहीं। मना तो करें अब, वह भी...

"चल, तू जाकर बैठ, मैं अभी आई।"

"हम क्या डॉक्टर साहब के साथ जाएँगे ?" बंटी का सारा उत्साह ही जैसे मर गया।

"और क्या, उनकी गाड़ी में ही तो चलना है।" ममी ने जल्दी-जल्दी दराज़ें और अलमारी बंद कीं। एक क्षण को बंटी का मन हुआ कि मना कर दे। पर गाड़ी में घूमने का लालच भी कम नहीं था।

डॉक्टर साहब ने अपनी बगलवाली सीट का फाटक खोला तो ममी ने भीतर बैठते हुए कहा, "तू पीछे बैठ जा।"

''इसे भी आगे ही ले लो। दोनों बैठ सकोगे।''

पर ममी ने पीछे का फाटक खोलकर कहा, ''नहीं, यह पीछे बैठ जाएगा आराम से, आगे मेरी साड़ी मुड़ जाएगी।''

बिना एक भी शब्द बोले अपमानित-सा बंटी चुपचाप पीछे बैठ गया। उसका क्या है, आगे बिठाओ, पीछे बिठाओ या घर ही छोड़ जाओ। नई साड़ी पहनकर कैसा इतरा रही हैं ममी। अब तो दोनों बैठ गए, ये डॉक्टर साहब गाड़ी क्यों नहीं स्टार्ट कर रहे हैं ? एकटक ममी को ही देख रहे हैं, जैसे कभी देखा ही न हो।

''चलिए न !'' बंटी से और ज़्यादा देर तक चुप नहीं रहा गया।

''अच्छा बंटी बेटे, आज का प्रोग्राम सिर्फ़ तुम्हारे लिए है। बोलो तो कहाँ चलना पसंद करोगे ?''

डॉक्टर साहब का यों पूछना बंटी को अच्छा लगा।

''कंपनी बाग की फरमाइश की है बंटी ने। पहले बच्चों को ले लीजिए, फिर वहीं चलते हैं।'' ममी के कहते ही डॉक्टर साहब ने 'ओ. के.' कहा और कार चला दी।

बंटी मन ही मन जैसे भुन गया। धत्तेरे की। यह भी कोई घूमना हुआ। ममी ख़ुद तो अकेले-अकेले घूमती हैं डॉक्टर साहब के साथ, पर आज उसे घुमाने की बात कही तो सबको बटोर लो। फिर क्यों झूठ-मूठ कहती हैं कि चल तुझे घुमा लाते हैं। यों कहो न सबको घुमाना है। कौन-से बच्चे हैं ?

और मन में पापा के साथ घूमनेवाला दिन तैर गया। बिलकुल अकेले। ''बंटी बेटा, आज तुम्हें अपने बच्चों से मिलाएँगे। हमारे यहाँ एक दीदी है, जोत दीदी—एक छोटा भय्या है अमि। दीदी बहुत सीधी और समझदार हैं और अमित बहुत शैतान। एकदम पाजी ! शैतानी करे तो तुम कान खींच देना उसके...''

ममी हँस क्यों रही हैं ? यह भी कोई हँसने की बात है। कोई चुटकुला सुनाया है डॉक्टर साहब ने ?

गाड़ी जब कोठी के सामने रुकी तो बंटी ने उड़ती-सी नज़र डाली। ख़ूब बड़ी है कोठी, पर बगीचा नदारद। बस सामने अहाता-सा है। न घास, न पौधे।

डॉक्टर साहब उतरकर भीतर चले गए तो ममी ने बताया, ''यही है डॉक्टर साहब की कोठी।'' और फिर उसका चेहरा देखने लगीं।

दरवाज़े में घुसते ही बाईं ओर एक छोटा-सा मकान जैसा बना है, जिस पर बड़ा-सा बोर्ड लगा है, हर जगह दिखाई देनेवाला बोर्ड, 'लाल तिकोन। दो या तीन बच्चे बस।'

''यह क्या है ममी ?''

''डॉक्टर साहब की डिस्पेंसरी। सवेरे डॉक्टर साहब यहाँ बीमारों को देखते हैं।''

"आंटी," हलका नीला फ्रॉक पहने एक लड़की दौड़ती चली आ रही है और पीछे-पीछे एक लड़का। दोनों के चेहरों पर ख़ुशी जैसे छलकी पड़ रही है।

तो ममी इन बच्चों को भी जानती हैं, बस वही नहीं जानता।

"देखो जोत, यह है बंटी ! आज तुम लोगों की दोस्ती करवा देते हैं। फिर कभी तुम इसके पास आ जाना, कभी यह तुम्हारे पास आ जाएगा।"

जोत उसे देख रही है, पर वह जैसे अपने में ही सिमटता जा रहा है। "मैं खिड़की के पास बैठूँगा।" अमि ने आते ही घोषणा कर दी और पीछे का फाटक खोलकर वह बड़े अधिकार भाव से भीतर बैठ गया। बंटी को लगा अपनी चीज़ होने पर ही ऐसा अधिकार भाव आ सकता है। वह चुपचाप एक ओर को सरक गया। दूसरे फाटक से जोत घुसी तो वह बीच में सरक गया।

बीच में बैठना भी कोई बैठना होता है ? अब कुछ देख सकता है वह ? दूसरों की गाड़ी में वह कहे भी क्या ? पर ममी तो कह सकती थीं कि दोनों में से कोई एक बीच में बैठ जाए और बंटी को खिड़की पर बैठने दे। वे तो बंटी को घुमाने लाई थीं। झूऽठ ! उसे नहीं करनी दोस्ती किसी से। आगे से वह कभी आएगा भी नहीं इनके साथ। डॉक्टर साहब, ममी आगे की खिड़कियों पर बैठे हैं और जोत और अमित पीछे की खिड़कियों पर। बस वही फालतू-सा बीच में बैठा है।

घास पर ममी और डॉक्टर साहब अपने-अपने रूमाल बिछाकर बैठ गए, "जाओ, खेलो अब तुम लोग। रेस लगाओ या कुछ और।" अमि तो बिना किसी की राह देखे ही दौड़ भी गया। जोत इधर-उधर देख रही है। वह नहीं खेलेगा। बस यहीं बैठा रहेगा।

ये ममी इतना सटकर क्यों बैठी हैं डॉक्टर साहब से। ऐसे तो कभी ममी किसी के साथ नहीं बैठतीं। बंटी को बहुत अजीब लग रहा है। अजीब और बहुत खराब भी। वह दोनों के बीच घुसता हुआ बोला, "मैं नहीं खेलूँगा ममी, मन नहीं हो रहा है।"

"ले, यहाँ खेलने आया है कि बैठने। पागल कहीं का, चल दौड़ लगा। जोत, इसे ले जाओ तो अपने साथ।" ममी ने एक तरह से उसे ठेल दिया। जोत उसका हाथ पकड़कर खींचने लगी तो मजबूरन उसे उठना पड़ा।

पर बंटी न खेला, न दौड़ा। बस ममी के इर्द-गिर्द ही चक्कर काटता रहा।

ज़रा-सी दूर जाता भी तो मुड़-मुड़कर ममी की ओर देखता रहता। ममी को इस तरह देखकर अजीब-सी बेचैनी हो रही थी उसे। थोड़ी देर में वह फिर ममी के पास आकर ही बैठ गया।

"इट सीम्स, ही हसबैंड्स यू टू मच !" डॉक्टर ने कहा तो ममी हँसने लगीं।

हाँ, हसबैंड की बात कर रहे हैं और ममी हँस रही हैं। पहले पापा की बात करने से कैसी उदास हो जाया करती थीं। और ऐसे सबसे करनी चाहिए पापा की

बात ? ऐसे हँसना चाहिए ? वह तो अपने दोस्तों के सामने भी कभी नहीं करता।

जाने क्यों बंटी का मन गुस्से में सुलगने लगा।

उसके बाद आइसक्रीम खाई, चाट खाई। ममी और डॉक्टर साहब हँस-हँसकर बातें करते रहे। अमि शोर मचाता रहा, अधिकारपूर्ण स्वर में फरमाइशें करता रहा—पापा ये लेंगे, वो लेंगे ? जोत कभी ममी से बात करती, कभी डॉक्टर साहब से। बस केवल बंटी था जो चुप था, सबसे अलग और सबसे अकेला। एक ममी ही तो उसकी थीं, पर वे भी उन्हीं लोगों में जाकर मिल गईं।

आठ

आज रविवार का दिन है।

गीले बालों को कुर्सी की पीठ पर फैलाए ममी स्वेटर बुन रही हैं। बंटी ढेर सारे रंग और ब्रश लेकर एक चित्र बना रहा है। सवेरे के समय अब धूप में बैठना अच्छा लगने लगा है। फूफी ने सारे आँगन में चटाइयाँ डालकर दालें और गेहूँ फैला रखे हैं। फूफी को इसका ही बड़ा शौक़ है। जब देखो कोई न कोई चीज़ धूप में फैलाए रखेगी। कभी गेहूँ-दालें तो कभी गद्दे-रजाइयाँ। फूफी का बस चले तो बंटी को भी ले जाकर खड़ा कर दे..."अरे जरा घंटे-भर धूप में उलट-पलट दें, नहीं तो फफूँद आ जाएगी।"

दो-चार ब्रश मारकर बंटी एक बार ज़रूर ममी को देख लेता है। यों उसकी तरफ ममी की पीठ है, पर जब वह देखता है तो उसके सामने ममी का चेहरा ही उभरता है। मानो चेहरा पीठ पर उठ आया हो। एकदम बदला हुआ चेहरा। वह क्या जानता नहीं कि ममी कितनी बदल गई हैं इन दिनों। पर अच्छी हो गई हैं या बुरी, यह तय नहीं कर पाया। कभी-कभी देखता है तो अच्छी लगती हैं, पर फिर जाने क्या हो जाता है कि एकदम बुरी लगने लगती हैं। बुरी तो आजकल हो ही गई हैं ममी। उसे तो बहुत पहले से मालूम था कि ममी के पास अपने को बदलने का जादू है। पर कैसा है और कहाँ है, यह आज तक नहीं जान पाया। ममी के पीछे इधर-उधर काफ़ी ताक-झाँक और छान-बीन भी की। पर कुछ पता नहीं लगा। पहलेवाली ममी होतीं तो सीधे ममी से ही पूछ लेता, पर अब ? इनवाली ममी से कुछ पूछा जा सकता है भला ? अभी भी ममी सवेरे सामने बैठकर दूध पिलाती हैं, शाम को पढ़ाती हैं, बातें करती हैं, पर क्या वह जानता नहीं कि ममी न उसे दूध पिलाती हैं, न पढ़ाती हैं, न उससे बातें करती हैं।

वह जो स्वेटर बुन रही हैं वह भी उसके लिए नहीं बुन रहीं। डॉक्टर जोशी के लिए बुन रही हैं। जब तक डॉक्टर जोशी इस घर में नहीं आए थे ममी का हर काम, इस घर का हर काम बंटी के लिए ही होता था। अब सब कुछ डॉक्टर जोशी के लिए होने लगा है। वह सब समझता है। हो, उसका क्या जाता है।

वह तो आज अपनी ड्राइंग पूरी करेगा, ख़ूब अच्छी बनाएगा। जब पूरी हो जाएगी तो पापा को भेजेगा। पापा को चिट्ठी भी लिखेगा। लिखेगा कि गत्ता चिपकाकर या शीशे में मढ़वाकर अपने कमरे में लगा लीजिए।

"फूफी, अब तुम बंटी को नहला दो और फिर खाना शुरू करो। बारह बजे तक खाना बन जाना चाहिए।"

फूफी कुछ जवाब ही नहीं देती। फूफी भी आजकल नाराज़ हैं ममी से। इसीलिए उसे और ज़्यादा अच्छी लगने लगी है फूफी। अच्छा है, धीरे-धीरे सब नाराज़ हो जाएँगे। पर ममी को आजकल परवाह भी रह गई है किसी की। किसी दिन डॉक्टर जोशी भी नाराज़ हो जाएँगे न, तब पता लगेगा।

"बंटी, जाओ बेटे, फूफी से नहा लो !"

"नहीं, मैं अपने-आप नहाऊँगा।" काग़ज़ पर रबड़ घिसते हुए बंटी ने कहा।

"बेटा, इतवार के दिन फूफी से नहा लो। अपने-आप ठीक से साफ़ नहीं हुआ जाता तुमसे।"

"क्यों नहीं हुआ जाता ? ख़ूब हुआ जाता है। मैं अपने-आप ही नहाऊँगा," ममी चाहती हैं कि बंटी नहा-धोकर तैयार हो जाए अभी से। आज डॉक्टर साहब जो आनेवाले हैं बच्चों को लेकर। वह नहीं जाता वहाँ तो ममी ने उन लोगों को यहाँ बुला लिया। बुलाएँ उसका क्या जाता है ? जोत से वह बात कर लेगा। जोत उसे अच्छी लगती है, पर वह बंदर कैसी शान लगाता है—मेरे खिलौने हैं, मेरी गाड़ी है।

"बंटी," ममी की आवाज़ की सख़्ती से बंटी को भीतर ही भीतर जैसे संतोष हुआ। उसने कोई जवाब नहीं दिया। बस, चुपचाप रबड़ घिसता रहा।

"बंटी, मैं बुला रही हूँ न बेटे !"

"क्या है ? मैं ड्राइंग जो बना रहा हूँ।" बंटी टस से मस नहीं हुआ। होगा भी नहीं ! अब ममी गुस्सा होंगी। वह चाहता है कि ममी गुस्सा हों, ख़ूब गुस्सा हों।

पर उसके बाद ममी कुछ नहीं बोलीं। मज़े से बैठी बुन रही हैं जैसे कुछ हुआ ही नहीं हो। जैसे बंटी बिना कुछ कहे नहाने चला गया हो। गुस्सा होनेवाले कामों पर भी ममी जब गुस्सा नहीं होतीं तो फिर बंटी को गुस्सा आने लगता है। मन होता है कुछ करे। ममी को झकझोर कर रख दे।

"ड्राइंग पीछे कर लेना, पहले नहा लो। नौ बज रहे हैं।" उसे पता ही नहीं चला और ममी बगल में आकर खड़ी हो गईं। अब ज़रूर हाथ पकड़कर उठाएँगी।

इतने में बाहर के दरवाज़े पर खटखट हुई तो ममी बाहर चली गईं। छुट्टी हुई।

बाहर कौन आया है ? ममी की बात करने की आवाज़ आ रही है। बंटी भी कागज़-पेंसिल छोड़कर बाहर आ गया।

पता नहीं कौन है ? वह नहीं जानता। पर इस घर में कोई भी आए, कुछ भी हो, बंटी की जानने की इच्छा ज़रूर रहती है। बंटी वापस लौटा नहीं, वहीं अपनी मेज़ पर जाकर कुछ उलट-पुलट करने लगा।

बीच की मेज़ पर दो-तीन मोटी-मोटी किताबें रखी हैं और एक किताब ममी पलट रही हैं। दूर से ही बंटी को रंग-बिरंगी तसवीरें दिखाई दीं तो वह भी चुपचाप ममी के पीछे जा खड़ा हुआ। सुंदर-सुंदर घर, घर नहीं कमरे। पलंग, सोफ़ा-सेट, ड्रेसिंग-टेबुल...रंग-बिरंगे पर्दे, कुशंस...टेबुल-लैंप...

ऐसा कमरा हो तो ?

"इस तरह की चीज़ें आप बना भी सकेंगे ?"

"देखिए, आज तक तो किसी को शिकायत नहीं हुई। मैं ख़ुद क्या...काम देखकर आप ही कुछ कहिएगा..."

तो ममी ऐसी चीज़ें बनवा रही हैं। एक क्षण को बंटी का मन पुलक उठा। पीछे से ममी की कुर्सी के हत्थे पर आ बैठा।

"बोल तुझे कैसा सोफ़ा पसंद है, कैसे पलंग पसंद हैं ?" ममी ने मुसकराते हुए उससे पूछा तो बंटी जैसे उत्साह से भर उठा।

"ठहरो ममी, मैं सब देखकर बताता हूँ।" और वह पन्ने पलट-पलटकर हर चीज़ को बड़े ध्यान से देखने लगा।

"ऐसी सब चीजें हों तो घर अच्छा लगेगा न ?" ममी की इस बात से एक उल्लास-भरी मुसकान उसके चेहरे पर फैल गई। आजकल ममी ख़ुद भी तो अच्छे-अच्छे कपड़े पहनती हैं, अब घर के लिए भी अच्छा-अच्छा सामान बनवाएँगी।

कौन-सी चीज़ पसंद करे ? जो पन्ना पलटता है वही बड़ा सुंदर लगने लगता है।

"डॉक्टर साहब ने भी कुछ पसंद किया है ?"

"जी नहीं, कहा है आप ही पसंद करेंगी।"

और बंटी का सारा उत्साह जैसे ठंडा पड़ गया। यहाँ भी डॉक्टर साहब ! नहीं करता वह पसंद। डॉक्टर साहब के लिए वह कुछ भी नहीं करेगा। अब ममी ही बैठकर करें। वरना सारी किताबों में से सबसे अच्छा छाँटता।

ममी दूसरी किताब देख रही हैं। बंटी ने गुस्से में आकर किताब बंद कर दी और भीतर आ गया। मन में कहीं उम्मीद है कि आवाज़ देकर ममी बुलाएँगी, फिर से पसंद करने को कहेंगी या कि जो पसंद किया है, उसके बारे में राय लेंगी। आज तक बिना उसकी राय के कोई चीज़ ख़रीदी भी है ममी ने। पर ममी ने नहीं

बुलाया तो बंटी जैसे भीतर ही भीतर सुलगने लगा। बुलातीं भी तो वह कौन जाता। वह कौन नौकर है, डॉक्टर साहब का, जो उनके घर के लिए सामान पसंद करेगा। करें ममी अपने-आप बैठकर।

बंटी ने तौलिया उठाया और नहाने घुस गया। आकर देखेंगी कि बंटी तो नहा भी लिया। अपने-आप, बिना फूफी की मदद के।

डॉक्टर साहब की गाड़ी फाटक पर आई तो ममी तेज़-तेज़ चलकर फाटक पर पहुँच गईं। वह नहीं जाएगा। ममी ने आज ख़ुद रसोई में काम किया, पर वह एक बार भी नहीं गया। वरना वह क्या मदद नहीं करवा सकता ? फूफी की मदद तो कई बार की है।

सारा काम करने के बाद ममी ने मुँह धोया और फिर गुलाबी रंग की साड़ी पहनी। ड्रेसिंग-टेबुल के सामने बड़ी देर तक बैठकर जूड़ा बनाती रहीं। डॉक्टर साहब आते हैं तो ममी ख़ूब सज-धजकर रहती हैं। पर ममी को पता ही नहीं कि ममी ढीली-ढीली चोटी में ही बहुत सुंदर लगती हैं। जूड़े में तो एकदम अच्छी नहीं लगतीं। बिलकुल प्रिंसिपलवाला चेहरा हो जाता है। पर वह क्यों बताए ? जूड़े में अगर बंटी गुलाब का फूल लगा दे तो फिर भी अच्छी लगने लगें। गुलाबी साड़ी के साथ गहरे रंगवाला गुलाब का फूल तो बहुत ही सुंदर लगेगा। पर वह नहीं लगाएगा। ममी अपने-आप लगाना चाहेंगी तो तोड़ने भी नहीं देगा। बगीचा उसका है। सारे पौधे, सारे फूल उसके हैं।

''हल्लो बंटी ! देखो तुम हमारे यहाँ नहीं आते तो हम सब यहाँ आ गए।'' बंटी ने मशीनवत् हाथ जोड़ दिए। पर चेहरे पर कोई भाव ही नहीं, न ख़ुशी का न दुख का। जोत की तरफ़ देखा तो वह उसी की ओर देखकर मुसकरा रही थी। हलका नीला फ्रॉक और नीले रिबन का बड़ा-सा फूल। जोत उसे हमेशा ही अच्छी लगती है। अनायास ही उसके चेहरे पर मुसकराहट आ गई।

''जोत, बाहर जो बगीचा देखा न, वह सब बंटी का लगाया हुआ है। बड़ा होशियार है बंटी। तुम लोगों ने तो अपने घर के लॉन का बिलकुल कबाड़ा कर रखा है।''

बंटी ने एक बार उड़ती-सी नज़रों से डॉक्टर साहब की ओर देखा। क्या सचमुच ही वह उसकी तारीफ़ कर रहे हैं ? मन में कहीं हलकी-सी ख़ुशी भी जागी पर ममी को देखो, ऐसे ख़ुश हो रही हैं, जैसे उन्हीं की तारीफ़ हुई हो।

''मैंने गिलास में ब्लाटिंग पेपर डालकर गेहूँ बोए थे।'' सबके बीच बंटी को इतना महत्त्वपूर्ण होते देख जैसे अमि यह कहने को विवश हो गया।

सब हँस पड़े। ममी ने खींचकर अमि को अपने पास ले लिया। बहुत प्यार

से बोलीं, ''मैं सिखाऊँगी तुझे फूल बोना। सीखेगा ?''

'हुँह ! बड़ा सिखाएँगी। ख़ुद को भी आता है। जैसे हर कोई कर सकता है न यह काम। यह अमि कैसे लाल कपड़े पहनकर आ गया है—हनुमान कहीं का।' और बंटी की आँखों में अमि की एक दुम और तैर गई तो उसे मन ही मन हँसी आने लगी।

ममी अमि और डॉक्टर साहब को लिए-लिए ही भीतर चली गईं। जोत बंटी के पास आ गई और उसका हाथ पकड़कर बोली, ''चलो बंटी, हमको अपना बगीचा दिखाओ।''

''तुम्हें सब फूलों के नाम आते हैं ?''

''और नहीं तो क्या ?''

''सिर्फ़ नाम ही नहीं, सब कुछ जानना पड़ता है। बहुत सारी बातें।'' बंटी के स्वर में बड़प्पन जैसे छलका पड़ रहा है।

''क्यों बंटी, तितलियाँ आती हैं इस बगीचे में ?''

''आती हैं, पर पकड़ना मत। बहुत बड़ा पाप लगता है, कालावाला।''

ज़मीन पर बैठकर पेंजी की क्यारी की ओर इशारा करके जोत ने पूछा, ''इस फूल का क्या नाम है बंटी ?''

''हें-हें—पौधों को उँगली नहीं दिखाते कभी। उँगली दिखाने से मर जाते हैं।'' फिर उसने उँगली मोड़कर पौधों की ओर इशारा करने का ढंग बताया। भीतर ही भीतर संतोष-भरा एक गर्व जागा—''बगीचे की कितनी तो बातें होती हैं, हर कोई जान सकता है भला !''

फिर आम का पौधा बताया। अलग-अलग फूलों के नाम बताए। पर जोत जैसे बहुत ज़्यादा दिलचस्पी नहीं ले रही। समझ जो नहीं रही होगी।

''चल अब भीतर चलते हैं। धूप तेज़ नहीं लग रही है ?'' जोत उसका हाथ पकड़कर खींचने लगी।

बंटी को अपने बगीचे में धूप कभी तेज़ नहीं लगती। गरमी के दिनों में भी नहीं लगती। सर्दी के दिनों में शाम को सर्दी नहीं लगती। ममी चिल्लाती रहती हैं और वह शाम को पानी देता रहता है। पर जोत की बात टालने की उसकी इच्छा नहीं हुई।

भीतर चलने लगे तो बंटी ने एक सफ़ेद गुलाब तोड़कर कहा, ''ला, तेरे बालों में लगा दूँ।'' जोत पुलक आई। उसे नीचे बिठाकर बंटी बड़े यत्न से फूल लगाने लगा।

''तू लगा सकेगा ? नहीं तो आंटी जी से लगवा लूँगी।''

''ममी के भी तो मैं ही लगाया करता हूँ।'' और कहने के साथ ही ख़याल

आया, बहुत दिनों से उसने ममी के सिर में फूल नहीं लगाया। पर वह क्या करे ? ममी को आजकल...और एक अनमना-सा भाव उसे छूकर निकल गया।

दोनों भीतर पहुँचे। डॉक्टर साहब सोफ़े पर ममी की बगल में बैठे हैं एकदम सट कर। उनका एक हाथ ममी की पीठ पर से होता हुआ ममी के कंधे पर रखा है। दूसरे हाथ में वे ममी को एक सुंदर-सी शीशी सुँघा रहे हैं।

बंटी एक क्षण जहाँ का तहाँ खड़ा देखता रहा। क्या कर रहे हैं डॉक्टर साहब उसकी ममी के साथ ? उसे अजीब-सी बेचैनी होने लगी। वह एकदम ममी के पास चला गया। पर दोनों को जैसे कुछ पता नहीं।

"आह, बहुत अच्छी ख़ुशबू है।" ममी का चेहरा साड़ी के रंग जैसा ही हो गया है।

"इम्पोर्टेड है। ख़ास तुम्हारे लिए मँगवाया है।" और डॉक्टर साहब ने शीशी अपनी उँगलियों पर उलटी और ममी की साड़ी के पल्ले पर मलने लगे।

बंटी का मन हुआ खींचकर डॉक्टर साहब को अलग कर दे। उसके भीतर कुछ खौलने लगा। तभी उसकी नज़र अमि पर पड़ी। बड़े मज़े से उसके सारे खिलौने लेकर बैठा खेल रहा है। वह दौड़कर झपटा। "किसने दिए मेरे खिलौने ?" और दोनों हाथों से ताबड़तोड़ अपने खिलौने समेटने लगा। अमि ने भी जो हाथ लगा, समेटकर अपनी गोद में दुबका लिया।

"दे मेरे खिलौने।" बंटी छीनने लगा।

ममी झपटकर आईं, "क्या कर रहा है बंटी ? खेलने दे न ! तेरा छोटा भाई ही तो है।"

"नहीं, मैं नहीं खेलने देता। कोई नहीं है मेरा छोटा-वोटा भाई।" अमि से जूझते-जूझते ही उसने जवाब दिया।

ममी ने दोनों हाथों से पकड़कर बंटी को अलग किया, "बंटी, फिर वही गंदी बात ! तेरे हैं तो क्या हुआ ? थोड़ी देर में खेलकर दे देगा।"

बंटी पूरी ताकत लगाकर अपने को ममी के हाथ से मुक्त करने की कोशिश कर रहा है। बँधे हाथ-पैरों की ताकत जैसे जीभ में आ गई। "मेरे खिलौने हैं। पापा ने मेरे लिए भेजे हैं, मैं किसी को नहीं दूँगा।" और एक झटके में ममी के हाथ से छूटकर बंटी अमि पर पिल पड़ा। पता नहीं बंटी ने मारा या केवल अपने बचाव के लिए अमि पहले चीख़ा और फिर रो पड़ा।

"तड़ाक।" बंटी के गाल पर एक चाँटा पड़ा तो सारा कमरा जैसे घूम गया। बंटी ऊपर से नीचे तक काँप गया। चोट ज़्यादा नहीं थी, पर ममी के हाथ का चाँटा और वह भी सबके बीच में...जोत और अमि के सामने ! वह रोया नहीं, पर उसकी आँखों से जैसे चिनगारियाँ निकलने लगीं।

"शकुन !" डॉक्टर साहब की सख़्त-सी आवाज़ सारे कमरे में फैल गई। "तुमने बंटी को मारा क्यों ? बच्चों की लड़ाई में मारने की क्या बात हो गई ?" और डॉक्टर साहब पास आकर बंटी को गोद में उठाने लगे। पर बंटी छिटककर दूर जा खड़ा हुआ।

एक क्षण को सारे कमरे में सन्नाटा छा गया। जो जहाँ था वह जैसे वहीं जम गया। और फिर बंटी ने उठाकर खिलौने फेंकने शुरू किए...धड़ाधड़ एक-एक खिलौना कमरे में छितरा गया। किसी ने उसे रोका नहीं, किसी ने उसे कुछ कहा नहीं।

फिर उसने अपनी बंदूक उठाई और उसी ग़ुस्से में दौड़ता हुआ बाहर आ गया। कुछ नहीं, पेड़ पर ख़ूब-ख़ूब ऊँचे चढ़कर बंदूक चलाएगा। आकर मना तो करें ममी। मारनेवाली ममी की बात सुनेगा अब वह ? कभी नहीं सुनेगा। ठाँय-ठाँय बंदूक की आवाज़ गूँजती रही, गूँजती रही। पर भीतर से कोई नहीं आया।

और जब भीतर से कोई नहीं आया तो बंटी को रोना आ गया। मन हुआ पेड़ पर से कूद पड़े। अपने हाथ-पाँव तोड़ ले। तब ममी को पता लगेगा कि बंटी को चाँटा मारने का क्या मतलब होता है। और उसकी अपनी ही आँखों के सामने अपना पट्टियों से बँधा शरीर घूमने लगा। वह पलंग पर कराह रहा है, सब लोग चारों ओर खड़े हैं। ममी रो रही हैं...

पर कूदा नहीं गया। तभी फूफी आई। ज़रूर ममी ने ही भेजा होगा। ख़ुद तो हिम्मत नहीं हो रही है आने की।

"बंटी भय्या, चलकर खाना खा लो।"

बंटी और ज़ोर-ज़ोर से बंदूक दागने लगा। जैसे उसने न फूफी को देखा न फूफी की बात सुनी।

"अरे काहे को तुम हमारा खून जलाते हो बंटी भय्या ! कहते हैं न उतरकर खाना खा लो ! फिर मर्ज़ी आए बंदूक चलाना, चाहे तोप।"

"भाग जा यहाँ से, मैं नहीं खाता खाना।" ठाँय-ठाँय...

"जिस घर के लोग लीक छोड़कर चलेंगे, उसमें यही सब होगा। अभी क्या हुआ है, अभी तो बहुत कुछ होगा।" बड़बड़ाती हुई फूफी लौट गई।

अब ?

और एकाएक ही बंटी फूट-फूटकर रोने लगा। कोई मत आओ उसे बुलाने। उसे भूख थोड़े ही लगती है। मरे वह भूखा ? ममी का क्या जाता है ? ममी तो डॉक्टर साहब को खाना खिलाएँगी। अमि को तो ज़रूर अपनी बगल में बिठा रखा होगा। और उस काल्पनिक दृश्य से मन और ज़्यादा-ज़्यादा उफनने लगा।

पेड़ पर बैठा-बैठा बंटी रोता रहा और जब मन का सारा गुस्सा, सारा आवेग आँसुओं के रूप में बह गया तो धीरे-धीरे मन में एक अजीब-सा डर समाने लगा। ममी के गुस्से का डर। इस तरह तो उसने आज तक कभी नहीं किया। ममी ज़रूर गुस्सा होंगी। होंगी नहीं, हैं। तभी तो एक बार भी नहीं आईं, किसी और को भी नहीं आने दिया।

गुस्सा, दुख, अपमान, भूख और डर ने मिलकर बंटी को भीतर से बिलकुल थका दिया। थक ही नहीं गया जैसे भीतर से कहीं बिलकुल सुन्न हो गया। अब तो न गुस्सा आ रहा है न रोना। बस, बार-बार दरवाज़े की ओर देख लेता है...शायद कोई आ जाए, अब भी कोई आ जाए। अगर जोत भी आकर उससे चलने को कहेगी तो वह चला जाएगा।

पर कोई नहीं आया। लगता है, सब लोगों ने खाना खा लिया है। उसका किसी को ख़याल भी नहीं आया ? ममी को भी नहीं ? एक बार आँखें फिर छलछला आईं।

धीरे-धीरे वह नीचे उतरा। एक बार फाटक पर गया। सड़क पर दोपहर का सन्नाटा था। मन हुआ फाटक खोलकर निकल जाए और दौड़ता चला जाए, दौड़ता चला जाए...पर कहाँ ? इन सड़कों का कहीं अंत भी है ? ये उसे कहाँ ले जाएँगी ?

और इस 'कहाँ' से हारकर वह चुपचाप लौट आया और जब कुछ भी समझ में नहीं आया तो आकर घास पर लेट गया। जब तक कोई बुलाएगा नहीं, भीतर तो वह जाएगा ही नहीं।

पता नहीं कब तक वह आधी सोती आधी जागती स्थिति में पड़ा रहा कि अचानक ही भीतर से सब लोग एक साथ ही आते दिखाई दिए। उसने झट-से आँखें मूँद लीं। धीरे-धीरे पैरों की आवाज़ें पास आ रही हैं। पर शायद कोई कुछ बोल नहीं रहा। हो सकता है, उसे इस तरह यहाँ पड़ा देखकर उसके पास आएँ, उसे उठाएँ। वह तो चुपचाप आँखें बंद किए पड़ा रहेगा, बस जैसे सो गया हो।

कई जोड़ी पैरों की मिली-जुली आहट सरकते-सरकते पास आई, पर बिना एक क्षण भी कहीं रुके बराबर दूर होती चली गई। शायद सब लोग फाटक पर पहुँच गए। फटाक-फटाक गाड़ी के दरवाज़े बंद हुए और घर्र करती गाड़ी चली गई। अजीब बात है, चलते समय कोई किसी से बात नहीं कर रहा। डॉक्टर साहब भी नहीं बोले ? हर आहट को वह केवल सुन ही नहीं रहा, देख भी रहा है।

चर्र-मर्र...फिर एक आहट, बड़ी परिचित आहट उसके पास चली आ रही है। बंटी को अपनी साँस जैसे रुकती हुई महसूस हुई। लगा आहट पास आएगी तब तक उसकी साँस पूरी रुक जाएगी...आहट बिना उसके पास आए ही भीतर चली

गई, तब भी उसकी साँस रुक जाएगी।

किसी ने झुककर उसे धीरे-से झकझोरा–"बंटी...बंटी ?" बंटी चुप।

तब दो बाँहों ने उसे अपने में समेटा। बिना ज़रा भी विरोध किए वह इस प्रकार से सिमट गया मानो बड़ी देर से इसी की प्रतीक्षा कर रहा हो। एक बार मन हुआ कि गले में बाँहें डालकर चिपट जाए, पर हिलना तो दूर साँस लेने की हिम्मत नहीं है इस समय उसमें।

फिर गद्दे की नरमाई और कंबल की गरमाई में उसका भूखा-थका शरीर डूबता चला गया, डूबता चला गया और उसे ख़ुद पता नहीं चला कि वह कब पूरी तरह डूब गया।

मेज़ के एक ओर ममी बैठी हैं और सामने की कुर्सी पर बंटी। बीच में प्लास्टिक के सुंदर डिब्बे में वह शीशी रखी है, जो डॉक्टर साहब लाए थे। जादुई शीशी। डॉक्टर साहब का ममी को सुँघाना...साड़ी पर मलना...और फिर तड़ाक...याद नहीं, इसके पहले ममी ने कब मारा था, कभी मारा भी था या नहीं–एक अजीब-सा डर है जो उसके शरीर और मन को जकड़ता जा रहा है।

"बंटी, अब तुम यही सब करोगे ?" ममी की आवाज़ पता नहीं कहाँ से आ रही है।

"आज जो कुछ तुमने किया, वह बहुत अच्छा था न ? कोई घर में आए तो यही सब करना चाहिए ?"

बंटी चुप है। लगा शीशी जैसे मेज़ पर हिलने लगी है।

"इतने साल में मैंने तुझे यही सिखाया है ? यही अक्ल और यही तमीज़ ! जोत को देखा ? कैसा सलीका और तमीज़ है। जबकि उनको देखने-भालनेवाली माँ नहीं है। मैंने तो नौ साल तक तेरे साथ झक मारी है। घूमना-फिरना, मिलना-जुलना, सब कुछ छोड़ दिया था, सिर्फ़ इसलिए कि तू कुछ बन जाए..." आवेश के मारे ममी का स्वर ही नहीं, सारा शरीर भी जैसे थरथरा रहा है।

"पर आज चार लोगों के सामने मेरे मुँह पर जूता मारकर तूने बता दिया कि तू क्या बना है और मैं तुझे क्या बना सकी हूँ।" और ममी का स्वर बिखर गया।

बंटी का अपना मन कहीं गहरे में डूबता जा रहा है।

"तू यह सब क्यों करता है बंटी ? मत कर, ऐसे मत कर बेटे..." और ममी फूट-फूटकर रो पड़ीं। जैसे उस दिन रोई थीं... ठीक उसी तरह।

बंटी का मन हो रहा है कि वह दौड़कर ममी से लिपट जाए। रोए, चीख़े। पर एकाएक शीशी ने जैसे उसे बुरी तरह दबोच लिया और चीख़ जैसे भीतर ही भीतर घुटकर रह गई।

नौ

बहुत देर तक बंटी बुत बना बैठा रहा और शकुन ने उसे बिस्तर पर लिटा दिया तो धीरे-धीरे सुबककर सो गया।

पर शकुन फिर नहीं सो सकी। आज का सारा दिन, दिन में घटी एक-एक घटना उसे नए सिरे से मथने लगी। बंटी तो रो-पीटकर, सारे खिलौने छितराकर भूकंप मचाता हुआ-सा बाहर चला गया, पर वह जैसे अभी तक उसके कंपन को महसूस कर रही है।

अमि-जोत के सहमे हुए चेहरे और क्षण-भर को डॉक्टर के माथे पर खिंच आए बल...लगा जैसे शकुन से ही कोई भारी अपराध हो गया हो। ज़रूर ही उस समय उसके चेहरे पर बड़ी कातर-सी बेबसी उभर आई होगी, तभी तो डॉक्टर ने पीठ सहलाकर उसे दिलासा दी, ''बच्चों की बात को लेकर तुम इतनी परेशान क्यों हो रही हो ? टेक इट ईज़ी...'' पर ख़ुद वह शायद ईज़ी नहीं हो पाए थे।

उस समय शकुन के मन में इस तरह गुस्सा उफ़न रहा था कि मन हो रहा था बाहर जाए और बंटी की धुनाई कर दे। पर अच्छा ही हुआ कि गई नहीं। वरना इस समय वह बैठी अपने को ही कोस रही होती।

एयर-गन की ठाँय-ठाँय भीतर तक सुनाई देती रही थी और शकुन को लग रहा था जैसे यह शब्द उसके और डॉक्टर के बीच फैलता चला जा रहा है, फैलता चला जा रहा है।

इस समय शकुन के मन में कोई गुस्सा नहीं है। बस, उसे लग रहा है जैसे बंटी उसे हर जगह ही ग़लत सिद्ध कर देता है।

वकील चाचा ने कहा था, ''तुम बंटी पर इतना निर्भर करती हो, उसे अपनी ज़िंदगी का केंद्र बनाकर जीना चाहती हो, यही ग़लत है। केवल तुम्हारे लिए ही नहीं, बंटी के लिए भी...लेट हिम ग्रो लाइक ए बॉय, लाइक ए मैन ! सारे समय अपने में दुबकाए रखोगी तो क्या बनेगा उसका ?''

तब ऊपर से चाहे उसने न माना हो, पर भीतर ही भीतर ज़रूर महसूस किया था कि बंटी के प्रति उसका रवैया ग़लत ही रहा है।

और आज डॉक्टर को लेकर वह जहाँ पहुँच गई है, उसके मूल में उस समय कहीं बंटी को अपने से मुक्त करने की इच्छा ही नहीं थी ? यों शायद और भी बहुत कुछ था, पर बंटी भी कहीं था तो सही ही।

अपने को परिचित कराने के बाद डॉक्टर शकुन को अपने घर और बच्चों से परिचित करा रहे थे—जोत बहुत सीधी है और अमि बहुत शैतान। लड़कियाँ ज़िद्दी भले ही हों, पर स्वभाव से शांत और सीधी होती हैं और लड़के जन्म से ही गुस्सैल और ऊधमी।

"लेकिन बंटी उस तरह से ऊधम बिलकुल नहीं करता, ज़िद्दी ज़रूर है फिर भी अपनी उम्र से कहीं ज़्यादा समझदार।" और यह कहते हुए अपने बंटी के प्रति उसके मन में कैसा गर्व जागा था।

"तुम उस पर शायद इतना ज़्यादा हावी रही हो कि वह पूरी तरह लड़का बन ही नहीं पाया। तुमने उसे ऊधम करने ही नहीं दिया—हाँ, औरतोंवाली ज़िद और रोना ज़रूर सिखा दिया।" डॉक्टर सहज भाव से हँस पड़े थे, पर तब भी शकुन ने अपने को अपमानित महसूस किया था।

डॉक्टर शायद भाँप गए थे, "मैं तुम्हें दोष नहीं दे रहा, इस तरह की स्थिति में ऐसा हो जाया करता है। मैं तो स्थिति बता रहा था।"

पर इस संशोधन से स्थिति सँभली नहीं थी। अपने ही मन में एक कचोट थी जो हर बार किसी न किसी बात से गहरी हो जाती थी। ज़िंदगी में हर ओर से कटकर वह पूरी तरह बंटी से जा चिपकी थी। सोचा था, अपना सारा समय और सारा ध्यान वह उसी पर केंद्रित कर देगी...अपने सारे अभावों की पूर्ति उसी से करेगी। लेकिन नहीं, उसने रास्ता ही ग़लत चुना था, अतः उसका हर क़दम भी ग़लत होता चला गया।

और तब उसने एक नई ज़िंदगी शुरू करने का निर्णय ले डाला था। बंटी को अपने से काटकर नहीं, अपने से जोड़कर ही लिया था यह निर्णय।

गर्मियों की छुट्टियों के दो महीने...दो महीने की खिन्नता और ऊब के साथ-साथ बंटी का उन दिनों का व्यवहार। उम्र से पहले ही ओढ़ी हुई उसकी समझदारी को कितनी तकलीफ़ के साथ झेल पाती थी वह। शकुन के हर दुख को अपना दुख और उसकी हर कही-अनकही इच्छा को एक आदेश-सा बना लेने की बंटी की मजबूरी ने शकुन को अपनी ही नज़रों में अपराधी बनाकर छोड़ दिया था। दिन में दो-चार बार पापा की बात करनेवाले बच्चे ने कैसे इस शब्द को काटकर फेंक दिया था...शब्द को ही नहीं, अजय के भेजे खिलौने, उसकी तसवीर तक को अलमारी में बंद कर दिया था। बिना शकुन के चाहे या कहे भी वह उसे प्रसन्न करने का भरसक प्रयत्न करता रहा था और कैसे शकुन का कष्ट बढ़ते-

बढ़ते असह्य-सा हो गया था...

नहीं-नहीं। यह सब अब और नहीं चलेगा, चल नहीं सकता। वे दोनों ही अब अपनी-अपनी ज़िंदगी जिएँगे। शकुन शकुन की और बंटी बंटी की।

और तभी से उसने अपने को धीरे-धीरे काटकर बंटी को और अधिक आत्मनिर्भर बनाने की कोशिश की है।

वकील चाचा ने केवल संकेत किया था और डॉक्टर ने बहुत ब्लंटली कहा, "यह तुम माँ-बेटों का चूमने-चाटने और गले में बाँहें डाल-डालकर लिपटनेवाला जो रवैया है वह अब बंद होना चाहिए। लगता है, तुम अपनी इस अर्ज को भी बंटी के साथ ही पूरा करती हो। पर अब तो सही जगह और सही ढंग..."

यों शायद बात भीतर तक बेध जाती, पर बात के अंत में जो आमंत्रण-भरा संकेत था वह शकुन को ऊपर से नीचे तक गुदगुदा गया।

तब से उसने बंटी को अपने से अलग सुलाना शुरू किया था। धीरे-धीरे वह आश्वस्त होने लगी थी कि उसने केवल अपने लिए ही नहीं, बंटी के लिए भी एक सही ज़िंदगी की शुरुआत कर दी है। अब बंटी को हर जगह और हर बात में पापा की कमी नहीं अखरेगी...व्यक्ति चाहे बदल जाए पर उस स्थान की पूर्ति तो हो ही जाएगी। अब वह उतना अकेला नहीं रहेगा। दो बच्चों का साथ उसे और अधिक नॉर्मल बनाएगा। ही विल ग्रो लाइक ए बॉय, लाइक ए मैन।

पर उस दिन कंपनी बाग से लौटने पर अकारण ही बंटी का रोना...उसके बाद बंटी का एक अजीब ही उखड़ा-उखड़ा और कटा-कटा-सा रवैया और आज का तूफ़ान...

क्या शकुन से फिर कहीं कोई ग़लती हो गई ? वह इतनी देर से बैठी किस बात का लेखा-जोखा कर रही है और क्यों ? किसलिए वह इतने तर्क पेश कर रही है ?

याद नहीं, पर किसी संदर्भ में एक बार डॉक्टर ने ही कहा था कि मनुष्य जब अपने भीतर ही भीतर बहुत गिल्टी महसूस करता है तो तर्क से वह अपने को जस्टिफ़ाई करता रहता है...अपने हर ग़लत काम को जस्टिफ़ाई करता रहता है। न करे तो इतना अपराध-बोध ढोकर वह जी नहीं सकता। जहाँ जस्टिफ़िकेशन है, वहाँ गिल्ट है।

तो क्या उसके अपने मन में भी कोई गिल्ट है ? इतनी देर से तर्क दे-देकर वह अपने अपराधी मन को ही समझाती रही है ? बार-बार बंटी के हित की दुहाई देकर कहीं वह अपने किसी ग़लत काम को ही तो सही सिद्ध नहीं कर रही ?

मन न इस बात को मानता है, न उस बात को। सही-ग़लत की बात भी

वह नहीं जानती, जानना भी नहीं चाहती। इस समय इतना ही काफ़ी है कि जीवन में जितना भरा-पूरा वह इन दिनों महसूस कर रही है, उसने कभी नहीं किया। बल्कि आज अगर उसे किसी बात का अफ़सोस है तो केवल इसी बात का कि यह निर्णय उसने बहुत पहले क्यों नहीं ले लिया ? क्यों नहीं वह बहुत पहले ही इस दिशा की ओर मुड़ गई ? किस उम्मीद के सहारे वह सात साल तक यों घिसटती रही ? सात साल का वह जीवन मात्र घिसटना ही तो था; घिसटना और तिल-तिल करके टूटना। एक पुरुष का साथ ज़िंदगी को यों भरा-पूरा बना जाता है, यह तो उसने कभी सोचा ही नहीं था...अजय के साथ रहकर भी नहीं।

आज लगता है, साथ रहना भी कितनी तरह का हो सकता है। सारी ज़िंदगी साथ रहकर भी आदमी कितना अकेला रह सकता है और किसी का हलका-सा स्पर्श भी कैसे ज़िंदगी को किसी के साथ होने के एहसास और आश्वासन से भर सकता है।

बाहर से तो कम से कम अभी तक कुछ भी नहीं बदला है। वही कॉलेज, वही घर। बंटी और फूफी भी वही है। पर भीतर से मन का कोना-कोना जैसे भर-सा गया लगता है। उस दिन डॉक्टर की दिलवाई हुई साड़ी पहनकर जब वह गाड़ी में बैठी तो डॉक्टर कुछ देर उसे देखते ही रह गए। वह देखना, केवल देखना-भर नहीं था, कुछ था जिसमें रोम-रोम जैसे भीगता-डूबता चला जा रहा था। केवल उसी समय नहीं, बहुत देर बाद तक भी।

शकुन को ख़ुद कभी-कभी आश्चर्य होता है कि उम्र के छत्तीस वर्ष पार करने पर भी उसके मन में इन सब बातों के लिए किशोर उम्रवाला उल्लास भी है और यौवनवाली उमंग भी। डॉक्टर का साथ होते ही कैसे एकांत की इच्छा हो उठती है और एकांत होते ही...

लगता है, उम्र बीत जाने से कैशोर्य और यौवन नहीं बीत जाता। ये भावनाएँ तो केवल तृप्त होकर ही मरती हैं, वरना और अधिक बलवती होकर आदमी को मारती रहती हैं।

उसकी अपेक्षा डॉक्टर के व्यवहार में एक थिरता है, एक ठहराव। और अकसर उसे लगता है, जैसे डॉक्टर ने अपनी ज़िंदगी से बहुत कुछ पाया है।

डॉक्टर से हुई एक बात आज भी जब-तब उसे याद आ जाती है और केवल याद ही नहीं आती, मन को कहीं हलके-से कचोट भी देती है।

बहुत दिनों से मन में घुमड़ती हुई बात आख़िर उसने पूछ ही ली थी। पूछी चाहे बहुत घुमा-फिराकर थी।

"अच्छा क्या प्रेम सचमुच ही मात्र एक शारीरिक आवश्यकता और एक सुविधाजनक एडजस्टमेंट का ही दूसरा नाम है ? बताओ, तुम्हें क्या कभी अपनी

पत्नी की याद नहीं आती और आती है तो क्यों ? उसे तुम क्या कहोगे ?"

तब सचमुच उसने कहीं चाहा था कि डॉक्टर कह दे कि उसे पत्नी की याद बिलकुल नहीं आती...पत्नी के साथ ही वह सबकुछ भूल भी गया। बात चाहे झूठ ही हो, पर डॉक्टर एक झूठ ही बोल दे। हालाँकि यह सुनने की अपनी इस इच्छा पर भीतर ही भीतर कहीं ग्लानि भी हुई थी। फिर भी...

"अच्छा तो यही होता शकुन, तुम उसका ज़िक्र कभी करती ही नहीं।" डॉक्टर के स्वर की अप्रत्याशित गंभीरता से शकुन के मन में अपनी बात के लिए कहीं पछतावा-सा हुआ।

"प्रमीला के साथ का जीवन—वह जैसा भी था, अच्छा या बुरा...मेरा इतना निजी है कि मैं उसे किसी के साथ शेयर नहीं कर सकता। तुम ग़लत मत समझना और बुरा भी मत मानना। वह एक अध्याय था, जो उसी के साथ समाप्त हो गया और अब मैं उसे किसी के साथ खोलना नहीं चाहता। चाहूँ तो भी खोल नहीं सकता। शायद अब तो अपने सामने भी नहीं।"

फिर थोड़ा-सा मुसकराकर बोले थे, "और अब ज़रूरत भी क्या है ?" बेहद आहत होकर और भीतर तक तिलमिलाकर भी वह ऐसा अभिनय करने का असफल-सा प्रयास करती रही कि उसे डॉक्टर की बात का बिलकुल भी बुरा नहीं लगा।

साथ ही एक अजीब-सी चाह भी उठी—काश, उसके पास भी ऐसा कुछ होता जो निहायत उसका निजी होता। जिसे वह किसी के भी साथ शेयर करना पसंद न करती। जिसे अपने भीतर ही समेटे रहती...कभी-कभी झाँक-भर लेने के लिए ...पर कहीं भी तो कुछ नहीं...

इस न होने से ही वह कभी-कभी डॉक्टर के सामने अकारण ही अपने को बड़ा छोटा महसूस करने लगती है। लगता है, जैसे डॉक्टर ने स्वीकार करके उस पर बड़ी कृपा की है। छोटा बनकर जीना उसके अहं को बर्दाश्त नहीं और बड़ा होकर जीने लायक उसके पास कोई पूँजी नहीं। तब एक अजीब-सी मानसिक यातना में वह अपने को पाती है।

और फिर डॉक्टर ही उसे इस मानसिक यातना से उबारते हैं।

अब तो हर बात के लिए वह डॉक्टर पर इस कदर निर्भर करने लगी है कि लगता है, एक कदम भी डॉक्टर के बिना चल नहीं सकेगी। औरत कहीं की कहीं पहुँच जाए, फिर भी पुरुष का साथ उसके लिए कितना ज़रूरी है...पर वह साथ हो, सही अर्थों में।

नहीं, वह इस साथ के बीच में अब कोई बाधा बर्दाश्त नहीं करेगी। बंटी की

भी नहीं।

कल वह डॉक्टर से ही बात करेगी। डॉक्टर की बातों में, उसके सारे व्यक्तित्व में कुछ ऐसा है जो शकुन को आश्वस्त करता है। डॉक्टर की सुलझी दृष्टि उसे बहुत-सी उलझनों से उबार लेती है।

उसके और डॉक्टर के संबंध की बात शहर के एक ख़ास तबके में फैल ही गई थी और एक दिन कॉलेज के मैनेज़र ने जिस तरह आकर पूछा था तो वह समझ नहीं पाई थी कि बात केवल जानने मात्र के लिए ही पूछी जा रही है या कि जानी हुई बात को एक हलकी-सी भर्त्सना और हिकारत के साथ उस तक वापस पहुँचाया जा रहा है।

मैनेज़र को तो उसने जैसे-तैसे जवाब दे दिया था, पर अपने ही मन को जैसे वह शाम तक जवाब नहीं दे पाई थी।

शाम को जब सारी बात डॉक्टर को बताई तो जाने किस आवेश में कह गई, ''ये लोग ज़्यादा चूँ-चपड़ करेंगे तो मैं नौकरी ही छोड़ दूँगी। सँभालें अपनी नौकरी !''

तब उसकी बात पर डॉक्टर केवल हँसा था। कुछ ऐसे हलके-फुलके ढंग से, मानो कुछ हुआ ही न हो... ''तुम नौकरी करो या छोड़ो, यह बिलकुल तुम्हारी अपनी इच्छा पर है। पर छोड़ो तो कारण यह नहीं होना चाहिए।''

डॉक्टर एक क्षण को रुका था और शकुन के मन में एक हलका-सा संदेह कौंधा था...क्या डॉक्टर नहीं चाहते कि वह नौकरी छोड़े ? उसका पैसा चाहे न हो, पर क्या उसका पद डॉक्टर के लिए...

''आज मैनेज़र को आपत्ति हुई तो तुमने नौकरी छोड़ दी। कल शहर को आपत्ति होगी तो तुम शहर छोड़ने को कहोगी। और ज़रूर होगी। छोटी जगह है...ऐसी बातें लोग आसानी से पचा नहीं पाते हैं। पर इस तरह कमज़ोर होने से कहीं काम चलता है, चल सकता है ? और सच पूछो तो आपत्ति बाहर नहीं होती है, कहीं मन के भीतर ही होती है। तभी तो हमें ये छोटी-छोटी बातें परेशान कर देती हैं। वरना इन आपत्तियों पर एक मिनट भी जाया करना मैं उचित नहीं समझता। इन लोगों को क्या हक है तुम्हारे व्यक्तिगत जीवन में हस्तक्षेप करने का ?''

पर बंटी ? बंटी की बात तो बिलकुल दूसरी है। और उसका हक भी बिलकुल दूसरा है।

एकाएक शकुन को लगा जैसे प्यास के मारे उसका गला सूख रहा है। सर्दी में कभी रात में प्यास नहीं लगती...पर आज तो प्यास के मारे गला जैसे चिपक-सा गया है। और इतनी देर से उसे पता ही नहीं चला।

शकुन उठी। उसने बत्ती जलाई और पानी पिया। लौटकर उसने देखा बंटी सोया हुआ है। गरदन तक रजाई ओढ़े। एकाएक उसे लगा, जैसे बंटी नहीं अजय सो रहा है। कितना मिलता है उसका चेहरा...

केवल चेहरा ही !

''बहूजी, मत चढ़ाओ इतना सिर ! आख़िर औलाद तो उसी बाप की है ! वे खड़े-खड़े थालियाँ फेंकते थे और ये कटोरी...''

कभी-कभी आश्चर्य होता है कि कैसे आदमी एक छोटे-से अणु में अपना चेहरा, मोहरा, आदत, स्वभाव, संस्कार—सबकुछ अपने बच्चे में सरका देता है। बंटी को देखकर ही एक बार वकील चाचा ने कहा था।

और एक अजीब-सी बेचैनी शकुन के मन में घुलने लगी। केवल बेचैनी ही नहीं, एक खीज, एक हलका-सा आक्रोश। सारी ज़िंदगी अजय शकुन को, शकुन के हर काम और बात को, उसके सोचने और उसके हर रवैये को ग़लत ही तो सिद्ध करता रहा है। शकुन बहुत स्वतंत्र है। शकुन बहुत डॉमिनेटिंग है, शकुन यह है, शकुन वह है...पता नहीं ग़लत कौन था ? वह या अजय...जो भी हो, पर सात साल तक ग़लत होने के अपराध-बोध को उसने किसी न किसी स्तर पर हर दिन ही झेला है।

और अब यह बंटी...ठीक उसी तरह उसे ग़लत और अपराधी सिद्ध करने पर तुला हुआ है। और शायद सारी ज़िंदगी उसे ग़लत ही सिद्ध करता रहेगा। ठीक उसी तरह, जैसे...

पर नहीं, अब वह सबकुछ पहले की तरह अपने ऊपर ओढ़ती नहीं चली जाएगी।

बंटी उसके और अजय के बीच सेतु नहीं बन सका तो वह उसे अपने और डॉक्टर के बीच में बाधा भी नहीं बनने देगी। लेकिन तब ?

और शकुन ने खट से बत्ती बुझा दी। मन के सारे संशय, सारी दुविधाएँ चारों ओर फैले हुए अँधेरे में ही डूब जाएँ...बस !

बंटी सवेरे सोकर उठा तो जाने कैसी निरीहता उसके चेहरे पर छाई हुई थी। एक अजीब-सा सहमापन, एक अजीब-सी बेबसी।

कहाँ, यह तो बिलकुल बंटी है। इसमें अजय कहाँ है ? हर बात के लिए उस पर निर्भर करनेवाला बंटी, उसी का पाला-पोसा और बड़ा किया हुआ बंटी ! अजय तो शकुन के सामने कभी इतना निरीह, कभी इतना बेबस हुआ नहीं। और रात में हलके-से आक्रोश की जो परतें मन पर जमी थीं, बंटी की उस निरीहता के सामने सब एक-एक करके बह गईं।

पर अब बंटी में अजय को देखकर एकाएक कुछ निर्णय ले डालने का जो एक रास्ता शकुन को दिखाई दिया था, वह फिर जैसे कहीं गुम हो गया। और शकुन जहाँ थी, वहीं लौट आई। उतनी ही परेशान, उतनी ही दुविधाग्रस्त।

अपनी परेशानी के क्षणों में आजकल उसे बस डॉक्टर ही याद आते हैं। किस सहजता और आसानी से वह उसकी हर समस्या और परेशानी को अपने ऊपर ओढ़ लेते हैं और उसे मुक्त और निर्द्वंद्व कर देते हैं, पर बंटी को लेकर...

कल चाहे शकुन को परेशान देखकर डॉक्टर ने कुछ न कहा हो, लेकिन उन्हें क्या बुरा नहीं लगेगा ? उन लोगों ने शादी की तारीख़ तय की थी और उस ख़ुशी में ही शकुन ने सबको अपने घर बुलाया था, पर बंटी ने...और तब से ही मन जाने कैसी-कैसी शंकाओं से भरा हुआ है ! बंटी की बात तो डॉक्टर से भी नहीं कर सकती, जिस तरह बहुत चाहने पर भी वह कभी अजय की कोई बात नहीं कर पाई।

कंपनी बाग़ से लौटने के बाद उस दिन बंटी जिस तरह रोया था और उसके बाद से जिस तरह वह कटा-कटा रहता था...डॉक्टर को लेकर जिस तरह का एक मासूम-सा विरोध उसके मन में उफनता रहता है, शकुन सब समझती है। पर जाने कैसा एक आश्वस्त भाव उसके मन में समाया रहता था इन दिनों कि उसने सोच लिया था कि सब ठीक हो जाएगा। बस, जहाँ तक संभव होता वह बंटी को डॉक्टर से बचाकर रखती...पर कल जैसे उसके उस आश्वस्त भाव में एक दरार-सी पड़ गई। केवल आश्वस्त भाव में ही नहीं, जैसे उसके और डॉक्टर के बीच में भी कहीं कोई अनदेखी-अनजानी-सी दरार पड़ गई, जिसे वह महसूस कर रही है, जो उसे भीतर ही भीतर कचोटे डाल रही है।

सचमुच यदि ऐसा हुआ तो ? डॉक्टर का अध्याय तो समाप्त हुआ और ऐसी पूर्णता के साथ समाप्त हुआ कि उसे अब वह अपने सामने भी नहीं खोलते। चाहें तो भी नहीं खोल सकते। पर उसका अध्याय ? कहीं कुछ समाप्त नहीं हुआ, अपनी अगली कड़ी के साथ ज्यों का त्यों उसके साथ चिपका हुआ है। वह कभी समाप्त भी नहीं होगा।

अजय ने तो अपनी स्लेट पर से उसका नाम, उसका अस्तित्व धो-पोंछकर एक नई ज़िंदगी शुरू कर दी है...शायद बहुत सुखी, बहुत भरी-पूरी ! पर उसकी स्लेट को तो...

और फिर अजय को लेकर मन में ढेर-ढेर कटुता उभर आई। साथ ही ख़याल आया कि बंटी यदि सहज ढंग से अपने को उसके और डॉक्टर के बीच में से समेट नहीं लेता तो वह उसे अजय के पास भेज देगी।

अजय उसे ले जाना भी तो चाहते थे। अब क्या हुआ ? इधर तो न कोई

खबर, न सूचना। लेकिन वह भेज देगी।

बंटी को दरार ही बनना है तो मीरा और अजय के बीच में बने। अजय भी तो जाने कि बच्चे को लेकर किस तरह की यातना से गुज़रना होता है...कि पुरानी स्लेट इतनी जल्दी और इतनी आसानी से साफ़ नहीं होती...

पर तभी बंटी का वही निरीह, सहमा और बेबस-सा चेहरा उभर आया। 'ममी, मैंने तो पापा से कह दिया कि ममी के बिना मैं कहीं जा ही नहीं सकता...ममी मैं तुम्हें कब्भी-कब्भी नहीं छोड़ूँगा...मत रोओ ममी...मत...रोओ...' और शकुन रो पड़ी। फूट-फूटकर रोती रही। इस यातना से डॉक्टर भी उसे कैसे उबारेंगे ? उसके पास ऐसा कोई सुख नहीं, पर ऐसी यातना ज़रूर है जिसे वह किसी के साथ शेयर नहीं कर सकती।

इस समय डॉक्टर की बगल में बैठकर भी शकुन का मन कहीं से हलका नहीं हो पा रहा है। बार-बार बात शुरू होती और जैसे बीच में ही टूट जाती है। पता नहीं डॉक्टर क्या सोच रहे हैं, पर शकुन को लग रहा है कि जैसे उन दोनों के बीच कहीं कोई है...शायद बंटी...बंटी के बहाने शायद अजय।

"क्या बात है ? तुम कुछ परेशान नज़र आ रही हो शकुन !" कह दे शकुन ? पर क्या कहे कि बंटी डॉक्टर और उसके संबंध को बर्दाश्त नहीं कर पा रहा है...कि उसे बहुत दिनों से इस बात का आभास था पर...

"बंटी को लेकर परेशान हो ?..."

इतनी देर से जिस प्रसंग को वह बचा रही थी, आख़िर वह आ ही गया। शकुन के चेहरे पर एक अजीब-सी बेबसी उभर आई, जैसे वह कोई अपराध करते हुए पकड़ ली गई हो।

"देखो शकुन बंटी थोड़ा प्रॉब्लम बच्चा है, तो उसकी प्रॉब्लम को तो झेलना ही होगा।"

शकुन को लगा, जैसे डॉक्टर कह रहे हों–इन्फ्लुएंज़ा है तो बदन में तो दर्द होगा ही। इन बातों पर कहीं इस तरह बात की जाती है ? और क्या प्रॉब्लम बच्चा है ? पागल है, उसका दिमाग़ खराब है या कि...

पर नहीं, डॉक्टर से वह अपेक्षा ही क्यों करती है कि उसी की तरह सदय होकर, उसकी तरह माँ बनकर बंटी के बारे में सोचें ! डॉक्टर तो शायद बाप बनकर भी नहीं सोच सकते !

"पर इसमें इतना परेशान होने की क्या बात है ? यह तो बहुत स्वाभाविक है।"

"क्या ?" एकाएक शकुन चौंकी। डॉक्टर कहीं अजय की ओर तो संकेत

नहीं कर रहे ? पर उसने तो आज तक डॉक्टर से कभी अजय की कोई बात नहीं की...वह कर ही नहीं पाई।

"यह बंटी का रवैया ! तुम्हारे साथ अकेले रहते-रहते वह बहुत पज़ेसिव हो गया है। वह किसी और को तुम्हारे साथ देख नहीं सकता...तुम किसी और को..."

और शकुन के मन में कहीं बहुत पहले कहा हुआ वकील चाचा का एक वाक्य तैर गया—'तुम जानती हो, अजय बहुत इगोइस्ट भी है और बहुत पज़ेसिव भी। अपने-आपको पूरी तरह समाप्त करके ही तुम उसे पा सको तो पा सको, अपने को बचाए रखकर तो उसे खोना ही पड़ेगा...

वह अपने को समाप्त नहीं कर सकी थी, इसलिए उसे अजय को खोना पड़ा। समाप्त तो वह अभी भी अपने को नहीं कर सकेगी। अब अपने को समाप्त करने का मतलब है, अपने और डॉक्टर के बीच का सबकुछ समाप्त कर देना। पर यह तो...शकुन का मन कहीं बहुत गहरे में डूबने लगा।

"तुम्हें बहुत ही धीरज से काम लेना चाहिए। जानती हो, इस तरह बच्चों के साथ सख़्ती करने से वे एकदम चुप्पे हो जाएँगे, बहुत ही सबमिसिव और सहमे हुए और नरमाई से पेश आने से वे उद्दंड हो जाएँगे।"

डॉक्टर जैसे किसी रोगी को उपचार बता रहे हों। केवल उपचार ही था या कुछ और भी।

"बंटी में संतुलन लाने के लिए पहले तुम्हें अपने में संतुलन लाना होगा। पर तुम ख़ुद बहुत समझदार हो शकुन !"

शकुन ने कुछ ऐसी नज़रों से डॉक्टर की ओर देखा मानो इन शब्दों के भीतर की बात को जान ले, असली बात को जान ले।

पर डॉक्टर के चेहरे पर कहीं भी तो कुछ नहीं था। कोई शिकन नहीं, कोई छाया नहीं...या कि शकुन की अपनी दृष्टि ही धुँधला गई है, कुछ भी देखने की सामर्थ्य उसमें नहीं रही है।

वह क्या करे ? छलनी हुआ मन सहज भाव से कुछ भी तो ग्रहण नहीं कर पाता। उसकी आँखें छलछला आईं।

डॉक्टर ने बहुत स्नेह से शकुन की पीठ सहलाई, तो एक बार मन हुआ, वह अपने को डॉक्टर की बाँहों में छोड़ दे।

तो क्या सचमुच ही डॉक्टर के मन में बंटी को लेकर कोई नाराज़गी नहीं, कोई दुर्भावना नहीं ? डॉक्टर के उस स्पर्श ने अनायास ही उसके भीतर की गाँठ को धीरे-से खोल दिया।

"लेकिन..." शकुन है कि चाहकर भी जैसे कुछ नहीं कह पा रही है।

"लेकिन क्या ?"

'तुम नहीं समझोगे डॉक्टर...बंटी, बंटी ने अजय को ज्यों का त्यों इनहेरिट किया, वह कभी मेरे साथ तुम्हें बर्दाश्त नहीं कर सकेगा। मैं जानती हूँ...' शकुन को लगा, अब वह सारी दुविधा खोलकर रख देगी।

"तो क्या हुआ ?"

पर शकुन से कुछ भी नहीं कहा गया। जाने कैसी लक्ष्मण रेखा है यह अपने अहं या स्वाभिमान की या कि अपने कंगलेपन और अपमान की कि इसके पार वह किसी को नहीं आने देना चाहती। क्या बताए कि आगे क्या हो सकता है या कि पहले क्या हुआ था।

"देखो शकुन, तुम अपने पति की रोशनी में बंटी को देखोगी तो शायद कुछ ग़लत कर बैठो। मैं जानता नहीं, पर सोच सकता हूँ कि उनके लिए शायद तुम्हारे मन में कटुता होगी...अनजाने ही तुम उसी कटुता को...पर यह ठीक नहीं होगा।"

और फिर सारी बात को जैसे समाप्त करते हुए बोले, "अच्छा, तुम बंटी की बात मुझ पर छोड़ दो। इस बात को लेकर अब तुम्हें ज़्यादा परेशान होने की ज़रूरत नहीं है।"

बंटी की बात कैसे छोड़ी जाए, यह शकुन नहीं जानती। यह भी नहीं जानती कि सारे समय अपने काम में व्यस्त रहने पर उसके लिए समय कहाँ है। पर इस समय जैसे उसे किसी ऐसे ही आश्वासन की ज़रूरत थी, किसी ऐसे ही सहारे की, जो उसके थके-हारे मन को सँभाल ले...जिस पर वह अपना सबकुछ छोड़कर निश्चिंत हो जाए।

बड़ी देर से भीतर ही भीतर एक आवेग था जो घुमड़ रहा था—अपने को डॉक्टर की बाँहों में छोड़ते ही जैसे वह फूट पड़ा।

डॉक्टर उसकी पीठ, उसके कंधे सहलाते रहे...उसे सांत्वना देते रहे। क्या था उन सांत्वना-भरे शब्दों में—उस स्नेह-भरे स्पर्श में कि शकुन को लगा, जैसे उसके भीतर से सारे तनाव अपने-आप ढीले होते चले जा रहे हैं...सारे द्वंद्व अपने-आप गलते जा रहे हैं। कहीं भी तो कुछ नहीं...सभी कुछ तो सहज और सुगम हो उठा।

सारा रास्ता अकेले-अकेले चलकर, सारी परेशानियों से अकेले-अकेले लड़कर भी ऐसा आत्मविश्वास और ऐसी शक्ति तो उसने अपने भीतर कभी महसूस ही नहीं की जो आज अपने को पूरी तरह डॉक्टर के हवाले करके वह महसूस कर रही है।

अपने को पूरी तरह देकर, निर्द्वंद्व भाव से समर्पित करके आदमी कितना कुछ पा लेता है।

दस

ममी की शादी हो गई।

यों शादी जैसा कुछ भी नहीं हुआ था। न बाजा-गाजा, न हाथी-घोड़ा, न आतिशबाज़ी। पर जो कुछ भी हुआ, बंटी ने अपनी आँखों से देखा है। शादी के बीच में रहकर देखा है। फिर भी जाने क्यों उस दिन कुछ भी महसूस नहीं हुआ था।

लेकिन आज, सर्दी की साँझ के इस धुँधलके में, खुली छत पर अकेले लेटे जैसे फिर ममी की शादी हो रही है। बाहर नहीं, बंटी के अपने भीतर हो रही है ...मन की परतों पर। और इस बार बंटी केवल देख ही नहीं रहा, महसूस भी कर रहा है।

हलकी-सी सजावट ओढ़े क्लब का लॉन। परिचित-अपरिचित चेहरों की भीड़। हँसी-मज़ाक, खाना-पीना। बधाई हो...मुबारक हो...अरे बंटी, मिठाई खाओ बेटे, अपनी ममी की शादी की मिठाई खाओ...कितने बच्चे...जाने कितनी आवाज़ें थीं, कितनी बातें थीं। आज तो सब मिल-जुलकर केवल एक शोर-भर रह गई हैं। उस दिन सारे लॉन के पेड़-पौधों पर लाल-पीली बिजली के फूल खिले थे। न जाने कितने फूल, जिनसे रंगीन रोशनी झर रही थी। इस समय भी वह आँखें बंद करे या खोले, चारों ओर फैले हुए वे फूल झिलमिलाते नज़र आ रहे हैं।

और फूल ही क्यों, या कि शादी की वह साँझ ही क्यों ? शादी के पहले की भी तो बहुत-सी ऐसी बातें हैं, जो पहले केवल बाहर ही हुई थीं, पर इस समय एक साथ मन में डूबती-उतराती आ रही हैं। और कितना साफ़ है वह सब, जैसे अभी-अभी हो रहा है। लगता ही नहीं कि वह सब तो हो चुका। लग रहा है, जैसे तब हुआ ही नहीं था, बस अभी हो रहा है, बिलकुल अभी।

बंटी अपनी टेबुल पर बैठा होमवर्क कर रहा है और ममी कॉलेज की फ़ाइलें देख रही हैं। तभी गोद में गुड़िया को लटकाए पीछेवाले दरवाज़े से टीटू की अम्मा घुसीं।

ममी थोड़ा चौंकी, ''अरे आप ! कहिए कैसे आना हुआ ? बैठिए !''

"क्या बताऊँ भैनजी, पड़ोस में रहकर भी कभी आना नहीं होता। दोपहर को घंटा-आध-घंटा निकल भी जाए, पर सवेरे-शाम को तो पलक झपकने तक को फ़ुरसत नहीं मिलती।"

फिर उसकी ओर देखकर बोली, "अब आपके बंटी को देखो ! कैसा चुपचाप पढ़ रहा है। एक हमारे बच्चे हैं, चौबीस घंटे घर में महाभारत मचाकर रखते हैं।"

"टीटू नहीं आया, अम्मा ?" इस घर में आकर अम्मा कैसा मीठा-मीठा बोल रही हैं। तभी तो पूछने की हिम्मत हुई।

"टीटू कहाँ आएगा, वहाँ कैरम जो जमी हुई है।"

"बंटी, जाओ तो बेटे, फूफी से कहो कि चाय बनाए।"

"नहीं भैनजी ! मैं तो पीकर आई हूँ। और यों सच पूछो तो आज तो मिठाई खाने आई हूँ। मुझे तो कल रात को ही इन्होंने आकर ख़ुशख़बरी सुनाई। बोले, तुम जाकर बधाई तो दे आओ। यों आना-जाना चाहे बच्चों तक ही है फिर भी पड़ोसी तो हैं ही !" और अम्मा के चेहरे पर एक अजीब-सी मुसकान फैल गई।

ममी का चेहरा इतना लाल क्यों हो गया ?

"पहले जब, डॉक्टर साहब को एक-दो बार देखा तो सोचा कोई बीमार होगा ! पर जब बंटी ने बताया कि कोई बीमार नहीं है तो सोचा भई आते होंगे !"

ममी चुप ! बस, केवल उनकी एक उड़ती-सी नज़र बंटी ने अपने चेहरे पर महसूस की।

"मेरी तो भैनजी, आप जानो दूसरों के घरों में ताक-झाँक करने की आदत ही नहीं है। अब पड़ोस में रहते हैं तो दीखता तो सभी कुछ है, पर इधर-उधर कुछ पूछताछ करूँ, कुछ कहूँ-सुनूँ ऐसा मेरा स्वभाव ही नहीं। फिर आप पढ़ी-लिखी ठहरीं, प्रिंसिपल ठहरीं, सो तरह-तरह के लोग आएँगे ही आपके पास।" ममी तो जैसे बुत बन गई हैं।

"बंटी तो बहुत ख़ुश होगा ! बिचारा अकेला डाँव-डाँव डोला करे था। मुझे तो सच बड़ा तरस आता था। अब पापा भी मिल जाएँगे और भाई-बहन भी..."

अनायास ही उसकी नज़रें ममी से जा टकराई थीं। पता नहीं क्या था उन नज़रों में कि वहाँ और बैठा नहीं रह सका।

रात में ममी उसे समझा रहीं थीं, "तुझे अच्छा लगेगा बंटी, वहाँ बहुत अच्छा लगेगा बेटे..."

ममी ने जितनी बातें कहीं, बंटी सब सुनता गया। बिना एक भी प्रश्न किए, बिना ज़रा भी विरोध किए।

बस पापा का चेहरा बराबर आँखों के सामने कौंधता रहा था।

बंटी अपने पलंग पर पड़ा है, गरदन तक रजाई ओढ़े। कमरे में अँधेरा है। सिर्फ़ ममी टेबुल-लैंप जलाकर अपनी मेज़ पर कुछ लिख रही हैं। ममी हमेशा किसी न किसी काम में लगी ही रहती हैं आजकल। बंटी को खाने के लिए कहती हैं तो खा लेता है। दूध पीने के लिए कहती हैं तो दूध पी लेता है। जब पढ़ने के लिए कहती हैं तो पढ़ने बैठ जाता है।

आधे अँधेरे आधे उजाले में बैठी कैसी लग रही हैं ममी ? एकाएक मन में कौंधा—बंगाल की जादूगरनी ! फूफी ने ही सुनाई थी कहानी या शायद पढ़ी थी। उसके आधे शरीर से अँधेरा फूटता था और आधे शरीर से उजाला।

जाने कैसा भय मन में समाने लगा। जिस दिन से डॉक्टर साहब वह जादूवाली शीशी इस घर में रख गए हैं, बंटी के मन में एक अजीब-सा डर कुलबुलाता रहता है। एक बार तो हिम्मत करके उसने उस शीशी को ढूँढ़ा भी था, सारी दराज़ें, सारी अलमारी, पर नहीं मिली। जादू की चीज़ें जादू के ढंग से ही छिपाई जाती हैं शायद।

एकाएक ममी ने टेबुल पर झुकी हुई गर्दन ऊपर उठाई और घूमकर बोलीं, "बंटी !"

बंटी ने खट से आँखें बंद कर लीं। वही परिचित स्वर, अपनी ममी का स्वर। तो मन का डर धीरे-धीरे बहने लगा।

"सो गया बेटा ?" ममी पास आईं और एक बार रजाई को ठीक से उसके चारों ओर लपेट दिया। फिर उसी के पलंग पर बैठकर धीरे-धीरे उसका माथा, उसके गाल सहलाती रहीं।

बंटी को लगा, जैसे बिना बोले ही ममी फिर आश्वस्त कर रही हैं—तुझे अच्छा लगेगा बंटी...वहाँ तुझे अच्छा ही लगेगा।

ममी के इस स्पर्श से ही बंटी के मन के भीतर ही भीतर तेज़ी से कुछ पिघलने लगा। एक बार मन हुआ, रजाई उतारकर फेंक दे और ममी से लिपट जाए। पता नहीं ममी को आश्वस्त करने के लिए या ख़ुद आश्वस्त होने के लिए।

पर उमड़ते आवेग को उसने होंठ भींचकर रोक लिया।

"बहूजी !"

फूफी की आवाज़ कैसी बदली हुई है ! एक बार मन हुआ कि आँख खोलकर देखे कि यह फूफी ही बोल रही है।

"क्या बात हो गई फूफी ?" ममी कितना मीठा बोल रही हैं। बहुत दिनों से उसने ममी की ऐसी मीठी आवाज़ ही नहीं सुनी।

''इतने साल आपकी नौकरी कर ली बहूजी, अब भगवान की नौकरी करेंगे, और क्या ?''

''कुछ बात भी बताओगी ?''

फूफी चुप ! रो तो नहीं रही ? पर किसी तरह की भी तो कोई आवाज़ नहीं आ रही।

''तुम भी मुझसे नाराज़ हो फूफी ?'' ममी की आवाज़ जैसे पिघलकर थरथरा रही है।

''अरे हम नौकर आदमी, हम कइसे नाराज़ होंगे। पर भगवान ने जीभ दी है तो बोलेंगे ज़रूर। आप सौ जूता मारेंगी तो हम तनिकों चिंता नहीं करेंगे, पर बोले बिना हमसे रहा नहीं जाएगा।''

बंटी का मन फिर जाने कैसा-कैसा होने लगा।

''अब आप जो कर रही हैं बालक-बच्चा को लेकर, सो आपको शोभा देता है ? बड़े आदमियों की बड़ी बात, मुँह पर कौन बोलेगा, और काहे बोलेगा ?'' पर फूफी तो मुँह पर ही बोलेगी ?''

अब फूफी भी शादीवाली बात ही कहेगी। ममी का शादी करना बुरी बात है ?

''आप तो जानती हैं, साहब को लेकर हमारे मन में आज भी कइसा गुस्सा है। अब आप भी वही सब करेंगी...हम से नहीं देखा जाएगा यह सब।''

ममी ज़रूर बैठी-बैठी होंठ काट रही होंगी। ममी से जब जवाब देते नहीं बनता है तो बस यों ही होंठ काटती हैं।

''जवानी यों ही अंधी होती है बहूजी, फिर बुढ़ापे में उठी हुई जवानी। महासत्यानाशी ! साहब ने जो किया तो आपकी मट्टी-पलीद हुई और अब आप जो कर रही हैं, इस बच्चे की मट्टी-पलीद होगी। चेहरा देखा है बच्चे का ? कैसा निकल आया है, जैसे रात-दिन घुलता रहता हो भीतर ही भीतर।''

''फूफी !'' एक सख़्त-सी आवाज़ कमरे को चीरती हुई इस कोने से उस कोने तक गूँज गई। एक क्षण को बंटी भीतर ही भीतर सहम गया।

''देखो फूफी, मैं तुम्हारी बहुत इज्ज़त करती हूँ। अपनी माँ से भी ज़्यादा ...पर माँ को भी मैंने कभी अपनी बातों के बीच में नहीं बोलने दिया...मुझे याद नहीं वे कभी बोली हों।'' एक क्षण को ममी रुकीं। ''यह अधिकार तो मैं किसी को दे ही नहीं सकती।''

''हमने कहा न बहूजी, आप हमें हरिद्वार भिजवा दो...बस !''

''तुम जिस दिन चाहो, मैं इंतज़ाम करवा दूँगी। तुम यहाँ से जो कुछ भी चाहो, ले जा सकती हो, इस घर पर तुम्हारा भी उतना ही अधिकार है जितना मेरा। और

तो क्या कहूँ !'' ममी के स्वर में अजीब-सी नरमाई आ गई। नरमाई नहीं, जैसे ममी थक गई हों।

तो क्या फूफी चली जाएगी ? बिना फूफी के कैसे रहेगा वह ? रह सकता है कभी ! ममी ने उसे क्यों नहीं समझाया कि 'फूफी, तुम्हें वहाँ भी अच्छा लगेगा, वहाँ भी बहुत अच्छा लगेगा।''

कल वह समझाएगा फूफी को। फूफी ममी की बात चाहे न माने, उसकी बात नहीं टाल सकती। फूफी भी तो उसके बिना कैसे रहेगी ? और अगर फूफी न रुकी तो ?

खट ! ममी ने शायद उठकर टेबुल-लैंप बंद कर दिया। बंद आँखों ने भी महसूस किया कि कमरे का अँधेरा ख़ूब गाढ़ा हो गया है।

बंटी ने आँखें खोलीं। घुप्प अँधेरे में डुबी हुई ममी की आकृति बहुत धुँधली-सी दिखाई दी। धीरे-से वह भी बगलवाले पलंग की रजाई में दुबक गई !

फूफी के जाने के बाद बंटी के मन में बहुत कुछ उखड़-बिखर गया। और ममी की शादी के बाद इस घर में बहुत कुछ उखड़-बिखर गया।

एक दिन में ही इस घर का बहुत-सा सामान उस घर में समा गया। सोमवार को इस घर की ममी भी उस घर में जाकर समा जाएँगी। किसी ने कह दिया कि सोमवार शुभ दिन है सो ममी रुक गईं। फूफी नहीं समा सकी तो हरिद्वार चली गई। बंटी है कि नहीं जानता वहाँ समा पाएगा या नहीं ? पहले ममी ने समझाया था तो बंटी समझ गया था, पर फूफी ने जाकर सब कुछ गड़बड़ा दिया।

फूफी के बिना तो उसे कहीं भी अच्छा नहीं लगेगा, यहाँ भी नहीं और वहाँ तो बिलकुल नहीं।

जब से फूफी गई है, तब से फूफी का जाना आँखों के सामने तैरता ही रहता है। जाते-जाते भी कैसे फूफी रसोई के बरतन धो-धोकर जमाती रही थी।

बंटी कभी मज़ाक करता था—''फूफी, बुलाकी राक्षस की जान तोते की टाँग में बसती थी, तेरी जान इस रसोई में बसती है। तुझे किसी दिन मारना होगा न तो...''

''अरे नहीं बसेगी जान रसोई में तो रोटी नहीं मिलेगी खाने को, समझा...''

जाने क्यों लगता है जैसे फूफी अभी भी अपनी जान यहीं छोड़ गई और चौके की जान ले गई। चौके की ही क्यों, बिना फूफी के सारा घर ही तो कैसा हो गया ? जब रात-दिन फूफी घर में रहती थी, तो फूफी का होना पता ही नहीं लगता था। बस फूफी है तो है ! पर अब फूफी नहीं है, तो सारे समय पता लगता है—फूफी

नहीं है, फूफी नहीं है।

प्लेटफ़ार्म पर खड़ी है फूफी ! एक छोटी-सी टीन की संदूकची और उस पर रखी एक गठरी। ममी ने बहुत-कुछ देना चाहा, पर फूफी ने कुछ नहीं लिया। बस, बंटी को अपने से चिपका रखा है। आँख के आँसू हैं कि थम ही नहीं रहे हैं।

बंटी फूफी से चिपककर खड़ा है। आँख में एक भी आँसू नहीं। जो कुछ वह देख रहा है, बस, देख ही रहा है। पर विश्वास नहीं हो रहा कि फूफी सचमुच जा रही है या कि फूफी उसे छोड़कर जा भी सकती है। उसकी छोटी-सी हथेली में फूफी का हाथ है जिसे उसने कसकर पकड़ रखा है। और इसीलिए फूफी उसके पास है, उसकी पकड़ में है।

ममी ने पर्स खोलकर सौ रुपए का नोट देते हुए कहा, ''फूफी, तुम्हें बंटी की कसम है, इसे रख लो। यों भी...'' पता नहीं ममी आगे क्या कहना चाहती थीं।

''नहीं, हमें पाप में मत डालो बहूजी कसम दिलाकर ! हम कुछ नहीं लेंगे। भगवान के दरबार में जा रहे हैं, रुपया-पइसा का होगा क्या ? देना ही है तो एक वचन दे दो कि हमारे बंटी भय्या को जैसा आपने बिसरा दिया है आजकल, वैसा और मत करना। बाप के रहते यह बिना बाप का हो रहा, अब माँ के रहते यह बिना माँ का न हो जाए...'' और फूफी ने साड़ी में मुँह छिपा लिया।

ममी की आँखें छलछला आईं।

''कैसी बातें करती हो फूफी...'' इससे आगे ममी से कुछ नहीं कहा गया।

चपरासी ने भीड़ में फूफी को भीतर ढकेल दिया। सीटी...झंडी...फिर सीटी ...भीड़, शोर...बदबू। और सबके बीच एक काँपता-पसीजता हाथ बंटी की छोटी-सी हथेली के बीच में से फिसलता चला गया। बंटी और उसे पकड़कर नहीं रख सका। और उसके बाद से जैसे एक-एक चीज़ बंटी के हाथ से निकलती ही जा रही है। अब तो शायद वह किसी को पकड़कर नहीं रख सकेगा।

लौटते समय बंटी सुन्न-सा ममी की बगल में बैठा है। ''बंटी !'' ममी ने प्यार से उसे अपनी बाँह में समेटा कि बंटी एकाएक फूटकर रो पड़ा, ''फूफी को ले आओ ममी...फूफी को ले आओ...''

''रोते नहीं बेटे, थोड़े दिनों में अपने-आप आ जाएगी। तेरे बिना वह रह सकेगी कहीं भी ?''

थोड़ी देर पहले प्लेटफ़ार्म, सामान और रेल के बीच में ही बंटी को लग रहा था कि फूफी कहीं नहीं जाएगी, वह जा नहीं सकती। अब ममी के कहने पर भी लग रहा है, वह नहीं आएगी, वह कभी आ नहीं सकती।

दूसरे दिन स्कूल से लौटकर जब माली की बहू ने खाना दिया तो फूफी का जाना जैसे मन को भीतर तक मथ गया। उसे याद नहीं कि स्कूल से लौटने पर

किसी और ने भी उसे कभी खाना खिलाया हो। और क्या फूफी केवल खाना खिलाती थी ? खाने के साथ डाँट, डाँट के साथ लाड़ और भी जाने क्या-क्या तो रहता था।

पर इस घर से जा सकती है फूफी ? उसका तुलसी का चबूतरा, तार के एक कोने पर सूखती मटमैली-सी धोती और चोगे जैसा ब्लाउज। आँगन की दीवार में बनी ताक पर रखे, सिंदूर से रँगे-पुते उसके हनुमान जी...उसके सरोते की खट-खट, उसके पसीने की गंध...उसके बेसुरे गले से निकली गीत की कड़ियाँ...उसकी कहानियों के राजा-रानी, भूत-प्रेत, जादूगर-राक्षस सबकुछ, इस तरह समाया हुआ है इस घर में कि यहाँ से वह जा ही नहीं सकती।

पर परसों तो यह घर भी छूट जाएगा। तब फूफी भी पूरी तरह छूट जाएगी। ''तू ऐसे क्यों रहता है बंटी, मैं सच कहती हूँ तुझे वहाँ अच्छा लगेगा, बहुत अच्छा लगेगा मेरे बच्चे ! डॉक्टर साहब तुझे कितना प्यार करते हैं...'' और भी जाने कितनी-कितनी बातें, कितने आश्वासन, कितने...

''अरे कौन बंटी ? आओ, आओ बेटे, और चार दिन का साथ है, खेल लो ! फिर तो बंटी कोठी में चला जाएगा तो पूछेगा भी नहीं कि टीटू किधर बसता है। मोटर में बैठकर आ जाया करना कभी-कभी...अब तो ख़ूब ठाठ होंगे बंटी...''

और अम्मा के चेहरे पर वही मुसकराहट। होंठ फैलाकर भी अम्मा मुसकराती नहीं है, लगता है, जैसे कुछ कह रही हों। बंटी जानता नहीं, पर कुछ है जो बंटी को अच्छा नहीं लगता।

उस दिन के बाद पाँच-छः दिन हो गए यहाँ रहकर भी बंटी टीटू के घर नहीं गया।

आज नए घर में जाना है। शाम को चार के बाद से ही शुभ समय है। डॉक्टर साहब ने कल आकर बहुत कहा कि आज ही चलो। रविवार का दिन है सबकी छुट्टी है। शुभ-अशुभ कुछ नहीं होता।

''क्यों बंटी, आज ही चलें न उस घर में ? जोत तुम्हारी राह देख रही है।'' बंटी कुछ नहीं बोला। केवल डॉक्टर साहब का चेहरा देखता रहा। वह सचमुच उसी से पूछ रहे हैं ? आँखों में कहीं जोत का चेहरा उभर आया। शादीवाले दिन के बाद से उसे देखा ही नहीं। न ममी उस घर गईं न वहाँ से बच्चों को आने दिया। शायद शुभ समय नहीं था !

''लो, जब इतने दिन रुक गईं तो अब एक दिन की बात है। तुम मानो न मानो, मैं तो अशुभ वेला में कोई भी काम नहीं करूँगी।''

शुभ-अशुभ क्या होता है, कैसे होता है बंटी नहीं जानता। बस इतना जानता

है कि ममी ने मना कर दिया है। तो वे अब नहीं जाएँगी। कल जाओ, आज जाओ, क्या फ़रक पड़ता है ! बस जाना है तो जाना है। पर ममी का कोई शुभ-अशुभ है जो नहीं जाने दे रहा है।

पर आज तो अब जाना ही है।

बंटी स्कूल से लौट आया। ममी ने बचा-खुचा सामान भी उस घर में भिजवा दिया। बिना बरतनों की रसोई, बिना कपड़ों की अलमारियाँ, बिना किताबों और मेज़पोश की मेज़ें, बिना दरी-कारपेट के फ़र्श...

खिलौनों की खाली अलमारी देखकर एक क्षण को सारे खिलौने आँखों के सामने घूम गए...पापा के भेजे हुए खिलौने।

एकाएक ख़याल आया—पापा तो इस घर का ही पता जानते हैं। अब वे आएँगे तो ख़बर कहाँ भेजेंगे ? उन्हें पता कैसे लगेगा ? कितने दिनों से पापा ने न कोई चीज़ भेजी न ख़बर। पापा को पता है कि ममी ने शादी कर ली है। हम लोग अब नए घर में रहेंगे। इस बार पापा को गए कितने दिन हो गए... एक...दो...तीन...छः...सात...आठ महीने हो गए।

तभी डॉक्टर साहब की कार आकर खड़ी हो गई। डॉक्टर साहब नहीं आए। ममी भी आती ही होंगी।

बंटी बरामदे की सीढ़ियों पर ही बैठ गया। ढलती धूप में उसका छोटा-सा बगीचा ख़ूब लहलहा रहा है। पानी देनेवाला मोटा-सा पाइप बल खाया हुआ घास में पड़ा है। इधर तो उसने अपने बगीचे में पानी भी नहीं दिया।

"वहाँ का बगीचा तुझे ही ठीक करना है बेटे," ममी रोज़ याद दिला देती थीं और बंटी सुन लेता था बस !

कोने में आम का पौधा हरी-चिकनी पत्तियाँ लिए झूम रहा है।

'तुम जब जवान होओगे बंटी भैया तो यह पौधा भी पेड़ हो जाएगा...ब्याह, बच्चे...बौर, आम...तुम्हें बड़े होकर क्या माली बनना है बंटी भैया, जो इतनी खोजबीन कर रहे हो ? थोड़ा-बहुत काम कर लिया और छुट्टी करो !'

खट-खट करती ममी आईं। उनकी शॉल का एक छोर ज़मीन में घिसट रहा है। साथ में हीरालाल और माली भी हैं।

पहले ममी कॉलेज से आती थीं तो चेहरा कैसा थका-थका लगता था। आज लग रहा है, जैसे कॉलेज से आई नहीं, कॉलेज जाने के लिए तैयार होकर निकली हैं। ममी कैसी ख़ुश-ख़ुश रहती हैं आजकल। माँग का सिंदूर चमकता रहता है। पहले दिन ममी की लाल-लाल माँग उसे बड़ी अजीब लगी थी। अब अजीब नहीं लगती, फिर भी नज़र वहीं जाकर अटक जाती है।

"तू आ गया बेटे ? कुछ खाया तो नहीं होगा ? चलो, अभी चलते हैं।"

हीरालाल एक-एक करके सारे कमरे बंद करने लगा। ममी बंटी के कंधे पर हाथ रखे माली को आदेश दे रही हैं–

"देखो माली, बंटी भैया के सारे पौधे उखाड़कर उधर ले आना। मोगरा, गुलाब, मोरपंखी–और कौन-कौन से पौधे आ सकते हैं बेटे ?" एकाएक उनकी नज़र उस आम के पौधे पर गई।

"यह आम का पौधा आ सकता है वहाँ ? आ सके तो ज़रूर-ज़रूर ले आना।" ममी को और भी कुछ याद आया।

गाड़ी में बैठकर बंटी ने एक उड़ती-सी नज़र अपने घर की ओर डाली और फिर खिड़की पर ठोड़ी टिका ली। अब यह सब पीछे छूट जाएगा। दो-चार दिनों से तो वह ख़ुद मनाने लगा है कि इस सबको यहीं छोड़कर वह चला जाए।

कार चल दी। पर यह क्या ? यह घर, यह बगीचा, हाथ जोड़कर खड़े हुए हीरालाल और माली, सब-के-सब जैसे कार के साथ-साथ दौड़े चले आ रहे हैं–धुँधलाए हुए, थरथराते हुए। कुछ भी तो पीछे नहीं छूटा।

"बंटी !" और ममी ने उसे अपने पास खींच लिया तो अवश-सा वह ममी पर ही जा लदा। पर बंटी रोया नहीं।

"यह तो कॉलेज का घर था बेटा, अपना घर तो था नहीं ! अब वहाँ अपना घर होगा, अपने लोग होंगे।"

एकाएक ही ममी का स्वर भर्रा गया। पता नहीं ख़ुशी से या दुख से। बंटी के अपने मन में तो न ख़ुशी है न दुख। कुछ भी तो नहीं है सिवाए इस एहसास के कि वह जा रहा है।

ग्यारह

कोठी इस तरह चमचमा रही है जैसे कल ही बनी हो।

बंटी के मन में हलकी-सी तसवीर है इस कोठी की, जब उसने पहली बार इसे देखा था—धूल-भरी, मटमैली-सी। अब तो जैसे यह पहचानने में भी नहीं आती। कैसे बदल जाती हैं चीज़ें इस तरह ?

एकाएक ही आँखों के सामने अभी-अभी छोड़ा हुआ अपना घर घूम गया। जो कार चलने के साथ-साथ उसके साथ-साथ दौड़ पड़ा था....पर जैसे यहाँ तक दौड़ नहीं सका। घर, बगीचा, हाथ जोड़े हुए हीरालाल और माली...हाँफते-काँपते सब बीच में ही छूट गए।

वह ममी के साथ अकेला ही आया है इस घर में...पहली बार। ममी ने कई बार कहा था—कहा ही नहीं, आग्रह किया था कि चल बेटा, तुझे जोत ने बुलाया है या कि डॉक्टर साहब ने ख़ासकर तुझे आने के लिए कहा है। पर वह कभी नहीं आया। कभी-कभी ज़िद ही करने लगतीं तो फूफी आ जाती बचाव के लिए, "अरे आप काहे ज़ोर-ज़बरदस्ती करती हैं, बच्चे का मन नहीं है तो कइसे जाएगा ?"

आज उसे किसी ने नहीं बुलाया है शायद...ममी ने भी आग्रह नहीं किया फिर भी वह आया है। जब तक उसका अपना घर था, फूफी और सामान के साथ तब तक वह विरोध कर सकता था। पर उन खाली दीवारों के बीच...इस बार तो उसे आना ही था।

पोर्टिको में ही सब लोग खड़े हैं...डॉक्टर साहब, जोत और अमि। नए-नए कपड़ों में लिपटे, हँसते-खिलखिलाते चेहरे लिए।

"हल्लोऽऽ...बंटी !" एकदम उमगकर डॉक्टर साहब ने बंटी को गोद में उठा लिया और दोनों गालों पर किस्सू दिए। बंटी ने विरोध नहीं किया और फिर धीरे से नीचे उतर गया।

"तुम लेने नहीं आए, खाली गाड़ी भेज दी ?" ममी ने कुछ इस ढंग से कहा जैसे वह कभी-कभी ममी से कहता था और ममी कहती थीं—क्या ठुनकता रहता

है सारे दिन ? इत्ती बड़ी होकर भी ममी ठुनकती हैं !

"मैं आ जाता तो फिर यहाँ स्वागत कौन करता तुम्हारा ?" और डॉक्टर साहब ने ममी को बाँह में भरकर भीतर ठेलते हुए कहा, "आज तुम पूरे दस दिन बाद आई हो इस घर में और इन दस दिनों में मैंने चेहरा बदल दिया है इस घर का।"

डॉक्टर साहब का ममी के कंधे पर हाथ रखना या ममी को बाँह में समेट लेना कई बार देख चुका है बंटी, फिर भी जाने क्या है कि जब भी देखता है, नए सिरे से एक क्षण को मन में कुछ हो जाता है। वह ममी पर से नज़र हटा लेना चाहता है और बाँहों में सिमटी ममी को लगातार देखते रहना भी चाहता है।

ममी इस तरह चल रही हैं इस घर में, जैसे यहाँ सबकुछ बहुत जाना-चीन्हा हो। उसे तो यहाँ का कुछ भी नहीं मालूम। जिधर जोत ले जाएगी उधर ही जाता है, उसके साथ-साथ—बल्कि उसके पीछे-पीछे।

यह तो कॉलेज का घर था बेटा, वहाँ अपना घर होगा, अपने लोग होंगे, और अपने लोगों के बीच भी सहमी-सहमी और अपरिचित-सी नज़रों से देख रहा है बंटी अपने घर को, उससे परिचित होने के लिए, उसे अपना बनाने के लिए !

रंग-रोगन की गंध घर के इस छोर से उस छोर तक फैली हुई है। साथ ही एक और भी गंध है जिसे वह केवल सूँघ रहा है, पर समझ नहीं पा रहा है।

बड़ा-सा बेडरूम ! हलकी नीली दीवारों पर गहरे नीले परदे और सलेटी रंग का कार्पेट। ख़ूब गुदगुदा-सा। दो नई-नई चमकती हुई अलमारियाँ। बंटी ने एक बार आँख खोलकर उन पर हाथ फेरा—एकदम चिकनी ! उँगली रखते ही जैसे फिसल गई और एक हलका-सा निशान बन गया। बंटी ने देखा, कोई देख तो नहीं रहा। कमरे के बीच में दीवार के सहारे दो पलंग। दोनों के सहारे, पलंग के साथ ही लैंप लगा हुआ। बंटी का मन हुआ, जलाकर देखे रोशनी कहाँ आकर गिरती है। उसने मन ही मन सोचा, वह इधर की तरफ सोएगा और ममी उधर। जब तक नींद न आ जाए पढ़ते रहे और फिर लेटे-लेटे ही खट से बत्ती बुझाओ और सो जाओ।

दूसरी ओर ड्रेसिंग-टेबुल रखी थी और ममी की ड्रेसिंग-टेबुल से चौगुनी शीशियाँ। यह सब किसने जमाया होगा ? एकाएक बंटी की नज़र ममी की उसी जादुई शीशी को ढूँढ़ने लगी। नहीं, वह वहाँ नहीं थी। उसे जैसे हलकी-सी राहत मिली।

कमरे के एक सिरे पर आकर बंटी ने एक साथ पूरा कमरा देखा तो आँखों के सामने रंगीन तसवीरवाली उन मोटी-मोटी किताबोंवाला कमरा उभर आया।

डॉक्टर साहब ने सचमुच उनके लिए बिलकुल वैसा ही कमरा बनवा दिया। एक क्षण को जैसे अपना घर छोड़ने का अवसाद धुँधला हो गया।

कभी अपने दोस्तों को लाकर दिखलाएगा। टीटू की अम्मा आकर देखें ! कैसे हँसती थीं–अब हँसें आकर। कभी देखा भी नहीं होगा ऐसा कमरा।

"बंटी, तुम्हें कैसा लगा कमरा बताओ तो ? पसंद आया ?" डॉक्टर साहब ने उसकी पीठ पर हाथ रखकर पूछा तो बंटी जैसे पुलककर मुसकरा दिया, "अच्छा लगा।" बंटी को डॉक्टर साहब भी अच्छे लगे।

जोत और अमि दौड़े-दौड़े आए, "पापा चलिए, नाश्ता तैयार है।"

बड़ी-सी मेज़ पर ढेर सारी खाने की चीज़ें फैली पड़ी हैं। बंटी को शादीवाले दिन शादी जैसा कुछ नहीं लगा था, पर आज ज़रूर शादी जैसा लग रहा है। एकाएक जोत और अमि के नए-नए कपड़ों के मुकाबले में उसे अपनी हलकी-सी मैली हो आई स्कूल की यूनीफ़ार्म बड़ी फीकी-फीकी और बेतुकी-सी लगी। लगा जैसे वह इन सबके बीच का नहीं, इन सबसे अलग है।

फूफी तो स्कूल से आते ही सबसे पहले कपड़े बदलवाया करती थी। ममी को ख़याल भी आया कि यहाँ आने से पहले कम से कम उसके कपड़े तो बदलवा दें !

"नहीं...नहीं शकुन ! उस कुर्सी पर नहीं, वह अमि की कुर्सी है। इन दोनों की अपनी-अपनी कुर्सियाँ तय हैं। कोई और बैठ जाए तो तूफ़ान मच जाता है।"

"अच्छा ! तो लो, हम अपनी कुर्सी तय कर लेते हैं।" और हँसते हुए ममी ने डॉक्टर साहब के सामनेवाली कुर्सी खींच ली। बंटी अभी भी खड़ा है।

"तुम भी अपनी कुर्सी तय कर लो बेटे ! बोलो, इधर बैठोगे या उधर ?" सभी की अपनी जगह तय है, अपनी कुर्सियाँ तय हैं, बस उसी का कुछ तय नहीं है, जो बचा है, उसमें से ही उसे कुछ चुन लेना है। वह चुपचाप जोत के पासवाली कुर्सी पर बैठ गया। मन को कहीं एक अनमना-सा भाव छूकर निकल गया।

अमि और जोत की 'यह लाओ, वह लाओ...ऐ बंसीलाल, इसमें हरी मिर्च क्यों डाली...आज अंगूर क्यों नहीं है...मेरे नमकीन बिस्कुट...' के बीच बंटी अपनी नज़रों में जैसे कहीं से बड़ा बेचारा हो आया। बेचारा और उपेक्षित।

डॉक्टर साहब बाहरवालों की तरह उसकी मनुहार कर रहे हैं, "यह लो बंटी बेटे...वह लो, तुम्हें अच्छा लगेगा।" वह बाहर का ही तो है।

"शरमा नहीं बंटी, तुझे जो पसंद है ले ले। अपने घर में शरमाते नहीं।" ममी ऐसे बोल रही हैं, जैसे ख़ुद भी डॉक्टर साहब के ही घर की हों। अब हैं भी शायद। शादी के बाद हो जाते हैं। पर वह कैसे, उसने थोड़े ही शादी की है ?

और आँखों के सामने फिर अपने घर की तसवीर उभर आई। मेज़ पर कभी

अकेला और कभी ममी के साथ बैठा हुआ बंटी और डाँट-डाँटकर खिलानेवाली फूफी—"एल्लो, हो गया तुम्हारा खाना ? और यह कौन खाएगा ?...तुम कइसे नहीं खाओगे बंटी भय्या, हम बाँस लेकर ठूँसेंगे तुम्हारे गले में, समझे। ममी के आगे दिखाया करो ये नखरे, बहुत सिर पर चढ़ा रखा है तुम्हें !" और ममी मुसकराती रहतीं।

एकाएक ही नज़र ममी की ओर उठ गई। इस समय भी तो ममी मुसकरा रही हैं, एक ही आदमी इतनी अलग-अलग तरह से भी मुसकरा सकता है ?

"हल्लोऽऽ डॉक्टर...गृहप्रवेश की दावत हो रही है ?"

बंटी एकाएक जैसे चौंक गया। सारे घर को गुँजाता हुआ एक लंबा-सा आदमी घुसा। एक अकेला आदमी भी इतना शोर मचा सकता है ? लंबा कितना है ! गरदन पूरी तरह ऊँची करके देखने पर ही चेहरा दिखाई दे।

"आओ...आओ वर्मा ! बड़े अच्छे समय आए।"

"नमस्कार वर्मा साहब !"

"नमस्ते अंकल !"

सब लोग तो जानते हैं इस लंबे आदमी को, बस वही नहीं जानता।

"आज यह खाने की मेज़ सचमुच खाने की मेज़ लग रही है।" लंबा आदमी ममी को कैसे घूर-घूरकर देख रहा है।

डॉक्टर साहब खी-खी करके हँस पड़े और ममी गद्‌गद होकर एकदम सुर्ख़ हो गईं। आजकल ममी के गाल बात-बात पर ऐसे सुर्ख़ हो जाते हैं मानो गुलाब जूड़े में न लगाकर गालों पर लगा लिए हों।

ममी ने एक प्लेट लगाकर सामने की तो फिर दहाड़ा—

"नो-नो, आइ एम फुल मिसेज़ जोशी !"

मिसेज़ जोशी ! एकाएक बंटी की नज़र ममी की ओर उठ गई। ममी ने कुछ भी नहीं कहा। अभी तक ममी को सब मिसेज़ बत्रा कहते थे और अब...

"ऐ बंटी, अब तू जोशी हो गया यार ! बंटी जोशी, नहीं अरूप जोशी।"

"धत्, मैं क्यों हो गया जोशी ? मैं अरूप बत्रा हूँ, बंटी बत्रा !"

"चल-चल ! डॉक्टर जोशी तेरे पापा नहीं हो गए अब ?"

"बिलकुल नहीं, एकदम नहीं, मेरे पापा अजय बत्रा हैं। कलकत्ते में रहते हैं।"

"अब नहीं रहे वो पापा मिस्टर !"

"मार दूँगा, ज़्यादा बकवास की तो !" मन हो रहा था धज्जियाँ बिखेर दे, इस कैलाश के बच्चे की।

फिर सारे दिन वह काग़ज़ पर अरूप बत्रा...अरूप बत्रा, बंटी बत्रा लिखता रहा था। लंच टाइम में मैदान में बैठा तो उँगली से ज़मीन पर लिखता रहा—

बत्रा...बत्रा...

"अंकल, आप टामी को नहीं लाए ?"

"हम घर से नहीं आए बेटे, सीधे ऑफ़िस से चले आ रहे हैं। सोचा, ज़रा तुम लोगों के घर की रौनक देख लें। क्यों मिसेज़ जोशी, बेडरूम पसंद आ गया ? आपने अप्रूव किया या नहीं ?"

ममी के गाल फिर सुर्ख़ हो गए। क्या हो जाता है ममी को बार-बार ! ऐसा तो पहले कभी नहीं होता था।

"वाह, मिसेज़ वर्मा ने सब अरेंज किया और मुझे पसंद न आए ? हम तो सोच रहे थे धन्यवाद देने रात में ख़ुद ही उधर आएँगे।"

"ओह, नो-नो—यह सब तकल्लुफबाज़ी छोड़िए। आज की रात नहीं।" फिर एकाएक उनकी नज़र बंटी पर जम गई।

"यह बच्चा...ओह, अच्छा...अच्छा, क्या नाम है बेटे तुम्हारा ?"

प्यार से बोला तब भी लगता है जैसे डाँट रहा हो। इसके बच्चों को डर नहीं लगता होगा इससे ?

बंटी ने सीधी नज़रों से उसे देखा और बिना झिझक के जवाब दिया, "अरूप बत्रा !" बत्रा पर इतना ज़ोर डाला कि उसके सामने अरूप तो जैसे दब ही गया।

"वाह, बड़ा अच्छा नाम है यह तो ! अरूप और अमित, जोड़ी भी ख़ूब रहेगी।" फिर ममी की ओर देखकर बोला, "सीम्स टु बी ए बोल्ड चैप।"

ममी कैसे घूर-घूरकर देख रही हैं, देखें, वह क्या डरता है ? बत्रा है तो बत्रा ही रहेगा और बत्रा ही कहेगा। ममी की तरह नहीं कि झट से जोशी बन गए।

खाना-पीना ख़त्म हुआ तो डॉक्टर साहब ने कहा, "जोत, बंटी बेटे को घुमाकर सब दिखाओ तो। अपनी किताबें, अपने खिलौने...पीछे का सी-सॉ और स्लिप, घुमाओ ज़रा।"

ममी मज़े से बैठी हैं। उन्हें अभी भी ख़याल नहीं आ रहा है कि बंटी के कपड़े बदलवाने हैं। यहाँ कौन फूफी है जो बदलवा देगी कपड़े या उसे मालूम है कि कपड़े कहाँ रखे हैं जो अपने-आप ही जाकर बदल लेगा ! बस, अपने ही गाल लाल करके मुसकरा रही हैं जब से।

जाने क्या है कि डॉक्टर साहब से या किसी भी अनजान आदमी से कहने में जितना संकोच होता है, ममी से कहते हुए भी इस समय उतना ही संकोच हो रहा है। वही कहे कपड़े की बात, ममी को अपने-आप नहीं सूझती ? ये दोनों नए-नए कपड़े पहने बैठे हैं, फिर भी ममी को ख़याल नहीं आ रहा ? उस लंबे आदमी ने क्या सोचा होगा कि ऐसे गंदे कपड़े पहनकर ही रहता है यह बच्चा !

"जाओ बेटे, जोत बुला रही है।"

"मुझे कपड़े दो, कपड़े नहीं बदलूँगा मैं ?" भरसक रोकने पर भी बंटी का स्वर जैसे भर्रा ही गया।

"अरे, चल-चल, मैं तो भूल ही गई।" फिर डॉक्टर की ओर देखकर पूछा, "आज जो कपड़ों के बक्से आए वे कहाँ रखे हैं ?"

एक कमरे में सारा सामान अस्त-व्यस्त ढंग से पड़ा है—बंटी के घर का सामान ! बक्से-बिस्तरे, गठरी में बँधी हुई किताबें...टोकरी में भरे हुए बंटी के खिलौने...बंटी की पेंटिंग्स...और भी जाने क्या-क्या ! लगा जैसे उसका सारा घर गठरियों, टोकरियों में बाँधकर यहाँ ठूँस दिया गया है।

ममी एक बक्से में से कपड़े निकाल रही हैं और बंटी उस सामान को देख रहा है। सामान का भी चेहरा होता है क्या ? सारा सामान कैसा उदास-उदास लग रहा है।

बंटी का सिपाही टोकरी के किनारे सिर के बल ठुँसा हुआ है। बंटी जल्दी से गया और उसे निकालकर उसने सीधा कर दिया। पर भीतर तो सभी कुछ उलट-पुलट है। एक बार मन हुआ, अपने सारे खिलौने निकालकर...

"ले कपड़े बदल ले और बच्चों के साथ खेल। जोत है, अमि है, पीछे भी बड़ा-सा मैदान है। ख़ूब खेलो-कूदो, दौड़ो-भागो !"

पर बंटी है कि अपनी टोकरी में ही लगा हुआ है। जैसे उसने ममी की बात सुनी ही नहीं।

"कल सब ठीक कर दूँगी बेटे, अभी ऐसे ही रहने दे !" बंटी ने पलटकर ममी की ओर देखा। लगा जैसे पूछ रहा हो—क्या सब ठीक कर दोगी ?

और उस कमरे से निकला तो एक बार फिर लगा जैसे अपने घर से निकल रहा हो।

जोत सब बता रही है, "यह जो नीम का पेड़ है न बंटी, यह जिस दिन पापा पैदा हुए थे उस दिल लगवाया था बाबा ने। पापा के जन्मदिन पर इसकी पूजा करती थीं चाची अम्मा।"

और एकाएक ही बंटी की आँखों के सामने आम का वह छोटा-सा पौधा घूम गया।

"चाची अम्मा कौन ?" यह नाम तो बंटी ने कभी नहीं सुना।

"चाची अम्मा कौन, हमारी चाची अम्मा !" अमि ने कहा तो जोत हँसने लगी।

"पापा की चाचीजी ! अभी तक वह ही तो रहती थीं हमारे पास...थोड़े दिन पहले ही तो गई हैं !"

"और वह जो बड़ा-सा जाली का पिंज़रा देख रहा है, उसमें खरगोश पाले थे बंसीलाल ने। पर एक बार जाने कैसे बिल्ली घुस गई और सब सफाचट..."

"बिल्ली नहीं बंटी भैया, बिलाव ! ये मोटी झबरी पूँछ ! देख लो तो डर लग जाए। सारे खरगोश चट कर गया।"

फिर बंसीलाल का घर, इमली का पेड़, जहाँ दोनों बीन-बीनकर कच्ची इमली खाते हैं। बड़ी स्वाद हैं इस पेड़ की इमलियाँ...

जोत और अमि बताए चले जा रहे हैं और बंटी केवल सुन रहा है। सुनने के सिवा वह कर ही क्या सकता है, बताने के लिए है ही क्या उसके पास ?

बंटी अपने घर में घूम रहा है। पर अपने घर जैसा कुछ भी तो नहीं लग रहा उसे। सर्दी के दिनों में साँझ से ही तो चारों ओर अँधेरा घुसने लगता है। और जैसे-जैसे अँधेरा घुलता जा रहा है, सबकुछ और ज़्यादा-ज़्यादा अपरिचित होता जा रहा है। यहाँ तो आसमान भी पहचाना हुआ नहीं लगता, हवा भी पहचानी हुई नहीं लगती। अपने घर का आसमान और अपने घर की हवा कहीं ऐसी होती है ?

ममी डॉक्टर साहब के साथ बाहर गईं हैं और वह कमरे में अकेला बैठा है। चारों ओर बत्तियाँ जगमगा रही हैं, फिर भी बंटी के मन में न जाने कैसा डर समा रहा है। रात में वह कभी घर से बाहर नहीं सोया, अब कैसे सोएगा यहाँ ? और आँखों के सामने वही नीले परदेवाला कमरा घूम गया। फिर भी डर है कि बढ़ता ही जा रहा है। अपने घर से आया है। तब से अब तक यही लग रहा था, वह केवल यहाँ आया है। तभी शायद उस समय उसे उतनी घबराहट नहीं हो रही थी। पर अब जैसे-जैसे रात बीतती जा रही है, यह एहसास कि वह केवल आया ही नहीं है, उसे यहाँ रहना भी है, केवल आज ही नहीं, हर दिन, हर रात। और इस बात के साथ ही मन है कि जैसे डूबता चला जा रहा है।

कैसे रहेगा वह इस घर में ? यह उसका घर बिलकुल नहीं है। यह डॉक्टर साहब का घर है, जोत और अमि का घर है। वह किसी के घर में नहीं रहेगा, अपने घर जाएगा, अपने ही घर में सोएगा।

अपने घर में उसे कभी डर नहीं लगता था। ममी बाहर चली जाती थीं तब भी नहीं। एकदम अँधेरा हो तब भी नहीं। न हो ममी, न हो रोशनी, पर घर तो उसका अपना था, फूफी तो उसकी अपनी थी। अँधेरे में ही वह अकेला सारे घर का चक्कर लगाकर आ सकता था।

यहाँ तो न घर उसका है, न घरवाले उसके हैं। ममी के कहने से क्या होता है, क्या वह जानता नहीं ? और जब कुछ भी उसका नहीं है तो डरेगा नहीं वह ? लाख रोकने पर भी आँखें हैं कि छल-छल हो रही हैं।

"अरे बंटी, तू यहाँ बैठा है ? कपड़े नहीं बदले ? ममी तेरे कपड़े पलंग पर

रख गई हैं।'' जोत पहले तो ममी को आंटी जी कहती थी, अब ममी क्यों कहने लगी ?

''हूहू—हूहू—सर्दी रेऽऽ''—दोनों बाँहों को कसकर छाती से चिपकाए अमि पंजों के बल उछलता हुआ आया और बिस्तर में दुबककर रजाई ओढ़ ली।

बंटी ने बाथरूम में जाकर मुँह धो लिया। पता नहीं क्या है, वह कहीं भी जाए उसका अपना घर साथ-साथ चलता है। बाथरूम, बाल्टी, नल...आँख मींचकर भी अपने घर में जिस तरह चल सकता था, यहाँ आँख खोलकर भी उस तरह नहीं चल पा रहा है।

''चल अब अपनी-अपनी रजाइयों में घुसकर कहानी कहेंगे। ममी बता रही थीं तुझे ख़ूब-ख़ूब कहानियाँ आती हैं।''

''मैं भी कहानी सुनूँगा बंटी भैया ! राजा-रानीवाली, परियोंवाली।''

पर बंटी न बिस्तर में लेटा, न रजाई ओढ़ी और न ही उसने कहानी सुनाई। बस, कंबल लपेटकर बैठे-बैठे ममी की राह देखता रहा। अमि तो लेटते ही सो गया। जोत उससे स्कूल की बातें पूछती रही, चुटकुले सुनाती रही।

स्कूल की बातों पर वह चुप रहा और चुटकलों पर वह रोता रहा। थोड़ी देर में जोत भी लुढ़क गई।

बंटी है कि न उससे सोते बन रहा है, न जागते। बस, रह-रहकर आँखें छलछला आती हैं।

ममी के आते ही वह छिटककर पलंग के नीचे उतर आया।

''अरे, तू सोया नहीं बंटी बेटा ? और यह क्या, कुछ भी गरम नहीं पहन रखा और बिस्तर में से निकल आया। सर्दी नहीं लग जाएगी ?''

बंटी दौड़कर ममी के पैरों से लिपट गया। मैं अकेला कैसे सोता, मुझे डर नहीं लगता ?''

उँगली में गाड़ी की चाबी नचाते हुए डॉक्टर साहब आए, ''अरे, तुम सोए नहीं बंटी बेटे ?''

''तुम चलो।'' और ममी उसे अपने से चिपकाए-चिपकाए ही कमरे में ले आईं।

''डर क्यों लगता है ? जोत और अमि नहीं सो रहे यहाँ ? देख अमि तो तुझसे भी छोटा है, उसे डर नहीं लगता और तुझे डर लगता है ?''

ममी ने पूरे जूड़े में माला लपेट रखी है और सुगंध है कि केवल माला में से ही नहीं, जैसे पूरे शरीर से फूटी पड़ रही है। ममी गई थीं तो दूसरी तरह की थीं और अब लौटी हैं तो एकदम ही दूसरी तरह की हो गईं।

''तू तो बहुत पगला है बेटे, सबके बीच में भी डरता है ?''

"पर उस कमरे में तो कोई नहीं था। मैं कैसे सोता ? अकेले मुझे डर नहीं लगता वहाँ ?"

"ओऽह !" ममी एक क्षण रुकीं, फिर उसकी पीठ सहलाती हुई बोलीं, "नहीं बेटा, बच्चे लोगों का तो यही कमरा है। बच्चे लोग सब एक साथ सोएँगे। देखो, ये लोग भी तो सो रहे हैं यहाँ ! चल, मैं तुझे सुलाती हूँ।" और ममी ने बहुत प्यार से पकड़कर उसे पलंग पर लिटा दिया, रजाई ओढ़ाई और उसके सिरहाने बैठकर उसका सिर सहलाने लगीं।

बंटी की आँखों में इतनी देर से तैयार हुआ वह नीले परदोंवाला कमरा, जिसमें बंटी ने मन ही मन अपना पलंग भी तय कर लिया था, जैसे ढहकर गिर पड़ा।

'बंटी बेटा, पसंद आया तुम्हें यह कमरा'—झूऽठ...झूऽठ—मन में जैसे एक ज्वार उठ रहा है दुख का, गुस्से का। मन हो रहा है जाए उस कमरे में और एक-एक चीज़ उठाकर फेंक दे—परदे फाड़ डाले, देखें कोई क्या कर लेता है उसका ?

ममी ने झुककर उसके गाल को चूमा तो उसने ममी का चेहरा झटक दिया।

"क्यों पागलपन कर रहा है बेटे ? देख, ये दोनों भी तो हैं ? मुझे तंग करने में, सबके बीच शर्मिंदा करने में तुझे ख़ास ही सुख मिलने लगा है आजकल।"

हाँ, मिलता है सुख...ज़रूर करूँगा शर्मिंदा। तुम नहीं कर रही हो मुझे शर्मिंदा ? यहाँ दूसरों के घर लाकर पटक दिया। 'अपना घर होगा', कोई नहीं है अपना घर ? मैं नहीं रहता किसी के घर...पहले तो कमरा पसंद करो और फिर ...कितनी बातें हैं, जो फूटी पड़ रही हैं। बंटी चाहता भी है कि सब कह दे। कितने दिन तो हो गए उसने कुछ कहा ही नहीं। आजकल तो वह सिर्फ़ सुनता है और मान लेता है, पर आज नहीं।

लेकिन गला है कि बुरी तरह भिंचा हुआ है। लगता है, बोलना चाहेगा तो बस केवल हिचकी फूटकर रह जाएगी।

"नींद नहीं आ रही बंटी को ? क्या बात है बेटे ?" डॉक्टर साहब तौलिया लटकाए दरवाज़े पर खड़े पूछ रहे हैं।

"अभी सो जाएगा। नई जगह है न, शायद इसलिए।" ममी शायद उसके जागते रहने की सफ़ाई दे रही हैं।

"तुम जाओ, मैं सो जाऊँगा।" रुँधे हुए गले से बंटी ने किसी तरह से शब्द ठेल दिए।

"ऐसे मत कर बेटे, ऐसा नहीं करते न ! चल सो, मैं बैठी हूँ तेरे पास।"

ममी बैठी-बैठी उसका सिर सहलाती रहीं। धीरे-धीरे उसके गाल थपथपाती रहीं। बंटी आँखें मूँदे पड़ा रहा। थोड़ी देर बाद धीरे से ममी उठीं। एक बार चारों

ओर से उसे अच्छी तरह ढका। खट ! बत्ती बंद हुई तो बंद आँखों में फैला अँधेरा ख़ूब गाढ़ा हो गया। बंटी ने आँखें खोल दीं। सारी की सारी ममी अँधेरे में डूब गई थीं, बस धीरे-धीरे दूर होता उनका जूड़े का गज़रा चमक रहा था।

दरवाज़े पर पहुँचकर ममी ने धीरे-से आवाज़ दी, "बंटी !"

बंटी चुप।

"सो गया ?" डॉक्टर साहब रात के कपड़े पहन आए थे।

"हूँ।" ममी ने धीरे-से कहा।

फिर दोनों उसी कमरे में चले गए और एक हलकी-सी आवाज़ हुई। शायद दरवाज़ा बंद होने की।

बंटी को लगा घर से चला था तो बीच रास्ते में आकर उसका अपना घर और बगीचा छूट गया था। यहाँ आकर ममी छूट गईं।

इतनी देर से दबा हुआ एक आवेग था जो दरवाज़े के बंद होते ही फूट पड़ा। थोड़ी देर बाद ही अचानक उस कमरे का दरवाज़ा खुला और डॉक्टर साहब ने निकलकर बाहर के बरामदे की बत्ती बंद कर दी।

सारा घर अँधेरे में डूब गया। बंटी के मन का दुख और गुस्सा धीरे-धीरे डर में बदलने लगा। केवल डर ही नहीं, एक आतंक, कैसी-कैसी शक्लें उभरने लगीं उस अँधेरे में। उसने कसकर आँखें मींच लीं। पर अजीब बात है, बंद आँखों के सामने शक्लें और भी साफ़ हो गईं—लपलपाती जीभ के राक्षस...उलटे पंजे और सींगोंवाला सफ़ेद भूत, तीन आँखोंवाली चुड़ैल, जादुई नगरी के नाचते हुए हड्डियों के ढाँचे, सब उसके चारों ओर नाच रहे हैं। धीरे-धीरे उसकी ओर बढ़ रहे हैं।

उसकी साँस जहाँ की तहाँ रुक गई।

"ममी, दरवाज़ा खोलो...दरवाज़ा खोलो ममी।" सारी ताकत से बंटी चीख रहा है और दोनों हाथों से दरवाज़ा भड़भड़ा रहा है।

"दरवाज़ा खोलो, ममी।" आधी रात के सन्नाटे में बंटी की भिंची हुई-सी आवाज़ भी सारे घर में गूँज उठी।

खटाक से दरवाज़ा खुला, "कौन, बंटी ? क्या हुआ बेटे, क्या हुआ ?"

सर्दी में अकड़ा हुआ बंटी थर-थर काँप रहा है। ममी ने जल्दी से उसे गोद में उठाकर छाती से चिपका लिया।

बंटी का सारा मुँह आँसू, लार और नाक से सन गया। हिचकियों के मारे साँस नहीं ली जा रही है। ममी ने उसके चारों ओर कसकर शॉल लपेट दिया।

"मैं हूँ बेटे—ममी—क्या हो गया ? मैं तेरे पास हूँ।"

"क्या बात हो गई ?" गले तक रजाई ओढ़े-ओढ़े ही डॉक्टर साहब ने पूछा।

"डर गया है शायद।" ममी ने कहा, पर उनकी आवाज़ ऐसी सहमी हुई थी जैसे वे ख़ुद डर गई हों।

ममी उसे वैसे ही छाती से चिपकाए-चिपकाए पलंग पर बैठ गईं। उसकी पीठ सहलाती रहीं। "मैं तेरे पास हूँ बेटे—ममी तेरे पास है।"

धीरे-धीरे बंटी अपने में लौटने लगा। ममी की आवाज़ ने, ममी की बाँहों ने उन सबको भगा दिया, जिनके बीच बंटी की साँसें रुकी हुई थीं।

और जब बंटी की हिचकियाँ थम गईं—उसके शरीर में फिर गरमाई आ गई तो ममी ने बंटी को धीरे से पलंग पर सुलाया।

"क्या हुआ बेटे, डर गया था ?" तो पहली बार बंटी ने आँखें खोलीं। उसकी ममी उस पर झुकी हुई पूछ रही थीं—उसकी अपनी ममी।

एक बार मन हुआ ममी के गले में बाँहें डालकर लिपट जाए—पर हाथ जहाँ के तहाँ जमे हुए हैं। हाथ ही नहीं, जैसे सारा शरीर जहाँ का तहाँ जम गया। केवल आँखें खुली हैं और वह टुकुर-टुकुर देख रहा है, ममी को...कमरे को...आसपास की चीज़ों को।

हलकी नीली रोशनी में डूबा हुआ कमरा, कमरे की हर चीज़...

"पहले भी कभी इस तरह डर जाया करता था ?" पता नहीं कहाँ से आ रही है डॉक्टर साहब की आवाज़।

"नहीं, कभी नहीं डरा। शायद नई जगह थी, शायद कोई सपना देख रहा हो। उलटी-सीधी कहानियाँ जो पढ़ता है दुनिया-भर की।" ममी की आवाज़ में परेशानी थी, दुख था।

पहले जब बंटी दूसरी दुनिया में था तो ममी का चेहरा, ममी की आवाज़ बहुत अपनी-अपनी लग रही थी, अब वह पूरी तरह अपनी दुनिया में लौट आया तो नीली रोशनी में नहाई ममी, कमरा, कमरे की हर चीज़ जैसे दूसरी दुनिया के लगने लगे। दोपहरवाला कमरा जैसे कहीं से बिलकुल ही बदल गया है। सबकुछ फिर बड़ा जादुई-जादुई लगने लगा। फिर मन में डर समाने लगा, अजीब तरह का डर। बंटी ने आँखें मूँद लीं। पर दो-चार मिनट के लिए देखा हुआ वह नीला रंग आँखों में ही आकर चिपक गया है। नीलम देश क्या ऐसा ही होता है ?

थोड़ी देर ममी की थपकियाँ और फिर जैसे कहीं दूर से आती हुई आवाज़ !

"पर तुम जब समझते हो कहते हो तो मन ज़रूर थोड़ा हलका हो जाता है। पर मैं जानती हूँ कि यह..."

"कुछ नहीं, धीरे-धीरे सब ठीक हो जाएगा।" डॉक्टर साहब की नींद में डूबी हुई आवाज़...

"सो गया ?"

"हाँ, लगता तो है, सो गया।" फिर चुप ! बंटी का मन हो रहा है आँखें खोल दे। एक बार फिर ममी का चेहरा देखकर आश्वस्त हो ले। पर नहीं, नीली रोशनी में डूबी हुई...

"सुनो, तुम उठकर कपड़े पहन लो। पता नहीं, यह सवेरे जल्दी उठ जाए तो बड़ी अजीब स्थिति हो जाएगी।"

अचानक आँखों के सामने कुछ काला-काला तैर गया। ममी ने बत्ती बंद की है शायद। बंटी ने धीरे-से आँखें खोलकर देखा। नीली रोशनी गायब हो गई थी। खिड़की से छनकर आती हुई बहुत ही फीकी-फीकी रोशनी में फिर सबकुछ पहचाना-पहचाना लगने लगा—खासकर ममी का चेहरा। कहीं ममी उसे जागता हुआ न देख लें।

पलंग के एक सिरे से डॉक्टर साहब रजाई उतारकर उठे तो बंटी धम् ! छी-छी—यह क्या ? इतना बड़ा आदमी एकदम नंग-धड़ंग। बंटी की आँखें फटी पड़ रही हैं।

और ममी भी देख रही हैं। शरम नहीं आ रही है इन लोगों को ? उसे जैसे मितली-सी आने लगी...पर आँखें हैं कि फिर भी बंद नहीं हो रहीं।

डॉक्टर साहब ने कपड़े पहन लिए, फिर भी जैसे दिमाग़ में वही सब घूम रहा है।

फिर ममी धीरे-से उतरीं और उसी रैक की ओर गईं। उन्होंने भी अपना हाउस-कोट उतारा तो...

बंटी भीतर ही भीतर भय से थर-थर काँपने लगा। ये उसी की ममी हैं ? उसने आज तक कभी अपनी ममी को ऐसा नहीं देखा। उसकी ममी ऐसी हो ही नहीं सकतीं। यह क्या हो रहा है ?

छी-छी—बेशरम-बेशरम—उसका मन हुआ रजाई उतार फेंके और ज़ोर से चीख़े। पर वह चीख़ नहीं रहा...

मन जाने कैसा-कैसा हो रहा है उसका। थ्रिल भी है उसके मन में—जुगुप्सा भी—ममी के इस व्यवहार की शरम भी, गुस्सा भी और जाने क्या-क्या !

सारे गुस्से, नाराज़गी और दुख के बावजूद अभी तक ममी उसकी ममी थीं, अब जाने क्या हो गईं ? पता नहीं, उसे कुछ भी नाम देना नहीं आ रहा है। बस, इतना लग रहा है कि अभी तक की ममी एकाएक ही जैसे कहीं से टूट-फूट गईं...चकनाचूर हो गईं।

बारह

सवेरे देर तक की गहरी नींद भी बंटी के मन से ममी और डॉक्टर साहब का नंगापन न उतार सकी। आँख खुली तो ममी और डॉक्टर साहब जा चुके थे, पर नीम-अँधेरे में लिपटे हुए उनके नंगे शरीर जैसे वहीं लटके हुए थे।

जो कुछ उसने रात में देखा वह सच था ? ऐसा हो सकता है ? एकाएक उसकी नज़र ड्रेसिंग-टेबुल पर गई। वह शीशी...जादुई शीशी...और खट से ये शरीर उस शीशी से जाकर जुड़ गए। उसे अच्छी तरह याद है, कल तो यह शीशी यहाँ नहीं थी। फिर कैसे आ गई...कब आ गई और...

'और बंटी भय्या, उसने जो जादू की शीशी सुँघाई तो बस राजकुमार का तो मगज़ ही फिर गया। वह अपने बाप को नहीं पहचाने...माँ को नहीं पहचाने...और तो और वह अपने को ही नहीं पहचाने...'

बंटी उछलकर भागा।

बरामदा पार कर रहा था तो खाने के कमरे से ममी की आवाज़ आई, "उठ गया बंटी ? जल्दी कर बेटे, स्कूल को देर हो जाएगी।"

बंटी का मन हुआ दो मिनट के लिए ममी के पास चला जाए, पर नहीं, ममी उसे पहचानेंगी ? कहीं चाँटा ही मार दें तो ? रात में ममी अपने को नहीं भूल गई थीं ?

अमि और जोत तैयार हो रहे थे। उन्हें देखकर ही जाने कैसी तसल्ली मिली। उसने जोत का हाथ पकड़ लिया। वह उससे बोलकर, उसे छूकर अपने मन का डर भगाना चाह रहा था। कभी अकेले में डर लगे तो ज़ोर-ज़ोर से बोलकर ही कैसी राहत मिलती है। अपनी आवाज़ ही कैसा सहारा देती है।

"तू इतनी देर से उठता है बंटी ! देर नहीं हो जाएगी ? जा बाथरूम में गरम पानी रखा है। जल्दी से हाथ-मुँह धोकर तैयार हो जा।"

जोत की बात, जोत की आवाज़, जोत का चेहरा, सबसे उसे बड़ी तसल्ली मिल रही है। कल से ही उसे ऐसा लग रहा है। जब-जब उसने जोत को देखा, जोत उसे हमेशा अच्छी लगी। जोत की तरफ़ देखते रहना भी उसे अच्छा लगता है।

वह जल्दी से बाथरूम में घुस गया। पर जैसे ही दरवाज़ा बंद किया, एक अजीब-सा डर मन में समाने लगा। उसने खाली सू-सू की। छिछू दबा गया और जल्दी से दरवाज़ा खोल दिया। कम से कम बाहरवालों के चेहरे दिखते रहें। चेहरों का भी कैसा आश्वासन होता है !

नाश्ते की मेज़ पर सब बैठे हैं। ममी टोस्ट में मक्खन लगाकर दे रही हैं। डॉक्टर साहब सफ़ेद बुर्राक कपड़ों में ऐसे लग रहे हैं जैसे अभी-अभी लांड्री में से निकलकर आए हों। वे खाते भी जाते हैं और बार-बार नेपकिन से हाथ और होंठ भी पोंछते जाते हैं। पर बंटी है कि ध्यान न खाने-पीने की चीज़ों पर है, न जोत और अमि की बातों पर। सामने बैठे टोस्ट कुतरते हुए डॉक्टर साहब एक क्षण को उसे कपड़ों में दिखाई देते हैं तो एक क्षण नंगे, एकदम नंग-धड़ंग।

मक्खन लगाते-लगाते चाय के घूँट लेती ममी के भी मिनट-मिनट में कपड़े उतर जाते हैं। एक बड़ा भारी-सा रहस्य था जो उसे एकाएक ही पता लग गया है जैसे ! पहले बड़ा डर लगा था फिर अजीब-सी घिन छूटी और अब गुस्से और घिन के साथ-साथ इच्छा हो रही है कि बार-बार उसी दृश्य को देखे।

और फिर तो जैसे अजीब स्थिति हो गई उसकी। नहाने लगा तो अपने अंग को लेकर भी वैसी थ्रिल महसूस होने लगी। मन ही मन डॉक्टर साहब के साथ अपनी तुलना शुरू हो गई। बड़ा होकर वह भी ऐसा ही हो जाएगा। वह सोच रहा है, हाथ में लेकर देख रहा है और भीतर ही भीतर एक अजीब-सी सिहरन हो रही है। पहली बार उसे लग रहा है, जैसे वह है, उसके भी कुछ है।

क्लास में टेबुल के सामने खड़े होकर सर पढ़ा रहे हैं और एकाएक बंटी के सामने सर के कपड़े उतर जाते हैं। एक अनंत सिलसिला...जोत कभी अपने रूप में और कभी ममी के रूप में सामने आती है। वह उसके फ्रॉक में से झाँकने की कोशिश करता है। ममी जैसा तो कहीं कुछ नहीं है, शायद बड़े होकर सबकुछ वैसा ही हो जाएगा !

और फिर सब जगह वही...वही...।

पर साँझ घिरने के साथ-साथ और सारी भावनाएँ तो गायब हो गईं, रह गई सिर्फ़ एक अपराध-भावना। कुछ बहुत ही गंदा काम करने की अपराध-भावना। क्यों आईं ममी यहाँ, क्यों लाईं उसे ? आज एक मिनट भी पढ़ने में मन लगा है उसका स्कूल में ? अब किस तरह पढ़ेगा वह ? उसने कसकर उँगलियों का क्रॉस बनाया...नहीं-नहीं, वह अब कभी नहीं सोचेगा इन बातों को ! कितना पाप चढ़ा होगा आज उस पर ! क्या करे वह ? जैसे अजीब-सी असहायता घिर आई उसके चारों ओर ! और रात आते ही यह अपराध-भावना भय में बदलने लगी है। पता नहीं किसका भय, कैसा भय ? पर कुछ है जो उसे दबोचे जा रहा है। खाने की

मेज़ पर...'बंटी, यह पुलाव लो बेटे—सलाद नहीं खाते, अरे यह तो बहुत फ़ायदा करता है...तुम्हें क्या दें अमि...बंसीलाल, आलू की सब्जी...' ये सारे वाक्य, बरतनों की खड़-खड़, चम्मच-प्लेटों की टकराहट, आसपास बैठे लोग सब गड्डमड्ड होकर जैसे एक अँधेरे में डूबते जा रहे हैं, और अँधेरा है कि बढ़ता ही जा रहा है।

ममी बगल में बैठी बंटी का सिर सहला रही हैं, "सो जा बेटे, मैं तेरे पास हूँ। आज बंसीलाल से कह दिया है, वह दरवाज़े के पास बरामदे में ही सो जाएगा, बरामदे की बत्ती भी जली रहेगी। फिर अमि है, जोत है...राजा बेटा मेरा !"

बड़ी देर तक सिर सहलाने के बाद ममी गई हैं। बत्ती बंद करते ही कमरे का सारा अँधेरा बंटी के मन में भर गया, भर ही नहीं गया, जैसे जम गया है। मन में आकर अँधेरा जम जाए तो कैसा लगता है, कोई जान सकता है ?

खट, ममी के कमरे का दरवाज़ा बंद हुआ और बंटी की आँख के सामने चारों ओर नीली रोशनी फैल गई और फिर वही...फिर उसकी उँगलियाँ कसकर एक-दूसरे से लिपट गई...नहीं...नहीं।

रात-भर बंटी किन-किन लोगों के बीच भटकता रहा है...सब अनजाने-अपरिचित चेहरे...अनदेखी जगह ! वह कैसे आ गया यहाँ पर ? ढेर सारे नंगे लोग...बिलकुल नंग-धड़ंग। आ रहे हैं, जा रहे हैं...कहीं भी खड़े होकर सू-सू कर रहे हैं। वह भी नंगा होकर घूम रहा है। सू-सू आई तो वहीं खड़ा-खड़ा करने लगा। सू-सू है कि ख़त्म ही नहीं हो रही है, कितनी ढेर सारी सू-सू की है उसने।

यह क्या ? सू-सू से सारा बिस्तर भीगा हुआ है। एक क्षण तो जैसे समझ में ही नहीं आया कि क्या हो गया ! और जब समझ में आया तो एक दूसरी तरह के भय ने जैसे जकड़ लिया। भय नहीं, शरम...सबके बीच नंगे हो जाने जैसी शरम।

खिड़की के पार, सवेरा होने के पहलेवाली फीकी-फीकी रोशनी फैल रही है। अब वह क्या करे ? हाथ फेरकर देखा, सारा बिस्तर गीला है, सारे कपड़े गीले हैं। उठकर कहाँ जाए, कैसे कपड़े बदले ! और बिस्तर ? सवेरा होते ही सबको मालूम हो जाएगा। जोत, अमि, डॉक्टर साहब, बंसीलाल—क्या कहेंगे सब लोग ? क्या सोचेंगे ! शरम, दुख, गुस्सा और फिर आँसू—ढेर-ढेर आँसू !

अमि और जोत उठे हैं। जोत ने उसे आवाज़ भी दी, पर वह है कि साँस तक रोके पड़ा है। वे दोनों तो चले गए, पर वह कैसे उठे ?

"बंटी, उठ बेटा, स्कूल नहीं जाना ?" पर बंटी ज्यों का त्यों पड़ा है। वह नहीं उठेगा। आज भी नहीं, कल भी नहीं...सारी ज़िंदगी नहीं उठेगा। जैसे वह सो नहीं रहा है, बस बिस्तर में जम गया है।

ममी ने पास आकर रजाई उठाई तो उसने और कसकर आँखें मूँद लीं। कोई

ऐसा जादू नहीं हो सकता कि बिस्तर सहित गायब हो जाए ?

"अरे यह क्या, ओह !"

"गुड मार्निंग किड्स !" दरवाज़े पर डॉक्टर साहब की आवाज़ सारे कमरे में फैल गई। अमि-जोत तो चले भी गए, उसे देखने के लिए ही तो आए हैं।

ममी ने जल्दी से उस पर फिर रजाई डाल दी।

"तुम ज़रा उधर चलो।" और फिर उसे गीले कपड़ों के साथ ही ऊपर से नीचे तक अपने शॉल में लपेट दिया और उसके गीले बिस्तर पर रजाई ढक दी। बंटी को कँपकँपी छूट रही है, पता नहीं सर्दी से या डर से। ममी बचाएँगी, पर आख़िर कितनी देर तक।

अपने कमरे में लाकर ममी जल्दी-जल्दी उसके कपड़े बदलवा रही हैं। चेहरे पर ढेर-ढेर परेशानी है।

"सू-सू करके नहीं सोया था बेटा ? रात में आया था तो बंसीलाल को क्यों नहीं जगा लिया ?"

पर बंटी से कुछ नहीं बोला जा रहा है। मन का सारा भय और आवेश केवल हिचकियों में फूटा पड़ रहा है।

"अब रो मत ! रोता हुआ देखेंगे तो क्या कहेंगे सब लोग ? मैं किसी को पता भी नहीं लगने दूँगी। चुप हो जा एकदम।"

और ड्रेसिंग-टेबुल के सामने लाकर उसके बाल बनाने लगीं तो फिर वही शीशी...वह भीतर तक काँप गया।

नाश्ते की मेज़ पर बैठा तो उसकी नज़र नहीं उठ रही है। सब जल्दी-जल्दी नाश्ता कर रहे हैं। सब कुछ न कुछ बोल भी रहे हैं, पर बंटी को लग रहा है कि जैसे सब चुप हैं और कुछ नहीं कर रहे हैं, केवल उसी की ओर देख रहे हैं। जैसे सबको मालूम हो गया है कि उसने बिस्तर में सू-सू कर दिया है। बिना देखे ही वह देख रहा है, ममी के चेहरे पर परेशानी है, डॉक्टर साहब के चेहरे पर उपेक्षा है, जोत के चेहरे पर दया और अमि के चेहरे पर शैतानी...चिढ़ानेवाला भाव। टोस्ट सेंक-सेंककर देता हुआ बंसीलाल मुसकरा रहा है कि देखो, इतना बड़ा बच्चा और...

बस, बंटी ही है कि बेहद-बेहद शर्मिंदा, अपनी ही नज़रों में गिरा, सबसे तुच्छ बना, जैसे-तैसे दूध के घूँट निगल रहा है। दूध से ज़्यादा आँसू के घूँट निगल रहा है।

ममी परेशान हो-होकर पूछ रही हैं और हाथ में वही जादुई शीशी, जो बिलकुल खाली है।

"तुमने शीशी खोली थी जोत ?"

"नहीं ममी, मैं तो आपके कमरे में गई ही नहीं।"

"अमि, तुमने तो नहीं गिराया बच्चे ?"

"नहीं," बिना ममी की ओर देखे, बड़ी लापरवाही से उसने जवाब दिया।

"गिराया हो तो बता दो बेटे, गिराया नहीं हो, मान लो ग़लती से गिर गया हो तो बता दो। मैं कुछ नहीं कहूँगी।"

"नहीं, हमने खोली ही नहीं शीशी...हम क्या सेंट लगाते हैं ?"

"बंटी, तुमसे गिरा बेटे ?"

"नहीं," पर बंटी को ख़ुद लगा जैसे अमि की तरह दबंग ढंग से वह 'नहीं' नहीं कर सका। और ये ममी हैं कि उसे ही घूरे जा रही हैं ! जोत और अमि को क्यों नहीं घूरतीं ऐसे ? एक मैं ही तो हूँ फालतू !

पर गुस्सा है कि टिक नहीं पा रहा है। एक डर है...कहीं यह शीशी ही नहीं बोलने लगे—मैं बताती हूँ असली चोर !

कल जब पीछे के मैदान में उँडेलकर ढेर सारी मिट्टी ऊपर से डालकर हाँफता-हाँफता वह आया था तो ठीक सिनेमा में देखे कार्टून-फ़िल्म की तरह उस शीशी के हाथ-पैर, आँख-नाक निकल आए थे और वह बड़ी देर तक उसके आगे-पीछे नाचती रही थी।

"कमाल है ! सारी की सारी शीशी उलट गई और कमरे में कहीं ख़ुशबू का नाम तक नहीं। तुम लोगों ने नहीं गिराई, बंसीलाल ने सफ़ाई करते समय नहीं गिराई। गिरती तो सारा कमरा गमक जाता। कहाँ गया सारा सेंट ? यह तो जैसे कोई जादू हो गया।"

'जादू' शब्द से ही जैसे एक बार ऊपर से नीचे तक फिर से एक सुरसुरी-सी दौड़ गई। बंटी ने दोनों हाथों से कसकर कुर्सी पकड़ ली।

शेव करने के बाद तौलिए से मुँह को ख़ूब ज़ोर-ज़ोर से रगड़ते हुए डॉक्टर साहब बोले, "अरे छोड़ो अब ! इतवार के दिन क्यों सवेरे-सवेरे यह पचड़ा लेकर बैठ गईं। जो हुआ सो हुआ और मँगवा लेंगे।"

"मँगवाने की बात नहीं है, पर आख़िर जा कहाँ सकती है ?" ममी जैसे अपने से ही बोल रही हैं। स्वर में खीज और परेशानी है और चेहरे पर जैसे कोई गहरी चिंता उभर आई है।

"...कहा न, फारगेट अबाउट इट !" डॉक्टर साहब ने ममी का कंधा थपथपा दिया। "एक सेंट की शीशी ही तो उलट गई है न, कोई दुनिया-जहान तो नहीं उलट गया।"

"तुम्हारी दी हुई चीज़ थी—बुरा नहीं लगेगा ? सवेरे-सवेरे मूड खराब हो गया।"

हुँह ! तो इसलिए परेशान हो रही थीं ममी ! और इसके साथ ही भय की जगह एक संतोष जागा और एकाएक नज़र ममी की जगमगाती हुई अँगूठी पर चली गई—यह भी डॉक्टर साहब ने ही पहनाई थी।

शादी का सारा का सारा दृश्य फिर आँखों के सामने घूम गया। मन में फिर कहीं कुछ कुलबुलाने लगा।

कोठी के दरवाज़े में घुसते ही बाईं ओर को दो कमरे और एक बरामदा है। सवेरे आठ बजे से साढ़े बारह बजे तक डॉक्टर साहब यहीं रोगियों को देखते हैं। बरामदे के खम्भे पर परिवार नियोजन का एक बड़ा-सा बोर्ड लगा है। डॉक्टर की सलाह मानिए—दो या तीन बच्चे बस—

बंटी बरामदे के एक कोने में बस्ते के ऊपर बैठा हुआ बस की राह देख रहा है। बरामदे की बेंचें रोगियों से भरी हैं, दो-एक ज़मीन पर भी बैठे हैं। बंटी बड़े कौतूहल से उन्हें देख रहा है। कमरे में डॉक्टर साहब बैठे हैं। यहाँ से बंटी को वे भी दिखाई दे रहे हैं। शायद रोगी बारी-बारी से अंदर जाते हैं। कैसे देखा जाता है रोगियों को ? कैसे पता चल जाता है कि किसको क्या बीमारी है ?

''नहीं है हालत तो बच्चे मत पैदा करो भाई ! इस देश के लोगों को तो तीन भी नहीं, कुल दो बच्चे पैदा करने चाहिए। खाने की कमी—कपड़े की कमी—जगह की कमी—नौकरियों की कमी...''

पों...पों...बंटी बस्ता लेकर भागा।

''क्यों रे बंटी, तू गाड़ी में क्यों नहीं आता यार ?''

''क्यों आऊँगा गाड़ी में ? घर से निकलो और सीधे स्कूल पहुँच जाओ। न किसी से बोल सको न कुछ। बस में कितना मज़ा रहता है। गाड़ी में तो मैं शाम को घूमता हूँ।''

पर भीतर से कोई बोल रहा है। झूठ-झूठ ! 'नहीं बेटे, बच्चे लोग यहाँ सोएँगे।' एक कमरा उभरता है और ढह जाता है। फिर एक कमरे में जैसे-तैसे ठूँसा हुआ सामान—अपने घर का सामान—उदास-उदास-सा—और उतना ही उदास-सा बंटी उसे उस सामान के बीच खड़ा दिखाई देता है...

कहीं कोई और कुछ न पूछे इसलिए बंटी बाहर सड़क की ओर देखने लगता है। अचानक फूफी की याद आ गई...झूठ बोलने से भगवान के घर बड़ी कड़ी सज़ा मिलती है, बंटी भय्या—चोरी करने से पाप लगता है।

वह कितना झूठ बोलने लगा है आजकल ! सब गंदे-गंदे काम करता है, गंदी-गंदी बातें सोचता है। क्या होगा अब उसका ?

ड्राइंग की क्लास हो रही है। सर ने बोर्ड पर एक बोतल और एक प्लेट-प्याला

खींच दिया—बनाओ अपनी-अपनी कापियों में।

क्लास में शोर होने लगा। कोई किसी से रबड़ माँग रहा है, तो कोई किसी से शार्पनर। कुछ लड़कों के बीच क्रास-ज़ीरोवाला खेल शुरू हो गया। 'चुप-चुप करो !' थोड़ी-थोड़ी देर बाद सर सारे पीरियड तक इसी तरह चिल्लाएँगे।

"बताओ तुमने खोली शीशी—तुमने खोली शीशी—तुमने खोली..."

बोर्ड पर प्लेट-प्याले की जगह ममी का चेहरा घूमने लगता है। वह क्या समझता नहीं, ममी उसी पर शक कर रही हैं, करें, उसका क्या जाता है ? उससे कहकर देखें !

फिर बोर्ड पर बनी बोतल एकाएक, डॉक्टर साहब की टाँगों के बीच में आकर उलटी लटक गई। छी-छी, फिर वही सब बातें। उसने मन ही मन प्रॉमिस किया था कि वह अब कभी ऐसी गंदी बात नहीं सोचेगा, पर बात है कि फिर भी मन में आ ही जाती है।

उसने उँगलियों का क्रॉस बनाया—अब कभी नहीं, अब कभी नहीं।

भूगोल की क्लास चल रही है। गंगा की यात्रा—'गंगा हिंदुओं की पवित्र और हिंदुस्तान की एक बहुत ही महत्त्वपूर्ण नदी है। यह हिमालय पर्वत के गंगोत्री नामक ग्लेशियर से निकलती है..."

सर स्केल से बोर्ड पर लटके मैप में गंगोत्री दिखा रहे हैं—"पहाड़ी मार्ग में ही इसमें अलकनंदा और मंदाकिनी नामक नदियाँ आकर मिलती हैं, तो इसकी धारा मोटी और गति तेज़ हो जाती है। हरिद्वार पर आकर इसका मैदानी मार्ग शुरू हो जाता है। हरिद्वार हिंदुओं का एक प्रमुख तीर्थस्थान है..."

और सर ने स्केल से नक्शे में हरिद्वार दिखा दिया। पर नक्शे के हरिद्वार से बंटी के मन में हरिद्वार की कोई तसवीर नहीं उभरती है।

गंगा तो आगे चली जाती है, पर बंटी के मन में हरिद्वार ही अटककर रह जाता है। नदी के किनारे कोई जगह है, पता नहीं कौन-सी। पर वहीं फूफी आँखें मूँदे माला फेर रही है। बंटी झपटकर माला छीन लेता है। फूफी चिल्ला रही है—अरे बंटी भय्या, पाप लगेगा। पूजा में विघन डालते हो, कइसे पापी हो !

और बंटी आँखें मूँदकर माला फेरने लगता है। ज़ोर-ज़ोर से बोलकर 'धरमी करे धरम, फल पापी के होय।' फूफी उसके पीछे दौड़ती है। वह माला पानी में फेंकने लगता है कि अचानक माला शीशी में बदल जाती है। वह खड़ा-खड़ा शीशी में से पानी में कुछ उलट रहा है...बताओ, तुमने खोली शीशी, तुमने खोली...

"लोगों का ऐसा विश्वास है कि संगम में नहाकर सारे पाप धुल जाते हैं।" संगम कैसे जाया जाता होगा ? वह भी एक बार ज़रूर जाएगा—बंटी का पाप भी ज़रूर धुल जाएगा।

"बंगाल में आकर इसका नाम हुगली हो जाता है। कलकत्ता इसके किनारे एक बहुत बड़ा बंदरगाह है।"

कलकत्ता...और ढेर सारे बंदरों के बीच उसे पापा का चेहरा दिखाई देने लगता है। पापा के तरह-तरह के चेहरे।

कितनी बार उसने सोचा, पर पापा को चिट्ठी नहीं लिखी। अच्छा, पापा ही लिख देते। उन्हें क्या मालूम नहीं कि ममी उसे लेकर दूसरे घर में आ गई हैं ! वकील चाचा भी कितने दिनों से नहीं आए ?

"अच्छा अरूप, बताओ गंगा कहाँ से निकली है ?"

बंटी खड़ा हो गया। गंगा, नक्शा, हरिद्वार, फूफी, बंदर, पापा, संगम—जाने कितने नाम हैं, जाने कितने चेहरे हैं कि भीड़-सी लग जाती है और सब गड्डमड्ड हो जाते हैं, एक के ऊपर एक, और पता नहीं लगता कि गंगा कहाँ से निकली ?

बंटी स्कूल से लौटा तो ममी घर में ही मिलीं। अमि-जोत नहीं लौटे थे और ममी अकेले ही थीं। बंटी को अच्छा लगा। अकेली ममी हों तो घर भी अपना लगने लगता है।

"तुम आज कॉलेज नहीं गईं ममी ?"

"नहीं बेटे ! सब सामान ज़माना था इसलिए दो दिन की छुट्टी ले ली।" ममी ने बंटी के हाथ से बस्ता ले लिया। कमरे में आया तो देखा जोत की और अमि की अलमारी के बगल में एक और लंबी-सी अलमारी खड़ी है।

"देख बंटी, तेरे लिए यह अलमारी लगवा दी है। दो खानों में तेरे कपड़े हैं और दो में तेरे खिलौने। अब ठीक से रखना अपनी अलमारी को।"

ममी इस समय कैसी लग रही हैं ! टीटू की अम्मा काम करते हुए जैसी लगती थीं, वैसी ही।

बंटी ने अलमारी खोली। दवाइयों की बदबू का एक भभका-सा उड़कर आया।

"यह क्या, इनमें से कैसी दवाई-दवाई की-सी बदबू आ रही है ?" बंटी छिटककर पीछे हट गया।

"कुछ नहीं बेटा, डॉक्टर साहब की दवाइयों की अलमारी मैंने तेरे लिए खाली करवा ली। दो-चार दिन में यह महक उड़ जाएगी।"

"नहीं चाहिए हमें ऐसी अलमारी ! घर का सारा आलतू-फालतू सामान मेरे लिए ! अपने लिए कैसा बढ़िया कमरा, कैसी बढ़िया अलमारी..."

ममी एकदम पलटकर खड़ी हो गईं, एक क्षण बंटी का चेहरा देखती रहीं फिर पास आकर दोनों हाथ पकड़े और खींचकर पलंग पर बैठ गईं—"क्या कह रहा

है, यह आलतू-फालतू सामान है ? पता है डॉक्टर साहब के कितने काम की थी यह अलमारी–मैंने ख़ासतौर से तेरे लिए खाली करवाई और तू है कि...''

''तो क्यों खाली करवाई ? दे दो डॉक्टर साहब की अलमारी उन्हें...''

''बंटी !'' और ममी एकटक उसका चेहरा देख रही हैं। क्या है उसके चेहरे पर जो ऐसे देख रही हैं।

''एक बात कहूँ बेटे, मानेगा ?''

अब बंटी की आँखें ममी के चेहरे पर टिक गईं।

''तू डॉक्टर साहब को पापा क्यों नहीं कहता ?''

बंटी चुप। आँखों के आगे कहीं अपने पापा की तसवीर तैर गई।

''बोल, कहेगा न अब से ?''

''नहीं !''

''क्यों ?''

''मेरे पापा तो कलकत्ते में हैं।''

ममी एक क्षण चुप। चेहरा कहीं हलके से सख़्त हो आया।

''ठीक है, हैं। पर जोत और अमि भी तो मुझे ममी कहते हैं।''

''उनकी ममी मर गई हैं इसलिए कहते हैं, मैं क्यों कहूँ ?''

ममी उसे देखती रहीं और वह भी ममी को देखता रहा। एकटक, बिना नज़र हटाए, बिना झिझके।

इतने में पोर्टिको में कार के रुकने की आवाज़ आई तो ममी बंटी के हाथ छोड़कर उठ पड़ीं–''ठीक है बंटी, जो तेरी समझ में आए कर !'' स्वर में सख़्ती नहीं थी, गुस्सा भी नहीं था। शायद दुख था।

जोत और अमि अपना-अपना बस्ता उठाए गाड़ी से उतरे।

'बंटी, तू गाड़ी में क्यों नहीं आता यार ?' यह वाक्य कहीं से मन में कौंधा और डूब गया।

''आ गए तुम लोग ? चलो, जल्दी से हाथ-मुँह धोकर कपड़े बदलो। मैं नाश्ता लगवाती हूँ। देखो, बंटी को भी रोक रखा था अभी तक !''

हाँ, बंटी तो है ही फालतू। अभी ये लोग घंटा-भर और नहीं आते तो तुम और रोके रखतीं बंटी को–बंटी को भूख थोड़े ही लगती है।

'अरे बंटी भैया, तुम पहले कुछ खा लो, सवेरे के गए हो, तुम्हें भूख नहीं लगती ? हमारा तो यहाँ जी कलपता रहता है तुम्हारे मारे...' उसे फूफी याद आ जाती है।

ममी मेज़ लगाती हुई कैसी लग रही हैं ? वहाँ तो बस, एकदम प्रिंसिपल बनी

रहती थीं।

"यह लंबूतरी अलमारी बंटी भैया की है ?" वही हनुमानवाले लाल कपड़े पहन आया है अमि। लंबूतरी-कबूतरी—बंदर कहीं का ! ऐसी फालतू-सी चीज़ उसे दे दी है तो मज़ाक नहीं उड़ाएँगे सब लोग !

खाने की मेज़ पर बैठे कि कॉलेज का माली आ गया और ज़मीन तक झुककर सलाम किया।

"नमस्ते बंटी भैया, कैसे हो ?" हाथ जोड़े-जोड़े ही उसने पूछा तो बंटी उछलकर माली के पास आ खड़ा हुआ।

"माली दादा, कैसा है मेरा बगीचा ? तुम ठीक से पानी तो देते हो न ? उस पीले गुलाब की कलियाँ खिल गईं", कितनी बातें उसे पूछनी हैं। माली क्या आया जैसे उसके साथ बंटी का घर चला आया, बंटी का बगीचा चला आया।

एक के बाद एक फूलों के नाम लिए जा रहा था बंटी और उत्साह है कि जैसे मन में समा नहीं रहा है।

"माली, अब उससे भी अच्छा बगीचा यहाँ लगाओ बंटी के लिए। पहले यहाँ की सफ़ाई करके खाद-वाद डाल दो। फिर जो गमले और पौधे ज्यों के त्यों आ सकें उन्हें वैसे ही ले आना, बाकी..."

"एकदम नहीं आएँगे पौधे। मेरे बगीचे को हाथ नहीं लगाएगा कोई। मैं अभी से कह देता हूँ। माली दादा, तुम बिलकुल नहीं छूना।" स्वर में आवेश भी है, और आदेश भी। यह उसके अधिकार की सीमा है। तुमने कमरा नहीं दिया, लंबूतरी अलमारी लगा दी, बहुत चाहने पर भी वह जैसे कुछ बोल ही नहीं सका। पर उसका बगीचा...

माली की गिजगिजी आँखों में जैसे कुछ तैरने लगा।

"इसे बनाए न तू अपना बगीचा !" ममी ने प्यार से उसके कंधे पर हाथ रखकर जैसे मनुहार की।

"नहीं, बिलकुल नहीं है यह मेरा बगीचा ! बीज और कलम लगा-लगाकर बनाओ, अपना बगीचा तो पता लगेगा कैसे बनता है बगीचा !"

"ऐसा ही होता है बहूजी, ऐसा ही होता है। अपने बोए-सींचे पौधों से ऐसा ही मोह होता है, बिलकुल संतान-जैसा। जहाँ एक बार लगाओ वहाँ से उखाड़ा नहीं जाता।" और फिर थरथराते गले से बोला, "तुम एक बार आकर देख जाना बंटी भैया ! तुम्हारे बगीचे को तो मैं जान से भी ज़्यादा रखता हूँ।"

बंटी माली के हाथ से झूम गया। माली के हाथ को छूकर लग रहा है, जैसे वह अपना बगीचा छू रहा है...उस पर हाथ फेर रहा है। कल-परसों वह किसी दिन ज़रूर जाएगा।

ममी जब तक बताती रहीं कि यहाँ क्या-क्या करना होगा, बंटी वैसे ही उसके हाथ पर झूलता रहा। जब माली जाने लगा तो उसे गेट तक छोड़ने गया।

"कल फिर आना माली दादा...रोज़ आया करना !" और जब तक माली दिखता रहा, बंटी उधर ही देखता रहा।

बच्चे पढ़ाई करने बैठे तो एक महाभारत छिड़ गया। अमि अपनी मेज़ पर से बंटी की किताबें उठा-उठाकर फेंक रहा है और चिल्ला रहा है, "किसने हटाई मेरी किताबें यहाँ से ? यह मेरी मेज़ है, किसी को नहीं दूँगा मैं अपनी मेज़।"

"ऐ अमि, क्या पागलपन कर रहा है ? ममी ने तेरी किताबें मेरी मेज़ पर रख दी हैं, यहाँ बैठकर पढ़ ले।" पर जोत अमि को रोकती-रोकती इतने में बंटी घुसा और "ले...ले और फेंक मेरी किताबें, और फेंक..." और अमि की किताबें हवा में कलाबाज़ी खाती हुई ज़मीन पर लोट गईं, और फिर दोनों गुँथ गए... घूँसे-मुक्के। बंटी ने खींचकर-खींचकर दो थप्पड़ जड़े तो अमि ज़ोर से चीखा और बंटी की बाँह पर दाँत भरकर काट लिया।

"मार डाला रेऽ..."

ममी दौड़ी हुई आईं... "यह क्या हो रहा है ?" उन्होंने झपटकर दोनों को अलग किया।

बिना कुछ किए ही जोत एक ओर को अपराधी-सी खड़ी हो गई।

"मैं मारूँगा इसको...मारूँगा, देखो क्या किया है इसने !" और गुस्से से काँपते हुए बंटी ने अपनी बाँह आगे कर दी। दो दाँत माँस के भीतर तक गड़ गए थे और ख़ून छलक आया था।

"अमि, यह क्या किया है तूने ? इस तरह काटते हैं बड़े भैया को ?" ममी ने बहुत सख़्त आवाज़ में कहा।

अमि रोता जा रहा है और घूर-घूरकर बंटी को देखता जा रहा है।

बस, हो गया डाँटना ? लगातीं न थप्पड़ ! अभी वह ऐसे काट लेता तो ? बंसीलाल अमि को बाहर ले गया तो ममी ने बहुत प्यार से बंटी को बाँह में भर लिया, "चल टिंचर लगा देती हूँ।"

"नहीं लगाना मुझे टिंचर, मुझे कुछ नहीं करवाना।" पता नहीं उसकी आवाज़ में गुस्सा था या दुख कि ममी की आँखें छलछला आईं... "चल बेटे, शाम को डॉक्टर साहब से डाँट पड़वाऊँगी अमि को।"

हाँ, डॉक्टर साहब से डाँट पड़वाएँगी ! जैसे ख़ुद नहीं डाँट सकती थीं न ? और बंटी हाथ छुड़ाकर भाग गया। उसने टिंचर भी नहीं लगवाया। उस रात बंटी ने खाना भी नहीं खाया। डॉक्टर साहब ने अमि को डाँटा, कान खींचा। बंटी को

प्यार किया, समझाया कि दो दिन बाद ही तुम्हारी मेज़ बनकर आ जाएगी—एकदम नई और इन सबसे बढ़िया। पर बंटी अपने पलंग पर से हिला तक नहीं।

"तुम तो बहुत ज़िद्दी हो यार !" डॉक्टर साहब लौट गए। और जाने कैसे पापा आकर बैठ गए—तुम हमारे साथ कलकत्ते चलोगे बंटी—ख़ूब घुमाएँगे-फिराएँगे।

वह कल ही पापा को चिट्ठी लिखेगा।

बंटी बस के लिए खड़ा है। रोज़ की तरह डॉक्टर साहब रोगियों को देख रहे हैं, पर वह किसी की भी तरफ़ नहीं देख रहा। रात वाला गुस्सा अभी भी भरा है मन में। सवेरे उसने किसी से बात नहीं की, अब वह किसी से नहीं बोलेगा, कभी नहीं बोलेगा। सामने लगे लाल तिकोन को घूर-घूरकर देख रहा है बंटी। डॉक्टर साहब के शब्द तैर जाते हैं—इस देश में तो तीन भी नहीं, दो, बस दो बच्चे पैदा करने चाहिए।

तीसरा बच्चा फालतू बच्चा—तीसरा बंटी, फालतू बंटी...

'अब तू कार में क्यों नहीं आता यार ?'

अमि और जोत की अलमारियाँ—'यह लंबूतरी अलमारी बंटी भैया की है ?' अमि और जोत की मेज़—'किसी को नहीं दूँगा मैं अपनी मेज़—यह मेरी है—।'

अपना-अपना बस्ता लिए, कार में बैठे हुए अमि और जोत सर्र से निकल जाते हैं, सर्र से घुस जाते हैं।

ड्राइवर, जाओ, डॉक्टर साहब को ले आओ।

ड्राइवर, जाओ, कॉलेज से मेम साहब को ले आओ।

बस, फालतू बंटी बस के लिए खड़ा है।

तेरह

अपने घर से उखड़कर बंटी जैसे सभी जगह से उखड़ गया, क्लास में बैठा रहता है तो मन में घर तैरता रहता है...ममी, अमि, ममी का कमरा, कमरे का जादू... और भी जाने क्या-क्या। सबके बीच होकर भी जैसे वह सबसे कटा-छँटा, अलग-थलग सबको देखता रहता है। और जब घर में होता है तो आँखों के आगे कभी स्कूल तैरता रहता है तो कभी अपना पुराना घर, अपना बगीचा, बगीचे का एक-एक पौधा और पौधे की एक-एक पत्ती, फूफी, माली दादा, ममी—वहाँवाली ममी।

रात में कहानी पढ़ता है और बड़ी मुश्किल से पाई हुई राजकुमार की जादू की दूरबीन उसकी आँखों पर लग जाती है। लो, नीली रोशनी में नहाया हुआ ममी का कमरा आँखों के सामने झिलमिलाने लगता है...कमरा, कमरे की हर चीज़ और वह सबकुछ जो उसने वहाँ देखा था। बस, जहाँ वह होता है वहीं नहीं रहता, और सब जगह रहता है, सबकुछ देखता रहता है।

"एक रेल एक सौ पच्चीस यात्रियों को लेकर जा रही है। एक स्टेशन पर उसमें से अड़तालीस यात्री उतर जाते हैं और छप्पन यात्री चढ़ जाते हैं तो बताओ..."

पापा रेल में बैठकर कब आएँगे ? आज पापा को वह ज़रूर-ज़रूर चिट्ठी लिखेगा...सारी बात लिखेगा।

"पहले कुल यात्रियों में से उतरनेवाले यात्रियों को घटाओ, फिर बचे हुए यात्रियों में चढ़नेवाले यात्रियों को..."

फूफी को ठेलकर चपरासी ने चढ़ा दिया। पता नहीं और कितने यात्री चढ़े। बस, भीड़ ही भीड़ तो थी...ढेर-ढेर आदमी। कोई गिन सकता था। वह सारा शोर आसपास भनभनाने लगा। नहीं, शायद सब लड़के बातें करने लगे।

कुछ पता ही नहीं किसको घटा दिया, किसको जोड़ दिया। अच्छा हुआ सर ने एक बार भी उससे सवाल नहीं पूछा, नहीं तो क्या बताता वह ? अब ममी से समझेगा। मन तो करता है, कुछ नहीं समझे। सब ग़लत करके ले जाए। फ़ेल हो

जाए। फिर ममी पूछें तो उससे कि क्यों हुआ फेल ?

सचमुच फेल हो गया तो अमि और जोत क्या सोचेंगे...फेलू, फेलू। अमि सामने से दौड़ गया। डॉक्टर साहब क्या सोचेंगे ? पर इस बार वह ज़रूर फेल हो जाएगा। उसके दिमाग़ में कुछ भी तो नहीं घुसता। पढ़ने में उसका बिलकुल-बिलकुल मन नहीं लगता। पापा को मालूम पड़ेगा तो ?

बंटी स्कूल से लौटा तो घर में घुसते ही नज़र फिर उसी 'लाल तिकोन' पर गई। तीसरा बच्चा...

इस समय घर में कोई नहीं है। यह कोई नई बात नहीं है। उस घर में भी तो स्कूल से आकर वह अकेला ही रहता था, ममी तो उसके बाद आती थीं, पर इस घर में आकर पुरानी बात भी नई लगती है। नई और अजीब ! यहाँ अकेले होकर वह कितना ज़्यादा अकेला हो जाता है। सब के आने तक बस गुमसुम बैठा रहता है।

भारी-भरकम बस्ता कमरे के एक कोने में रखा और फिर लाल हो आई अपनी उँगलियों को सहलाने लगा। तभी नज़र दीवार के सहारे रखी नई मेज़ पर गई। पुलककर वह मेज़ के पास आया। एकदम नई और चिकनी। हाथ फेरकर देखा तो अच्छा लगा। फिर पता नहीं क्या हुआ कि लौट आया। गड़े हुए दाँतों का दर्द जैसे फिर से कहीं उभर आया। नहीं, वह कोई मेज़-वेज़ नहीं लेगा। यहाँ का कुछ भी नहीं लेगा।

अमि और जोत अपनी-अपनी मेज़ पर बैठकर काम करेंगे। उसने तो एक कोने में ज़मीन पर ही अपना सबकुछ जमा लिया है। इन दोनों के साथ जब वह रोज़-रोज़ ज़मीन पर बैठकर पढ़ा करेगा तो ममी कितनी दुखी होंगी, कितना परेशान होंगी। अच्छा है, वह चाहता है कि ममी परेशान हों, दुखी हों।

यहाँ आकर जाने कैसे ममी की परेशानी और दुख के साथ उसका संतोष और सुख जुड़ गया है। एक बदला...

बदला ! और एकाएक ख़याल आया, वह इस समय पापा को चिट्ठी क्यों नहीं लिख लेता। अगर आज पूरी नहीं हुई तो फिर कल इसी समय लिखेगा। दो-तीन दिन में तो पूरी हो ही जाएगी। किसी के सामने तो लिख भी नहीं सकता। प्राइवेटवाली जो है। अधूरी चिट्ठी अपने कपड़ों के नीचे छिपाकर रख देगा, बस। इस बार अगर पापा ने चलने को कहा तो वह चला जाएगा। ममी ख़ूब रोएँगी...रोती रहें।

किसी काम से बंसीलाल उधर आया... "आ गए बंटी भैया ?" और चला गया। खाने-नाश्ते की कोई बात नहीं हुई। उसे कौन भूख लगी है !

ममी के कमरे का दरवाज़ा उढ़का हुआ है बस। एक बार भीतर जाने की

इच्छा हो आई। बंटी ने धीरे से दरवाज़ा खोला, कमरा साफ़ और जमा हुआ। वह भीतर घुसा तो मन में एक अजीब-सा भय समा गया। जैसे कोई चोरी कर रहा हो। और क्षण-भर को इच्छा कौंधी—कोई चीज़ यहाँ से उठाकर ले जाए और अपनी अलमारी में छिपा दे—लंबूतरी—

पलंग को देखते ही फिर गंदी-गंदी बातें दिमाग़ में आने लगीं। उँगलियों का क्रॉस कितना बेकार हो जाता है ऐसे मौकों पर।

फिर एक डर और डर से भी ज़्यादा कौतूहल। उसने धीरे से टेबुल की दराज़ खोली—पता नहीं क्या निकल आए। पर ज़्यादा उलटने-पलटने की हिम्मत नहीं हुई सो वापस बंद कर दी। रोज़ थोड़ा-थोड़ा करके देखेगा तो एक दिन ज़रूर पता लगेगा। पर क्या ? उसे ख़ुद नहीं मालूम कि किस बात का पता लगाना है। वह तो इतना जानता है कि इस कमरे में बहुत-सी बातें हैं बड़ी अजीब-अजीब ! रात में होनेवाली, छिपकर होनेवाली ! उस दिन रात में डरकर जब आ गया था तो क्या मालूम था कि यहाँ क्या पता लग जाएगा। ऐसी और भी बहुत-सी बातें होंगी इस कमरे में और फिर कुछ वैसा ही देख-जान लेने को मन अकुलाने लगा।

अचानक बाहर कोई खटका हुआ तो बंटी भागकर अपने कमरे में आ गया। दरवाज़ा बंद करना भी भूल गया। अब तो ज़रूर पता लग जाएगा।

पापा की चिट्ठी कल शुरू करेगा। आज सोच ले कि क्या-क्या लिखना है। बंटी पोर्टिको की सीढ़ियों पर आ खड़ा हुआ। सामने के ऊबड़-खाबड़ मैदान के बीच ही कहीं अपना बगीचा लहलहा आया—गुलाब, डेलिया, मोर-पंखी की मीनारें—हवा में थिरकती हुई घास की फुनगियाँ—घास के बीच बल खाता पाइप।

आज भी माली दादा आएगा। उसकी पानी देने की छोटी-सी झारी, छोटी-सी कुदाली-फावड़ा सब लेकर। ये सब वहीं छूट गए थे।

गाड़ी फाटक में घुसी तो लगा जैसे वह इतनी देर तक अमि और जोत की प्रतीक्षा कर रहा था। गाड़ी भीतर आई तो देखा ममी भी इन्हीं लोगों के साथ आ गई हैं।

खट-खट फाटक खुले। आगे-आगे बस्ता लिए अमि और जोत, पीछे पर्स लिए ममी...लाल तिकोन...

"तू यहाँ खड़ा-खड़ा हमारी राह देख रहा था ?" जोत ने उसके कंधे पर हाथ रख दिया।

"अपनी मेज़ देखी बेटे ? पसंद आई ? यह क्या, जमाई नहीं किताबें ? हर काम मैं ही करूँगी तेरा ?"

आठ बजे डॉक्टर साहब लौटे और साढ़े आठ पर सब लोग खाने की मेज़ पर आ गए।

''पापा, बंटी भैया की मेज़ आ गई, फिर भी इन्होंने अपनी किताबें उस पर नहीं रखीं। ममी ने ख़ूब समझाया पर...''

''आपको चावल दूँ या चपाती ?''

पर डॉक्टर साहब ने इस बात का जवाब नहीं दिया। उनकी नज़रें बंटी के चेहरे पर जम गईं। नज़रें मिलते ही बंटी ने आँखें नीची कर लीं। अब कनखियों से ममी को देख रहा है। उनका परोसता हाथ जैसे रुक गया है।

''क्यों बंटी, मेज़ पसंद नहीं आई बेटे ? हमने तो सबसे अच्छीवाली मेज़ पसंद की थी तुम्हारे लिए।''

बंटी चुप। ममी भी चुप !

''बंटी भैया कहता है, वह ज़मीन पर ही पढ़ेगा, मेज़ पर कभी पढ़ेगा ही नहीं।''

'चुगलखोर, सुअर कहीं का।'

ममी बिना किसी से कुछ पूछे सबकी प्लेटों में कुछ-कुछ डालने लगी हैं।

''तुम इतनी ज़िद क्यों करते हो बेटे ? कोई अच्छी बात है इस तरह ज़िद करना ? अभी खाना खाकर अपनी किताबें मेज़ पर जमाओगे। हम देखने आएँगे, समझे ?''

डॉक्टर साहब ने जैसे अंतिम फ़ैसला दे दिया और खाना खाने लगे। बंटी ने भी फ़ैसला सुन लिया और खाना खाने लगा। चुप और नज़रें नीची।

अमि लगातार बोले जा रहा है बेवकूफ़ की तरह। ममी माँगने पर सबको कुछ न कुछ दे देती हैं, अपनी ओर से भी पूछ लेती हैं। पर बंटी जानता है कि ममी भी उसकी तरह बिलकुल चुप हैं।

पर वे परोस कैसे रही हैं ? उनकी आँखें तो बंटी की प्लेट में चिपकी हुई हैं। बंटी को देखे जा रही हैं...एकटक, घूर-घूरकर। और एकटक देखने से ही जैसे आँखों में तराइयाँ आ गई हैं। गीली-गीली आँखें।

खाने के बाद ममी ने जल्दी-जल्दी किताबें मेज़ पर जमा दीं।

''जमा ले बंटी, पापा गुस्सा होंगे।'' जोत समझा रही है। ममी भी होंठों ही होंठों में कुछ न कुछ बोले जा रही हैं। बस, बंटी चुपचाप खड़ा है। न बोल रहा है, न विरोध कर रहा है।

जब सबकुछ जम गया तो ममी गुस्से से बोलीं, ''बेकार की बातों पर ज़िद मत किया कर, समझा। सारे समय कुछ न कुछ उलटा-सीधा करते रहना।''

और ममी जब अपने कमरे में घुस गईं तो बंटी ने चुपचाप सारा सामान ज़मीन पर उतार दिया।

''पापा-ममी, बंटी भैया ने...'' अमि दौड़ गया।

डॉक्टर साहब खड़े हैं शायद गुस्से में। पीछे-पीछे ममी खड़ी हैं। शायद डरी हुईं। और बंटी खड़ा है जैसे पत्थर।

''बंटी, तुमने फिर वही किया ? ठीक है, तुम्हारी मेज़ हम कल ही वापस भिजवा देंगे। तुम ज़मीन पर ही काम करोगे, समझे ! और आगे से इस तरह की ज़िद करोगे बेटे, तो हम बिलकुल बर्दाश्त करने नहीं जा रहे हैं, समझे ! ऐसे कैसे चलेगा।''

बंटी की आँखें एकदम ज़मीन में गड़ी हुई हैं। और वहाँ पहले से ही ममी की दो आँखें चिपकी हुई हैं। प्लेटवाली गीली आँखों के कोनों में गोल-गोल बूँदें उभर आईं।

टप-टप उसकी अपनी आँखों के आँसू ममी की आँखों में टपकने लगे और दोनों के आँसू मिल गए।

धूप ढल गई थी, पर उसकी गरमी और चौंधा अभी भी बाकी है। बंटी और जोत छत पर खड़े-खड़े मूँगफली खा रहे हैं। जोत बोले जा रही है, पता नहीं क्या-क्या।

बंटी चुप। यहाँ छत पर खड़े होने से शहर दिखाई देता है...घुचमुच बने हुए घर...गलियाँ...आते-जाते लोग...ताँगे...पहाड़ियों की सरहदों से घिरे मैदान देखे कितने दिन हो गए। बहुत दिनों से तो उन मैदानों की सैर भी नहीं की, पहाड़ की तलहटियों में झाँका भी नहीं। कोई धूनी रमाए साधु, कोढ़िन बनी राजकुमारी, पंख बाँटनेवाली नील परी...'

''तू बोलता क्यों नहीं बंटी ? अभी भी गुस्सा है ?''

''अरे ! इतना गुस्सा करते रहोगे न बंटी तो तुम्हारा ही ख़ून जलेगा, हाँऽ ! बाप का गुस्सा ले आए हो !''

लाल-लाल आँखें करते हुए पापा—'यू शट अप...'

''तुझे अपनी ममी की याद नहीं आती जोत ? कैसी थीं तेरी ममी ?'' अचानक बंटी पूछता है।

''ऐऽ ! आती है थोड़ी-थोड़ी। नहीं, अब नहीं आती, चाची अम्मा की आती है कभी-कभी। छुट्टियों में हम इलाहाबाद जाएँगे उनके पास, तू भी चलना।''

''मेरी ममी तुझे अच्छी लगती हैं ?''

''हूँ ! लगती हैं।''

''मेरे पापा को देखेगी न तो वे भी ख़ूब अच्छे लगेंगे। ख़ूब अच्छे हैं मेरे पापा। मैं उन्हें लिख रहा...'' खट से जीभ काट ली। धत्तेरे की ! वह कभी कुछ कर ही नहीं सकता। जो इतनी-सी बात भी छिपाकर नहीं रख सकता वह क्या करेगा ?

''इस बार जब पापा आएँगे तो मैं तुझे भी अपने साथ ले चलूँगा। ख़ूब घुमाते

हैं मुझे, फिर जो कहो सो ही दिलवाते हैं। तू चलेगी तो तुझे भी दिलवाएँगे।''

''तू मेरे पापा को पापा क्यों नहीं कहता ? मेरे पापा भी तो बहुत अच्छे हैं।''

बंटी चुप।

''बंटी बेऽटा'' और दो बाँहें लिपट आईं।

आज रात में जब सब सो जाएँगे तो वह चुपचाप उठकर पापा को चिट्ठी लिखेगा।

'आगे से इस तरह की ज़िद करोगे तो हम बिलकुल बर्दाश्त नहीं करेंगे, समझे !'—वह पापा के साथ चला जाएगा।

ममी-डॉक्टर साहब खाने की मेज़ पर बैठे हैं। बंटी पहुँचा तो ममी उसे देखते ही बोलती-बोलती बीच में ही रुक गईं। ज़रूर उसी के बारे में बात कर रहे होंगे। शिकायत और क्या ?

खाना शुरू हुआ तो रोज़ की तरह हर कोई कुछ न कुछ बोल रहा है, चुप है तो केवल बंटी। बंटी ने अब बोलना ही बंद कर दिया है। खाने के समय खा लेता है, सोने के समय सो लेता है, बाकी समय पढ़ता रहता है। कहानियाँ, हज़ार-हज़ार बार पढ़ी हुई कहानियाँ। या फिर ड्राइंग बनाता है।

डॉक्टर साहब लगातार उसकी तरफ़ क्यों देखे जा रहे हैं ? क्या देख रहे हैं, उसके चेहरे पर कुछ लिखा हुआ है ? कहीं पता तो नहीं लग गया कि वह छिपकर उनके कमरे में जाता है, चीज़ें उलट-पलटकर देखता है या कि वह पापा को चिट्ठी लिखने की बात सोच रहा है।

अजीब-सी बेचैनी होने लगी बंटी को। डॉक्टर साहब देख रहे हैं तो जैसे सभी उसकी ओर देख रहे हैं। मानो वह कोई तमाशा हो। उसने ममी की ओर देखा। ममी उसकी नहीं रह गई हैं, यह जानते हुए भी ऐसे मौक़ों पर नज़र ममी की ओर ही उठती है। पर ममी डॉक्टर साहब की ओर देख रही हैं। डॉक्टर साहब जब बंटी को देखते हैं तो पता नहीं क्यों ममी हमेशा डॉक्टर साहब की ओर ही देखती रहती हैं।

त्रिकोण में तीन भुजाएँ होती हैं, जैसे अ ब स एक त्रिकोण है...

''बंटी, कल घूमने चलोगे हमारे साथ ?''

क्लास में पढ़ाते हुए सर खट से डॉक्टर साहब में बदल गए। बंटी समझने की कोशिश कर रहा है। अ ब स—घूमना—आजकल कुछ भी तो समझ में नहीं आता।

''चलो, कल तुम्हें घुमाकर लाएँ। ख़ूब दूर...लंबी ड्राइव पर।''

''हम भी चलेंगे पापा, लंबी ड्राइव पर। ख़ूब मज़ा आएगा, अहा जी !'' अमि

अपनी कुर्सी पर ही फुदकने लगा।

"नो-नो, कल कोई नहीं जाएगा। तुम तो बिलकुल नहीं। तुमने मेज़ को लेकर बंटी भैया को नाराज़ कर दिया न, अब हम ले जाकर ख़ुश करेंगे।"

ये सब डॉक्टर साहब कह रहे हैं ? उसने एक बार हिम्मत करके नज़र उठाई और डॉक्टर साहब को देखा। वे उसी की ओर देखकर मुसकरा रहे थे। बंटी को उनका मुसकराता हुआ चेहरा अच्छा लगा, बहुत अच्छा। फिर उस चेहरे में से जाने कैसे पापा का चेहरा उभर आया। जैसे चश्मा बदलकर पापा बैठे-बैठे मुसकरा रहे हैं। और फिर उस चेहरे की मुसकान उसके अपने चेहरे पर चिपक गई। केवल चेहरे पर ही नहीं, जैसे हाथ-पैरों में भी चिपक गई, मन में भी चिपक गई।

"चलूँगा।" उसने धीरे से कहा।

"कैसे जाएगा बंटी अकेला, मैं भी जाऊँगा। मैं ज़रूर जाऊँगा। बंटी भैया कोई लाट साहब है जो अकेला जाएगा !" और अमि ने गुस्से में आकर कुर्सी पर एक लात जमा दी।

"अमिऽ !" डॉक्टर साहब गुस्से में दहाड़े तो बंटी का मुसकराता मन भी जैसे एक क्षण को सहम गया। कैसा डाँटते हैं...सब आदमी लोग शायद...

अमि की तों पेंऽ बोल गई। रोता-भन्नाता भीतर चला गया। अब बोलो न कि हमारी गाड़ी है, हमारी मेज़ है, बंटी भैया को घर भेज दो...

ममी अमि को गोद में उठा लाईं, "चलो, तुम लोगों को मैं घुमाने ले जाऊँगी। ख़ूब सारी चीज़ें दिलवाऊँगी..."

ले जाओ। गाड़ी तो हमारे पास रहेगी। पैदल-पैदल घुमा लाना। बहुत हुआ ताँगा कर लेना—खटर-खटर करता रहेगा।

रात में सोया तो ख़याल आया, आज पापा को चिट्ठी लिखनी थी। अब आज नहीं, कल लिख देगा या फिर कभी।

आँखें बंद करते ही कमरा सड़क पर निकल आया। लंबी-सीधी सड़क...उन्हीं मैदानों की ओर जाती हुई और उसकी मोटर दौड़ रही है। किसी तरह विभू और कैलाश देख लें। एक बार टीटू के यहाँ झाँकता चले।

अमि तुम नहीं, जोत तुम भी नहीं, शकुन तुम भी नहीं...केवल बंटी। बंटी नाराज़ है, बंटी को ख़ुश करना है।

एकाएक लाल तिकोन पर जैसे किसी ने ढेर सारी स्याही पोत दी।

डॉक्टर साहब ने छः बजे आने को कहा था। वैसे तो वह आठ बजे आते हैं। पर आज उसके लिए अपने मरीज़ भी छोड़कर आएँगे। बंटी साढ़े पाँच बजे से ही तैयार है। कितने दिनों से उसने कोई चीज़ ही नहीं ख़रीदी। आज ख़रीदेगा। जोत के लिए भी ख़रीदेगा और चलो, अमि के लिए भी ख़रीद देगा। वह तो है

ही पाजी।

मन में सबकुछ लुटा देनेवाली उदारता समा रही है। थोड़ी-थोड़ी देर में जाकर घड़ी देख रहा है। पापा आते हैं तब भी वह इसी तरह पगलाया-पगलाया फिरता है। आज पापा और डॉक्टर साहब के चेहरे भी तो घुल-मिल जा रहे हैं। पापा की बात सोचो तो डॉक्टर साहब का चेहरा आ जाता है और डॉक्टर साहब की बात सोचो तो पापा का चेहरा। जैसे दोनों चेहरे एक ही हो गए, अलग-अलग रहे ही नहीं।

जादू से चेहरा बदल सकता है तो दो चेहरे एक जैसे नहीं हो सकते ? ज़रूर हो सकते हैं, हो ही गए हैं। आज कहीं बात करते-करते वह डॉक्टर साहब को पापा ही न कहने लग जाए !

जोत और अमि को ममी ने पढ़ने बिठा दिया है। ज़रूर कुछ लालच दिया होगा। हो सकता है, ममी कल दोनों को घुमाने ले जाएँ। डॉक्टर साहब की डाँट के सामने अमिराम तो ठंडे !

छः बज गए। अब तो आते ही होंगे। बीमारों की भीड़ में आना भी तो आसान नहीं है। सवेरे तो वह ख़ुद अपनी आँखों से देखता है। सारी बेंचें और कुर्सियाँ तो भर जाती हैं, ज़मीन पर भी जैसे जगह नहीं रहती।

सबसे बड़े डॉक्टर हैं शहर के। पहली बार बंटी के मन में डॉक्टर साहब को लेकर गर्व जागा। जैसा ममी को लेकर अकसर जागा करता था। डॉक्टर साहब को लेकर भी वह गर्व कर सकता है। डॉक्टर साहब उसके भी कुछ...

कहीं हलके से पापा की तसवीर तैर गई। साढ़े छः ! अब बंटी को बेचैनी होने लगी। ममी तो ऐसे आराम से बैठी हैं जैसे उन्हें मालूम ही नहीं कि आज छः बजे जाने का कोई प्रोग्राम भी है। और फिर समय के साथ-साथ बंटी की बेचैनी दुख और फिर गुस्से में बदलने लगी। सात बजे के करीब कंपाउंडर ने आकर बताया—डॉक्टर साहब उठने ही वाले थे कि तभी वर्मा साहब के हार्ट-अटैक की ख़बर आ गई। मुझे यहाँ ख़बर करने को कहकर वे वहाँ चले गए। रोगियों के मारे मैं भी जल्दी नहीं आ सका।

बंटी ने खींच-खींचकर जूते-मोज़े उतार फेंके...झूठ...सब झूठ ! खाली-खाली उसे बहकाने के लिए कह दिया। नहीं ले जाना था तो क्यों कहा था...

अमि अँगूठा छिपाकर टिलिलिलि करता हुआ निकल गया, तो मन हुआ गला पकड़कर दबा दे उसका ! किसने कहा था कि उसे ले जाओ ड्राइव पर...वह क्या जानता नहीं कि यह घर उसका नहीं है, यहाँ की कोई चीज़ उसकी नहीं है, यहाँ का कोई आदमी उसका नहीं है।

वहाँ तो अपना घर होगा—अपने लोग होंगे बेटे—सब झूठ ! यहाँ तो ममी भी

उसकी नहीं रह गईं। मन हो रहा है, ममी के कमरे की एक-एक चीज़ उठाकर फेंक दे। घर की सारी चीज़ें चकनाचूर कर दे। गुस्से से भन्नाते हुए उसने अलमारी खोली। बस इसी पर तो उसका अधिकार है। एक-एक खिलौना निकालकर फेंक दिया, एक-एक कपड़ा कमरे में छितरा दिया।

"बंटी !" झपटकर ममी ने बाँह पकड़ ली, "यह क्या पागलपन मचा रखा है ?"

बंटी ने पूरी ताकत लगाकर अपने को छुड़ा लिया और कपड़ों को पैरों तले रौंदने लगा—लो-लो और लो।

"कभी अक्ल भी आएगी तुझे या नहीं। जब देखो घर में किसी न किसी बात पर तूफ़ान मचाए रखता है। मैं जितना चुप रहती हूँ, उतना ही शेर हुआ जा रहा है।" ममी ने उसे पलंग पर पटककर दोनों हाथों से दबोच दिया।

"कोई बात नहीं समझेगा। मौका-बेमौका कुछ नहीं देखेगा—बस !"

"चुप करो," बंटी पूरी ताकत से चीख़ा और फिर बेहद थका, पिटा-सा फूट-फूटकर रो पड़ा। आँसू हैं कि उफनते चले आ रहे हैं। ज़रा ममी की पकड़ ढीली हुई कि छिटककर उठा और रंगों की शीशियोंवाला डिब्बा उठाकर दे मारा खड़खड़ झन्नऽऽ...कुछ शीशियाँ साबुत लुढ़क गईं, कुछ चकनाचूर हो गईं।

तड़ाक ! और शीशियों से बिखरे ढेर सारे लाल-पीले रंग एक-दूसरे में मिलकर तेज़ी से घूमे और जहाँ के तहाँ स्थिर हो गए।

"मारो, और मारो !" बंटी ख़ुद ही पलंग में औंधा धँस गया।

अमि, जोत, बंसीलाल, ममी सब आगे-पीछे घूम रहे हैं, सबकी आवाज़ें भी...

फैले हुए रंग दलिए में बदल जाते हैं, 'मत चढ़ाओ बहूजी इतना माथे, देखना एक दिन आप ही...'

"बंटी, इस तरह करते हैं बेटे ?" एक प्यार-भरा, थरथराता हाथ। 'तड़ाक' एक थप्पड़...ढेर सारी शीशियाँ टूट जाती हैं। ढेर सारे रंग बिखर जाते हैं।

आवाज़ें कहीं बहुत दूर से आ रही हैं। पता नहीं कहाँ से ?

"क्या कर दिया आज तुमने ? इसने तो रो-रोकर प्राण दे दिए।"

"क्या ? ओह ! कैसी बात करती हो तुम ? इतना सीवियर हार्ट-अटैक था, मुझे शायद रात में भी वहीं रहना पड़े। वर्मा तो बिलकुल..."

"बंसीलाल ! गरम पानी रखो नहाने का। तब तक तुम एक प्याला चाय दो ज़रा..."

बस ? और कुछ नहीं। बंटी के लिए एक शब्द भी नहीं, जैसे वह कहीं है ही नहीं ?

"एक कार एक घंटे में चालीस किलोमीटर चलती है तो बताओ 360 किलोमीटर चलने में..."

कार एकदम चलते-चलते रुक जाती है। हार्ट-अटैक। अटैक यानी हमला। वर्मा साहब का लंबा-चौड़ा शरीर लेटा है और ढेर सारे सिपाही बंदूक ताने उन पर अटैक कर रहे हैं, ठाँय-ठाँय...

बहुत दिनों से उसने बंदूक नहीं चलाई, आज वह ज़रूर चलाएगा। वह भी अटैक करेगा—ठाँय-ठाँय...

वर्मा साहब की छाती पर घाव ही घाव हो गए हैं। कभी उसके हार्ट पर अटैक हो जाए तो उसके भी उतने ही घाव हो जाएँगे ?

टन्...टन्...टन् घंटी बजती ही जा रही है। दूसरे सर आ गए। क्लास में बहुत शोर हो रहा है। सर ने स्केल को मेज़ पर पीटते हुए कहा, "चुप करो बच्चो, चुप !"

वह अब हमेशा चुप रहा करेगा। कभी किसी से नहीं बोलेगा, जोत से भी नहीं। ममी से तो बिलकुल नहीं।

जैसे-जैसे घर पास आ रहा है मन ही मन में जैसे एक अजीब-सी दहशत समा रही है। सवेरे तो किसी ने कुछ नहीं कहा, पर अब ? घर के दरवाज़े पर उतरता है तो जैसे पैर आगे नहीं बढ़ रहे।

लाल तिकोन ! वह खड़ा-खड़ा उसे ही घूरता रहता है। उसमें बना हुआ लड़का टिलिलिलि करता हुआ चारों ओर घूमने लगता है। माँ दोनों बच्चों को दोनों हाथों से पकड़कर चल पड़ती है—'चलो, मैं तुम्हें घुमा लाती हूँ।'

इस देश में तो दो बच्चे, बस कुल दो बच्चे। इस देश में ही नहीं इस घर में भी दो बच्चे, बस कुल दो बच्चे।

'वहाँ तो बच्चे भी होंगे भैनजी, चलो अच्छा हुआ ! यहाँ अकेला-अकेला कैसा डाँव-डाँव डोले था...'

'नहीं, बस कुल दो बच्चे।'

बंटी ने बस्ता वहीं टिका दिया और खड़ा-खड़ा सड़क देखता रहा। भीतर जाने की इच्छा नहीं हो रही। भीतर वह जाएगा भी नहीं। बस सड़क पर ही दौड़ता चला जाएगा—दौड़ता चला जाएगा। पर कहाँ ? लेकिन इस बार यह 'कहाँ' भी उसे रोक नहीं सका और वह सचमुच दौड़ पड़ा। दौड़ते-दौड़ते जब वह अपने घर के फाटक पर पहुँचा तो उसकी साँस फूली हुई थी, पता नहीं दौड़ने से, पता नहीं डर से।

अपना घर, अपना बगीचा ! पर फिर भी जैसे कुछ भी अपना नहीं लग रहा। घर की सारी खिड़कियाँ बंद हैं और दरवाज़े पर ताला लटक रहा है। वह भीतर जा ही नहीं सकता। अपने घर में कभी ऐसा हो सकता है कि चाहो तो भी अंदर

नहीं जा सकते।

'वहाँ अपना घर होगा बेटा...'

हुँह ! वहाँ भी नहीं जा सकता, जाएगा भी नहीं।

तभी सड़क पर से दो आदमी बातें करते हुए निकल गए। बंटी मेंहदी की आड़ में हो गया। कोई देख न ले उसे।

फिर अपने बगीचे का चक्कर लगाया। क्यारियाँ नम थीं सर्दियों में। माली दादा दोपहर में ही पानी दे देता है। वह एक-एक पौधा देखने लगा—एक-एक पत्ती छू-छूकर। सिरे पर आम का पौधा। कितनी नई पत्तियाँ आ गई हैं !

सारा बगीचा घूमकर देख लिया—अब ? ममी, अमि और जोत लौट आए होंगे। उसे न देखकर ममी बंसीलाल से पूछ रही होंगी। पता नहीं बरामदे में रखा बस्ता देखा भी होगा या नहीं !

परेशान ममी, इधर-उधर देखती हुई ममी, आवाज़ देती हुई ममी...अच्छा किया, यहाँ चला आया, अब वह यहाँ से जाएगा ही नहीं, कब्भी-कब्भी नहीं।

'पापा, बंटी भैया घर में है ही नहीं, पता नहीं कहाँ चला गया...'

डॉक्टर साहब के माथे पर बल...ममी की गीली आँखें, पीला हो आया चेहरा। ममी प्रिंसिपल होकर भी डॉक्टर साहब से डरती हैं। यहाँ थीं तो बोलती ऐसे थीं, जैसे सबको डाँट रही हों, खाली उसे प्यार करती थीं। वहाँ उसे डाँटती हैं और सबको...अच्छा है, आज पता लगेगा। मन ही मन में एक संतोष है, कुछ ऐसा कर डालने का जो नहीं करना चाहिए...ममी को परेशान करने का।

कोई सड़क से गुज़रता तो बंटी छिप जाता। कहीं हीरालाल या माली दादा ही इधर से आ जाएँ और उसे देख लें तो ? बस, सारा खेल ख़त्म।

पर यह तो सोचा ही नहीं था कि यहाँ आकर शाम का अँधेरा भी बढ़ेगा और धीरे-धीरे बढ़ता ही जाएगा। भूख भी लगेगी। सर्दी भी लगेगी।

अब ? टीटू के घर की बत्तियाँ जल गईं। एक क्षण को उस रोशनी से जैसे राहत मिली। वहाँ चला जाए ?

'अरे, हमने तो सोचा था बड़े ठाठ होंगे तुम्हारे वहाँ, यों डोले-डोले फिर रहे हो'—धत् वहाँ नहीं जाएगा ?

बाहर का अँधेरा अब मन में उतरने लगा। डर, एक अजीब-सा डर। ममी उसे देखने आईं क्यों नहीं ? कहीं ऐसा तो नहीं कि उन्हें ख़याल ही नहीं आया हो कि बंटी घर में है ही नहीं।

या कि डॉक्टर साहब ने कह दिया हो कि यह सब यहाँ नहीं चलेगा और चलती-चलती ममी रुक गई हों।

अब ? यदि ममी रात तक नहीं आईं तो ? वह फाटक पर खड़ा होकर सड़क

की ओर देखने लगा। अब तो इधर से कोई आ भी नहीं रहा। यह सड़क तो वैसे ही बहुत सुनसान हो जाती है। कोई आए और उसे देख ले या वही किसी को आते-जाते देखता रहे। पर कोई नहीं। बंटी पेड़ पर चढ़ गया—यहाँ से तो दूर तक दिखाई देता है। कोई मोटर, कोई पैदल, कोई...

पर कोई नहीं। गालों पर से आँसू बहने लगे। उपेक्षा...अपमान...मन हुआ ऊपर से कूद पड़े। ख़ूब घाव हो जाएँ, हार्ट-अटैक...उसके आँसू ममी के गालों से बहने लगे, 'बंटी-बंटी !'

नीचे उतरा तो एक गुस्सा, दहशत। अपने को ही मारे, हाथ-पैर तोड़ डाले। पेड़ की एक सूखी टहनी उठाई और शटाक-शटाक मेंहदी को सूड़ना शुरू किया।

अभी भी कोई नहीं आया ?

फूल-पत्ते नोचने शुरू किए। कोई काला पाप-वाप नहीं लगता। तोड़-तोड़कर ढेर लगा दिया। अपने ही बोए फूल-पत्तों को तोड़कर, रौंदकर जैसे एक संतोष मिल रहा है।

अभी भी कोई नहीं आया ?

और फिर ख़ुद ढेर होकर घास पर लोट गया। भूखा, ठिठुरता हुआ, रोता हुआ।

एकाएक लगा जैसे घर का दरवाज़ा खुला और फटी-फटी आवाज़ में गाती हुई फूफी आ रही है—मेरे तो गिरधर गोपाल...साँस जहाँ की तहाँ रुक गई। आँखें मिच गईं, पर फूफी है कि बढ़ती चली आ रही है। फूफी का भूत, फूफी मर गई ?

और रानी मर गई। पर उसके प्राण तो अपनी बेटी में अटके रह गए। सो वह चिड़िया बनकर उसी के कमरे में...

फूफी के प्राण भी इसी कमरे में अटके रह गए ?

मुँदी आँखों से ही दिखाई दे रहा है, एक सफ़ेद आकृति हवा में लटकी हुई कसरत कर रही है—वऩ, टू, थ्री, फोर—

बंटी साँस रोके कहीं डूबता चला जा रहा है। गहरे, ख़ूब गहरे में...छुन-छुन...यह सोनल रानी की पायल है। अब तक राजा के सारे बच्चे तो ख़त्म हो गए होंगे। वह भूखी तो मरेगी नहीं...आवाज़ पास आती जा रही है और बंटी और गहरे में डूबता जा रहा है।

घर्र-घर्र सोनल रानी की साँस ऐसी ही होती होगी। खट ! अजीब-अजीब आवाज़ें आ रही हैं। और फिर एक हाथ छाती पर...अटैक।

'मुझे मत मारो' एक घुटी हुई चीख़, पता नहीं निकली भी या नहीं। पर हाथ जैसे छाती में घुस ही गया।

बंटी-बंटी...किसी ने बाँहों से पकड़कर बिठा दिया। वह फटी-फटी-सी आँखों

से देख रहा है—कौन है सामने—

"तू यहाँ...यहाँ पड़ा है तू जब से ?" कोई उसके कंधे बुरी तरह झकझोर रहा है। धीरे-धीरे अँधेरे में एक चेहरा साफ़ होकर उभरता है। बदहवास-सा चेहरा, लाल आँखोंवाला चेहरा !

"बोल, बोल, तू क्यों यह सब करने पर तुला हुआ है ? क्यों अपनी और मेरी ज़िंदगी में ज़हर घोलने पर तुला हुआ है ? कौन-सा कष्ट है तुझे वहाँ पर ? क्या तकलीफ़ है ?" ओह ! पर ममी को देखकर कोई तसल्ली नहीं हो रही। कोई डर भी नहीं लग रहा, कुछ भी तो नहीं लग रहा।

"रोज़ एक हंगामा खड़ा कर देता है। रोज़ एक तमाशा। कोई कब तक सहेगा और आख़िर क्यों सहेगा ?" बाएँ गाल पर तड़-तड़ की आवाज़ हुई। ममी ने शायद मारा है।

"ठीक है, तेरे पापा तुझे अपने पास बुलाना चाहते हैं, मैं भेज दूँगी। वहीं रहो—" ममी उसे घसीटती हुई ले गईं और एक तरफ़ से उठाकर गाड़ी में पटक दिया।

वह न चला, न गाड़ी में चढ़ा। ममी अभी भी कुछ न कुछ बोले जा रही हैं—पता नहीं क्या-क्या। उसे कुछ समझ में नहीं आ रहा। उसे कुछ लग भी नहीं रहा। ममी को शायद पता ही नहीं कि सोनल रानी तो उसे...

ढर्ऽऽऽ...अब तो ममी की बात सुनाई भी नहीं दे रही।

चौदह

बंटी के बाहर का ही नहीं, भीतर का भी जैसे सबकुछ थम गया। थम नहीं गया जैसे सबकुछ सहम गया। ज़िद, गुस्सा, रोना-चिल्लाना।

स्कूल से लौटकर पोर्टिको में खड़ा-खड़ा वह अमि, जोत और ममी की राह देखता रहता है, पर जब वे लोग आ जाते हैं तो लगता है, नहीं, वह उनकी राह तो नहीं देख रहा था। तीनों एक साथ उतरते हैं, पर बुरा नहीं लगता।

"ऐ बंटी, चल रमी खेलें।" तो खेलने बैठ जाता है।

"स्कूल से आए नहीं कि तुम लोगों की ताश शुरू हो गई...आज होमवर्क नहीं करना है ?" ममी झिड़कती है तो चुपचाप पढ़ने बैठ जाता है।

कई बार पेंटिंग करने को मन करता है। पर रंग की बहुत सारी शीशियाँ तो टूट गईं। सारे रंग बह गए। अब जो बचे-खुचे रंग हैं उनसे कुछ बनता ही नहीं।

ममी जब भी उसे अकेला पाती हैं, आकर कारण-अकारण प्यार करने लगती हैं। उस समय ममी की आँखों में जाने क्या कुछ तैरता रहता है।

खाने की मेज़ पर बैठते समय नज़र नीची किए रहने पर भी अ ब स त्रिकोण उभर आता है और उसकी भुजाएँ एक सिरे से दूसरे तक दौड़ती रहती हैं। ममी की आँखें उसकी प्लेट में चिपकी हुई उसे घूरती रहती हैं। जब तक डॉक्टर साहब घर में रहते हैं, ममी कहीं भी रहें, कुछ भी करें, उनकी आँखें बंटी के आगे-पीछे ही घूमती रहती हैं, उसे ही देखती रहती हैं। वह पढ़ता है तब भी, वह खाता है तब भी, सोता है तब भी—सतर्क, चौकन्नी और घूरती हुई आँखें। पहले बंटी उन आँखों की एक तीखी-सी चुभन महसूस करता था, अब केवल आँखों का होना-भर महसूस करता है।

सवेरे डॉक्टर साहब के जाते ही ममी की आँखें लौटकर उनके अपने चेहरे पर चिपक जाती हैं और वे जल्दी-जल्दी कॉलेज जाने के लिए तैयार होने लगती हैं। उस समय तक वे आँखें बिलकुल बदल जाती हैं।

अच्छा, ममी बिना आँखों के देखती कैसे होंगी ? पर देखती हैं। शायद वैसे ही जैसे वह आजकल आँखें होने पर भी कुछ नहीं देखता। या कि हो सकता है

कि ममी के पास दो जोड़ी आँखें हों। चेहरे भी तो...

बंटी डॉक्टर साहब की बगल में बैठा हुआ जा रहा है—स्टेशन पापा को लेने के लिए।

पिछली बार माली के साथ गया था, ताँगे में बैठकर तो कितना प्रसन्न था। सारे रास्ते चहकता गया था। इस समय भी चाह रहा है कि ख़ुश हो, महसूस करे कि पापा आ रहे हैं। पर भीतर का सबकुछ गुमसुम हो गया है। कितनी-कितनी बातें तो वह सोचा करता था पापा से कहने के लिए, पापा को लिखने के लिए, पर इस समय तो जैसे एक अजीब-सा डर है, जो मन में समा रहा है। नहीं, डर भी नहीं। न ख़ुशी, न डर, बस कुछ नहीं। सचमुच पापा उसके लिए आ रहे हैं ?

कल स्कूल से लौटा तो ममी घर में ही थीं। लपककर उसका बस्ता ले लिया, "आ गया बेटा ?"

तो ममी आज कॉलेज नहीं गईं ? पर कपड़ों और जूड़े से लग रहा है कि गई होंगी। हो सकता है जल्दी आ गई हों। पता नहीं क्यों ?

"ले कपड़े बदल ले।" बहुत दिनों बाद ममी उसके लिए इस तरह कपड़े लेकर आई हैं। लग रहा है, ममी जैसे कुछ परेशान हैं, पर उसने तो कुछ नहीं किया। जाने क्यों यह बात कहीं बहुत गहरे मन में बैठ गई है कि ममी की परेशानी के बीच कहीं वही होता है।

कपड़े बदलते ही ममी उसे कंधे से थामकर अपने कमरे में ले गईं। उसका मन जैसे भीतर से और ज़्यादा सहमने लगा। सारे दिन की बात याद की। कहीं भी तो कुछ...

तभी नज़र पलंग पर बिखरे हुए काग़ज़ों पर पड़ी। बंटी ने पहचाना, पापा के नाम लिखे हुए उसके पत्र, जिन्हें वह कभी पूरा नहीं कर सका। जाने कितने पत्र उसने शुरू किए और बिना किसी को पूरा किए कपड़ों की अलमारी के नीचे दबाता गया।

ये सब ममी निकालकर लाई हैं ? अपराध और संतोष की मिली-जुली भावना एक साथ ही तैर गई। उसने ममी की ओर देखा। वे एकटक उसकी ओर देख रही हैं।

"बंटी, तूने लिखी हैं ये चिट्ठियाँ ?"

बंटी चुप। उसकी लिखाई ममी क्या पहचानती नहीं, फिर क्यों पूछ रही हैं ?

"पापा के पास भी भेजी हैं ?"

बंटी चुप। मन में अफ़सोस उभरता है कि क्यों नहीं पूरा करके इन चिट्ठियों को भेजा ? भेज देता तो अभी तमककर कहता, हाँ भेजी हैं, और भी भेजूँगा।

"बोल बेटे, मैं गुस्सा नहीं हो रही। सिर्फ़ पूछ रही हूँ। भेजी हैं तूने चिट्ठियाँ ? कैसे भेजीं, किसके हाथ भेजीं !"

बंटी चुप। क्या बोलने को कुछ है ही नहीं ?

"मैं सोच रही थी, यह उनका अपना आग्रह है, अपनी ही ज़िद है। पर अगर तूने लिखा है तब तो..." पता नहीं, ममी उससे बोल रही हैं या अपने-आपसे।

एकाएक ममी ने बंटी को खींचकर अपने से चिपका लिया। "क्यों बंटी, क्या तेरा सचमुच ही मन नहीं लगता ? तू पापा के पास जाना चाहता है, जाएगा ?"

"ठीक है बेटे, तू वहीं चला जा। तेरे पापा तुझे लेने आ रहे हैं। अब मैं भी नहीं रोकूँगी। जब तू ही ख़ुश नहीं तो...आख़िर अपने पापा से कम ज़िद्दी तो तू भी नहीं।"

और ममी के हाथ की पकड़ ढीली हो गई।

बंटी तब भी कुछ नहीं समझा।

सारी बात तो सवेरे समझ में आई। नहीं, सारी बात तो अभी भी उसकी समझ में नहीं आई। बस, मालूम हुआ कि पापा आ रहे हैं। पर सारी बात कुछ इससे ज़्यादा है। पिछली बार भी पापा केवल उससे मिलने नहीं आए थे। और भी बहुत कुछ कर गए थे। उसे तो बाद में पता लगा था। उसके बाद ममी का रोना...

इस बार क्या करेंगे ? उसने डॉक्टर साहब की ओर देखा। वे सामने सड़क पर नज़र गड़ाए हुए गाड़ी चला रहे हैं। पापा ने डॉक्टर साहब को देखा है कभी ? बिना जान-पहचान के डॉक्टर साहब घर आने के लिए कैसे कहेंगे ?

सवेरे ममी ने बंटी को अपने हाथ से तैयार किया और ख़ुद यों ही घूमती रहीं तो डॉक्टर साहब ने पूछा, "तुम स्टेशन नहीं चलोगी ?"

"नहीं।"

"क्यों ?"

"बस यों ही। तुम और बंटी जाओ।"

डॉक्टर साहब एक क्षण देखते रहे। "हूँऽ ! ठीक है।" फिर उनका चेहरा अख़बार में छिप गया।

"तुम कॉलेज तो नहीं जा रही हो न ?" अख़बार एक ओर रखकर उन्होंने पूछा तो ममी ने ऐसे देखा मानो पूछ रही हों—क्या ?

"भई किसी को तो घर में रहना चाहिए। मुझे तो दस बजे एक ज़रूरी मीटिंग में जाना है।"

"पर वे यहाँ आएँगे नहीं।"

"क्यों नहीं आएँगे ? आइ विल इनसिस्ट। बंटी, तुम भी ज़ोर लगाना बेटे,

समझे !"

और बंटी ने तभी सोच लिया कि वह एक बार भी नहीं कहेगा। पापा यहाँ आ गए तो वह बात कैसे करेगा ? इस घर में तो वह बात कर ही नहीं सकता। कितनी-कितनी बातें करनी हैं उसे...और फिर जैसे एक सिरे से बातें उभरने लगीं इतनी-इतनी कि सबकुछ गड़बड़ होने लगा।

पापा घर आ गए तो ? पापा आएँगे ?

पर पापा नहीं आए।

स्टेशन पर बंटी ने ही पापा को पहचाना, देखते ही हमेशा की तरह पापा ने लपककर उसे बाँहों में भर लिया और गोद में उठाकर ढेर सारे किस्सू दे दिए। फिर ज़ोर से सीने से चिपका लिया। बंटी बेटाऽऽ...

बाँहों में भिंचे-भिंचे, सीने से चिपके-चिपके बंटी के मन में बहुत दिनों का जमा हुआ कुछ पिघलने लगा। अनायास ही आँखों में आँसू आ गए। उन्हें भीतर ही भीतर पीता हुआ वह गोद से नीचे उतर आया। इतना बड़ा होकर वह रोएगा भी नहीं, गोद में भी नहीं चढ़ेगा। पापा की पहलेवाली बात याद आ गई—लड़कियों की तरह रोते हो...

पापा दोनों कंधों से थामे उसे देख रहे हैं। पर जैसे पहले देखते थे वैसे नहीं, ख़ूब घूर-घूरकर देख रहे हैं। एकाएक लगा, ज़रूर कहीं आगे-पीछे से ममी की आँखें भी देख रही होंगी। सब लोग उसे इस तरह क्यों देखते हैं ? उसे जाने कैसा-कैसा लगने लगता है, डर-सा।

पापा उसी तरह देखते हुए उससे कुछ पूछ रहे हैं, कुछ कह रहे हैं और डॉक्टर साहब एक तरफ़ खड़े हैं चुपचाप।

और अब डॉक्टर साहब हाथ मिलाकर घर चलने के लिए ज़िद कर रहे हैं। ख़ूब-ख़ूब, कुछ और भी कह-सुन रहे हैं और बंटी एक तरफ़ खड़ा है चुपचाप।

"बंटी, तुम घसीटकर ले चलो पापा को। देखो तो बात ही नहीं मानते !"

बंटी ने पापा की ओर देखा। पापा वैसे मुसकरा रहे हैं, पर बिलकुल नहीं मुसकरा रहे हैं। ऐसे कहीं मुसकराया जाता है ? सारा चेहरा तो कैसा सख़्त-सख़्त हो रहा है। पापा भी कहीं प्रिंसिपल हो गए क्या ? अभी भी नज़रें बंटी के चेहरे पर ही टिकी हुई हैं।

"कहो बेटा, पापा से चलने के लिए।"

"चलिए न पापा !"

उसने सहमे-सहमे स्वर में कहा तो पापा की नज़रों की चुभन और तीखी हो गई। बंटी और भी ज़्यादा सहम गया।

"बात यह है..." पापा डॉक्टर साहब से कुछ कह रहे हैं।

एक क्षण को बंटी की आँखों के सामने धीरे-धीरे रात का अँधेरा फैल गया और उसकी छोटी-सी हथेली में से पापा का हाथ फिसलता ही चला गया। अपने घर के फाटक पर रह गए वह और ममी अकेले-अकेले !

वह और डॉक्टर साहब लौट रहे हैं। पापा सरकिट-हाउस उतर गए। उसे उतरने के लिए भी नहीं कहा, कितनी बातें करनी थीं उसे पापा से, अब ? चार बजे घर आएँगे तो वह क्या बात कर पाएगा ? बंटी की बात से भी ज़्यादा ज़रूरी पापा का काम है ? पापा उसके लिए नहीं आए हैं, अपने काम के लिए आए हैं। और थोड़ी देर पहले बंटी के मन में जो कुछ पिघला था, वह जैसे फिर जमने लगा।

स्कूल भी नहीं गया और पापा भी नहीं ले गए। अब वह क्या करे ? इस कमरे से उस कमरे में, भीतर से बाहर यों ही आ-जा रहा है। घर में वह और ममी रहें अकेले-अकेले, ऐसा बहुत कम होता है आजकल। पर जब भी होता है, उसे अच्छा लगता है। तब ममी उसे प्यार करती हैं और थोड़ी देर के लिए पुरानीवाली ममी हो जाती हैं।

आज भी तो दोनों ही हैं। वह कुछ न कुछ करता हुआ ममी के पास जाता भी है तो ममी बस एक बार उसकी ओर देखती ज़रूर हैं और फिर नज़रें हटाकर कुछ करने लगती हैं। जैसे कटी-कटी फिर रही हों।

वह पापा के पास से आया है, इसलिए ममी नाराज़ हैं, दुखी हैं। अच्छा है, हों नाराज़, हों दुखी ! अभी क्या है, अभी तो वह यहीं घूमने गया था, जब उनके साथ कलकत्ता चला जाएगा, तब पता लगेगा ! अब कहकर तो देखें उससे कि मत जा, तब वह बताएगा ! पर ममी ने कुछ भी नहीं कहा।

साढ़े चार बजे के करीब पापा आए तो ममी ने ऐसे नमस्ते किया जैसे अजनबी को कर रही हों। जोत भी कैसे देख रही है पापा को ? बंटी का मन हो रहा है कि पापा जोत से बातें करें, उसे प्यार करें, तभी तो जोत को अच्छे लगेंगे पापा। उसने कहा था कि मेरे पापा भी ख़ूब अच्छे लगेंगे, पर पापा तो...

चाय की मेज़ पर गए तो ढेर सारी खाने की चीज़ें फैली हुई थीं। वे लोग जिस दिन इस कोठी में आए थे ठीक उसी तरह। उस दिन डॉक्टर साहब ममी की ख़ातिर कर रहे थे। आज क्या ममी पापा की ख़ातिर कर रही हैं ?

बार-बार लग रहा है कि कोई लंबा-सा आदमी आएगा और दहाड़ता हुआ कहेगा—वाह ! आज खाने की मेज़, खाने की मेज़ लग रही है।

वह, ममी और पापा ! अमि और जोत नए आदमी के सामने कैसे चुपचुप बैठे हैं, जैसे वह उस दिन बैठा था। पर आज भी तो वह चुप है। उसका बड़ा मन हो रहा है कि वह कुछ न कुछ बोलता ही रहे जैसे अमि और जोत उस दिन

बोल रहे थे, जैसे हमेशा बोलते हैं, पर पापा की नज़रें इस तरह गड़ी हुई हैं उसके चेहरे पर कि कुछ कहा भी नहीं जाता। फिर ममी भी तो चुप हैं। मान लो वह कुछ कहे और पापा जवाब ही न दें तो जोत कहेगी नहीं–कैसे हैं तेरे पापा ?

पापा ही उससे क्यों नहीं कुछ पूछते-बोलते ! अपने ममी-पापा के साथ बैठकर भी खाने की मेज़, खाने की मेज़ लगी ही नहीं।

चाय के बाद ममी पापा को लेकर बैठने के कमरे में घुसीं तो वह भी पीछे-पीछे लगा चला गया। ममी गरदन घुमा-घुमाकर इस तरह कमरे को देख रही हैं जैसे पापा नहीं, वे ख़ुद बाहर से आई हैं। और पापा हैं कि कमरा देख ही नहीं रहे।

"मुझे ख़बर देर से मिली थी, इसलिए बधाई भी नहीं भेज सका।"

ममी चुप।

बंटी का मन हो रहा है कुछ बात करे, इधर-उधर की कुछ भी–ममी, पापा और उसने एक साथ नाश्ता किया है। एक साथ कमरे में बैठे हैं। और वह इस समय को, इस स्थिति को जैसे पूरी तरह महसूस करना चाहता है, भीतर तक। पर अपनी जगह ऐसा जम गया है कि न हिला-डुला जा रहा है, न कुछ बोला ही जा रहा है।

एकाएक इच्छा हुई कि पापा से कहे, चलिए पापा, हमें घुमा लाइए। यहाँ तो रात तक भी बैठा रहा तो कुछ नहीं कहा जाएगा। और ढेर सारी बातें...जोत देख तो ले कि पापा उसे ले जा रहे हैं, वह सारी चीज़ें लिए चला आ रहा है। अमि उछल-उछलकर, उसकी चीज़ें देख रहा है–अरे, यह भी है बंटी भैया।

"वैसे तो मैंने लिखा ही था...यों भी सवेरे से मुझे यह बहुत..." बात अधूरी छोड़कर पापा बंटी की ओर देखने लगते हैं। ममी एक बार बंटी की ओर देखती हैं, फिर पापा की ओर। फिर उनकी नज़रें ज़मीन में गड़ जाती हैं। उनका चेहरा कैसा पीला-पीला हो रहा है !

अच्छा है, अब ममी को पता लगेगा। बता दे पापा को कि ममी यहाँ आने के बाद उसे मारने भी लगी हैं, कभी उसके साथ नहीं सोतीं, और-और–खट उँगलियों का क्रास बन जाता है।

"बंटी, तू अमि और जोत के साथ खेल बेटा !"

हुँह ! उसे हटा देना चाहती हैं, डर रही होंगी न कि बंटी सब बता देगा। वह बिलकुल नहीं जाएगा और पापा को सारी बात बताएगा। पापा उसी के लिए तो आए हैं। ममी की तो पापा से कुट्टी है, फिर ?

वह टस से मस नहीं हुआ।

पापा उसे देख रहे हैं पर जैसे उसका चेहरा नहीं देख रहे, चेहरे के भीतर और कुछ देख रहे हों। और ममी सहमी-सहमी पापा को देख रही हैं।

फिर अ-ब-स...

"जाओ बेटे, बाहर खेलो !" इस बार पापा ने कहा तो बंटी भन्नाता हुआ चला गया। स्टेशन पर गया तो–'बेटे, इस समय हमें कुछ ज़रूरी काम है, शाम को हम आएँगे।' अब की बार आए तो 'बेटे बाहर खेलो।' फिर आए किसलिए हैं यहाँ पर ? कहीं अमि टिलिलिलि करता हुआ हवा में तैर गया।

पर गुस्सा पापा पर नहीं, ममी पर आ रहा है। पहले ममी नहीं थीं तो सारे दिन पापा ने उसे कितना घुमाया था। आज ज़रूर ममी ने कुछ...और फिर जैसे पुराना सारा गुस्सा भी एक साथ उभर आया। कुछ ऐसा करे कि ममी को पता लगे।

और जब थोड़ी देर बाद बुलाकर, पापा ने प्यार से अपनी गोद में बिठाकर पूछा, 'बेटा, हमारे साथ कलकत्ता चलोगे न ? मैं तुम्हें लेने आया हूँ।' तो ममी की ओर देखते-देखते ही गुस्से में ऐसे बोला जैसे पापा को नहीं, ममी को जवाब दे रहा हो, "जरूर चलूँगा, मैं यहाँ बिलकुल नहीं रहूँगा।" यह बात उसने हज़ार-हज़ार बार ममी को ही तो कहनी चाही है। अच्छा है, ममी भी सुन लें।

पापा ने उसे अपनी बाँह में समेट लिया तो बंटी के मन में अभी का जमा हुआ गुस्सा जैसे बह आया। पापा से चिपका-चिपका ही वह रो पड़ा।

पापा ने कसकर उसे सीने से चिपका लिया, "रो मत बेटे, बंटी रो मत..." और उनकी अपनी आवाज़ भी भीग गई।

जाने कहाँ से देखती हुई ममी की आँखें बिलकुल सूख गईं। बिना आँसू की भीगी-भीगी आँखें। सफ़ेद चेहरा। अब पता लगेगा ममी को।

पापा उसे घुमा रहे हैं। कलकत्ते के बारे में बता रहे हैं। पर बंटी कुछ सुन ही नहीं रहा। वह सोच रहा है, सोच ही नहीं रहा, देख रहा है–ममी उसके पलंग पर बैठी रो-रोकर कह रही हैं, "मत जा बंटी, मत जा ! मैं तेरे बिना रह नहीं सकूँगी। आज तक कभी..."

और मन ही मन में वे शर्तें तैरती हैं जो ममी के सामने वह रखेगा। ममी सब मानेंगी तो वह रहेगा। पक्कावाला प्रॉमिस, झूठ-झूठ का बहकावा अब नहीं चलेगा।

वह क्या जानता नहीं कि ममी उसके बिना रह नहीं सकतीं। डॉक्टर साहब, अमि, जोत, कोठी-वोठी सब ठीक है, पर बंटी...

"अच्छा बंटी, ये डॉक्टर साहब तुम्हें कैसे लगते हैं ?" अचानक पापा ने पूछा, और नज़रें बंटी के चेहरे पर गड़ा दीं तो बंटी की समझ में ही नहीं आया कि क्या कहे। बस, कहीं हलके से डॉक्टर साहब का चेहरा उभर आया। फिर धीरे से बोला,

/

"अच्छे हैं।"

"और उनके ये बच्चे ?"

"जोत तो बहुत अच्छी है। मुझे बहुत प्यार करती है, मुझसे कभी झगड़ा भी नहीं करती..."

अरे, ये पापा ऐसे क्यों देख रहे हैं ? लगा जैसे कहीं कोई ग़लती हो गई। पर उसने तो किसी के बारे में कोई भी बुरी बात नहीं की।

"अच्छा, कांजी पिओगे तुम ?" पापा ने उसके बाद कुछ नहीं पूछा।

रात में बंटी अपने पलंग पर लेटा-लेटा बराबर राह देख रहा है कि कब ममी आती हैं और कब रो-रोकर उसके सामने गिड़गिड़ाती हैं। रास्ते में सोची हुई सारी शर्तों को उसने फिर एक बार मन ही मन दोहरा लिया।

जोत अपनी एक सहेली के यहाँ गई है। अमि साथ-साथ टँगा हुआ चला गया। अकेले लेटे-लेटे बंटी का समय ही नहीं कट रहा है। यों सामने एक किताब खोल रखी है, पर ध्यान तो सारा...

ममी अपने कमरे में हैं डॉक्टर साहब के साथ। ज़रूर रो रही होंगी। हो सकता है डॉक्टर साहब से कह रही हों कि वे समझाएँ। सोचती होंगी कि मैं उनसे डर जाऊँगा। अब तो पापा हैं। अब तो मैं कहूँगा—यह सब नहीं चलेगा। मैं बर्दाश्त नहीं करूँगा।

अगर कहीं डॉक्टर साहब समझाने आ ही गए तो ? उनको क्या जवाब देगा ? यह तो सोचा ही नहीं। नहीं, उन्हें कोई जवाब नहीं देगा।

पर कोई आ ही नहीं रहा। हिम्मत ही नहीं हो रही है आने की शायद ! इतने में जोत और अमि आए और सीधे ममी के कमरे में घुस गए। ये लोग कैसे उनके कमरे में घुस जाते हैं। जाने क्यों वह इस तरह कभी उस कमरे में घुस ही नहीं पाता। या तो कभी ममी ले गई हैं तो गया है या फिर छिपकर।

थोड़ी देर बाद जोत आई और पूछा, "तू कल अपने पापा के साथ कलकत्ते जा रहा है ?"

तो उस कमरे में यही सब बात हो रही है ?

"हाँ, मेरे पापा लेने आए हैं, जाऊँगा नहीं मैं ?" बंटी इतनी ज़ोर से बोला कि ममी अपने कमरे में भी सुन लें।

पता नहीं ममी ने सुना या नहीं पर जोत ने सुन लिया और कपड़े बदलने चली गई। कहाँ तो ममी की आँखें उसके आगे-पीछे घूमा करती थीं, उसके भीतर तक का जैसे सबकुछ देखती रहती थीं, अब आज क्या हो गया ? उसकी आँखें भी इस तरह घूम-फिर सकतीं तो वह भी देखता कि ममी क्या कर रही हैं, क्या

कह रही हैं ?

थोड़ी देर बाद एकाएक ममी कमरे के दरवाज़े पर आकर खड़ी हो गईं। बंटी ने भरपूर नज़रों से ममी को देखा और फिर किताब पढ़ने लगा, जैसे उसे किसी का कोई इंतज़ार नहीं। धीरे-धीरे ममी पास आकर बैठ गईं। बंटी ने मन ही मन में जल्दी से एक बार सब दुहरा लिया। कहीं ऐसा न हो कि ममी रोने लगें तो वह ख़ुद भी रो पड़े। नहीं, रोना-वोना बिलकुल नहीं है इस बार।

पर ममी कुछ नहीं बोलीं। बस, उसका सिर सहलाने लगीं। उसने एक बार फिर ममी की ओर देखा। नहीं, ममी रो तो नहीं रहीं। अब रोएँ शायद ! पर जब नहीं रोईं तो बंटी ने कहा, "मैं कल पापा के साथ कलकत्ते जा रहा हूँ।"

ममी एकटक उसकी ओर देखती रहीं। जैसे उसकी बात का अर्थ समझने की कोशिश कर रही हों, या कि जैसे उस पर विश्वास नहीं हो रहा हो। पर रो तो नहीं रहीं।

"मैं फिर कभी तुम्हारे पास आऊँगा भी नहीं। पापा के पास ही रहूँगा, हमेशा..." ममी उसके बाल और गाल ही सहलाती रहीं। फिर धीरे से बोलीं, "बंटी !"

बंटी जैसे अगले वाक्य के लिए तैयार ! अब कहो कि मत जा !

"तेरे लिए क्या-क्या लाऊँ बेटे, तू अपनी पसंद की चीज़ें बता दे। वही सब..."

तो क्या ममी उसे रोक नहीं रही हैं ? उसे सचमुच ही भेज रही हैं। उसके भीतर ही भीतर कुछ ऐंठने लगा।

"मुझे कुछ नहीं चाहिए, मैं तुम्हारी कोई चीज़ नहीं लूँगा।" उसने जलती नज़रों से ममी को देखा, मानो कह रहा हो...अब, अब बोलो, अब रोओ !

पर इस पर भी ममी नहीं रोईं। सूखी आँखें और उससे भी ज़्यादा सूखा चेहरा।

डॉक्टर साहब हैं न घर में इसीलिए नहीं रो रहीं। डरती जो हैं। कल देखना। और नहीं रोईं तो क्या है, वह तो चला जाएगा। पापा के साथ ख़ूब घूमेगा कलकत्ते में, नई-नई चीज़ें देखेंगे। इतना बड़ा शहर। घूमते-घूमते मर भी जाओ तो ख़त्म ही न हो।

रात में वह पापा के साथ घूमता रहा अजीब-अजीब जगहों में। अचानक कहीं से ममी आ गईं और उसे गोद में उठाकर रोने लगीं, फूट-फूटकर। वह, ममी और पापा लौट रहे हैं...चले जा रहे हैं, चले जा रहे हैं और जैसे ही घर के दरवाज़े पर पहुँचते हैं, पापा डॉक्टर साहब में बदल जाते हैं। वह घर भी पता नहीं कौन-सा था। सवेरे आँख खुली तो वह अपने बिस्तर में था।

दूसरे दिन भी ममी नहीं रोईं। उससे एक बार भी नहीं कहा कि तू मत जा तो बंटी ख़ुद रो पड़ा। छिपकर, बाथरूम में।

नाश्ते की मेज़ पर सब चुप। जोत और अमि उसे ऐसे देख रहे हैं, जैसे जानते ही नहीं हों। डॉक्टर साहब और ममी मेज़ पर नज़रें गड़ाए हुए भी जैसे उसे ही देख रहे हों। सब देखो, पर कोई मत कहो कि मत जा, सब शायद यही चाहते हैं कि मैं चला जाऊँ। ममी भी ?

और जैसे मन में कुछ उफनने लगा। गले में आकर कुछ ऐसा फँस गया कि खाते नहीं बना। बस, अँसुआई आँखों के सामने से एक बार फिर लाल तिकोन तैर गया।

न ममी कॉलेज गईं, न उसे स्कूल भेजा। बहुत मन हुआ कि कह दे वह स्कूल क्यों नहीं जाएगा ? कल भी नहीं गया, आज भी नहीं ? उसे पढ़ना नहीं ? उसे पढ़ना नहीं है ? पर कुछ भी नहीं कहा गया। गला जैसे किसी ने भींच दिया है। गला नहीं, कहीं कुछ और जैसे भिंच गया है।

ममी चुपचाप उसका सामान जमा रही हैं। उसके कपड़े, उसके खिलौने। मन हुआ भड़भड़ाता जाए और एक-एक कपड़ा बाहर निकाल डाले। नहीं जाएगा वह कलकत्ते, क्यों जाएगा, कैसे जाएगा ? एक महीने बाद इम्तिहान नहीं हैं उसके ? वह रहा है कभी ममी के बिना ?

पर कुछ नहीं, कुछ भी नहीं कहा गया उससे। वह आँसू पीता हुआ इधर-उधर घूमता रहा। ममी सामान जमाती रहीं। जैसे-जैसे समय बीतता गया, आँसू भी जैसे भीतर जाकर जम गए।

और जब सबकुछ जम-जमा गया तो ममी उसके सामने आकर खड़ी हो गईं। उसके दोनों कंधों को पकड़कर पूछा, "बंटी, वहाँ जाकर मुझे बिलकुल भूल तो नहीं जाएगा ? चिट्ठी लिखेगा मुझे ? और देख बेटे, यदि वहाँ..."

"मैं बिलकुल याद नहीं करूँगा, मैं कभी भी चिट्ठी नहीं लिखूँगा। तुम मेरी..." बाकी शब्द जैसे भीतर ही घुटकर रह गए।

अब बोलो, अब रोओ...रोओ !

और ममी की आँखें सचमुच ही छलछला आईं। पर वे कुछ नहीं बोलीं। चुपचाप लौट गईं।

पापा को लेने के लिए कार गई हुई है। बंटी का सारा सामान तैयार है। सामान के ऊपर तीन-चार पैकेट रखे हुए हैं। ममी ने लाकर रखे हैं। वह बिलकुल नहीं ले जाएगा। ममी कहेंगी तब भी नहीं। डॉक्टर साहब भी आ गए हैं।

"बंटी तू गरमी की छुट्टियों में यहीं आ जाना। हम लोग फिर चाची अम्मा के पास चलेंगे !"

वह एक क्षण तक जोत का चेहरा देखता है। फिर कहता है, ''नहीं, मैं क्यों आऊँगा यहाँ, मुझे नहीं जाना कहीं। मैं तो वहीं घूमूँगा छुट्टियों में।''

और उसे लगता है, जैसे वह जोत से नहीं कह रहा है, अपने-आपसे कह रहा है। अब तो सचमुच-सचमुच वह कभी नहीं लौटेगा, कभी नहीं। क्या समझ रखा है ममी ने उसे !

''आपने तो बड़ी देर कर दी। हम तो कभी से राह देख रहे थे। आपके साथ बैठने का तो बिलकुल समय मिला ही नहीं।''

पापा भीतर नहीं आ रहे, ''आइ एम सो सॉरी। बस कुछ ऐसा ही हो गया कि...'' फिर कोट की बाँह सरकाकर घड़ी देखते हुए बोले, ''अब तो एकदम गाड़ी का समय हो गया। बंटी, तैयार हो न बेटे ?''

तो बंटी दौड़कर पापा के पास जाकर खड़ा हो गया। भीतर ही भीतर सहमा हुआ, पर ऊपर से जैसे सधा हुआ। सब देख लें कि उसे भी ख़ूब-ख़ूब प्यार करनेवाले पापा हैं, जो उसे ले जा रहे हैं अपने साथ ! कोई मत रखो उसे यहाँ।

ममी अभी भी नहीं आ रहीं ? पापा की नज़रें भी शायद उन्हीं को ढूँढ़ रही हैं। ममी क्या निकलेंगी ही नहीं ?

बंसीलाल सामान जमाने लगा तो बंटी ने वे पैकेट निकालकर अलग कर दिए।

''अरे, ये तो तुम्हारे लिए ही लाए हैं बेटा, तुम ले जाओ।''

बंटी कुछ नहीं बोला, चुपचाप उन डिब्बों को सीढ़ियों के एक किनारे पर रख दिया। पापा ने एक बार घूरकर डॉक्टर साहब को देखा। डॉक्टर साहब का चेहरा जाने कैसा-कैसा हो आया।

तभी भीतर से ममी निकलकर आईं। उन्होंने एक बार पापा की ओर देखा, फिर बंटी की ओर और फिर पैकेट की ओर। फिर धीरे से आगे बढ़कर उन्होंने बंटी को पकड़कर अपनी ओर खींचा और प्यार क़िया, पर बोलीं कुछ नहीं।

बंटी छिटककर पापा के पास चला गया और उनकी बाँह पकड़कर खड़ा हो गया। जैसे वह पूरी तरह यह दिखा देना चाहता हो कि वह पापा का बंटी बन गया है और अब पापा के पास ही जा रहा है।

गाड़ी में सब बैठे। डॉक्टर साहब, अमि, जोत। बस ममी बाहर ही खड़ी रहीं। पापा ने डॉक्टर साहब की ओर देखा...

''अंऽऽ शी इज़ वेरी अपसेट।'' और उन्होंने गाड़ी स्टार्ट कर दी।

न चाहते हुए भी बंटी की नज़र ममी की ओर चली ही गई। उनका एक हाथ हिल रहा था और वे शायद रो रही थीं।

रोती हुई ममी पीछे छूट गईं। कोठी, कोठी का उजड़ा हुआ अहाता, कोठी

के बाहर लाल तिकोन, सब-सब पीछे छूट गए।

स्टेशन और स्टेशन की भीड़। गाड़ी में बैठा खिड़की से झाँकता बंटी। प्लेटफ़ार्म पर खड़े हुए डॉक्टर साहब, पापा, अमि, जोत ! और भी ढेर सारे लोग।

डॉक्टर साहब के टूटे-टूटे वाक्य, "आप इसकी ख़बर देते रहिएगा...यू नो शी इज़...अगर बहुत परेशान हो तो..."

"बंटी भैया, हम भी कलकत्ता घूमने आएँगे !"

"बंटी, मुझे चिट्ठी लिखना।"

और इसके साथ ही बहुत सारा शोर, तरह-तरह का। और एकाएक ही सारे शोर के ऊपर उभरता है—बंटी, मत जा बेटे, मैं तेरे बिना नहीं रह सकूँगी। दौड़ती-दौड़ती ममी चली आ रही हैं, बदहवास, लाल आँखें। पर ममी जैसे उस तक पहुँच नहीं पा रही हैं, सिर्फ़ उनकी आवाज़ उसके इर्द-गिर्द घूम रही है।

तभी गाड़ी चल दी और जो लोग आए थे वे भी छूट गए। हाथ हिलाते हुए डॉक्टर साहब, अमि और जोत। धीरे-धीरे सबके चेहरे घुल-मिल गए और फिर एक बिंदु में बदलकर ओझल हो गए। फिर प्लेटफ़ार्म की भीड़ और शोर, शहर का हिस्सा, जाना-पहचाना, सब-कुछ सरकता चला गया, छूटता चला गया। और थोड़ी ही देर में गाड़ी खेत-खलिहानों और मैदानों की अनंत सीमाओं के बीच दौड़ने लगी।

बंटी ने गरदन भीतर की ओर मोड़ ली—सब अपरिचित चेहरे। इतने अपरिचित चेहरों के बीच जाने कैसी दहशत बंटी को हुई कि वह उठकर पापा के पास चला गया और उनसे एकदम सट गया। पापा ने बहुत दुलार से उसकी पीठ सहलाई, "बंटी !"

तो अपने-आप ही जैसे आगे के शब्द तैर गए, "वहाँ अपना घर होगा, तुझे बहुत अच्छा लगेगा बेटा !"

पर पापा पूछ रहे थे, "बिस्तर लगा दें, तुम लेटोगे ?"

इतने अपरिचितों के बीच जैसे वह अपने-आपसे अपरिचित हो आया। बस, बार-बार नज़र पापा की ओर उठ जाती है। इतने नए-नए चेहरों के बीच पापा का जाना-पहचाना, परिचित चेहरा ही जैसे आश्वस्त करता है। मन हो रहा है कि उन्हें ही कसकर पकड़ ले। कहीं ऐसा न हो कि पापा भी छूट जाएँ ! थोड़ी-थोड़ी देर बाद कोई न कोई बहाना बनाकर वह उन्हे छू लेता है, कभी हाथ पकड़ लेता है।

लेकिन रात में बंटी फिर उन्हीं परिचित चेहरों और परिचित जगहों के बीच ही घूमता रहा। घूरती हुई ममी या उदास-उदास ममी, चिढ़ाता हुआ अमि, प्यार करती जोत, गंभीर-गंभीर डॉक्टर साहब। सवाल समझाते हुए सर...साइलेंस...

साइलेंस...विभू, कैलाश, टीटू...यार बंटी कहाँ चला गया ? बंसीलाल...लाल तिकोन ...माली दादा...आम का पौधा...सभी कुछ तो उसके आसपास, उसकी पहुँच के भीतर, रोज़ की तरह।

पर सवेरे आँख खुली तो फिर चारों ओर नए चेहरे। वह एकदम पापा के पास चला गया।

और दूसरे दिन जब हावड़ा पर उतरा तो लगा जैसे अपरिचितों के एक छोटे-से दायरे में से उठाकर किसी ने उसे अपरिचितों के एक बड़े-से समुद्र में ही फेंक दिया है।

कितनी भीड़ कितना शोर—सबकुछ कितना अनजाना, अनचीन्हा।

उसका मन एक अजीब-सी दहशत से भर गया। उसने कसकर पापा की उँगली पकड़ ली। धक्के-मुक्के के बीच में बराबर यही खटका लगा रहा कि अगर पापा की उँगली छूट गई तो फिर कहीं उसका पता नहीं लगेगा।

पापा टैक्सी के लिए क्यू में जाकर खड़े हो गए। बंटी की कुछ समझ में नहीं आ रहा है। बस, भकुवाई-सी आँखों से वह पापा को देखे जा रहा है।

"तुम यहाँ बैठ जाओ।" उसे शायद थका समझकर पापा ने उसे एक बॉक्स पर बिठा दिया। आसपास देखने को कितना कुछ है इस नई जगह में, पर वह तो जैसे सब ओर से सुन्न हो आया है। बस, नज़र इस तरह पापा पर टिकी हुई है, मानो उसे किसी ने वहाँ कील दिया हो। धूप में पापा की लंबी-सी परछाई लेटी है—ख़ूब लंबी-सी। वह बैठा हुआ पापा को देख रहा है, पर मन हो रहा है कि जाकर हाथ ही पकड़ ले। पापा का हाथ छूटने से ही अजीब-सी घबराहट हो रही है।

आख़िर वह उठा। पापा की बग़ल में जाकर, उनसे एकदम सटकर उसने उनका हाथ पकड़ लिया।

और उसकी छोटी-सी परछाँई पापा की लंबी-सी परछाँई में ही घुल-मिल गई।

पंद्रह

जस्टिफ़िकेशन !

पर क्यों ! किस बात के लिए ? क्या किया है शकुन ने ?

अजय बंटी को ले जाना चाहते थे और वह ख़ुद जाना चाहता था। उसे यहाँ अच्छा नहीं लगता था। इतनी कोशिश करने पर भी वह बंटी को इस घर में रचा-पचा नहीं सकी। वह इसे अपना घर समझ ही नहीं सका। पता नहीं, क्या चाहता था वह इस घर से ? नहीं, शायद शकुन से।

अजय ने भी न जाने क्या चाहा था उससे। वह नहीं दे पाई तो अजय उसकी ज़िंदगी से निकल गया। अब बंटी भी कुछ चाहता था। पता नहीं बंटी ही चाहता था या कि अजय ही बंटी में उतरकर नए सिरे से फिर वही चाहने लगा था, जो तब वह उसे नहीं दे पाई थी। नहीं, यह उसका भ्रम है। अजय उससे कुछ नहीं चाहता। वह अपनी भरी-पूरी ज़िंदगी जी रहा है। उसने शकुन को काट दिया है, शायद कोई कसक भी बाकी नहीं है। पर जब शकुन ने अपने जीवन को भरा-पूरा करना चाहा, अजय की कसक को भी धो-पोंछना चाहा तो बंटी...

सब लोग केवल उससे चाहते ही हैं और वह उनकी चाहनाओं को पूरती रहे यही एकमात्र रास्ता है उसके लिए। बस, वह कुछ न चाहे। जहाँ चाहती है, वहीं ग़लत क्यों हो जाती है ? ऐसा अनुचित-असंभव भी तो उसने कुछ नहीं चाहा। एक सहज सीधी ज़िंदगी, जिसमें रहकर वह कम से कम यह तो महसूस कर सके कि वह जिंदा है। केवल सूरज डूब-उगकर ही उसे रात होने और बीतने का एहसास न कराए, उसके अतिरिक्त भी 'कुछ' हो।

कितनी सहज-स्वाभाविक इच्छाएँ थीं उसकी ! फिर भी सब ग़लत, केवल इसलिए कि वे उसकी थीं।

'जहाँ जस्टिफ़िकेशन है, समझ लो वहाँ गिल्ट है। आदमी अपने गिल्ट को जस्टिफ़ाई न करे तो...' शायद कभी किसी संदर्भ में यह डॉक्टर ने ही कहा था।

कहा होगा। शकुन को लग रहा है, उसके मन में इस समय कुछ नहीं है। न गिल्ट न जस्टिफ़िकेशन। कुछ है तो सिर्फ़ दुख कि बंटी चला गया, कि बंटी

एक दिन भी वहाँ ख़ुश नहीं रहेगा। न उस घर में, न हॉस्टल में। बिना शकुन के वह कहीं ख़ुश रह ही नहीं सकता। और इन दिनों तो शकुन के साथ भी।

वह समझ ही नहीं सका कि शकुन से बदला लेते-लेते कितना बड़ा बदला उसने अपने-आपसे ले लिया है। शकुन को कष्ट देने के लिए कितना बड़ा कष्ट उसने अपने-आपको दे डाला है।

वह नहीं समझ सका, पर शकुन तो सब समझ रही थी। फिर भी वह चुप रही। क्या वह यह नहीं महसूस करने लगी थी कि बंटी अब उसके जीवन की सहज गति में एक रुकावट बन गया है ? जिस नई ज़िंदगी की शुरुआत का सारा आयोजन उसने कर डाला, वह शुरू होकर भी जैसे शुरू नहीं हो पा रही है कि बंटी उसमें जब-तब दरार डाल देता है।

कनफ़ेशंस !

नहीं, उसे कुछ कनफ़ेस नहीं करना। आदमी शायद कनफ़ेस इसलिए नहीं करता है कि दूसरों की नज़रों में गुनहगार बनकर अपनी नज़रों में बेगुनाह हो जाए। वह अपने गुनाहों को स्वीकार नहीं करता, बड़ी निरीहता के साथ उन्हें दूसरे के कंधे पर डालकर स्वयं उनसे मुक्त हो जाता है।

पर शकुन को ऐसा कुछ नहीं करना, वह कर ही नहीं सकती। बंटी उसके जीवन का अभिन्न अंश है, उसका अपना अंश। उसके जाने का दुख भी उसका अपना है और उसे भेजकर यदि उसने कुछ ग़लत किया तो वह ग़लती भी उतनी ही उसकी अपनी है। इस सबको न वह किसी के साथ शेयर कर सकती है, न किसी और के कंधों पर डालकर उस सबसे मुक्त हो सकती है।

अहं और ग़ुस्से से भरे-भरे, शकुन की लाई हुई चीज़ों को बिना देखे, बिना छुए एक ओर सरका देने, उमड़ते आँसुओं को भीतर ही भीतर रोककर सूखी आँखों से मोटर में बैठकर विदा हो जाने की व्यथा बंटी से कहीं ज़्यादा शकुन की अपनी व्यथा है और ऐसी व्यथा जिसे कोई भी बाँट नहीं सकता...आज भी नहीं, आगे भी नहीं।

कार लौट आई। उसमें से डॉक्टर, अमि और जोत उतरे तो उसे एक बार फिर नए सिरे से धक्का-सा लगा। तो बंटी चला गया ? और साथ ही ख़याल आया कि इतनी देर से वह ऊपर से चाहे कुछ भी सोचती रही हो, भीतर ही भीतर तो लगातार जाने कैसे-कैसे चित्र बनते-बिगड़ते रहे हैं। यहाँ के परिचित माहौल और शकुन की उपस्थिति में थमा हुआ आवेग, स्टेशन के अपरिचित माहौल में फूट पड़ा है—मैं नहीं जाऊँगा, मैं ममी के पास जाऊँगा—ममी के पास ही रहूँगा। अजय का कातर हो आया चेहरा, डॉक्टर का असमंजस—जोत से चिपककर खड़ा डरा-सहमा बंटी। ममीऽऽ...गाड़ी से उतरकर वह उससे लिपट गया है—दोनों की

आँखों में आँसू...गलती हुई बर्फ़ की दीवार।

"उस समय जल्दी-जल्दी में चाय नहीं पी सके। जल्दी से चाय पिलवा दो तो मैं जाऊँ। आइ एम ऑलरेडी लेट !"

बस ?

"गाड़ी भी आधा घंटे लेट थी।"

और ?

"ममी, मैंने बंटी को कह दिया है कि वह मुझे चिट्ठी ज़रूर लिखेगा।"

"मिस्टर बत्रा को भी कह दिया है कि जाते ही चिट्ठी लिख देंगे और सारी बात यानी जो भी जैसा भी होगा लिख देंगे।"

और ?

और सब चुप !

दो प्यालों में चाय ढल गई और दो गिलासों में दूध। बंटी की कुर्सी खाली है।

"पापा, हमारा ज्योमेट्री बॉक्स एकदम बेकार हो गया। हमें नया चाहिए, कल ही हमारा टेस्ट है। आप ड्राइवर के हाथ मँगवा लीजिए।"

जोत और अमि आज भी अपनी ज़रूरतों के लिए डॉक्टर से ही कहते हैं। बंटी होता तो ? वहाँ बंटी किससे कहेगा ?

"सर्दी तो ख़त्म हो ही गई। दस-पंद्रह दिनों में तो पसीने से नहाने का मौसम आ जाएगा। स्टेशन पर तो आज ही बाकायदा गरमी लग रही थी।"

"गाड़ियों में इतनी भीड़ क्यों जाती है पापा ? रोज़-रोज़ जानेवाले इतने आदमी कहाँ से आ जाते हैं ?"

गाड़ी लेट थी। स्टेशन पर गरमी थी। स्टेशन पर भीड़ थी। सबकुछ था, बस जैसे नहीं था तो बंटी। जैसे सब उसके आस-पास से कतराकर निकल रहे हैं। कोई उसके पास नहीं पहुँच रहा या कि पहुँचना नहीं चाहता।

"आज चाय कैसी है ? शायद पानी पूरी तरह नहीं खौला।"

दूसरा पानी आ जाता है।

"लौटते हुए मैं वर्मा के यहाँ जाऊँगा। तुम भी चलो तो गाड़ी भेज दूँ ? देख आएँगे, तीन-चार दिन से जा नहीं पाया।"

शकुन ने डॉक्टर की ओर देखा, फिर धीरे से बोली, "आज रहने दो।"

"ऐं ? अच्छा !" डॉक्टर मुड़ गए।

"पापा, हमारे लिए भी कोई चीज़। अच्छी-सी !"

सायास ढंग से बोले हुए ये अनायास वाक्य ! जैसे सबने तय कर लिया है कि कोई भी उस विषय पर कुछ नहीं बोलेगा। और ये वाक्य उस तक पहुँचकर

भी नहीं पहुँच रहे हैं। सेतु नहीं बन रहे हैं।

सेतु ! बंटी सेतु नहीं बन सका। इसीलिए शायद उसे भी कट जाना पड़ा।

डॉक्टर चले गए, अमि और जोत पढ़ने बैठ गए ! सबकुछ कितना सहज-स्वाभाविक हो आया। कहीं कुछ नहीं। जैसे एक अनावश्यक प्रसंग था, ऊपर से थोपा हुआ। उसे एक न एक दिन समाप्त होना ही था। सब लोग जैसे इसी दिन की प्रतीक्षा कर रहे थे।

वह भी ? सचमुच वह भी कहीं चाहने ही तो लगी थी। उसे ख़ुद लगने लगा था कि वह एक अनावश्यक तत्त्व...शायद वह हो ही गया था। शायद ऐसा ही होता है।

'यह बच्चा किसका है ?' बंसीलाल की बहू खुसर-फुसर करके पूछ रही थी।

'इनके पहलेवाले आदमी का बच्चा।' दबा-दबा-सा जवाब।

'दहेज़ में यही लेकर आई हैं ?' खी...खी...खी...

और उस हँसी ने उसे भीतर तक तिलमिला दिया था।

'यह बच्चा ? ओह, हाँ ! क्या नाम है बेटे तुम्हारा ?' वर्मा का बुलंद प्रश्न !

'अरूप बत्रा !' उतना ही बुलंद जवाब।

सवाल और जवाब दोनों में ही तो कुछ था। न चाहते हुए टालते हुए भी ध्यान एक क्षण को उस ओर गया था।

और फिर रात में सर्दी से अकड़ा, डर से सहमा बंटी उसकी छाती से चिपका था। साँस जैसे हिचकियों में बँध गई थी।

'यह अकसर इस तरह डर जाया करता है क्या ?' पता नहीं स्वर में नींद की खुमारी थी या कि एक रूखापन। व्याघात पड़ जाने की खीज। कम से कम शकुन को ऐसा ही लगा था। और वह बंटी को लेकर हलके से चौकन्नी हो आई थी।

'यह तो बहुत ही ज़िद्दी बच्चा है भाई ! लगता है, तुमने इसे बहुत ज़्यादा लाड़ में स्पॉइल कर दिया है !' एक हलका-सा आक्रोश था स्वर में।

'मत इतना सिर चढ़ाओ बहूजी ! नहीं, एक दिन आप ही दुखी होंगी।'

एक-सी ही तो बातें थीं, पर अर्थ बदल गए थे क्योंकि शायद संदर्भ बदल गए थे।

और तब पहले दिन का वह चौकन्नापन अनायास ही एक हलकी-सी अपराध-भावना में बदल गया। जैसे ज़िद बंटी ने नहीं की, उसने ख़ुद की है। एक ग़लत और अनुचित ज़िद।

पता नहीं, मन का भाव शायद चेहरे पर अंकित हो आया था। डॉक्टर ने कंधे पर हाथ रखकर पूछा, "बुरा मान गईं ?" उसने झूठ बोला था और साथ ही लगा

था कि अब पता नहीं कितनी बार उसे झूठ बोलना पड़ेगा।

डॉक्टर मुसकरा रहे थे। मानो बंटी ने जो कुछ किया, उसने कतई परेशान नहीं किया है उन्हें।

वह भी मुसकराई। मानो उसने डॉक्टर की बात का बिलकुल बुरा नहीं माना है। असली बात पर नकाब डालने का सिलसिला उसी दिन से शुरू हुआ था। कम से कम बंटी को लेकर।

और फिर एक नक़ली-सा व्यवहार। या कि असली व्यवहार में भी नक़लीपन का एहसास ! या तो इस विषय पर बात होती ही नहीं या होती तो बहुत ही सँभल-सँभलकर।

पर बंटी था कि हर दिन एक नया हंगामा। कुछ भी होता और मन ही मन शकुन अपने को सफ़ाई देने के लिए तैयार करती थी। पर डॉक्टर देख-जानकर भी चुप रह जाते तो उनकी चुप्पी, बंटी की ज़िद, बंटी के हंगामे से भी ज़्यादा बड़ा बोझ बनकर शकुन के मन पर छा जाती।

अपनी हर समस्या, अपने हर बोझ को बड़े निर्द्वंद्व भाव से डॉक्टर के कंधों पर डालकर निश्चिंत हो जानेवाली शकुन के मन में एक कोना उभर आया था, जिसकी बात वहीं घुमड़ती रहती थी और शकुन थोड़ी-सी भयभीत रहती थी कि कहीं यहाँ की बात बाहर न आ जाए। साथ ही आशंकित भी कि कहीं यह कोना अपनी सीमा तोड़कर फैलना न शुरू कर दे और फिर फैलता ही चला जाए, फैलता ही चला जाए।

वह जानती थी कि ये कोने जब होते हैं तो कितने पैने होते हैं। कैसे इनसे सबकुछ कटता चलता है, विश्वास, सद्भावना, अपनत्व ! सारी की सारी ज़िंदगी बँट जाती है खंडों में, टुकड़ों में कि इसके बाद एक पूरी ज़िंदगी जीना...नहीं, वह अब और उस सबसे गुज़रना भी नहीं चाहती। बड़ी से बड़ी क़ीमत भी चुकानी होगी तो चुका देगी।

क़ीमत चुका दी और लग रहा है कि वह जैसे एकदम ख़ाली और खोखली हो गई है।

"ममी, हमें ग्रामर समझा दो !"

लेटे-लेटे ही शकुन ने पास खड़ी जोत को देखा। स्वर में कैसा आग्रह है याचना-जैसा। हमेशा क्या वह इसी तरह कुछ कहती-माँगती है ? कभी ध्यान ही नहीं गया।

अब शायद नए सिरे से अमि और जोत से परिचित होना पड़ेगा। अभी तक तो ये लोग भी बंटी के साथ इस तरह जुड़े हुए थे कि कभी अलगाव महसूस ही नहीं हुआ, बंटी के साथ-साथ इन दोनों का काम भी होता ही चलता था। अब ?

"देखो तो जोत ! अमि क्या कर रहा है ? उसे भी यहीं बुला लो। दोनों यहीं पढ़ो।"

"अमिऽऽ" जोत दौड़ती हुई चली गई।

बंटी को उसने कभी इस कमरे में बैठकर नहीं पढ़ाया। वह कभी आता भी नहीं था। जाने कैसा एक सहमा-सहमापन उसके मन में घर कर गया था। आज उस कमरे में जाते हुए वह सहम रही है। वह मेज़...वह कोना।

"ममी, मैंने चार सम्स कर लिए, पाँचवाँ कर रहा हूँ। कुल दस करने हैं। बस होमवर्क ख़त्म, होमवर्क फ़िनिश।"

दोनों बच्चे अपना-अपना काम करने बैठ गए तो ख़याल आया, बिना बंटी के वह इन लोगों को उसी तरह प्यार कर सकेगी जैसे बंटी को करती थी ? इन्हें उतना ही अपना समझ सकेगी ? शायद नहीं।

मीरा भी बंटी के लिए ऐसे ही सोचेगी ? वह भी उससे कभी जुड़ा हुआ महसूस नहीं करेगी। उसे कभी अपने बच्चे की तरह प्यार नहीं करेगी।

एकाएक शकुन ने कापी पर झुके हुए अमि को खींचकर अपनी गोद में भर लिया, उसके दोनों गालों पर प्यार किया। अमि सकपका-सा गया और फिर अलग हो गया। जोत अजीब-सी नज़रों से देखने लगी।

ऐसा करने पर बंटी कभी उसके गले में बाँहें डाल दिया करता था। अकसर वह उसकी गोद में लेटकर ही पाठ याद किया करता था। ज़ोर-ज़ोर से बोलकर और जब तक बंटी पढ़ता था, शकुन कुछ नहीं कर सकती थी।

समय के साथ सबकुछ कैसे बह जाता है !

अजय का पत्र बीच में पड़ा था। शकुन और डॉक्टर आमने-सामने बैठे थे। दोनों के बीच एक मौन घिर आया था—एक तनावपूर्ण मौन ! कम से कम शकुन को ऐसा ही लगा था।

अजय ने बहुत संयत ढंग से लिखा था, लिखा ही नहीं, एक तरह से आग्रह किया था कि अब बंटी को वह अपने पास ही रखना चाहता है। फिर भी इस विषय में उन दोनों की राय के बिना वह कुछ नहीं करेगा।

डॉक्टर ने पत्र पढ़ लिया था और चुप हो आए थे और शकुन के मन में हज़ार-हज़ार बातें एक साथ आ-जा रही थीं। वह बंटी को भेज दे और अपने घर के इस तनाव से मुक्त हो जाए। वह बंटी को क्यों भेजे, अजय किस अधिकार से उसे अपने साथ रखना चाहते हैं ? उसने शादी कर ली है इसीलिए उसका बंटी पर से अधिकार समाप्त हो जाता है, तो अजय ने भी तो शादी कर ली है।

डॉक्टर जान लें कि इस घर के लिए बंटी अनावश्यक हो, फालतू हो, पर कोई

है, एक ऐसा भी घर है जहाँ बंटी की आवश्यकता है, बंटी की प्रतीक्षा है। यहाँ बंटी एक ज़िद्दी, एबनॉर्मल बच्चा हो सकता है, पर वहाँ...कि अजय का शकुन से चाहे कोई संबंध न रहा हो, पर बंटी से उसका संबंध है, आत्मीयता का, अपनत्व का, रक्त का, अब बंटी को लेकर वह इतना अपराधी महसूस नहीं करेगी।

डॉक्टर चाहें तब भी वह नहीं भेजेगी। शकुन के साथ उन्हें बंटी को भी स्वीकार करना ही होगा। बंटी उसके साथ था और हमेशा रहेगा।

बातें हैं कि एक के बाद एक फिसलती चली जा रही हैं।

''तुमने कुछ कहा नहीं पत्र पढ़कर ?'' और शकुन ने बहुत ही भेदती-सी नज़रों से डॉक्टर को देखा मानो उसे केवल शब्दों पर ही विश्वास नहीं करना है, उन्हें ही अंतिम नहीं मानना है, उसके भीतर छिपे अर्थों को भी देखना है। वह भीतर ही भीतर कहीं बहुत चौकन्नी हो आई।

असमंजस और दुविधा में लिपटे डॉक्टर चुप। और वह चुप्पी ही हज़ार-हज़ार अर्थ प्रकट करने लगी।

''बताओ न क्या जवाब दूँ अजय को ?'' शकुन को जैसे जवाब चाहिए ही, वह भी डॉक्टर से ही !

''मैं मिस्टर बत्रा को बिलकुल नहीं जानता। उन्होंने यह क्यों लिखा है, यह भी नहीं समझ सका। क्या जवाब हो सकता है इसका ? मैं क्या बताऊँ ?''

वही तटस्थता—वही उपेक्षा। बोलकर भी चुप रहना क्या इसी को नहीं कहते ? शकुन क्या जानती नहीं कि डॉक्टर इसी तरह चुप रहेंगे, पर क्यों ?

''क्यों ? अभी चाची अम्मा लिखें कि अमि को शुरू से मैंने पाला है, उसे मेरे पास भेज दो तो तुम जवाब नहीं दोगे ? कुछ नहीं बताओगे ?'' आवेश से जैसे उसका स्वर काँपने लगा।

''वह बात बिलकुल दूसरी होगी।'' डॉक्टर का स्वर कभी भी, कहीं से भी विचलित क्यों नहीं होता ? कैसी आस्था है ! कौन-सा विश्वास है यह अपने ऊपर, जो कहीं भी डिगने नहीं देता। डॉक्टर के सधाव के सामने शकुन जैसे और ज़्यादा-ज़्यादा बिखरा महसूस कर रही है।

''बात दूसरी नहीं है, बस, यह कहो कि बच्चा दूसरा है। अमि तुम्हारा बच्चा है, तुम उसके बारे में निर्णय ले सकते हो। बंटी तुम्हारा...''

''शकुन !'' और डॉक्टर की दोनों हथेलियाँ शकुन के कंधों पर आ टिकीं।

बात बीच में ही टूट गई। शकुन एकटक डॉक्टर का चेहरा देखती रही। क्या था डॉक्टर के स्वर में, डॉक्टर के चेहरे में कि मन का आवेग जैसे अपने-आप ही धीरे-धीरे उतरने लगा।

''पागल हो गई हो ? लगता है, इस पत्र ने परेशान कर दिया है। पर इस तरह परेशान होने से तो कोई चीज़ हल नहीं होती।''

शकुन को लगा जैसे उसके कंधे डॉक्टर की हथेलियों पर टिक गए हैं।

''तुम लोग अपने को, अपने ईगो को ऊपर न रखकर बंटी को ऊपर रखो। आई मीन उसकी दृष्टि से सारी बात सोचो तो ज़्यादा सही होगा।''

वही सधा हुआ स्वर, सुलझी हुई दृष्टि। संशय और संदेह के उभरे हुए सारे काँटे जैसे उलटकर उसे ही बेधने लगे।

उसका अपना कुंठित मन बातों को, व्यक्तियों को कभी सही रूप में नहीं ले सकेगा।

''तुमसे कुछ नहीं होगा। मैं ही बंटी को अपने साथ लंबी ड्राइव पर ले जाऊँगा। बहुत प्यार से, विश्वास में लेकर उससे पूछूँगा, उसकी मनःस्थिति जानने की कोशिश करूँगा, क्यों वह यहाँ एडजस्ट नहीं कर पा रहा है...क्या बताऊँ शकुन, मुझे समय नहीं मिलता।''

यह सब डॉक्टर कह रहे हैं ! एक बार भी यह नहीं कहा कि तुम्हें मुझ पर विश्वास हो तो मैं बंटी को ले जाऊँ ? एक बार भी क्या इनको यह ख़याल नहीं आता कि बंटी को लेकर वह डॉक्टर की ओर से उतनी आश्वस्त नहीं हो पाती, कोशिश करके भी नहीं हो पाती; कि वह इस प्रसंग को लेकर अपने और डॉक्टर के बीच में एक हलकी, नामालूम-सी दरार महसूस करने लगी है और हमेशा आशंकित रहती है कि वह दरार धीरे-धीरे कहीं खाई न बन जाए। फिर एक और खाई !

''मैं तुम्हें भी नहीं ले जाऊँगा, समझीं। जवाब उसके बाद हो जाएगा। ओ. के. ?'' और एक बार ज़ोर से उसके कंधे थपथपाकर उन्होंने हाथ हटा लिए।

उनके इस अतिरिक्त विश्वास के सामने शकुन का अविश्वासी मन जैसे हार गया। वह अपनी ही नज़रों में बहुत अपराधी हो उठी। अपराधी और छोटी, क्यों वह चीज़ों को ग़लत रूप में लेती है ? क्यों नहीं सही ढंग से देख पाती ?

पर शायद चीज़ें ही ग़लत थीं और इसीलिए देखने का हर सही ढंग भी घूम-फिरकर आख़िर में ग़लत ही हो जाया करता था।

शकुन जानती थी कि अजय घर नहीं आएगा। पर डॉक्टर का घर आने के लिए आग्रह करने स्टेशन तक जाना उसे अच्छा लगा।

लेकिन जब अजय ने चार बजे आने को कहा तो डॉक्टर ने बताया कि वह उस समय तक मीटिंग में रहेगा। शायद वह चाहते हों कि यह बात शकुन और अजय आपस में ही तय करें, कि डॉक्टर एक बाहरी आदमी की तरह क्यों रहे ? डॉक्टर की उस समय अनुपस्थित रहने की बात उसे कहीं अच्छी भी लगी थी और

बुरी भी। उसे ख़ुद नहीं मालूम कि उसे कैसा लगा था।

पता नहीं उसे क्या हो गया है कि एक ही बात एक ही समय में उसे अच्छी भी लगती है और बुरी भी। शायद कुछ और भी लगता है। हर बात कितने-कितने स्तरों पर चलती है, उसके मन में ! वह ख़ुद कुछ नहीं समझ पाती। हर बात उसके लिए जैसे एक पहेली बन जाती है। या फिर वह ख़ुद अपने लिए एक पहेली बन जाती है।

डॉक्टर कैसे एक ही स्तर पर जी लेते हैं। एक सुलझी हुई सहज ज़िंदगी। उसे डॉक्टर से ईर्ष्या भी होती है, डॉक्टर पर गुस्सा भी आता है। क्यों नहीं वह शकुन के मन में होनेवाले द्वंद्वों को समझ पाते ? उसके हर पहलू, हर स्तर को देख पाते ?

पर क्या वह उन सबको देख-समझ पाती है ? या कि कोई भी उसे समझ पाएगा ? टुकड़ों में बँटी यह ज़िंदगी और हर टुकड़ा जैसे अलग ढंग से सोचता है, अलग ढंग से धड़कता है।

अजय चार बजे घर आ रहा है। यह बात उसे अच्छी भी लग रही है और बुरी भी।

मन में कहीं एक संतोष है, एक इच्छा है कि एक बार अजय को अपना सुख, अपना वैभव ही दिखा दे।

एक कचोट है कि बंटी ने पत्र लिखकर उन सारे सुखों के अस्तित्व को धूल में मिला दिया। अब सबकुछ कितना बेमानी हो उठेगा।

साथ ही एक आशा भी है कि आवेश में आकर बंटी ने लिख चाहे जो कुछ दिया हो, वह जाएगा नहीं। वह यहाँ रोए या तूफ़ान मचाए, शकुन से चाहे कितना ही कटा-कटा फिरे पर शकुन के बिना वह कहीं नहीं रह सकता। एक रात को वह सरकिट हाउस रह नहीं सका था, अब हमेशा रह सकेगा !

बच्चों का गुस्सा, बच्चों का मान, बच्चों का अहं...कितना छोटा और कितना निरीह होता है सबकुछ ! फिर बंटी, जो छाया की तरह चिपककर रहा है उसके साथ !

''अकेला तो मैं कब्भी जा ही नहीं सकता...'' इस वाक्य को जैसे वह पकड़े बैठी है। भूल ही गई कि इसके बीच से नौ-दस महीने का समय बीत चुका है। परिवर्तनों से भरा हुआ समय !

दिन-भर शकुन तैयारी करती रही थी। हर चीज़ लक-दक ! और मन ही मन अपने को साधती भी रही थी कि इस बार बहुत सहज होकर ही वह अजय से मिलेगी। इस असहज प्रसंग को वह अपने व्यवहार से इतना सहज बना देगी कि

अजय खाली हाथ लौटें तो भी कचोट लेकर न लौटें। यहाँ का सबकुछ देखकर बंटी को ले जाने की बात उन्हें ख़ुद बेतुकी-सी लगे, कि वे ख़ुद आश्वस्त हो जाएँ।

पत्र भी तो उसने बहुत सहज ढंग से ही लिखा था।

पर चाय की मेज़ पर घिर आए मौन के नीचे उसकी सहजता अपने-आप ही गलने लगी। मेज़ पर ढेरों चीज़ें फैली पड़ी थीं। उसने ख़ुद सबकुछ बड़े जतन से बनाया-सजाया था। पर अजय का ध्यान उधर नहीं था। एक बार उसने अमि और जोत से ज़रूर बात की थी, प्यार से ही कुछ कहा-पूछा और फिर नज़र बंटी के चेहरे पर टिक गई। और बस फिर वहीं टिकी रही।

तब नए सिरे से उसका अपना ध्यान बंटी की ओर गया। वह उसे देखने लगी। अपनी नज़रों से नहीं, जैसे अजय की नज़रों से।

और भीतर सबकुछ गड़बड़ाने लगा।

कितने दिनों बाद अजय और शकुन आमने-सामने एक कमरे में बैठे हुए हैं। घर के एक कमरे में। कमरा बहुत कोजी है, पर मन शायद उतना कोजी नहीं है। कम से कम शकुन को ऐसा ही लगने लगा है। एक घबराहट, इम्तिहान में बैठने के पहले जैसी।

"बंटी के बारे में कुछ सोचा ?" शकुन की नज़रें अजय के चेहरे पर टिक गईं। किसी भी तरह का कोई तनाव नहीं है वहाँ। प्रश्न भी ऐसा कि कोई ज़िद और दुराग्रह नहीं। बस, जैसे साथ बैठकर सोचने की बात ही हो।

तो आज भी ऐसा कुछ है जिस पर साथ बैठकर सोचा जाए। और क्षणांश को फिर जैसे नए सिरे से लगा कि वे साथ बैठे हैं।

"यह सही है कि बंटी को अब मैं अपने साथ ही रखना चाहता हूँ। फिर भी यह निर्णय मैं अकेला नहीं ले सकता—मेरा मतलब..."

"पर इस समय तो बंटी वैसे भी नहीं जा सकता। अगले महीने उसकी परीक्षाएँ हैं। एक साल खराब नहीं हो जाएगा ?"

अजय कुछ इस नज़र से देखने लगा मानो पूछ रहा हो—बस ? यही आपत्ति है ? तो शकुन को लगा जैसे उससे ग़लती हो गई। आपत्ति उसे कहीं और से शुरू करनी थी। वह जैसे अगली बात सोचने लगी।

"कलकत्ते में सेशन जनवरी से शुरू होता है और अप्रैल तक एडमीशन हो जाते हैं। मेरा परिचय है।"

"नए लोगों के बीच यह बहुत सहम जाता है। यों भी इस उम्र में ही बहुत इंट्रोवर्ट होता जा रहा है। मुझे लगता है..."

"हूँऽ! सो तो मैंने भी देखा। सवेरे बिलकुल बोला ही नहीं। अभी भी एकदम सहमा हुआ, चुपचाप।" और अजय ख़ुद चुप हो गया। जैसे कहीं गहरी चिंता में

पड़ गया हो, जैसे कहीं से दुखी हो आया हो।

शकुन का वार जैसे उलटकर उसी पर आ गया। और अनायास ही मन के भीतर की परतें, और एक-एक परत पर उठनेवाली अनेक-अनेक बातें कुलबुलाने लगीं। मन हुआ कि कहे यह एक तलाकशुदा माँ-बाप का बच्चा है, इसलिए कहीं एबनॉर्मल है; कि वहाँ जाकर ही इसे कौन परिचित मिल जाएगा ? कहने-भर को तुम चाहे इसके पापा हो, पर कितना जानते हो तुम इसे, और कितना जानता है यह तुम्हें ? तुम इसके कपड़ों को देखो तो पहचान सकते हो ? जानते हो इसके कितने नंबर का जूता आता है ?

''अगर बंटी राजी हो जाए और मैं इसे अभी अपने साथ ले जाऊँ तो तुम्हें कोई एतराज़ होगा ? बार-बार आना ज़रा...''

मुझे कोई एतराज़ नहीं होगा। सच पूछो तो मैं ख़ुद अब यही चाहने लगी थी कि इसे तुम्हारे पास ही भेज दूँ। बहुत रख लिया। अब कम से कम मैं अपनी ज़िंदगी जिऊँ—एक परत पर उभरा और उससे भी भीतर की परत पर उभरा—अच्छा है, तुम्हारे और मीरा के बीच में भी दरार पड़े, हर दिन एक परेशानी, हर दिन एक तूफ़ान...

पर ऊपर उसने बहुत संयत ढंग से केवल इतना ही कहा, ''आप बंटी से ही पूछ लीजिए। हम लोग अपनी-अपनी इच्छाएँ क्यों थोपें उस पर ?'' और उसे ख़ुद ही लगा कि कहनेवाली और सोचनेवाली शकुन एक ही है।

बंटी आया तो उसने जैसे अपने को कठघरे में खड़ा पाया—फ़ैसले की प्रतीक्षा करते हुए।

''जाऊँगा, ज़रूर जाऊँगा।''

और कमरे का सारा सामान, झूलते हुए परदे, झिलमिलाता झाड़-फानूस—सब एकाएक धूमिल हो उठे। चारों ओर बिखरा वैभव जैसे एक बिंदु में सिमट आया। मन में कुछ बुरी तरह सुलगने लगा। मन हुआ कि हाथ पकड़कर बंटी को भीतर ले जाए और कहे कि बैठकर पढ़ो। या एकदम निकाल दे कि जाओ, अभी जाओ ! पर नहीं, वह कुछ नहीं कर सकती। यहाँ आने के बाद से ही वह बंटी पर धीरे-धीरे अधिकार खोती रही है। आज तो चाहकर भी वह कुछ नहीं कह सकती या कि वह कुछ भी क्यों कहे ?

अजय अकेले बंटी को लेकर घूमने निकला तो ख़याल आया—उस दिन डॉक्टर अकेले बंटी को लेकर लंबी ड्राइव पर जानेवाले थे—उसे समझने और समझाने के लिए। प्यार से उसके मन में एक नया विश्वास जगाने, एक अपनापन...

उस दिन वह नहीं हो सका और इसीलिए आज यह हो रहा है।

और इस समय छत पर अकेले खड़े-खड़े उसे ख़याल आ रहा है—कुछ नहीं, सब बेकार की बातें हैं। शकुन ने शादी कर ली और इससे अजय के अहं को कहीं चोट लगी है। बंटी को ले जाकर वह केवल अपने उस आहत अहं को सहलाना चाहता है। वह शकुन को टॉरचर करना चाहता है।

जब अजय ने शादी की थी तो कभी उसने भी ऐसे ही सोचा था कि बंटी को वह कभी अजय के पास नहीं भेजेगी—यहाँ तक कि अब बंटी से उसका मिलना-जुलना भी बंद करवा देगी। बंटी को लेकर वह अजय को टॉरचर कर सकती है, करेगी।

सच, हम लोग शायद बंटी को मात्र एक साधन ही समझते रहे ! अपने-अपने अहं, अपनी-अपनी महत्त्वाकांक्षाओं और अपनी-अपनी कुंठाओं के संदर्भ में ही सोचते रहे। बंटी के संदर्भ में कभी सोचा ही नहीं।

दो घंटे से खड़ी-खड़ी वह बंटी के नाम पर अपने, डॉक्टर और अजय से जुड़ने-कटने की बातें ही तो सोचती रही है।

एकाएक ही बंटी का टुकुर-टुकुर देखता हुआ चेहरा आँखों के सामने उभर आया। बिना बोले, मुँह फेरे-फेरे ही मानो कह रहा हो—मुझे रोक लो ममी, मुझे रोक लो। और फिर तो जैसे हज़ार-हज़ार चेहरे उसके आगे-पीछे घूमने लगे—उसे प्यार करते हुए, उसके गले में बाँहें डाले हुए, उसकी बगल में लेटे हुए...नन्हे-नन्हे हाथों से क्यारियाँ खोदते हुए...

और उन चेहरों के साथ ही साथ वह कहीं बहुत गहरे में उतर आई, उतरती ही चली गई। उसने तो अब अपने भीतर झाँकना ही छोड़ दिया था। अजय से कटकर वह अतीत में डूब गई थी, डॉक्टर से जुड़कर वह फिर वर्तमान में लौट आई और भविष्य में झाँकने लगी।

पर आज ! कितनी बातें हैं, कितने चित्र हैं कि उभरते ही चले आ रहे हैं, अपने सारे रगो-रेशे के साथ।

'उन्होंने जो किया तो आपकी मट्टी पलीद हुई और अब जो आप करने जा रही हैं तो इस बच्चे की मट्टी पलीद होगी। कैसा चेहरा निकल आया है !'

वह उस निकले हुए चेहरे को क्यों नहीं कभी देख पाई ? कहाँ होगी फूफी ?

'ये पौधे तो सूख रहे हैं माली ?'

''नहीं बहूजी साहब, सूख नहीं रहे, अब तो जड़ें पकड़ ली हैं।'

''कहाँ ? ये पत्तियाँ तो सूख रही हैं।'

माली की हँसी—ये तो सूखेंगी ही। उस ज़मीन के खाद-पानी की पत्तियाँ हैं, ये तो सूखकर झड़ जाएँगी। फिर नई पत्तियाँ फूटेंगी। जड़ पकड़ने के बाद कोई डर नहीं। और उसने ख़ुद उन मरी-मुरझाई पत्तियों को झाड़ दिया था।

'आप बाग़वानी की बात नहीं समझतीं। बंटी भैया से पूछ लीजिए—सब बता देंगे। बड़ी कम उमिर में सब सीख लिया है हमारे भैया ने।'

एक ही बात इतने-इतने अर्थ भी लपेटे रह सकती है अपने में ?

'शकुन, तुम्हारा बेटा तो कलाकार बनेगा !'

खड़-खड़ झन्नऽऽ... शीशियाँ टूटी पड़ी हैं और सारे रंग फैले पड़े हैं, वह रंग की शीशियाँ और ब्रश भी लेकर आई थी। वहाँ और कुछ नहीं तो कम से कम अपनी पेंटिंग ही किया करेगा।

पर अपने सब रंग यहीं छोड़ गया।

क्यों नहीं उसने बंटी को रोक लिया ?

एकाएक शकुन फूट-फूटकर रो पड़ी। यह आवेग एक या दो दिन का नहीं था, कई दिनों का आवेग था, जिसे वह साधे-साधे घूमती थी, कभी भय से तो कभी अपराध से। अब उसे किसी के सामने डरना नहीं है, किसी के सामने अपराधी चेहरा लिए नहीं घूमना है। पर मन है कि इस बात से हलका और आश्वस्त नहीं हो रहा, सिर्फ़ रो रहा है, बिसूर-बिसूरकर। अपने को कोस रहा है।

'मत रोओ ममी—रोओ मत।' दो छोटी-छोटी बाँहें लिपट आती हैं। टुकड़ों में बँटी शकुन जैसे अपने को समेटने की कोशिश कर रही है और शकुन है कि और...और टूटती चली जा रही है, बिखरती चली जा रही है। वे बाँहें जैसे उसे अपने में समेट नहीं पा रही हैं।

''शकुन !'' डॉक्टर का स्वर छत के सन्नाटे में यहाँ से वहाँ तक फैल गया।

''तुम यहाँ हो और नीचे किसी को पता तक नहीं। अरे, यह क्या, तुम रो रही हो ? शकुन !'' और दो सबल बाँहें उसके चारों ओर घिर आईं और धीरे-धीरे पूरी की पूरी शकुन उनमें अपने-आप ही बँधती चली गई, सिमटती चली गई।

बस, दो नन्ही-नन्ही बाँहें उन सबल बाँहों के नीचे अनदेखे अनजाने ही शायद मसल गईं।

सोलह

एक और यात्रा !

वैसा ही रेल का डिब्बा है, पापा हैं और बंटी है। ढेर सारे नए-नए लोग हैं। बंटी बैठा-बैठा टुकुर-टुकुर सबको देख रहा है, फिर भी जैसे उसे कुछ नहीं दिखाई दे रहा है।

पता नहीं कैसे क्या हुआ कि उसके भीतर दो आँखें और उग आईं और उसके बाद से ही सब कुछ गड़बड़ हो गया। बाहर की आँखों से वह एक चीज़ देखता है तो भीतर की आँखें दूसरी चीज़ देखने लगती हैं। कभी भीतर की चीज़ें बाहर की चीज़ों को दबोच लेती हैं तो कभी बाहर की भीतर की चीज़ों को। कभी-कभी दोनों एक-दूसरी में ऐसी गड्डमड्ड हो जाती हैं कि फिर तो कुछ भी समझ में नहीं आता। बस, सबकुछ गोलमोल अंडा।

भीतर ही भीतर कई कान भी उग आए हैं। तभी तो एक बात को ठेलकर दूसरी बात आ जाती है। आवाज़ के ऊपर आवाज़ तैरने लगती है और सारी आवाज़ें मिलकर बस एक शोर।

यह सब बंगाल के जादू से हुआ है। और क्या, पहले तो ऐसा कभी नहीं था। उसने कई बार अपने शरीर को छू-छूकर देखा है। कहाँ हैं वे आँखें, कहाँ हैं वे कान ? पर दिखते नहीं, जादू की चीज़ें कहीं दिखती हैं ? वे आँखें कभी नहीं दिखतीं, पर उन आँखों से देखे हुए दृश्य बार-बार दिखते हैं और दिखते ही चले जाते हैं; ठीक ऐसे जैसे सबकुछ सामने ही हो रहा हो। और जो सामने होता है, सब गायब हो जाता है। बाहर की आँखें खुले-खुले ही बंद हो जाती हैं।

यह भी तो जादू ही है। पर किसने किया जादू ? कब किया ? यही सब पता लग जाए तो फिर जादू ही क्या ?

उसने तो पी.सी. सरकार का जादू भी नहीं देखा। बोटेनिकल गार्डेन का बड़ा पेड़, जू, दक्षिणेश्वर, वैलूर मठ—केवल नाम सुने थे। आज भी बस नाम ही जानता है।

"जब तुम सर्दी की छुट्टियों में आओगे तब सारी चीज़ें दिखाएँगे बंटी बेटे तुमको। उस समय कलकत्ते का मौसम भी बस, वाह ! क्रिसमस की छुट्टियाँ भी

रहेंगी।" सामान बाँधते हुए पापा कह रहे हैं और पापा के भीतर से एक और पापा उभर रहे हैं।

कलकत्ते में तुम्हें वो घुमाएँगे बेटे कि बस ! हर इतवार को पिकनिक पर और रोज़ शाम को सेटरडे क्लब। जाते ही तैरना सिखा देंगे, बस फिर रोज़ तैरना। सीखोगे तो ? अब लड़कियोंवाले खेल नहीं....

और शाम को बालकनी में बैठे-बैठे उसकी आँखों के सामने दूर-दूर तक फैली हुई कोलतार की सड़कें एकाएक लहराने लगतीं और उन पर दौड़ती हुई ट्रामें, बसें, दौड़ते-भागते ढेर-ढेर आदमी मछलियों में बदल जाते, पानी को चीरते हुए तीर की तरह इधर से उधर तैरते रहते।

"अरे, तुम इतना चुपचाप क्यों रहते हो बच्चे ? ऐसे गुमसुम रहकर मन कैसे लगेगा ? आओ, मेरे साथ भीतर आओ, चीनू के साथ खेलो, उसे प्यार करो, तभी तो वह तुम्हें भैया कहेगा।"

और तभी इस आवाज़ को तैरती हुई एक और आवाज़ तैर जाती है, "बंटी भैया, मैं भी कहानी सुनूँगा..."

"तुम लेटो तो बिस्तर लगा दें ?" शायद पापा पूछ रहे हैं।

एक क्षण बंटी ने पापा की ओर ऐसे देखा, मानो कुछ समझ में नहीं आ रहा हो। सचमुच आजकल इतनी चीज़ें एक साथ घुल-मिल जाती हैं कि कुछ भी समझ में नहीं आता।

"तुम लेटोगे ?" शायद उसे गुमसुम देखकर पापा ने फिर पूछा।

बंटी ने धीरे से नकारात्मक सिर हिला दिया और सरककर खिड़की पर दोनों हथेलियाँ रखीं और उस पर अपनी ठोड़ी टिका ली। आँखों के सामने दूर-दूर तक फैले हुए हरे-भरे मैदान बिखर गए। बड़े-बड़े पेड़ और छोटी-छोटी झाड़ियाँ, बिजली के खंभे और उनमें बँधे हुए तार। कभी लगता जैसे सबके सब उसके साथ-साथ दौड़ रहे हैं, दौड़े चले आ रहे हैं। कभी लगता बस, वह दौड़ रहा है, बाकी सब छूटते चले जा रहे हैं। उसने गरदन निकालकर देखा, सचमुच सभी तो पीछे छूट गए, कोई साथ नहीं दौड़ रहा, सब जहाँ के तहाँ खड़े हैं, बस, वही आगे-आगे जा रहा है। फिर ऐसा लगता क्यों है कि साथ-साथ दौड़ रहे हैं ? मन हुआ पापा से पूछ ले।

ज़रा-सी गरदन घुमाकर देखा, पापा किताब पढ़ रहे हैं। हुँह ! शायद ऐसा ही होता होगा।

देखते ही देखते झाड़ियों और पेड़ों से भरे हुए उन मैदानों में सड़कें उभर आईं—लंबी-चौड़ी, भीड़-भरी, एक-दूसरे को काटती हुई सड़कें। बंटी की टैक्सी दौड़ी चली जा रही है। बंटी कसकर पापा की उँगली पकड़े चारों ओर देख रहा

है। नई जगह आने का डर और नई-नई जगह देखने की ख़ुशी।

"देखा, इतने ऊँचे-ऊँचे मकान होते हैं यहाँ !" बंटी गरदन ऊँची करके देखता।

"यह डबल-डेकर बस है, दो तल्ले की।" वह जब बैठेगा तो ऊपर जाकर बैठेगा। ऊपर की बस कैसे चलती होगी ?

"यह ट्राम है, रेल की पटरी पर चलती है। यह मैदान है"—इतना बड़ा, इतना बड़ा...

"यह अपना घर है।" सीढ़ी चढ़कर एक गलियारे में खड़े पापा बटन दबा रहे हैं। बंटी दरवाज़े पर लगी नेम-प्लेट देख रहा है। इस समय उसके और पापा के अलावा वहाँ कोई नहीं है, फिर भी उसने पापा की उँगली पकड़ रखी है, उतनी ही कसकर। इस नई जगह में पापा को छूकर, पापा को पकड़कर कैसा भरोसा-भरोसा लगता है, जैसे...

'खट' दरवाज़ा खुला और बंटी की नज़रें नीची हो गईं।

"अरे आ गए तुम ? मैं सोच रही थी शायद एकाध दिन की देर हो जाए इस बार।" एक औरत की आवाज़। नीची नज़रों से सिर्फ़ पंजों का थोड़ा-सा हिस्सा, चप्पल और साड़ी का बॉर्डर दिखाई दे रहा है।

पहली बात मन में उभरी—यह ममी नहीं हैं। ममी के पैरों को वह ख़ूब पहचानता है। उनकी चप्पलों को भी और उनकी साड़ियों के बॉर्डर को भी।

"ओहो ! ये हैं बंटी साहब ! तुम तो बहुत प्यारे-प्यारे हो भाई !" और एक बाँह पूरी पीठ को घेरती हुई उसके कंधे पर आ टिकी।

नए सिरे से फिर उभरा—नहीं, ये ममी नहीं हैं। ममी की बाँहें, ममी का छूना ...और एकाएक ही बड़ी ज़ोर से ममी की याद आने लगी। पापा की उँगली की पकड़ और ज़्यादा कस गई।

"हमारे पास आओ बच्चे ! इतना शरमा क्यों रहे हो ?"

बच्चे ! झट से बंटी की नज़रें ऊपर उठीं। सामने जो चेहरा था उसमें दीपा आंटी का चेहरा घुल-मिल गया, पर फिर धीरे-धीरे सामनेवाला चेहरा ख़ूब साफ़ होकर उभर आया। मुसकराता हुआ चेहरा, पर दीपा आंटी से भी अलग, ममी से भी अलग।

नज़रें फिर झुक गईं। वह पापा से और ज़्यादा सट गया। पापा रास्ते में जिस मीरा की बात कर रहे थे वह यही हैं शायद। बंटी को अब इन्हीं के साथ रहना होगा।

"बहादुर ! चीनू को इधर लाओ !" एक लड़का गोद में एक गोरे गुदगुदे-से बच्चे को लेकर भीतर आया।

"चीनू बेटा !" पापा ने हुमसकर बाँहें फैलाईं और उस बच्चे को गोद में ले

लिया। 'बंटी बेऽटाऽ' पापा क्या सबको इसी तरह गोद में लेते हैं ?

"बंटी, यह तुम्हारा छोटा भाई है चीनू ! खेलोगे इसके साथ, ख़ूब हँसेगा !" तो बंटी को एक बार फिर फूले-फूले गालवाला चेहरा देखने की इच्छा हो आई। उसने आँखें उठाकर देखा तो उस चेहरे के पीछे कहीं अमि का चेहरा भी उभर आया—यह अमि है, तुम्हारा छोटा भाई। और साथ ही ख़याल आया—जोत क्या कर रही होगी इस समय ?

"आओ, तुम्हें घर दिखा दें ! यह तो बैठने और खाने का कमरा हो गया न और यह देखो सोने का कमरा।" तब उस नीले कमरे से अलग करके ही इस कमरे को देखना पड़ा। डॉक्टर साहब पापा से लंबे हैं।

"सोने के कमरे से जुड़ा हुआ यह छोटा-सा कमरा—अब से यह तुम्हारा कमरा होगा। बंटी छोटा तो बंटी का कमरा भी छोटा। और यह बालकनी, यहाँ खड़े होकर कलकत्ते का शोर-शराबा देखो।" और घूमकर वह फिर बैठनेवाले कमरे में आ गए।

बस, हो गया घर ! इतने-से घर में रहते हैं सब लोग ? कोई खुली जगह भी नहीं ? और इतने दिनों से मन में बसा हुआ लंबा-चौड़ा कलकत्ता, कलकत्ते के ऊँचे-ऊँचे मकान, सब जैसे एक क्षण में ही अ ड़ ड़ ड़ धम हो गए।

खाने की मेज़ पर बैठे हैं सब। बंटी वैसे ही चुपचाप, नज़रें नीची किए हुए।

"आज तो तुम्हारे पापा को ऑफ़िस जाना था, सो जल्दी-जल्दी में कुछ भी बना दिया। अब तुम हमें बता दो बच्चा, तुम्हें क्या-क्या पसंद है, क्या-क्या खाते हो ? फिर वही सब बनाया करेंगे।" 'वे' बोल रही हैं।

बंटी चुप !

"बता दो बेटे, शरमाते नहीं ! यह तो अपना घर है, अपने घर में कैसा शरमाना ?"

'अरे ये अपना घर छोड़कर दूसरों के घर खेलने जाएँगे कइसे ? अपने घर जइसी लाटसाहबी करने को मिलती कहाँ है ?...कइसी मार खाकर आए हो बंटी भय्या, तुम तो बस अपने घर के ही शेर हो...'

और वह चार कमरे का बँगलानुमा घर अपने लहलहाते बगीचे के साथ आँखों के सामने तैर गया। पीछे के आँगन में तुलसी के चबूतरे पर टिमटिमाता हुआ दीया, फूफी के हनुमान जी...

'वहाँ अपना घर होगा बेटा, अपने लोग' तो वह लहलहाता बगीचा एक सूखे बंजर अहाते में बदल गया और छोटा-सा घर फैलता ही चला गया, फैलता ही चला गया।

'यह नीम का पेड़ बाबा ने पापा के जन्म के साथ लगाया था।' और दोनों घर एक-दूसरे में डूबने-उतराने लगे और फिर धीरे-धीरे सब गायब। बस, काले-काले धब्बे, गोलमोल अंडा !

''बंटी, कुछ खाओगे बेटे ? निकाल दें तुम्हें ?'' बंटी चौंका। पता नहीं पापा कब से उसके पास खड़े-खड़े उसका कंधा झकझोर रहे हैं। गरदन भीतर की तो देखा बैठे हुए लोग किसी बात पर ज़ोर-ज़ोर से बहस कर रहे हैं। वह तो सुन ही नहीं रहा था। बाहर के कान बंद थे शायद !

''भूख लगी है ?''

''नहीं।''

पापा उसी के पास बैठ गए। बाँह में समेटकर उसे अपने से सटा लिया।

''बंटी, तुम इतने सुस्त-सुस्त क्यों हो बेटे ? तुम इस तरह उदास होते हो तो हमें अच्छा नहीं लगता है।''

बंटी ने पापा की ओर देखा। पता नहीं उसकी आँखों में आँसू हैं या पापा की।

''बंटी बेटा पढ़ने जा रहा है हॉस्टल में। बहुत होशियार बनकर आएगा वहाँ से। कितनी-कितनी तो चीज़ें सिखाते हैं वहाँ पर। तुम तो...''

क्या-क्या बोले चले जा रहे हैं पापा। बस, वह सुन रहा है। पर समझ कुछ नहीं रहा। पता नहीं क्या हो गया है उसे आजकल, कुछ समझ में ही नहीं आता।

उस दिन भी पापा की कोई बात समझ में नहीं आई थी शायद, तभी तो सब गड़बड़ हो गया। उसे एडमिशन के लिए इम्तिहान देने जाना था और पापा कह रहे थे, ''देखो घबराना नहीं। जो लिखने को दें लिख देना और जो कुछ पूछें जवाब दे देना। झेंपना, शरमाना नहीं, बोल्डली एंड स्मार्टली।''

पापा के चेहरे पर रह-रहकर ममी का चेहरा उग आता था और पापा की आवाज़ के ऊपर ममी की आवाज़—'देख बेटे, ख़ूब सोच-सोचकर करना और सवालों के उत्तर पेपर पर लिख लाना।' फिर तैयार करते हुए—'एक का दाम दिया हो और ज़्यादा का पूछे तो गुणा करना और ज़्यादा का देकर एक का पूछे तो भाग।'

खाना खिलाते हुए भी—'जिस भूमि-खंड के चारों ओर पानी हो उसे द्वीप कहते हैं।' बस के लिए खड़े-खड़े भी—'अकबर दूसरे धर्मों का आदर करता था। उसने राजपूतों...'

इस घर में पापा ममी बन गए ?

नहीं, ममी नहीं बने बल्कि पापा, पापा भी नहीं रहे। दूर रहते थे तो लगता था पापा बहुत पास हैं। पापा की हर चीज़ वह जानता है। पर पास रहकर लगता है, पापा को वह जानता ही नहीं। दूर रहकर भी कई बार उसने पापा को फ़ाइलों में डूबे हुए देखा है, ललाट पर तीन सल और ख़ूब गंभीर चेहरा लिए हुए। कई

बार वाश-बेसिन पर शेव करते और नाश्ते की मेज़ पर अख़बार पढ़ते हुए पापा उसकी आँखों के सामने उभरे हैं पर यहाँ जब पापा को मेज़ पर शेव करते हुए और दीवान पर लेटकर अख़बार पढ़ते हुए देखता है, तो ख़याल आता है—वे शायद टीटू के पापा थे। वह शायद डॉक्टर साहब थे। इन पापा को तो...

भीड़-भरी ट्राम ! पापा ने उसे बिठा दिया और ख़ुद डंडा पकड़कर खड़े हो गए। बंटी की आँखें ही नहीं बल्कि रोम-रोम जैसे पापा पर अटका है। वह सड़क की ओर भी नहीं देख रहा। कहीं पापा उतर जाएँ और वह भीतर ही रह जाए तो ? ट्राम तो रुकती है और खट से चल देती है। हर बार ट्राम जब चलती है तो उसे लगता है जैसे वह पीछे छूट गया है और डर के मारे उसकी साँस रुकने लगती है। मन हो रहा है, उठकर पापा को पकड़ ले। पर अपनी जगह से हिला तक नहीं गया।

पापा का हाथ पकड़कर उतर गया, फिर भी दहशत जैसी की तैसी बनी हुई है। कितनी भीड़ है सड़क पर ! पर यहाँ के लोग क्या घरों में नहीं रहते, सड़कों पर ही घूमते रहते हैं। पापा को कसकर पकड़े रहने के बावजूद बराबर यही भय बना हुआ है कि पापा का हाथ छूट गया कि वह इस भीड़ में खो गया। इतने नए-नए चेहरे, नए-नए लोगों की भीड़। इतने सारे लोगों में पापा को ढूँढ़ा जा सकता है ? उसने पापा का कोट देखा। वह तो पापा के कपड़ों को भी नहीं पहचानता। हलके सलेटी पर काले रंग का चारखाना। उसने कोट से गहरी पहचान कर ली।

"हरी बत्ती हो गई, चलो ! याद रखना, लाल बत्ती पर कभी सड़क मत पार करना।" वह उँगली पकड़े-पकड़े ही सड़क पार कर गया।

"वह देखो, वह रहा तुम्हारा स्कूल।"

पता नहीं, पापा किधर इशारा कर रहे हैं। बंटी के सामने तो अपना स्कूल तैर गया। आज कौन-सा दिन है ? शायद बुधवार ! इस समय ज्योग्राफी की क्लास हो रही होगी। कौन पाठ पढ़ा रहे होंगे सर ? महाराष्ट्र, बंगाल ? वह तो बंगाल में ही घूम रहा है।

"देखो बेटे, डरना नहीं, अंग्रेज़ी बोल लोगे न ? ख़ूब सोचकर लिखना।"

सर पूछ रहे हैं, "व्हाट्स योर नेम डियर ?"

"अरूप बत्रा !" बंटी को लग रहा है, जैसे उसकी आवाज़ काँप रही है।

"यू हेव कम विद योर फ़ादर ?"

बंटी सिर्फ़ धीरे से सिर हिला देता है।

"व्हाट्स योर फ़ादर ?"

बंटी एक क्षण सर की तरफ़ देखता है, फिर नीचे देखने लगता है। समझ ही नहीं आता कि क्या कहे।

"टेल मी अरूप !"

पर जवाब तो नहीं आता। उसे मालूम ही नहीं।

"माइ ममी इज़ प्रिंसिपल !"

जाने कैसे उसके मुँह से निकल जाता है। और कहने के साथ ही वह ख़ुद रुआँसा हो आता है।

सर हँस रहे हैं। बंटी को लग रहा है कि सर और ज़्यादा हँसे तो वह रो देगा।

काग़ज़-पेंसिल देकर सर ने उसे बिठा दिया, "राइट ए स्टोरी इन योर ओन वर्ड्स। एनी स्टोरी यू लाइक।"

बंटी के सामने ढेर सारी कहानियाँ तैर रही हैं—ममी की कहानियाँ, फूफी की कहानियाँ, पर उन सबको कैसे लिखा जा सकता है ? वह तो जवाब ही नहीं दे सका। सर ने क्या समझा होगा ? पापा क्या कहेंगे ? सामने फैले काग़ज़ पर आँसू टपक पड़ते हैं।

शाम को वकील चाचा को आया देखकर एकाएक इच्छा हुई कि दौड़कर उनकी बाँह में झूम जाए, जैसे पहले झूम जाया करता था। पर अपनी जगह से हिला तक नहीं गया। बस, एक बार चाचा की तरफ देखा और नज़रें ज़मीन में गड़ गईं।

"अरे, यह क्या, बंटी चुपचाप खड़ा है। देखो, मैं तो तुमसे मिलने आया हूँ।" चाचा ने पास आकर उसे गोद में उठा लिया और फिर जाने क्यों एकटक उसका चेहरा ही देखते रहे। चाचा की गोद में आकर बंटी को लगा जैसे चाचा अकेले नहीं आए हैं। चाचा के साथ बंटी का अपना पुराना घर भी आ गया है, बंटी की ममी भी आ गई हैं। और तभी ख़याल आया—पहले चाचा आते थे तो पापा की ख़बर लाकर देते थे, पापा की भेजी हुई चीज़ें लाकर देते थे। अब ? उसने बड़ी उम्मीद से चाचा की ओर देखा।

"अरे वकील चाचा, आप !" 'वे' भीतर से आ गईं।

"क्या हुआ, दे आया टेस्ट, हो गया एडमिशन ?" चाचा ने बंटी को एकदम अपने से सटाकर बिठा लिया। पर उसका मन हो रहा है, उठकर यहाँ से भाग जाए। नज़रें हैं कि ज़मीन में धँसती चली जा रही हैं। "कहाँ हुआ एडमिशन ! कुछ किया ही नहीं, शायद नर्वस हो गया था कि..." 'वे' बोल रही हैं।

और तभी कहीं से उभरकर आया—

'फूफी ! आज हलवा बनाओ। बंटी बेटा सेकंड आया है। तीनों सेक्शन में !'

"लगता है वहाँ के स्टैंडर्ड और यहाँ के स्टैंडर्ड में बहुत फ़रक है। ये तो बताते थे कि हमेशा क्लास में...पता नहीं अंग्रेज़ी की वजह से हो।" वे ही बोले जा रही हैं और चाचा चुप हैं !

चाचा चुप रहें और कोई और बोले, मतलब कुछ गड़बड़ है। बंटी का मन

हो रहा है कि कहीं चला जाए।

"इस स्कूल में तो थोड़ी जान-पहचान भी थी, अब आप ही इनसे बात करिए चाचा। मेरी बात तो ये सुनते ही नहीं। यों भी मेरा बोलना..."

बंटी को लग रहा है कि चाचा की नज़रें जैसे उसी पर गड़ी हुई हैं।

"मैंने इतना समझाया कि देखो अभी मत लाओ। पहले उसके एक्ज़ाम्स होने दो। छुट्टियों में लाकर यहाँ रखना, यदि हिल जाए, उसका मन लग जाए तो यहाँ भर्ती करा देना। वरना बच्चे के साथ भी तो कितनी ज़्यादती है। पर इनको तो जैसे झख सवार हो गई। रात-रात भर नींद नहीं आती थी।"

चाचा क्यों नहीं कुछ बोल रहे ?

"...पता नहीं वहाँ से भेज भी कैसे दिया इस तरह ? मैं तो बाबा..." और कसकर चीनू को उन्होंने छाती से लगा लिया। चाचा शायद बोलेंगे ही नहीं। बंटी झटके से उठा और बाहर बालकनी में आ गया। किसी ने उसे रोका नहीं, किसी ने उसे बुलाया भी नहीं...वह पापा से कहेगा कि पापा उसे वापस ममी के पास भेज दें। वह यहाँ रहेगा भी नहीं, यहाँ पढ़ेगा भी नहीं, वह अपने स्कूल में ही पढ़ेगा। पर बाहर के ढेर-ढेर शोर में जैसे उसका अपना सोचना भी दब गया। धुआँ उड़ाती हुई बसों का शोर, ट्रामों की टनटन, मोटरों की पीं-पीं, आदमियों का शोर, शाम का अख़बार बेचनेवालों का शोर, तरह-तरह की चीज़ें बेचनेवालों का शोर...कितना शोर हो रहा है चारों ओर।

अरे ! यह तो स्टेशन आ गया।

"थोड़ी देर नीचे उतरोगे बेटे ?" पापा पूछ रहे हैं।

बंटी ने सिर हिला दिया। पर पापा उतर गए तो लगा जैसे वह अकेला छूट गया है। नज़रें पापा के साथ लगी-लगी चलने लगीं। पापा हाथ में दोने लिए चले जा रहे हैं।

"लो खाओ !" सामने समोसे और नमकीन सेब रखे हैं।

बंटी खाने लगा।

"मिर्च तो नहीं लग रही न ?"

बंटी ने सिर हिला दिया। पानी दिया तो पी लिया।

सीटी, हरी झंडी, फिर सीटी। गाड़ी धीरे-धीरे सरकने लगी। प्लेटफ़ार्म, प्लेटफ़ार्म की सारी भीड़, सारा शोर पीछे छूटता चला गया। पापा फिर उसके पास आकर बैठ गए। उनका एक हाथ उसके कंधे पर आ टिका है।

"अब बिलकुल डरने की बात नहीं है बेटा, वहाँ कोई इम्तिहान नहीं होगा। मैंने सारी लिखा-पढ़ी कर ली है। बस, अब तो सीधे क्लास में।" पता नहीं,

कितनी बार पापा यह बात कह चुके हैं। और हर बार मन ही मन उसने दोहराया है—माइ फ़ादर इज़ डिविज़िनल मैनेजर—पापा की एक-एक बात उसने रट ली है। पर हो सका...

बंटी ने खिड़की पर ठोड़ी टिका ली और बाहर का तो कुछ भी नहीं दिखाई दे रहा। शायद भीतर की आँखें खुल गई हैं।

अपने पास लिटाकर पापा समझा रहे हैं—''यहाँ नहीं हुआ तो कोई बात नहीं, मैंने हॉस्टल के लिए चिट्ठी लिख दी है।''

बंटी बहुत हिम्मत जुटा रहा है कि कह दे कि वह हॉस्टल नहीं जाना चाहता। रात-भर वह जो सोचता रहा है, सब कह दे, पर कुछ भी तो नहीं कहा जाता।

''हॉस्टल में तुम्हें अच्छा लगेगा। तुम्हारी उम्र के बच्चों को तो हॉस्टल में ही रहना चाहिए। अपने बराबरी के बच्चों के साथ पढ़ो, उन्हीं के साथ खेलो, उन्हीं के साथ रहो...''

'वहाँ तुम्हें अच्छा लगेगा बंटी। वहाँ जोत है, अमि है, उनका साथ रहेगा। यहाँ अकेला-अकेला कितना बोर होता है।'

''प्रिंसिपल मेरे दोस्त हैं। लोकल गार्जियन रहेंगे। इतवार को अपने घर ले जाएँगे। उन्हें पापा ही समझना।''

तैरता हुआ डॉक्टर जोशी का चेहरा सामने से निकल गया—तू इन्हें पापा क्यों नहीं कहता रे ?

हॉस्टल की कितनी बातें पापा बता रहे हैं। बंटी दिमाग़ पर बहुत ज़ोर लगाता है पर फिर भी हॉस्टल की कोई तसवीर उसके सामने नहीं उभरती।

पहले पापा जब कलकत्ते की बातें बताया करते थे तो कलकत्ते की कितनी तसवीरें उभरती थीं उसके मन में। एक-एक जगह की अनेक-अनेक तसवीरें।

''बंटी, तुम अपनी बनाई हुई तसवीरें नहीं लाए बेटे ? मीरा, जानती हो, यह बहुत बढ़िया पेंटिंग करता है। वकील चाचा को बनाकर देगा कि नहीं एक ?''

''तुम हॉबी की तरह बाग़बानी ले सकते हो, पेंटिंग ले सकते हो। कलकत्ते में तो बाग़बानी के लिए कोई गुंजाइश ही नहीं है। सारा शौक़ ही मर जाएगा। हॉस्टल में तो...''

हॉबी, तसवीरें, बाग़वानी, कलकत्ता, हॉस्टल, सब एक-दूसरे पर चढ़ते चले आ रहे हैं, एक-दूसरे में घुलते जा रहे हैं। पापा और भी जाने क्या-क्या बताते-समझाते रहे। दुलारते और थपकते रहे। और जब उसने आँखें मूँद लीं तो उठकर अपने कमरे में चले गए।

नींद में उसने देखा कि वह पापा की उँगली पकड़े-पकड़े स्कूल से निकल रहा है और पापा डाँट रहे हैं, गुस्सा हो रहे हैं। जोड़-बाक़ी के मामूली से सवाल तक

नहीं आए ? सारे समय उँगली पकड़े-पकड़े रहते हो, चिपकू कहीं के। तभी तो किसी के सामने बोला नहीं जाता। या तो लड़कियों की तरह रोओगे, शरमाओगे या... और उन्होंने उँगली छुड़ाकर उसे अलग कर दिया है। अलग होते ही बंटी जैसे भीड़ में खो गया है। बदहवास-सा वह चारों ओर देख रहा है, दौड़-दौड़कर लोगों को पकड़ रहा है, पर जिसे भी पकड़ता है वही धीरे-से हाथ छुड़ाकर आगे चला जाता है। नए-नए चेहरे, नए-नए लोग, नई-नई जगह। वह ज़ोर से चीख पड़ा—"पापाऽऽ !"

"बंटी, बंटी बेटा !" किसी ने जैसे उसे गोद में उठा लिया है। उसका नाम कौन जानता है ? चेहरा नहीं दिख रहा, सिर्फ़ आवाज़...

"डर गए बेटा ? सपना देखा था ? देखो मैं पापा..."

वह आँखें फाड़-फाड़कर देख रहा है। सामने पापा का चेहरा दिखाई देता है। यह क्या, वह रो रहा है ? नहीं, उसकी आँखों में नहीं, पापा की आँखों में आँसू हैं शायद !

पापा ने उसे फिर से सुला दिया। कमरे में फिर से अँधेरा हो गया है। सिर्फ़ आवाज़ें तैर रही हैं। अँधेरे की आवाज़ें भी कितनी अलग तरह की होती हैं !

"क्या हाल हो गया है बच्चे का ? कितना सहमा-सहमा, डरा-डरा रहता है। कैसे नहीं भेजूँ इसे हॉस्टल ? यह जब सबसे कटकर रहेगा, अपने बराबरी के बच्चों के बीच में ही रहेगा तभी नार्मल होगा। हो खर्चा, जैसे भी हो—जो भी हो।"

"आप मेरी बात ठीक ढंग से समझ ही नहीं रहे हैं। ठीक है, मैं अब इस बारे में कुछ बोलूँगी ही नहीं।" और फिर आवाज़ें भी अँधेरे में डूब जाती हैं।

"अब तुम सो जाओ। बाहर भी तो अँधेरा हो चला है।" तो पहली बार ख़याल आया कि सचमुच बाहर तो बिलकुल अँधेरा हो गया है। इतनी देर से खिड़की पर ठोड़ी टिकाए वह देख क्या रहा है ? पापा ने खेस बिछाकर तकिया लगा दिया तो बंटी बिना एक शब्द भी बोले चुपचाप लेट गया।

"नींद नहीं आ रही हो तो किताब दें ? पढ़ोगे लेटे-लेटे ?"

"नहीं।" बंटी को नींद नहीं आ रही थी, फिर भी उसने आँखें बंद कर लीं। आँखें बंद करते ही चारों ओर अँधेरा ही अँधेरा फैल गया और डिब्बे में बैठे नए-नए लोग, पापा—सब उसमें घुल-मिल गए। रंग-बिरंगे, तरह-तरह के आकार के छोटे-बड़े धब्बे उसके चारों ओर तैरते चले जा रहे हैं, अलग-अलग, एक-दूसरे में मिलकर।

फिर दृश्य...फिर तसवीरें...एक-दूसरी को काटती हुईं, एक-दूसरी को धकेलती हुईं...

पापा जल्दी-जल्दी खाना खाकर ऑफ़िस चले गए हैं और बंटी अकेला रह गया है। यों घर में 'वे' हैं, बहादुर है, उसकी गोद में लटका हुआ गुदगुदा चीनू

है, फिर भी उसे लग रहा है, जैसे पापा उसे अकेला छोड़ गए हैं। और यह नया घर और भी ज़्यादा नया हो गया है। बंटी कहाँ जाए, कहाँ बैठे, क्या करे ? जहाँ जाता है; जहाँ बैठता है वही जगह जैसे उसे अपने से परे धकेलती है।

पापा क्या रोज़ इसी तरह छोड़कर चले जाया करेंगे ? वह तो सोचता था, वह होगा, पापा होंगे और रोज़ घूमना होगा।

"बच्चा ! तुम्हारे खिलौने, किताबें वगैरह निकाल दें ? खेलो-पढ़ो ! वहाँ छुट्टी के दिन अपनी ममी के साथ क्या किया करते थे ?"

जाने क्यों हर बार दीपा आंटी याद आ जाती हैं। 'वे' ममी की, उस घर की बातें पूछती जा रही हैं और उसके सामने ममी, जोत, अमि, डॉक्टर साहब, कोठी घूमते चले जा रहे हैं। क्या बताए, कहाँ से शुरू करे ? उससे कुछ नहीं बोला जाता।

"चलो, तुम हमसे बात नहीं करते तो खेलो !"

खिलौने, बंदूक, किताबें—सब बंटी के सामने रखे हैं। पर बंटी बैठा है, वैसे ही चुप। इस नए घर में आकर उसकी अपनी चीज़ें भी जैसे नई हो गई हैं।

"आओ हम खेलें तुम्हारे साथ।" 'वे' चीनू को लेकर पास आ बैठी हैं। चीनू प्रसन्न हो-होकर खिलौनों को इधर-उधर उठा-पटक रहा है। ख़याल आया—वह अमि को अपने खिलौने नहीं लेने देता था।

चाबी की मोटर ज़ूँऽऽ करती हुई निकल गई। फ्लाइंग-प्लेट लाल-पीली रोशनी दिखा-दिखाकर घूम रही है। चीनू किलकारी मार रहा है।

"चीनू देख, वो गिरा ! चीनू देख..." और चीनू के साथ-साथ 'वे' भी हँस रही हैं। एक-एक खिलौना चीनू को चला-चलाकर दिखा रही हैं।

बंटी बालकनी में खड़ा है, सामने की भीड़-भाड़, शोर-शराबे में डूबा हुआ। ढेर-ढेर आवाज़ें हैं, पर कुछ समझ में नहीं आ रहा है, ढेर-ढेर शक्लें हैं, पर कोई पहचानने में नहीं आ रहा और सबके ऊपर है यह बात कि पापा शाम को आएँगे।

शाम को पापा आए हैं, "कैसे रहे बंटी, क्या किया सारे दिन बेटे ?" जवाब 'वे' दे रही हैं—"सारे समय बालकनी में बैठा रहा, बिलकुल नहीं बोलता। मैं तो खेलने भी बैठी पर...सच मुझे तो तरस आने लगा। और इस चीनू को देखो, पाँच बजे से ही आँखें फाड़-फाड़कर चारों तरफ़ ऐसे देखता है जैसे कुछ ढूँढ़ रहा है। बस, तुम्हें ढूँढ़ता है। यह तो अब तुम्हें बहुत मिस करने लगा है..."

उन्होंने चीनू को पापा की गोद में लाद दिया। वह हँस रहा है, पापा के बाल नोंच रहा है।

"ले भैया के गाल नोंच।" पापा ने चीनू को बंटी की ओर मोड़ दिया तो चीनू बंटी के गाल नोंचने लगा।

''लो प्यार करो इसे, इससे खेलो, इससे दोस्ती करो बेटे !'' तो बंटी ने उँगलियाँ उसके गुदगुदे गालों पर फिरा दीं।

चीनू ने पापा की गोद में खड़े होकर पापा के कान पकड़ लिए। चीनू हँस रहा है, 'वे' हँस रही हैं, ''यह तुम्हारे कान खींचकर तुम्हें ठीक करेगा।'' पापा भी हँस रहे हैं।

बंटी चुपचाप उठकर बालकनी में चला गया। जगमगाती बत्तियाँ, लाल-नीली-पीली नियॉन लाइट्स। रात में जैसे सड़क बिलकुल बदली हुई लग रही है। चीज़ें इतनी बदल कैसे जाती हैं ?

फिर वही प्रश्न !

''अकेले में डरोगे तो नहीं, सो जाओगे न ?''

बंटी का मन हो रहा है कि कह दे—वह बहुत-बहुत डरेगा। इस घर में तो वह अकेला सो ही नहीं सकता। वहाँ तो फिर भी अमि और जोत थे, यहाँ तो ...वह सारे दिन भी एक तरह से डरता ही रहा है। पता नहीं कैसा-कैसा डर।

''अरे बंटी अपना बहादुर बच्चा है, कोई लड़की है जो डरेगा ?''

''न हो तो बहादुर भी यहीं सो जाएगा। क्यों बच्चा ठीक है न ?''

''और बीच का दरवाज़ा खुला रहेगा बेटे, हम लोग तो उधर हैं ही।''

'वे' और पापा ही बोले चले जा रहे हैं। बंटी तो कुछ बोल ही नहीं पाता।

''सो जाओगे न ?''

बंटी ने एक बार पापा की ओर देखा। पापा के साथ 'उनका' चेहरा भी था। और बंटी ने धीरे से कह दिया, ''हाँ !''

बहादुर तो पड़ते ही सो गया पर बंटी जैसे कंबल के नीचे भी काँप रहा है। अपने-अपने पलंग पर सोते हुए अमि और जोत, उस कमरे से आया हुआ रोशनी का टुकड़ा, बातों के टुकड़े—सबको जैसे पकड़ने की कोशिश कर रहा है।

'खट' उधर की बत्ती बंद हो गई तो जैसे हाथ से वह रोशनी का टुकड़ा भी फिसल गया। जोत और अमि के पलंग भी जैसे कहीं अँधेरे में डूब से गए। सिर्फ़ आवाज़ें। और फिर बंटी जैसे बिलकुल अकेला हो गया।

गंदी बात। क्या पापा और ये भी...इच्छा हो रही है कि उठकर देखे। वही दृश्य अँधेरे में से जैसे चारों ओर लटक गया। जाने कैसी हिम्मत आ गई।

दबे पैरों बंटी दरवाज़े पर आ खड़ा हुआ। झाँककर देखा—अँधेरा घुप्प ! कहीं कुछ दिखाई नहीं दे रहा। तभी एक ओर एक छोटा-सा लाल तारे जैसा कुछ चमक उठा, लाल सुर्ख़ क्या है ये ?

''कौन, बंटी ?''

दौड़कर अपने बिस्तर में दुबक गया, पर बिस्तर में लेटकर भी बंटी का दिल धक-धक कर रहा है। वह लाल-लाल क्या चमक रहा था, पापा ने देखा तो नहीं।

फिर वही बात।

पापा अपने पास बिठाकर पूछ रहे हैं, ''एक बात कहें बेटा, मानोगे ?''

बंटी नज़रें पापा के चेहरे पर टिका देता है।

''तुम मीरा को क्या कहते हो ?''

बंटी चुप।

''ममी कहोगे ?''

''बंटी, डॉक्टर साहब को पापा कहा कर बेटे''...और तड़ाक से दिया हुआ अपना जवाब ही कानों में गूँज गया—मेरे पापा तो कलकत्ते में हैं।

पर अब ? अब जैसे कोई जवाब ही नहीं सूझ रहा। वह सिर्फ़ पापा की ओर देखता रहता है।

''छोटी ममी ! ठीक है ?''

तो आँखों के सामने जैसे ममी आकर खड़ी हो गईं। बंटी की नज़रें झुक गईं।

''शरम आती है ? शरम की क्या बात, ममी ही तो हैं। वहाँ की ममी वे, यहाँ की ममी ये। कहोगे न ?''

बंटी ने धीरे से 'हाँ' कह दिया और कहने के साथ ही जैसे भीतर की आँखें रो पड़ीं। पापा पीठ थपथपा रहे हैं। उन्होंने कहीं देख तो नहीं लिया—लड़की की तरह रोते हो...

''बच्चे, उठो बच्चे, बहुत दिन उग आया।''

बंद आँखों से ही बंटी सुन रहा है और भीतर ही भीतर सिकुड़ा चला जा रहा है—शरम से, डर से, दुख से...

''अरे यह क्या पिस्सी कर दी...''

उसके बाद कुछ पता नहीं, शायद बहादुर कपड़े बदलवा रहा है। कमरे में सिर्फ़ आवाज़ें तैर रही हैं—उनकी आवाज़ें, पापा की आवाज़ें, बहादुर की आवाज़ें। और सारी आवाज़ों को चीरते हुए कहीं से दो हाथ आकर बिस्तरे को रजाई से ढक देते हैं। उसके चारों ओर शॉल लिपट जाता है—सब गुपचुप !

''बहादुर, ये चद्दर धुलने डाल और गद्दे के उतने हिस्से को धोकर बाहर फैला दे। गद्दा बाहर फैल गया है और सड़क पर चलते हर आदमी को भी जैसे मालूम पड़ता जा रहा है कि...अब बंटी कहाँ खड़ा हुआ करेगा ? अपने घर में तो कब्भी-कब्भी बिस्तर में सू-सू नहीं की उसने, पर अब...

शाम को सब जैसे के तैसे हो गए। बस, पापा का चेहरा जाने कैसे एकदम

ममी के चेहरे की तरह हो गया है। खाने की मेज़ पर बैठे बंटी को बराबर लगता रहा कि जैसे पापा की आँखें भी उसकी प्लेट पर चिपककर उसे घूरेंगी। उससे प्लेट की तरफ नहीं देखा जा रहा। 'उनकी' और पापा की ओर भी नहीं देखा जा रहा है। अपने में ही सिमटा-सिकुड़ा वह बैठा है।

और बिना कहीं देखे ही लग रहा है जैसे अ...ब...स...

एकाएक ही लगा जैसे उसे बहुत ज़ोर से सू-सू आ रही है। ओह ! पता लग गया, अभी कहीं भीतर ही हो जाती तो रेल में बैठे इतने आदमियों को भी मालूम पड़ जाता। कहीं हॉस्टल में भी हो गई तो...वह झटके से उठा।

बाहर सारा डिब्बा रोशनी से भरा हुआ है। सामने बैठे हुए पापा किताब पढ़ रहे हैं। "क्या बात है बेटे ?" पापा पूछ रहे हैं। पापा को देखकर, पापा की आवाज़ सुनकर लगा जैसे वह पता नहीं कहाँ से...

"बाथरूम जाऊँगा !"

पापा उसके साथ बाथरूम तक चलते हैं। भीतर कोई है। वे दोनों बाहर ही खड़े हो गए। पापा ने एक सिगरेट लगा ली और खिड़की की तरफ़ सरक गए। बाहर ख़ूब अँधेरा। पापा ने सिगरेट का एक कश खींचा तो सिरा दमक उठा।

लाल तारा। बाहर के गाढ़े अँधेरे में जाकर वह तारा टँक गया। एक रहस्य था जो खुल गया। बंटी जैसे कहीं से हलका हो आया।

हिलती ट्रेन में बाथरूम जाने में उसे थोड़ा डर लगता है पर हिम्मत करके घुस गया।

"अब खाना खाकर ही सोना।" पापा टोकरी में से डिब्बे निकालने लगे।

बंटी खिड़की में से झाँकने लगा। स्याह अँधेरे में जुड़े हुए रोशनी के छोटे-छोटे चौखटों की पूरी की पूरी कतारें उसके साथ-साथ दौड़ी चली जा रही हैं, एक क्षण को बंटी का मन कहीं से पुलक आया। मन हुआ हाथ निकालकर, एक चौखटे को पकड़ ले। सिर आगे किया तो ?

सामनेवाले चौखटे पर ही एक काला-सा धब्बा उभर आया। बंटी सिर हिला-हिलाकर, हाथ हिला-हिलाकर उसमें तरह-तरह की आकृतियाँ बनाने लगा। जोत और अमि होते तो उन्हें दिखाते। मन हुआ पापा को बुलाकर दिखाए।

"बेटे, इधर ही आ जाओ।"

और खाते हुए बंटी ने पहली बार डिब्बे में बैठे हुए लोगों को देखा, डिब्बे को पूरी तरह देखा। लगा जैसे वह अभी-अभी डिब्बे में घुसा है। यह मूँछवाला आदमी उसके सर जैसा नहीं है ?

उसने एक पूरी और ली। सब्ज़ी उसे अच्छी लगी। खाना खाकर वह पापा को भी रोशनी के चौखटे दिखाएगा।

''क्यों साहब, हॉस्टल का खर्चा कितना पड़ जाता होगा ?'' तो इस आदमी को मालूम है कि...

''यही करीब... ढाई सौ के करीब। लेकिन...'' और पापा ने बात बीच में ही छोड़ दी।

हॉस्टल !

और रोशनी के चौखटों पर जैसे कहीं से एक धुंध की परत छा गई। लेटा तो साथ-साथ दौड़ते हुए रोशनी के सारे के सारे चौखटे स्याह अँधेरे में ही घुल गए। वह चमकता हुआ लाल तारा भी डूबा। और बंटी उस अँधेरे में डूबता ही चला गया। फिर उस अँधेरे में से ही एक और अँधेरा उभरा...

सारा हॉल अँधेरा घुप्प ? केवल आवाज़ तैर रही है। बंटी को अजीब-सी धुकधुकी हो रही है। कैसा जादू होगा ? देखते ही देखते एक बड़ा फीका, हलका-सा प्रकाश फैला और सिर पर नीला आसमान तन गया। झिलमिल-झिलमिल सितारे चमकने लगे।

बंटी चकित, जादू में बँधा हुआ। अलग-अलग तारों के नाम और भी जाने क्या-क्या और धीरे-धीरे वह भूल ही गया कि वह प्लेनेटोरियम में बैठा हुआ है।

बंगाल का जादू ! दिन में ही रात, छत में सितारे। सिनेमावाले नहीं सच्ची-मुच्ची के। बंटी पुलकित, उसने जादू देखा।

प्लेनेटोरियम से विक्टोरिया-मेमोरियल तक बंटी पापा के साथ छलाँग लगा-लगाकर चलता रहा। वहाँ 'वे' बहादुर और चीनू के साथ बैठी हुई हैं। चारों तरफ़ ढेर-ढेर लोग। यहाँ के लोग घरों में कभी बैठते ही नहीं क्या ?

'उन्होंने' चीनू को पापा की गोद में बिठा दिया।

मोशला मूड़ी...चीना बदाम।

मुरमुरे और मूँगफली ! धत्तेरे की, यह भी कोई नाम हुए। बड़ी देर तक बंटी को जैसे हँसी आती रही।

पास ही उगी हुई कदली की क्यारियों में कितनी घास-फूस उग आई। बंटी गया और क्यारी की सफ़ाई करने लगा। छी-छी, इतनी गंदी क्यारी।

''अरे बच्चा ! वहाँ मिट्टी क्यों खोदा-खादी कर रहे हो, हाथ गंदे हो जाएँगे।'' झट से बंटी ने हाथ खींच लिए।

''क्यारी बहुत गंदी थी पापा, पौधे खराब नहीं हो जाएँगे।'' उसने पापा को जैसे सफ़ाई दी।

पापा एक क्षण उसकी ओर देखते रहे, फिर उनका चेहरा जाने कैसा-कैसा हो गया। बंटी ने कुछ ग़लत कर दिया ? नहीं, पापा ने तो उसे गोद में बिठाकर

प्यार किया।

रात में सोया तो छत पर फिर तारे झिलमिलाने लगे। ज़मीन पर चाबीवाली मोटर दौड़ने लगी। फ्लाइंग प्लेट घूमने लगी। दो पहलवान बॉक्सिंग करने लगे। चीनू की किलकारियाँ गूँजने लगीं। हम भी चलाएगा शाब, हम भी चलाएगा। अपनी मिचमिची आँखों को झपकते-खोलते बहादुर हर चीज़ को बड़े कौतुक से देखने लगा। हवा के बीच में ही कहीं मोगरा खिल आया तो कहीं डहेलिया।

''तुम बहस मत करो मीरा, इस बात पर कुछ भी मत कहो।'' एकाएक सारे तारे बुझ गए। मोगरा और डहेलिया गायब हो गए। सारा दृश्य जहाँ का तहाँ स्थिर हो गया। सिर्फ़ पापा की आवाज़ यहाँ से वहाँ तक गूँजती रही, गुस्से से भरी हुई आवाज़।

''मुझे किसी और स्कूल में कोशिश नहीं करनी, उसे हॉस्टल ही भेजना है। यहाँ घर में रखने के लिए मैं उसे नहीं लाया हूँ। मैं क्या जानता नहीं कि इस घर में...''

और फिर बातों के टुकड़े-टुकड़े—एबनॉर्मल...महीना कैसे चलेगा...तुम्हारी ज़िद...मेरा तो कुछ कहना ही ग़लत...

और फिर केवल आवाज़ें, बिना शब्दों की आवाज़ें—कभी ज़ोर-ज़ोर की, कभी दबी-दबी, फुसफुसाती हुईं।

और फिर सन्नाटा।

तो पापा उसे सचमुच हॉस्टल भेज देंगे ? हॉस्टल भेजने के लिए ही यहाँ लाए हैं ?

सन्नाटा और ज़्यादा गहरा हो गया !

बंटी ने अपने दोनों पैर सिकोड़कर पेट से सटा लिए और दोनों हथेलियों को जाँघों के बीच दबोचकर अपने को पूरी तरह समेट लिया।

न्यू मार्केट की भीड़-भाड़, चहल-पहल ! बाज़ार नहीं, जैसे कोई प्रदर्शनी हो। पापा के हाथ में लिस्ट है और चीज़ें खरीदी जा रही हैं। बंडल हैं कि बढ़ते ही जा रहे हैं।

बंटी कभी दर्जी के यहाँ खड़ा नाप दे रहा है, कभी जूतेवाले के यहाँ जूते पहनकर देख रहा है।

''एक साइज़ बड़ा ही दो, बच्चों को बढ़ते देर नहीं लगती...''

जूते, मोज़े, बनियान, पैंट्स, शर्ट्स, जाने कितनी चीज़ें हैं !

बंटी को सिर्फ़ पापा के साथ रहना है, अपना नाप देना है। चुनने का तो कोई प्रश्न ही नहीं। कपड़ा, रंग, डिज़ाइन, संख्या, सबकुछ पहले से ही तय है...

ये वाला नहीं वो वाला। नीला नहीं ब्राऊन, बटन नहीं जिप। एक नहीं दो ...ममी को तो वह परेशान कर देता था।

लिस्ट पर टिक मार्क लगता जा रहा है। सूटकेस, अटैची, एयर-बैग, होल्डॉल—सब पर बंटी का नाम, पता ! पता देखकर ही बंटी को मालूम हुआ कि पापा आजकल चौरंगी रोड पर रहते हैं। वह तो इसे अब तक एलगिन रोड ही समझे था।

बाहर की भीड़-भाड़ से लौटते तो घर बड़ा सुनसान-सा लगता है। एक अजीब-सा सन्नाटा ! जहाँ कहीं भी 'वे', पापा और बंटी बैठते, जाने कहाँ से बंटी के मन में अ-ब-स उभर आता। उसके बाद बराबर लगता कि पापा की आँखें भी सब तरफ़ से बस उसे ही देख रही हैं। पर ममी की तरह पापा की आँखों को उसने कभी नहीं देखा—न प्लेट में, न इधर-उधर।

ममी की आँखों को देखे भी कितने दिन हो गए।

"बंटी की सारी चीज़ों पर नाम टँक गए ?"

"आज रात को टाँक दूँगी।"

"आज रात को ज़रूर टाँक देना। इट इज़ ए मस्ट।"

"मुझे मालूम है।"

और रात में बंटी बाथरूम जाने के लिए उठा तो देखा अपने चारों ओर ढेर सारे कपड़े फैलाए 'वे' नाम टाँक रही हैं। बंटी एक क्षण ठिठककर देखता रहा...

'जा बेटे, तू जाकर खाना खा ले और सो जा। मैं सब कवर चढ़ा दूँगी।' क्षण-भर को दोनों चेहरे, दोनों दृश्य एक-दूसरे में घुल-मिल गए।

सामान बँध रहा है। उसके पुराने कपड़े, उसके खिलौने, उसका बक्सा सब अलग करके रख दिए गए हैं।

बंटी चुपचाप बैठा बस देख रहा है और कहीं उभर रहा है—ये सब खिलौने इस टोकरी में जमा दो बंसीलाल, ये सब बंटी की पसंद के खिलौने हैं। बंदूक नहीं आ रही तो हाथ में ले जाएगा। यह तो उसकी ख़ास चीज़ है।

बहादुर और चीनू उन खिलौनों पर जुटे हुए हैं।

टैक्सी नीचे खड़ी है। बहादुर सामान उतार रहा है। सारा नया-नया सामान। उसका नाम न हो तो वह इनमें से एक भी चीज़ को पहचान भी न पाए।

'वे' नीचे खड़ी हैं। बहादुर चीनू को लिए खड़ा है। पापा पीछे सामान जमा रहे हैं। प्यार करवाकर और नमस्ते करके बंटी टैक्सी में बैठ गया।

जाने कैसे ममी का चेहरा रह-रहकर 'उनके' चेहरे पर चिपक जाता है। पूरा का पूरा दृश्य किसी और दृश्य के साथ घुल-मिल जाता है। कभी 'वे' ममी बन जाती हैं, कभी वे 'वे' रह जाती हैं।

टैक्सी चली तो 'उन्होंने' हाथ ज़रा-सा ऊपर उठाकर हिला दिया। 'वे', बहादुर, चीनू—सब पीछे छूट गए। एक क्षण को आँखों के सामने वह कमरा उभर आया जिसमें अभी-अभी वह अपना सारा सामान और सारे खिलौने छोड़कर आया है। अब शायद वह कभी अपनी बंदूक नहीं चला पाएगा।

बार-बार उसे लग रहा है, जैसे पापा उसे बाँहों में समेटकर अपने पास खींच लेंगे, कुछ कहेंगे। नहीं, ऐसा तो ममी करती थीं। पता नहीं क्यों पापा का, ममी का, 'उनका'—सबके चेहरे एक-दूसरे से गड़बड़ होते जा रहे हैं...

'हरे कृष्ण। हरे कृष्ण। कृष्णा-कृष्णा हरे-हरे'...ज़ोर-ज़ोर से कहीं गाने की आवाज़ आ रही है।

बंटी की आँख खुल गई—ओह ! वह गाड़ी में है। गाड़ी शायद खड़ी है। डिब्बे में ही कोई गा रहा है। बंटी उठकर बैठ गया।

दो लड़के लकड़ी की टिकटी बजा-बजाकर गा रहे हैं—झूम-झूमकर।

''पानी पिओगे बेटा ?'' उसे उठा देखकर पापा ने पूछा। पापा के पूछने से ही लगा कि उसे प्यास लग रही है, शायद बहुत देर से प्यास लग रही है।

पानी पीकर बंटी फिर सो गया। वे लड़के उतर गए पर हरे-हरे की आवाज़ जैसे सारे डिब्बे में भर गई है, हर तरफ़ से जैसे वही आवाज़ आ रही है। संगीत की लय, गाड़ी के हिचकोलों के साथ-साथ बंटी जैसे कहीं गहरे में डूबता जा रहा है।

गाने की आवाज़ में ढेर-ढेर आवाज़ें मिलती जा रही हैं। आवाज़ें आकार ले रही हैं...चॉलबे ना, चॉलबे ना, हॉबे ना, हॉबे ना...इंकलाब ज़िंदाबाद। क़तार बाँधकर हवा में मुट्ठियाँ उछालते हुए लोग चले जा रहे हैं, लाल झंडियाँ लिए।

''यह कम्युनिस्टों का जुलूस है। कलकत्ता जुलूसों का शहर है।'' पापा बता रहे हैं।

बंटी रोज़ जुलूस देखता है और लोगों के साथ-साथ ख़ुद भी चिल्लाता है। उसने चॉलबे ना, हॉबे ना सीख लिया है। पर बस मन ही मन में। रोज़ सोचता कि वह भी ज़ोर से चिल्लाएगा, हवा में मुट्ठी उछालकर...चॉलबे ना...चॉलबे ना। पर एक दिन भी चिल्ला नहीं पाया।

'बोलो हरि, हरि बोऽल...बोलो हरि, हरि बोऽल' साथ में घंटी टुनटुना रही है।

''मरे हुए आदमी को यहाँ इसी तरह से ले जाते हैं।'' पापा ने बताया तो बंटी एक क्षण को सकते में आ गया। अनायास ही दोनों उँगलियाँ जुड़ गईं। स्काउट मास्टर ने बताया था कि डेड-बॉडी को देखकर सेल्यूट करना चाहिए।

मुँह भी खुला हुआ ! मरा हुआ आदमी क्या ज़िंदा आदमी की तरह ही होता है ? कहीं ज़िंदा आदमी को ही तो नहीं ले जा रहे ?

दो-तीन दिन तक उठते-बैठते, सोते-जागते 'हरि बोल' ही गूँजता रहा। साथ ही एक अजीब-सा डर।

धीरे-धीरे सारी आवाज़ें भी गायब हो गईं।

वह पापा के साथ चला जा रहा है। एकदम नई और सुनसान जगह है।

''वह सामने तुम्हारा हॉस्टल है।'' पापा ने कहा तो बंटी की आँखें ऊपर उठ गईं। कहीं भी तो कुछ नहीं।

''तुम्हें प्रिंसिपल से मिलवाकर, सबसे जान-पहचान करवाकर शाम को हम चले जाएँगे।'' और पता नहीं बंटी को क्या हुआ कि पापा जाएँ उसके पहले वही पापा को छोड़कर दौड़ पड़ा है। वह दौड़ता जा रहा है, बिना पीछे मुड़े—बस आगे ही आगे। नदी-नाले, पहाड़-मैदान—सब पार करता जा रहा है और फिर पता नहीं कहाँ गिर जाता है।

सफ़ेद दाढ़ी, सफ़ेद जटा, खड़ाऊँ, कमंडल...एक साधु उसके पास खड़े हैं। वह डर नहीं रहा है। इन साधु को तो उसने कई बार देखा है, पर याद नहीं आ रहा, कहाँ-कब...

''तुम कौन हो बेटा ? कहाँ से आए हो ?''

बंटी याद करने की कोशिश कर रहा है, पर जैसे उसे कुछ याद भी नहीं आ रहा।

''बोलो बेटा, बताओ !''

वह बहुत ज़ोर लगा रहा है...वह कहाँ से आया है, कहाँ से...और उसके मन में एक अजीब-सी दहशत भरने लगी है।

''डरो नहीं, बताओ बेटा।'' वे उसका कंधा थपथपा रहे हैं। ''बंटी, उठो बेटा, अब उतरना है।'' कोई उसे कंधों से पकड़े हुए है और वह याद करने की कोशिश कर रहा है कि वह कुछ जवाब दे सके...

उसे गोद में उठाकर किसी ने खड़ा कर दिया। सफ़ेद दाढ़ीवाले चेहरे में से एक और चेहरा उभर आया—पापा !

''जल्दी से मुँह धो लो, नींद उड़ जाएगी। पाँच-सात मिनट में ही स्टेशन आनेवाला है।''

तो बंटी धीरे-धीरे जैसे अपने में लौट आया। रेल का डिब्बा, डिब्बे में बैठे हुए लोग, सामान बाँधते हुए पापा। सवेरे का उजास चारों ओर फैल गया था।

पता नहीं क्या हुआ कि इतनी देर में मन पर रखा हुआ पत्थर जैसे एकाएक ही दरक गया। और ढेर-ढेर आँसू उफन आए। भीतर की आँखों में ही नहीं बाहर की आँखों में भी।

आँसू-भरी आँखों के सामने डिब्बे की हर चीज़, बैठे हुए अजनबी लोगों के चेहरे पहले धुँधले हुए, और धुँधले हुए और फिर एक-दूसरे में मिल गए। पापा का चेहरा भी उन्हीं में मिल गया और फिर धीरे-धीरे सारे चेहरे एक-दूसरे में गड्डमड्ड हो गए।

●●●